CADA DOS SEMANAS

ABIGAIL JOHNSON

EDICIONES KIWI, 2021
Publicado por Ediciones Kiwi S.L.
Esta edición ha sido publicada bajo acuerdo con
Harlequin Books S.A.

Primera edición, marzo 2021
IMPRESO EN LA UE

Título original: Every Other Weekend

ISBN: 978-84-18539-35-0
Depósito Legal: CS 64-2021
Copyright © 2020 Abigail Johnson
Copyright © de la cubierta: Borja Puig
Traducción: Yuliss M. Priego y Tamara Arteaga

Copyright © 2021 Ediciones Kiwi S.L.
www.edicioneskiwi.com

NOTA DEL EDITOR
Tienes en tus manos una obra de ficción. Los nombres, personajes, lugares y acontecimientos recogidos son producto de la imaginación del autor y ficticios. Cualquier parecido con personas reales, vivas o muertas, negocios, eventos o locales es mera coincidencia.

Para Grady.
El 1 de agosto era el día en el que me rompí el cuello.
Años más tarde el 1 de agosto se convirtió en tu cumpleaños.
Por ti, es el aniversario de lo mejor que me ha pasado nunca.

PRIMER FIN DE SEMANA
11-13 DE SEPTIEMBRE

ADAM

Las palomas que cubrían el aparcamiento salieron volando hacia la puesta de sol cuando nos detuvimos frente al edificio donde vivía papá. Casi envidié a esas ratas voladoras por escapar hasta que Jeremy apagó el motor y volvieron a posarse en el suelo detrás de nosotros. Como sincronizados, mi hermano y yo nos inclinamos hacia adelante para otear a través del parabrisas el bloque de apartamentos Oak Village; en otras palabras, el nuevo hogar de nuestro padre, donde nos veríamos obligados a vivir cada dos fines de semana hasta que cumpliésemos dieciocho.

«Obligados» no es la palabra que usaría Jeremy, pero era exactamente como yo veía la situación.

—Vaya —exhaló Jeremy. Sus cejas medio rubias se suavizaron mientras que las mías castaño rojizas se fruncieron todavía más—. Pensé que sería peor. —El sueldo de mi madre como profesora de piano y el negocio de mantenimiento de mi padre podían haber sido una gran combinación para los veranos en los que estuvimos restaurando poco a poco nuestro viejo rancho, pero no daba para mucho después de que papá decidiera marcharse de casa el mes pasado.

Construido hacía más de un siglo, el bloque de apartamentos de seis plantas parecía estar al borde de que lo declarasen en ruinas. Tenía enormes manchas de humedad bajo las unidades exteriores de los aires acondicionados y varias ventanas estaban tapadas con tablones de madera torcidos y deteriorados. Decir que la pintura del marco de la puerta estaba desconchada era como comparar un tornado con un simple vendaval.

Me imaginaba que el interior sería igual de acogedor. Con razón el dueño, un amigo de papá de otro estado, había accedido a alquilarle el apartamento gratis a cambio de que mi padre reformara el bloque entero.

Me giré despacio hacia mi hermano.

—Creo que es perfecto para él.

Jeremy sacó las llaves del contacto y abrió la puerta.

—Nos vamos a quedar dos noches con papá, Adam. Compórtate.

Normalmente no podía dejar las cosas estar con mi hermano, ni siquiera con las pequeñeces, pero después de pasarme media hora en coche desde la parte más rural de Pensilvania (a la que había llamado hogar durante toda mi vida) para venir a las afueras de Filadelfia, tan abarrotadas y, en cierto modo, con tanto tráfico, me sentía demasiado abatido como para molestarme siquiera. De hecho, casi ni me dio tiempo de coger la mochila del maletero antes de que Jeremy lo cerrase con fuerza. Su enorme bolsa de lona podía tener fácilmente cinco veces el tamaño de mi mochila. Eso resumía básicamente la opinión de cada uno con respecto a la separación de nuestros padres.

El enorme mazazo de la que sería nuestra nueva residencia —aunque temporal— me golpeó de lleno conforme nos acercábamos a la puerta de cristal de la entrada. Una minúscula grieta con forma de telaraña decoraba una esquina y la moqueta granate del interior estaba tan pisoteada que hasta parecía tener rayas. Había pequeños buzones de metal empotrados en la pared de la derecha, y la de la izquierda estaba cubierta de yeso sin pintar. Mamá no habría durado ni cinco minutos antes de levantar la moqueta en busca del suelo de madera. Otros diez y habría estado desconchando el yeso con la esperanza de destapar los ladrillos de debajo. Papá habría estado allí, a su lado, sonriendo.

Debería haber estado, solo que no aquí, sino allí… en casa. Con mamá.

Dos años y medio. Jeremy no parecía comprender la gravedad de la situación. Aunque, bueno, al tener diecisiete quizás ya se hubiese dado cuenta de que él solo tenía que esperar un año. Tampoco es que él viese la inauguración de estos fines de semana como algo que soportar. Tenía muchas ganas de ver a papá, mientras que yo habría preferido dormir en un callejón.

Adelanté a Jeremy y me acerqué al ascensor, pero tras haber apretado el botón durante un minuto sin que pasase nada, me encaminé hacia las escaleras.

—Tienes razón, Jeremy. Este sitio está muchísimo mejor que nuestra casa limpia, enteriza y sin humedades, donde está mamá sola ahora mismo.

Mi mochila no pesaba tanto como el bolso de lona de Jeremy —a diferencia de mi hermano, yo solo llevaba lo justo y necesario para las siguientes cuarenta y ocho horas que me vería obligado a estar aquí—, así que solo era reticencia lo que me ralentizó al subir los cinco tramos de escaleras. Nos detuvimos en el sexto piso y contemplamos, sorprendidos, el ancho pasillo con tres puertas a cada lado. Una de las bombillas parpadeaba a un ritmo que bien podría inducir epilepsia y que incrementó las náuseas que sentía por tener que estar allí.

—¿Cuál es? —preguntó Jeremy.

—¿Importa?

Jeremy miró su móvil y luego señaló a la puerta del centro a la derecha, 6.º-3. Ya estaba llamando a la puerta para cuando llegué a su altura. Cada golpe de sus nudillos me crispaba. Llevaba tres semanas sin ver a mi padre y aquello había sido cuando vino a recoger el resto de sus cosas. Había intentado abrazarme antes de marcharse, pero yo retrocedí y se lo impedí. Él había elegido largarse y yo, no ayudarlo a sentirse bien con aquella decisión.

—No está. —Jeremy frunció el ceño mirando a la puerta.

—Genial. Pirémonos.

Jeremy arrugó más el ceño.

—No me pienso quedar si no está aquí. Llamaré a mamá para que me recoja si hace falta.

Jeremy giró de golpe la cabeza hacia mí y me atravesó con la mirada.

—Estoy harto…

La puerta del 6.º-5 se abrió y salió una guapa mujer asiática ataviada con unos pantalones de deporte azul cielo y un sujetador deportivo a juego.

—¡Oh, hola! ¡Vosotros debéis de ser Jerry y Adam!

La cantidad de vientre al aire dejó a mi hermano mudo. Yo estaba demasiado enfadado por toda la situación como para que me importase mucho.

—Sí, pero ya nos íbamos. —Agarré a Jeremy del brazo.

—Paul me pidió que os echara un ojo. Él se ha tenido que ir a recoger unas cosas, pero pensó que ya habría vuelto para esta hora. —Echó un vistazo al pasillo claramente vacío—. No importa, entrad. —Se giró y llamó a alguien en su apartamento—. Jo, ven a conocer a nuestros nuevos vecinos.

Ni Jeremy ni yo nos movimos.

—Ups. Probablemente debería presentarme. Me llamo Shelly y vivo aquí con mi novio, Robert. Será genial tener caras nuevas en esta planta. —Se rio y apoyó la cadera contra el marco de la puerta de una forma que atrajo mi atención a pesar del mal humor—. Esos están vacíos. —Señaló a los dos apartamentos que estaban justo frente a los nuestros—. Y luego los Spiegel y su bebé viven a vuestro otro lado, en el 6.º-1, pero no os preocupéis, el bebé no llora mucho. Hay un tipo que vive en el 6.º-2, pero no viene mucho por aquí y, sinceramente, da un poco de mal rollo. Ha sonado fatal, ¿verdad? Pero es que por norma general este sitio solo atrae a la gente que da mal rollo. —Esbozó una mueca—. Sé que tu padre lo va a reformar, pero ahora mismo parece más bien un antro.

Levantó una mano como si quisiese cubrirse los ojos de la bombilla titilante.

—Nosotros no estaríamos aquí si la reina de las zorras, vaya, la ex de Robert, no se hubiese quedado con todo en el divorcio, y me refiero a *todo*. La casa, los coches, sus trofeos… —Empezó a contar con los dedos—. No os creeríais por lo que tuvo que pasar para conseguir tener a Jo cada dos semanas. —Shelly negó con la

10

cabeza—. Así que aquí estamos por ahora. Aunque es mejor por dentro. Creo que todavía nos quedan algunas sobras de *pizza*.

Se giró hacia el interior y creí que Jeremy se iba a desmayar ante la vista de su trasero.

—Jo, ¿te has comido toda la *pizza*? ¿Jolene? —De nuevo en el pasillo, ella puso los ojos en blanco y luego sonrió—. Es un poco difícil y no es que sea su persona favorita en el mundo.

Parpadeé ante la cantidad de información que esta completa extraña nos había vomitado encima.

—Quizás no deberías llamar a su madre «reina de las zorras».

—Lo sé, pero... —Shelly se encogió de hombros—. Es que le va que ni pintado —recalcó cada palabra y se volvió a reír—. ¿Sabes que sacrificó a su perro mientras Robert estaba fuera? A ver... ¿quién hace eso? Se inclinó hacia adelante—. Aquí entre nosotros, también es una borracha.

No estaba seguro de si Jeremy estaba prestando atención a lo que decía Shelly o más bien observaba su pecho subir y bajar cuando respiraba hondo, que ocurría constantemente.

Me pegué a Jeremy mientras Shelly seguía compartiendo tanta información privada.

—Eres consciente de que probablemente se esté preguntando qué tamaño de pañales llevas, ¿no?

Como era de prever, Jeremy reaccionó estampándome contra la pared opuesta. Ensanchó las fosas nasales.

—Estoy harto de tus gilipolleces.

—¿Sí? —Me erguí junto a la pared con una sonrisa—. Y yo de...

Shelly se calló en cuanto Jeremy me hubo empujado, pero volvió a hablar una vez mi padre terminó de subir las escaleras que se hallaban a nuestra espalda.

—Y aquí está. —Su voz contenía una chispa de alivio, como si esperase que mi hermano o yo nos fuéramos a poner firmes al ver a nuestro padre. Antes sí que había sido así.

Papá iba cargado de bolsas. Jeremy fue a ayudarlo; yo, no.

—Gracias, Jer. —Luego se me quedó mirando. Mi padre parecía tener diez años más desde la última vez que lo había visto; llevaba una media barba desaliñada y tenía más canas que color en su cabello castaño claro. Su tez normalmente bronceada también parecía estar más pálida. Pero sonreía, y eso me hizo querer partirle los dientes—. Hola, colega.

—No te preocupes —gritó Shelly, y atrajo consigo la atención de todas las miradas otra vez—. Acaban de llegar. Nos hemos estado conociendo. Paul, no me dijiste lo guapos que son tus hijos. Jeremy es un calco de ti, y apuesto a que Adam tiene la sonrisa más dulce del mundo. —Me dedicó una tentadora sonrisa. Yo seguí serio mientras papá le daba las gracias y nos indicaba que entrásemos en su piso.

Ahí es cuando descubrí la primera mentira de Shelly: por dentro *no* era mejor. El apartamento contaba con dos dormitorios enanos, una cocina-comedor pequeña y un salón ligeramente más amplio que el pasillo de fuera donde apenas cabía un sofá y una tele.

—Bueno. —Mi padre dio una palmada—. ¿Quién quiere que le enseñe la casa? —Jeremy y yo permanecimos en silencio—. Supongo que debería guardarme los chistes para después de la cena, ¿eh? Tengo muchos planes y espero que vosotros, chicos, podáis ayudarme con algunos de ellos. Este edificio tiene buenos cimientos, ya veréis.

—Sí —concedió Jeremy—. Te ayudaremos. —Intentó hacer contacto visual conmigo, pero yo lo ignoré.

Papá señaló las puertas cerradas de la derecha.

—Os voy a dejar a vosotros los dormitorios. Uno tiene acceso al balcón y el otro es ligeramente más espacioso.

—Adam es el pequeño, así que puede dormir en el sofá.

—Y tú eres prácticamente un *hobbit* —argüí—. Yo ni siquiera cabría. —Jeremy me sacaba casi dos años, pero desde hacía tiempo había quedado claro quién se había quedado con la altura en la familia. El año pasado crecí cinco centímetros. Jeremy medía 1,75

12

con los zapatos puestos y yo, 1,88 descalzo. Me regocijé en el rubor de su cara antes de dirigirme a la habitación con balcón.

—Muy bien. Adam, tengo un cojín para la butaca de fuera, pero el balcón seguramente esté más sujeto por óxido que cualquier otra cosa, así que ten cuidado. —Retrocedió para hundir la mano en una de las bolsas—. La mujer de la tienda me dijo que no pasaba nada si se dejaba fuera, incluso si nieva, que parece que ocurrirá pronto este año.

Cerré la puerta y oí como la voz de mi padre se fue apagando. Las paredes eran de papel, así que la conversación algo forzada entre mi padre y Jeremy me persiguió hasta el balcón. Tembló un poco, pero parecía ser lo bastante sólido. La vista era... bueno, era el lateral de otro edificio.

En casa lo que veía a través de la ventana era un manzanar.

Saqué el móvil y volví a llamar. Mi madre respondió al primer tono de llamada.

—¿Adam, cariño?

—Hola, mamá.

—Ay, ¿tan mal está? —Por mi breve saludo sabía que sí.

—No, es perfecto siempre que respire por la boca.

—Dos días y estarás en casa. Puedes hacer cualquier cosa durante dos días. Y Jeremy está ahí. —Mi madre vivía en fase de negación en lo que se refería a la relación que compartíamos mi hermano y yo. En su mente seguíamos siendo los mismos niños pequeños que años atrás habían construido fuertes juntos—. Tu padre os echa de menos.

Rechiné los dientes para poder contener la respuesta a aquel comentario tan manido. No serviría de nada recordarle que, si nos echaba de menos, la culpa era solo suya.

Solícita, me hizo unas cuantas preguntas más sobre el apartamento de papá. Por una vez no cuidé las respuestas.

—Es repugnante, en plan que ni las ratas querrían vivir aquí.

Mamá se rio, que era lo que yo quería.

—Entonces ¿no debería decirte que acabo de ver a un ciervo en el jardín?

—Perdona, ¿lo puedes repetir? No te he oído por culpa de una redada antidroga que han hecho en el piso de abajo. —Oí una risilla, no de mi madre, y me moví hacia delante. Seguí el sonido hasta el borde del balcón.

—Te echo mucho de menos —respondió mi madre, y luego, con una voz mucho más suave, dijo—: La casa está demasiado tranquila.

—Sí, yo también te echo de menos. —La distracción se dejó entrever en mi voz conforme me inclinaba para rodear la pared divisoria y mirar al balcón de al lado.

Allí se encontraba una chica menuda, más o menos de mi edad, con un tono de piel oliváceo y una trenza castaña que le llegaba hasta la cintura y le caía por un hombro. Estaba moviendo una cámara voluminosa frente a dos palomas posadas sobre la barandilla de su balcón.

—Mamá, te llamo luego. —Colgué. Hola —la saludé. Esperé hasta que la chica movió la cámara hacia mí y, luego, seguí esperando hasta que la bajó. Podrías haber dicho algo o, no sé, haber entrado en tu casa.

—Lo siento —se disculpó, aunque no vi indicios de que lo sintiera de verdad.

Estaba apoltronada sobre una silla plegable con las piernas sobre uno de los brazos; el brillo rojo de un cigarro iluminaba su mano libre. Yo tenía frío con la sudadera que vestía, así que ella se tenía que estar helando con aquellos vaqueros y aquella camiseta negra que llevaba en la que rezaba SAVE FERRIS. Pero si así era, no lo demostraba.

—Tú debes de ser Jolene. —Eso, o se había colado en el balcón de Shelly.

Ella sonrió.

—Prefiero «heredera de la reina de las zorras».

JOLENE

Cuando se percató de que había escuchado a Shelly insultar a mi madre, se sonrojó de una manera que me pareció bonita. Una de las muchas ventajas del bloque de apartamentos Oak Village era la absoluta falta de privacidad.

—¿Cuál de los dos eres? —le pregunté.

—¿Qué?

—¿Eres Jerry o Adam?

—Adam.

—En tal caso, gracias, Adam. —Cuando frunció las cejas castaño-cobrizas, me expliqué—: Le has dicho a Shelly que no llame «reina de las zorras» a mi madre. Ha sido muy amable por tu parte.

Relajó la expresión.

—Suponía que quizás no fuera imparcial.

Me reí. Y lo volví a hacer. Me costó no repetirlo por tercera vez.

—Va a ser que no. A ver, mi madre es horrible, pero mi padre y su novia adolescente también.

—Pero, no...

—Prácticamente lo era cuando la conocí. —Evité reaccionar a ese tema tanto por dentro como por fuera.

Adam puso una cara que expresó justo cómo me sentía.

—Sí —dije.

—¿Es así al natural?

—Todo menos las tetas. Estoy bastante segura de que mi padre se las regaló hace dos Navidades... ¿o fue hace tres? Espera, fue hace tres. Ese año no pudimos permitirnos mi aparato. Pero, por supuesto, mi padre disfruta más de ellas, así que acertó con la decisión. —Sonreí y revelé al hacerlo el pequeño hueco que tenía entre las paletas. Eché la vista atrás; me gustaba el hueco, pero mi padre se había comportado como una marioneta.

—Oye, ¿fumas? —Levanté el cigarro.

Adam negó con la cabeza.

—Qué pena. —Lo bajé sin darle una calada.

Él se sonrojó algo más.

—Quizá tú tampoco deberías hacerlo.

Qué mono.

15

—No lo hago. —Sacudí la ceniza—. Shelly dice que el olor la pone mala y me ha prohibido fumar, así que... —Me encogí de hombros.

—¿Entonces no fumas?

Arrugué la nariz.

—Lo he probado, pero después me dieron ganas de vomitar y el humo me molestaba en las fotos. —Señaló la cámara con la cabeza—. Ahora dejo que se consuman y disfruto del resultado. Me vendría mejor que fumases. El olor en la mitad de tiempo, ya sabes. No es que haga mucho calor aquí fuera.

Me sorprendió cuando pasó la pierna por encima y saltó hacia mi balcón, haciendo volar en el proceso a las dos palomas. Muy mono, sí. Me quitó el cigarro de la mano y le dio varias caladas largas sin toser, no como yo.

—Pensaba que no fumabas.

Entonces fue él quien se encogió de hombros.

—Mi madre sí que fumaba. Una vez me pilló robándole cigarros del bolso, así que le prometí que lo dejaría si ella también lo hacía.

Me hormigueaban los dedos por las ganas que sentía de coger la cámara, pero a lo mejor eso lo achantaba. Cuando llegó a la boquilla, me la enseñó como si fuese algo valioso, y lo era.

—¿Lo cumplió?

—Sí.

Una respuesta tan sencilla y, sin embargo, no lo parecía en absoluto.

—Supongo que eso quiere decir que no serás mi compañero de caladas a partir de ahora, ¿no?

—Lo siento. —Se disculpó como si lo dijera en serio—. Ha sido algo puntual.

El problema de los chicos monos que se fumaban un cigarro por ti como gesto de caballerosidad era que solían resultar atrayentes. Mentalmente había empezado a filmar el momento del salto hacia mi balcón con la luz de la mañana perfilando su figura.

Enfoqué primero sus manos, las cuales agarraban la barandilla, y aumenté la imagen hasta mostrar los restos de óxido que tenía en los dedos cuando me cogió el cigarro de la mano. Me fui acercando para probar los distintos ángulos y no me di cuenta de que estaban a punto de interrumpirnos hasta que se abrió la puerta del balcón.

—Jolene... —Shelly arrugó la nariz y su mirada se fijó en la colilla que tenía en la mano—. ¿En serio? Parece que hagas a propósito lo que te pido que no hagas.

Con la imagen desterrada de mi mente, me contuve de tocarme la nariz e imitar el sonido de una campana, pero por muy poco.

—Cuando me llama el atrayente y dulce encanto de la nicotina, debo responder.

Shelly me quitó el paquete de cigarros y la colilla de los dedos.

—Se me quitan las ganas de ponerme más suave contigo cuando haces estas mier... —Se calló al ver a Adam—. ¿Cómo has llegado aquí? —Abrió los ojos como platos y desvió la mirada al balcón de al lado—. ¿Te has vuelto loco? ¡Podrías haberte matado!

Se levantó un viento frío y Shelly se estremeció. Miré a Adam para ver si se había percatado de lo que el aire frío provocaba en los regalos no tan pequeños de mi padre. Lo vio, pero no se quedó mirando. A cada minuto que pasaba me parecía más mono.

—¿Estás bien? —Shelly se acercó como si fuese a abrazarlo, pero Adam retrocedió.

—Sí, preferiría que no me tocases.

Le sonreí.

—Me vas a caer bien, ¿eh?

Shelly soltó un quejido.

—Tranquilízate, Shelly. Está bien, todos estamos bien. Puedes volver a entrar (que ahí además se está mejor) antes de que le saques un ojo a alguien con esas cosas.

Shelly imitó a Adam y se ruborizó a la vez que se abrazaba a sí misma a la altura del pecho. Ella también retrocedió.

—Quiero que entréis ahora mismo.

Yo no me moví y, para mi agrado, Adam tampoco.

—Paso, Shel, pero gracias.

Shelly se metió el labio inferior en la boca y miró hacia el cielo.

—Jolene, creía que teníamos un trato.

—¿De qué trato hablas? ¿Del que dice que puedes irrumpir en mi cuarto cuando te dé la gana?

—Llamé. No respondiste. Y nuestro trato era que no ibas a fumar aquí. —Profirió otro sonido cargado de molestia—. Y pensar que iba a hablarle a tu padre de esa escuela de cine de verano...

Se me tensaron los músculos.

—¿De qué hablas?

Aunque sí lo sabía. Lo que no entendía era cómo se había enterado Shelly. No acostumbraba a contarle aquellos sueños tan importantes a todo el mundo, y mucho menos a la novia adolescente de mi padre.

—Ese curso de cine en California. Han mandado un paquete grande con información. Lo cierto es que casi lo tiro, porque nunca habías mencionado que estuvieses esperando nada, pero al abrirlo vi tu nombre...

Shelly siguió hablando, pero yo me encerré en mí misma para chillar internamente y sin mover ni un solo músculo. Por el rabillo del ojo vi que Adam aguantaba la respiración. Que alguien más fuese testigo del límite que Shelly había sobrepasado sin pensarlo me ayudó, aunque no mucho.

—Creía que simplemente te gustaba ver películas antiguas. ¿Es eso lo que siempre estás grabando? —Fue a agarrar mi cámara, pero yo la alejé de ella con un gruñido apenas contenido.

Me imaginaba que para Shelly las películas de los ochenta eran antiguas. Eran mis preferidas porque me enseñaban una época anterior a que mis padres se conociesen y se les fuese tanto la pinza como para decidir casarse y tenerme a mí. Ay, qué buenos tiempos aquellos. Pero no solo veía películas «antiguas».

—Quizá si no me lo ocultases todo sobre tu vida, no tendría que rebuscar en tu correspondencia o salir a tu balcón para enterarme. Estoy... —rechinó los dientes—. Estoy hasta las narices. No puedo controlar lo que haces en casa de tu madre, pero aquí tienes que acatar las normas de tu padre.

Estaba terminando de chillar por dentro. No del todo, pero casi. Si le hubiese bastado con lo del curso, habría permanecido en silencio hasta que se marchase, pero había tenido que mencionar a mi padre.

—Él nunca me ha impuesto reglas. Fíjate, para hacerlo tendría que aparecer de vez en cuando.

A Shelly se le contrajo un músculo del ojo y suavizó la voz.

—Está en medio de un gran proyecto…

—Oye, Adam, ¿has visto últimamente alguna película buena? —No sé si Shelly dejó de hablar cuando la interrumpí o es que dejé de escucharla. Ya me había dicho lo mismo otras veces y no pensaba volver a oírlo.

—Acordamos que yo me quedaría al mando cuando estuvieras aquí.

Mi yo cabreada únicamente conseguía invitar, para mi desgracia, a mi yo llorona a hacer acto de presencia. Así que hice caso omiso de mi instinto y me obligué a sonar risueña.

—Yo no he acordado nada. ¿Cuáles eran las condiciones?

Shelly puso los brazos en jarra y se le ensancharon los orificios de la nariz.

—No hay condiciones que valgan cuando tienes quince años, pero vale, haz lo que quieras. Siempre lo haces. —Me lanzó el paquete de cigarrillos y señaló al balcón de Adam con una mano—. Por favor, no vuelvas por ahí cuando te marches. —Se volvió a dirigir a mí—. Te he dejado la información del curso sobre la cama. Ah, y había salido para decirte que tu padre no volverá esta noche. No me imagino por qué será.

Me empezaron a picar los ojos y el aire en mis pulmones se expandió hasta doler, pero no reaccioné por fuera. Shelly cerró la puerta corredera sin mirar atrás. Necesité dos intentos, pero conseguí encender otro cigarrillo. Me concentré en la delgada línea de humo que se dibujaba delante de mí. Adam se había quedado mirando boquiabierto cómo se marchaba Shelly.

—Espera hasta que llegue la tuya —le dije.

Él pestañeó y después volvió en sí del atontamiento.

—¿Que llegue quién?

—Tu Shelly. ¿O es que tu padre ya tiene novia?

—¿Qué? No. No tiene. Mis padres solo se han distanciado. Ni siquiera han hablado de divorciarse.

—¿Desde cuándo importa eso? Shelly ya había aparecido mucho antes de que mis padres terminasen con todo el papeleo.

Las Navidades de ese año fueron una bomba. Era un secreto a voces, pero ya que mi madre no había hecho oficial el asunto, las vacaciones fueron de lo mejorcito en mi casa. Este año ya estaban inmersos en una guerra sin cuartel para ver quién iba a celebrar conmigo el nacimiento de Jesús, nuestro señor.

—No —respondió Adam—. Lo de mis padres no ha sido así. No ha habido infidelidades ni nada. No me imagino a mi padre con novia.

—Pero no has visto cómo mira a Shelly. Él no se aparta cuando ella intenta abrazarlo, como haces tú. —Por la cara de Adam, supuse que había visto algo así antes en el pasillo—. O puede que me equivoque. —No lo creía.

Adam seguía con el ceño fruncido, no solo por la desagradable idea que le había metido en la cabeza, sino que, esta vez, mirándome directamente a mí.

—Él no... no tienes ni idea de lo que pasa en mi familia. Es evidente que la tuya es un desastre. La mía... —vaciló— no es tan desastre. Mi padre no va a empezar a salir con nadie, y mi madre no es...

—Espero que acabes la frase. Teniendo en cuenta que tu opinión de mi madre se basa en lo que dice Shelly, debes de saber mucho del tema. —Apoyé la barbilla en las manos y lo miré con los ojos bien abiertos.

El sonrojo que cubrió su cuello y sus mejillas no fue tan adorable esta vez. Movió la mandíbula como si se obligase a decir algo diferente a lo que quería en un principio.

—Nuestros padres son diferentes, ¿vale? Solo intentaba decir eso.

—Entonces confiesa. Dices que no hubo infidelidades, pero quizá se les diera bien ocultarlas.

Adam me miró como si fuese algo que acabara de pisar en la calle. Lo dejé pasar porque no era nada nuevo para mí.

—¿Qué te pasa? Estás mal de la cabeza, ¿sabes?

Me quedaba muy poco del cigarro y, en cuanto a temperatura se refería, estaba llegando a aquel umbral donde sufría para cabrear a papá a través de Shelly. Tenía la piel de gallina y me estaba replanteando lo que pensaba de Adam. La película en mi cabeza incorporó de repente una banda sonora propia de una escena de terror.

—Bah, da igual. Yo me vuelvo a mi habitación, tú quédate y fúmate el resto del paquete si te apetece. —Señalé la cajetilla casi llena con la cabeza—. Quizá también cabrees a tu padre así.

—Paso. No necesito algo tan ruin para castigar a mi padre.

Mi sonrisa mostró el hueco entre las paletas.

—Aclárame una cosa, don maduro: ¿cuánto grado de madurez tienes que tener para llamar a mami dos segundos después de haber llegado?

Él no respondió, se limitó a acercarse a la pared y a escalarla hasta regresar a su balcón.

—Ay, no. ¿Ya te vas? Tengo otras cosas ruines que podemos hacer juntos.

Adam volvió la cara cuando llegó a su balcón.

—Oye, ¿vas a estar mucho por aquí?

—Cada dos fines de semana.

Agachó la cabeza.

—Yo también.

Ni me molesté en dedicarle una sonrisa falsa.

—Yuju.

ADAM

Qué. Cojones. Acababa. De. Pasar.

Bajé la mirada hasta las palmas de las manos, llenas de callos y de arañazos por un lado gracias a la presurosa y casi fatal vuelta a mi propio balcón. La barandilla estaba áspera del óxido por debajo y resbaladiza por encima por culpa del reciente chaparrón. Náuseas, frío y un dolor punzante me habían atravesado durante aquel medio segundo en el que se me resbaló el pie y casi me mato desde un sexto piso.

Estaba helado, sudado y con el corazón más que un poco acelerado, lo cual quería atribuir a la casi caída o incluso al cigarro, pero no pude. Era por su culpa. Por Jolene. Por las cosas que había dicho. Ya de vuelta en mi habitación —la habitación en la que me iba a quedar— me desplomé a los pies de la cama y hundí la cabeza en las manos. Me sentía un poco cabrón, pero al mismo tiempo no conseguía que me importase, no con el sonido de las risas de Jeremy y papá en la habitación contigua.

Mi padre no había dejado a mamá porque quisiera a otra persona. Sus razones lo convertían en un cobarde, no en ningún infiel.

Cogí los cascos y el teléfono y subí el volumen hasta casi rozar el límite del dolor para no tener que escucharlos ni a ellos ni a mí mismo.

No sé cuánto tiempo permanecí tumbado en la cama antes de que Jeremy entrara y me quitara los cascos de un tirón.

—Papá quiere saber si vas a comer.

Me limité a cerrar los ojos otra vez, pero Jeremy me dio un rodillazo en las piernas. Yo me lancé contra él y lo empotré contra la cómoda. Nos caímos al suelo y, al instante, alguien me había levantado y lanzado hacia atrás, al colchón hundido.

—¡Ya es suficiente! —Papá se encontraba entre nosotros, con los brazos estirados hacia cada uno de sus hijos—. ¿Desde cuándo os peleáis como animales?

Miré a Jeremy y vi el ligero reguero de sangre de su boca. Debí de golpearlo con el codo cuando nos caímos al suelo. Ambos respirábamos con dificultad, pero él se negaba a mirarme a los ojos. Al ver que yo me negaba a responder, mi padre se giró hacia Jeremy.

—Que alguien empiece a hablar. Ya.

—No ha sido nada. Estábamos jugando. —Jeremy se encogió de hombros.

No veía el rostro de mi padre, pero dudaba que se fuera a tragar esa historia. Yo no lo habría hecho. Me sorprendí cuando bajó los brazos y cejó en su empeño por interrogarnos.

—Esta situación no es la mejor, para ninguno de nosotros. Sé que estáis en medio, chicos, pero si aguantáis un poco, lo solucionaremos.

—¿Solucionarlo? —inquirí negando despacio con la cabeza—. Has *abandonado* a mamá. ¿Cómo quieres que lo solucionemos exactamente?

Mi padre bajó la mirada y mi hermano, que todavía andaba tocándose el labio que le había golpeado, me habló en un tono totalmente opuesto al hostil que había usado antes conmigo.

—Venga, Adam. Acabamos de llegar. ¿No podemos...? — Terminó callándose al darse cuenta, o eso esperaba, de que no podíamos hacer nada. Al menos, yo no.

—No sé cómo hacer las cosas. Esto no es lo que yo quería... ni vuestra madre tampoco —añadió mi padre en cuanto fui a levantarme de la cama—. Pero ahora la situación es la que es. Estoy... trabajando en ello, ¿vale? —insistió mirándonos a Jeremy y a mí a los ojos. Yo quise fingir no haber visto la humedad en su mirada—. Mientras tanto, ¿estamos de acuerdo en que ya no debe haber más peleas impulsivas en el apartamento?

—Claro, papá. Lo siento. —Jeremy apoyó la mano en el brazo de nuestro padre en un gesto que él pensaba que lo haría parecer maduro.

—¿Adam?

Estaba demasiado ocupado mirando al blandengue de mi hermano como para responder. Antes —antes de que todo pasase—, Jeremy había sido el que chocaba más con papá. Nunca sabía cuándo parar, ni siquiera cuando era lo más inteligente. Era como si disfrutara de la tensión, del modo en que nuestro padre se cabreaba.

Pero entonces todo se fue a la mierda. Mi padre terminó por irse de casa, mamá se vino abajo incluso más que antes y Jeremy decidió ponerse del lado del progenitor equivocado. Se puso del lado del cobarde. A diferencia de mi hermano, yo no iba a sonreír ni a asentirle a papá como si me pareciera bien que hubiese abandonado a mamá. Ella lloraba todos los días; lo hizo incluso mientras nos decía lo mucho que se alegraba de que fuésemos a ver a nuestro padre. Probablemente siguiera llorando ahora mismo, y mi hermano no tenía otra cosa que disculparse con nuestro padre. Sentí la necesidad de partirle la boca otra vez.

—Me tomaré eso como un sí. —Papá nos dio una palmada a los dos en el hombro y luego salió de la habitación—. La cena se está enfriando.

Jeremy y yo mantuvimos un brevísimo contacto visual antes de que él siguiera a nuestro padre, y cuando me quedé solo, dejé que el estómago tomara el control y me uní a ellos.

La cena resultó ser comida para llevar de un lugar cercano del que nunca había oído hablar, pero era difícil resistirse a un sándwich de carne y queso en Filadelfia. Creo que entre los tres nos comimos unos ocho. Y todavía mejor, hablar no fue una opción hasta que lo único que hubo quedado sobre la barra de desayuno fueron las bolsas vacías y el papel de aluminio arrugado.

Jeremy fue el primero en hablar para alabar a papá por haber encontrado ya un buen sitio al que pedir comida. Yo cerré un puño en un intento de controlarme y de no darle una buena tunda.

Papá se lanzó a contar la historia de cómo había encontrado el sitio y como pensaba que era incluso mejor que nuestro antiguo sitio en Redding. Entonces comenzó una discusión amistosa y cada palabra consiguió que la comida que ya tenía en el estómago se tornara dura como la piedra.

—Dejaremos que Adam desempate la votación —propuso mi padre—. ¿Quién hace el mejor sándwich de carne y queso? ¿Mike's o estás conmigo en que es Sonny's?

Miré a mi padre y a su expresión excesivamente entusiasta. Estaba desesperado por disfrutar de un momento «normal» con sus hijos. Una señal, intuí, de que los tres fuéramos a superar esto. No importaba el lugar que escogiera. Solo quería que volviésemos a hablar. No era tan estúpido como para creer que todo sería perfecto a partir de entonces, o que elegiríamos vivir en su ruinoso apartamento antes que en nuestra casa, pero era como si todo nuestro futuro dependiera de este momento.

Y mientras, mi madre estaba más sola de lo que nunca tendría que estar.

—Creo que ambos son una mierda. —A continuación, me levanté del taburete y desaparecí dentro de la habitación donde dormiría cada dos fines de semana en el futuro próximo. Después de un minuto saqué el móvil y escuché el mensaje de voz que había guardado hacía dos años, el último que mi hermano mayor Greg me dejó.

—Adam, Adam, Adam. —Su voz medio bromista llenó mi oído y me hizo sonreír pese a que el pecho se me contrajo—. ¿Para qué tienes el móvil? Bueno, escucha, voy a traer otro perro a casa. La cosa es que no he encontrado hogar aún para Baloo, así que obviamente mamá y papá no se pueden enterar. Necesito que muevas a Baloo a la otra jaula en el granero, la que tiene la camita azul. Pero ten cuidado con la pata, que te morderá como le tires de los puntos. A lo mejor puedes hacer que Jeremy te ayude... Su voz bajó de volumen como si hubiese alejado la boca del teléfono—. ¿Puedes? Gracias, tío. —El volumen volvió a la normalidad—. No importa. Daniel se va a pasar y va a encargarse de Baloo. Díselo a mamá, ¿vale? Lo de Daniel, no lo del perro. Puede que si está liada con eso no se dé cuenta del trozo de pierna que me ha arrancado este nuevo pequeñín. —Se rio de algo que dijo Daniel—. ¿Me estás diciendo que tú no morderías si dos tipos estuviesen intentando quitarte un alambre del cuello? —Oí un pequeño gruñido y luego la risa de Greg se debilitó—. Bueno, tengo que irme, pero te debo una, hermanito.

Me lo sabía de memoria, pero lo reproduje dos veces más hasta que mi visión se tornó demasiado borrosa como para leer las letras del móvil.

Lo último que hice fue mandarle un mensaje a mi madre: *Me voy a la cama. Te llamo mañana. Te quiero.*

JOLENE

Shelly se cubrió la nariz y la boca de un modo exagerado cuando volví a salir de mi habitación. No me molesté en decirle que ya me había duchado. Creí que el pelo mojado ya era señal suficiente, pero, al fin y al cabo, esta era la mujer que el día que se vino a vivir con mi padre me dijo —en serio— que quería que la viera como una hermana. Creo que al reírme se me escapó un poco de pis, lo cual no le había sentado muy bien a mi aspirante a hermana.

Decidí no sacar el tema de que me hubiese abierto la correspondencia. Suponía que aquello había sido culpa mía por hacer que me mandasen aquí algo tan importante. Pero si hubiera mandado la información del curso a casa de mamá y ella lo hubiera encontrado, se habría imaginado que mi padre y yo estábamos planeando reducirle la manutención para poder pasar fuera el verano. Lo habría pasado mucho peor así que lo que había vivido con Shelly en el balcón. A mamá le habría importado demasiado e imaginaba que, a papá, nada en absoluto. Así era mi vida.

De todas formas, ahora tenía la información y al menos una posibilidad medio decente de que Shelly no volviese a sacar el tema. Además, aunque quemase el resto de los cartuchos —y lo haría—, y tuviese que pedirle igualmente el dinero de la matrícula a mi padre, sería yo quien lo hiciese, no Shelly. Antes dormiría con una rata.

Alimañas aparte, había tenido la intención de pillar algo de la cocina y pasar el resto de la tarde en mi habitación revisando la solicitud del curso de cine, pero ver a Shelly arrugar la cara por el inexistente olor a cigarrillo me hizo cambiar de idea. Me acomodé en el sofá y estiré las piernas.

Era un juego al que jugábamos mucho Shelly y yo. Solo había una regla tácita: cuando yo entraba en una habitación, ella salía; cuando ella entraba, yo me iba. Llevábamos haciéndolo bastante tiempo y no veía motivos para cambiar las cosas, pero de vez en cuando Shelly lo intentaba. Noté por cómo respiraba —por la nariz y profundamente— que esta sería una de esas ocasiones.

—Siento haber tenido que hacer eso delante de tu amigo.

—¿Hum? —No hacerle caso se volvió más difícil cuando se acercó para sentarse en el otro brazo del sofá.

—Me parece que todo sería más fácil si empezamos a tratarnos con más respeto.

Escuchar a Shelly hablar de respeto era como escuchar a un ateo hablar de Dios.

—¿Te refieres al respeto que no me has mostrado hace nada en el balcón? ¿O antes, en el pasillo, cuando has insultado a mi madre delante de unos desconocidos? ¿Ese respeto?

—Estoy tratando de disculparme.

Dejé que el silencio hablase por sí mismo.

Había tardado en entender a Shelly una vez acoplada en nuestra vida. No era una cazafortunas roba-maridos que se estuviera apropiando del dinero y de la vida de mi padre; sino peor. Creía que lo quería y la guinda del pastel era que pensaba que él la quería también. No sé, quizá al principio sí. Pero así eran las cosas con mi padre; resultaba encantador. Puede que por eso fuese tan buen vendedor. Le ponía tanto empeño que, me imagino, hasta él mismo termina creyéndose el cuento. Cuando empezaron, Shelly debió de parecerle un rayo de sol en su vida sombría. Siempre sonreía y lo halagaba, nunca se quejaba de lo mucho que trabajaba o de que se le estuviese cayendo el pelo. Estoy segura de que lo hizo sentirse un hombre, algo que no le había pasado jamás en la vida. A cambio, la había colmado de regalos y viajes hasta tal punto que Shelly ni había tenido tiempo para pensar en la mujer e hija que ya tenía.

Ahora Shelly estaba atrapada en este piso mediocre donde la había metido —a ella y a mí—, aguantando sus semanas de trabajo de ochenta horas y los más de dos años de promesas rotas, incluyendo el anillo de compromiso que brillaba por su ausencia (y la verdad es que tenía pinta de que así iba a seguir).

Supongo que se podría decir que el «felices para siempre» de Shelly no había resultado ser como ella había imaginado y las consecuencias habían sido devastadoras. Cada fin de semana que le endosaba conmigo le hacía recordar las vidas que había arruinado. Si tenía un buen día, quizá podía atribuir a la culpa —además de a una estupidez temeraria— que no hubiese dejado aún a mi padre, pero, de todas formas, Shelly siempre sacaba lo peor de mí.

Se le hundieron los hombros.

—Vale. No sé ni por qué lo intento.

—Claro, tu vida es tan difícil.

—Es justamente eso. No tiene por qué serlo. —Shelly se sentó sobre la mesilla de café que había delante de mí—. ¿No te cansas de fingir ser una adolescente maleducada? Porque te confieso que a mí sí me agota ser la que se lleva los palos.

—Qué quieres que te diga, me inspiras.

Shelly hizo el amago de tocarme el pelo, pero desistió.

—Todavía me acuerdo de cómo eras antes. —Intentó esbozar una sonrisa—. Solías dejar que te trenzase el pelo y me pedías que te enseñase poses nuevas de yoga. Éramos amigas. Sé que te acuerdas.

Era incapaz de olvidarlo. Cuando empezó a trabajar como la entrenadora personal de mis padres en casa, Shelly fue como un deseo concedido que no sabía que había pedido. Era amable, enérgica y muy guapa. Al contrario que mis padres, que siempre parecían estar inmersos en algún asunto urgente que hacía que Shelly los tuviese que esperar, Shelly no prestaba atención al teléfono y se centraba en mí. Me peinaba y me contaba cosas de la universidad y que los chicos con los que había salido eran muy inmaduros. Y lo que era más, me preguntaba por mi vida, cómo me había ido el día y me escuchaba como si le importase.

El cambio había sido tan sutil que mi mente de trece años no lo había percibido. Había pasado de preguntar por mis entrenamientos de fútbol a sonsacarme información acerca de la sarcástica relación entre mis padres y a compadecerse de mí cuando se lo contaba. Para cuando me quise dar cuenta de lo que pasaba, ya fue demasiado tarde. Papá empezó a quedar con ella en su despacho, y mamá, para no ser menos, contrató a un entrenador personal llamado Hugh que le hacía cosas que fuera de Las Vegas serían ilegales. Tres meses más tarde, se rellenaron los papeles, los abogados se pelearon y mamá empezó una aventura lujuriosa con el señor Jack Daniels.

¿Y Shelly no entendía por qué no la dejaba trenzarme el pelo?

Me costó horrores no apartarme de ella. Ya no tenía trece años. La amistad que había tenido con ella era como una mancha y no iba a calmar su conciencia fingiendo lo contrario.

La miré a los ojos.

—Me acuerdo de *todo*.

Shelly asintió dos veces y dejó caer la mano en el muslo.

—Vale. Ya lo pillo. Me odias. Puede que yo también me odie a mí misma, aunque creo que es diferente.

Enarqué una ceja.

—Aguanto muchas cosas, no solo de ti o de tu madre.

Apoyé la cabeza en el brazo y arqueé una ceja.

—Oh, no. No me digas que tenéis problemas en el paraíso.

—Intentas que te dé un bofetón, ¿no?

Alcé la otra ceja. Ladraba mucho —Shelly siempre era así—, pero jamás me había amenazado. No pensaba que fuese capaz. Una vez vi cómo mi madre la sacaba de casa de los pelos y lo único que hizo Shelly fue llorar. ¿Escondería una potente fuerza de voluntad detrás de aquella fachada de Barbie?

Suponía que la reacción adecuada a que un adulto te amenazase con pegarte sería sentir miedo, pero Shelly no era de las que me lo infundiera. Pesaba unos cinco kilos más que yo —sin contar las tetas— y no era mucho mayor. Tenía amigos con hermanos mayores que ella.

Creo que Shelly se dio cuenta de que su estrategia para amedrentarme había fracasado. Suspiró.

—Aquí las cosas van a cambiar. Te lo prometo.

—Claro que sí. —Conseguí sacar el mando de debajo del cojín y le hice un gesto para que se apartase y me dejase ver la tele. No se inmutó.

—Sé que crees que soy provisional, pero una de nosotras se equivoca.

Encendí la tele y me incliné para poder ver la pantalla.

—¿De verdad crees que se va a casar contigo?

Shelly se puso de pie y levantó una mano algo temblorosa.

—¿Por qué quiere que estés aquí? ¿Lo has pensado alguna vez? —Alzó las cejas—. Al contrario que tu amigo de al lado, tu padre no ha venido, ¿verdad? Es fin de semana y prefiere trabajar. Otra vez.

Agarré el mando con tanta fuerza que los nudillos se me tornaron blancos, pero controlé la voz.

—Esa es una de las diferencias entre ambas. Yo sé que estoy aquí porque a mi padre le gusta quitarle cosas a mi madre, incluso las que no quiere. —Sentí un tic en el ojo al admitirlo; estaba convencida de ello. No era capaz de sentirme tan indiferente como trataba de mostrarle a Shelly. Esbocé una sonrisa que reservaba solo para los vídeos de gatitos que fracasaban al intentar saltar a un sitio alto—. Pero tú estás aquí porque para mi padre pagar a cambio de sexo no es elegante.

Creo que Shelly me habría dado una bofetada si hubiese estado lo suficientemente cerca. En lugar de eso, me miró con los ojos llorosos y se dirigió a la habitación que compartía con mi padre. Cerró con un portazo tan fuerte que uno de los cuadros de la pared cayó al suelo.

Lo dejé ahí.

Agarré el cojín más cercano, encontré un maratón de *Padres forzosos* y me pasé el resto de la tarde inmersa en la tele. O al menos lo intenté. Quizá debería haber elegido una serie cuya familia se pareciese más a la mía. Puede que en el canal de Animal Planet, donde el padre se fuese y la madre se comiese al cachorro.

Aferré el cojín con tanta fuerza que lo rompí.

ADAM

Sabía que algo estaba mal en cuanto me desperté. Era una cacofonía de pequeñas cosas que, combinadas, se volvían un arrollador cúmulo de desaciertos, como cuando se alquilan zapatos en una bolera. Incluso antes de abrir los ojos sentí el roce áspero y rígido de las sábanas al moverme. El sonido tampoco era el correcto. No oía a ningún pájaro. Lo que sí oía era el sonido amortiguado del tráfico y algún que otro claxon. También un crujido seguido de un profundo resoplido a la vez que el aire cálido penetraba en la habitación. La sensación de incorrección no se disipó hasta que abrí los ojos, pero comprender la situación solo hizo que me afectase más todavía.

Unas finas cortinas del color del óxido colgaban sobre las puertas correderas que daban al balcón y permitían que la luz plomiza de septiembre iluminara más de lo que hubiese querido ver de la habitación. Anoche no había encendido la lámpara; preferí dejar que las sombras ocultasen los detalles que, por principios, odiaba.

Mi padre se acababa de mudar y tenía todo el edificio por arreglar, así que tampoco esperaba que hubiese decorado mucho el lugar, pero los muebles baratos y de segunda mano no estaban ayudando a tranquilizarme. El colmo fue el cuadro que colgaba sobre la cama. Era un manzanar. ¿Lo habría colgado papá a propósito o ya estaba el apartamento? Fuera como fuere, la ironía de verlo ahí me sacó de la cama como si me hubiesen echado un cubo de agua helada por encima.

En casa habría podido asomarme a la ventana y ver manzanales de verdad y habría respirado aire fresco y dulce. No habría oído el ruido de ningún coche, mucho menos de cientos. No vivíamos en ninguna granja ni nada, era simplemente un rancho alejado de la carretera principal rodeado de árboles y de silencio y, tal y como mi madre me había recordado ayer, de algún que otro ciervo.

¿Aquello había sido solo ayer? ¿Anoche, en realidad? Me senté en la cama de espaldas al cuadro del manzanar y saqué el móvil del bolsillo de los vaqueros que había dejado tirados en el suelo. Sonaron dos tonos de llamada antes de responder.

—¿Sí?

—Mamá, te sale mi foto y mi nombre en el teléfono cuando te llamo.

Ella se rio, pero se la oyó más aliviada que otra cosa.

—Lo sé, pero ¿y si es otra persona con tu móvil?

—¿Te refieres a si me lo hubiesen robado? ¿Por qué iban a llamar a mi madre?

—No un ladrón, pues, sino un buen samaritano. O puede que Jeremy.

—Jeremy tiene su propio móvil y dudo que haya ningún buen algo en casi ciento cincuenta kilómetros a la redonda. —Pensé en Jolene y en Shelly. Hubo un momento de silencio en el que mi madre intentaba decidir cómo responder a mi clara antipatía. Bostecé de forma exagerada—. Solo estoy cansado. Los colchones aquí son sacos llenos de vieja ropa sucia.

Otro silencio.

—Es una broma, mamá.

Más risa nerviosa. Debía de haber pasado peor noche que yo.

—No siempre sé cuándo me estás tomando el pelo.

—Vale. —Me puse de pie y estiré la espalda—. Nada de bromas. ¿Estás bien? ¿Has podido dormir?

—Ah, pues claro. —Imprimió un tono demasiado alegre a su voz—. Estoy improvisando un desayuno para uno.

Me la imaginé en la cocina sujetándose con una mano a la encimera con demasiada fuerza. Probablemente llevase horas despierta. No me habría sorprendido si me hubiese dicho que había terminado de repintar media casa o algo así.

—¿Y tú qué? ¿Pasaste un rato agradable con tu padre anoche?

Medité sobre cómo responder a esa pregunta que sabía que le había costado horrores formular. Cualquier cosa que dijera le haría daño. Se sentiría todavía más sola si le decía que había estado bien, y se culparía si le contaba la verdad. Así que, en un alarde de genialidad o locura, le contesté lo único que se me ocurrió en aquel momento.

—Conocí a una chica.

—¿Que tú qué? —Por fin una respuesta espontánea.

—Vive en el mismo bloque, pero en el apartamento de al lado.

—Espera, espera, espera. —Oí algo tintinear—. Deja que coja el café y luego quiero saberlo todo. ¿Cómo se llama?

Sonreí aliviado. Mi madre sonaba como ella misma por primera vez en más de lo que me gustaba admitir.

—Jolene.

—¿Cómo la de la canción de Dolly Parton? Me pregunto si sus padres la llamaron así... o no. Probablemente no. En la canción es una especie de roba-maridos. Pero es muy bonita.

—Es muy guapa —le confesé, y me di cuenta por primera vez de que era cierto, objetivamente hablando—. Tiene una sonrisa preciosa con un pequeño hueco entre las paletas y un sentido del humor retorcido, pero eso me gusta. —Seguí hablándole a mi madre sobre Jolene, lo que yo conocía de ella, más bien, dejándome algunos detalles por el camino que no habrían ayudado en nada a la imagen que estaba creando de ella. Cuando terminé, hasta yo reconocí que podría haberme encaprichado con ella si las cosas hubiesen sucedido de manera diferente.

—¿Qué te había dicho? —dijo mi madre—. Sabía que encontrarías algo que te gustase. ¿Cuándo la vas a volver a ver?

—Eh... no lo sé. Nos acabamos de conocer.

—Ah, claro, por supuesto. Pero es bueno, ¿sabes? Jeremy no me habla de chicas y... bueno, me gusta.

Greg solía hablar con ella sobre esas cosas. Percibí aquella tristeza remota pero latente aflorar por cómo se había agravado su voz. Intenté que la mía no hiciese lo mismo.

—Te prometo que seguiré hablándote de ella. Intentaré volver a verla hoy.

—Quizás puedas hacerle una foto —sugirió mi madre, y luego añadió—: Tampoco hace falta que ella sepa que se la estás haciendo.

—Mamá, eso es acoso, y a la mayoría de las chicas no les gusta.

—Me estás tomando el pelo otra vez, ¿no?

—Sí, pero voy a seguir sin hacerle fotos a las chicas sin su permiso para que las puedas ver.

—Mi niño gracioso. Estás consiguiendo que te eche más de menos.

—Más que a Jeremy. Tampoco es que sea mucho cumplido.

—Os echo de menos a los dos por igual.

Puse los ojos en blanco, pero por teléfono el gesto perdía fuerza.

—Claro. ¿Te ha llamado ya siquiera?

—Lo hará. Probablemente siga dormido.

—Eso puedo arreglarlo. —Bajé el teléfono y oí a lo lejos a mi madre advirtiéndome de que no despertara a mi hermano mientras me encaminaba hacia el otro dormitorio para hacer precisamente eso.

En el sofá seguía mi padre todavía dormido tapado con una manta. Ya en el interior del dormitorio todavía a oscuras, sacudí a mi pésimo hermano sin mucha suavidad.

—Levántate y habla con mamá. —Omití el insulto que quería haberle dedicado porque mi madre lo habría oído.

—Adam, ¿qué nar...? —dijo, pero no era Jeremy. Mi padre me devolvió la mirada adormilado—. ¿Qué le pasa a tu madre? —Se movió más rápido que yo y me quitó el móvil de la mano antes de decidir sacarlo del error—. ¿Sarah? ¿Estás bien?

Y luego tuve que escuchar la amortiguada explicación de mi madre de que se suponía que iba a pasarle el teléfono a Jeremy. La situación se tornó aún más incómoda cuando mi padre le explicó que, después de haberme ido a la cama, Jeremy y él decidieron cambiar el lugar donde dormirían. La conversación en sí no era el problema; lo que me dolía era oír a mis padres hablar como si fuesen dos extraños. Mi padre, con la voz ronca y adormilada que intentaba disimular, y mi madre con su dolorosa y exagerada educación. Estas no eran las personas que se habían pasado veinte años casados. Que habían tenido hijos juntos. Los fatigados «cómo estás» que se intercambiaron antes de colgar lo empeoraron todavía más.

—Lo siento —me disculpé cuando mi padre me devolvió el teléfono.

—Quizás deberías replantearte cambiar tu forma de dar los buenos días.

—Creía que eras Jeremy.

—Se ofreció a dormir en el sofá.

—Sí. Ya lo veo —respondí, y di por zanjada la conversación más larga que mi padre y yo habíamos mantenido en semanas. Lo dejé allí para que se levantase o se volviese a dormir o lo que fuera. Jeremy se estaba desperezando en el sofá y rascándose cuando volví a atravesar el salón-pasillo.

—¿De qué hablabais?

—De que eres un imbécil —dije. Llama a mamá.

JOLENE

El timbre sonó mientras revisaba lo que había grabado ayer en el balcón y trataba de decidir si la falta de luz era un elemento estilístico o si había mandado el vídeo al garete. Estaba a punto de pulsar la tecla de pausa en el portátil cuando aquellos últimos segundos en los que Adam me miraba desde su balcón se empezaron a reproducir. La luz que se disipaba iluminaba solo la mitad de su cara, revelando un ceño fruncido que expresaba curiosidad a pesar de estar molesto.

La iluminación, decidí, había sido perfecta.

Fui a abrir la puerta con un suspiro. Era demasiado temprano para que fuese la comida china que había pedido, a menos que tuvieran una máquina del tiempo. Cuando abrí, no esperaba que fuese la comida, pero lo que me sorprendió tanto como si lo hubiese sido fue la persona que vi en el umbral.

—¿Has venido a robarme otro cigarro? —le pregunté.

Adam comenzó a sonrojarse, pero al contrario que la noche anterior, el tono rojizo no me resultó tan atractivo.

—Tengo que pedirte un favor.

Apoyé un hombro contra el marco de la puerta.

—Ya, pues no. Ayer te portaste como un idiota, así que no me apetece ayudarte.

—Me lo debes —rebatió, y su sonrojo se extendió hasta darle a sus orejas un tono rosado—. Por el cigarro.

—Error. Vuelve a intentarlo. Nadie te obligó a saltar a mi balcón y a quitarme el cigarro de la mano. Ni te obligué a fumártelo.

—¿En serio?

—Sí, en serio. ¿Qué quieres? —inquirí. La curiosidad ganó sobre la opción de fingir quedar por encima. Él apretó los labios y mi curiosidad aumentó. No parecía gustarle mucho lo que estaba a punto de pedirme.

—Necesito sacarte una foto.

Enarqué las cejas.

—¿Perdón?

Adam me esquivaba la mirada.

—¿Qué tipo de foto?

—Una normal.

—¿Por qué?

No pensaba que pudiera enrojecer más, pero así fue.

—Para mi madre.

—Ni siquiera sé a qué te refieres con eso, pero olvídalo.

Hice ademán de cerrar la puerta, pero Adam se interpuso.

—Oye, intento no parecer raro...

36

—Pues lo eres, así que suelta la puerta.

—A cambio haré algo por ti. Fumaré todo lo que necesites, cualquier cosa.

El tira y afloja con la puerta cesó. Iba en serio. Sus ojos avellana estaban fijos en los míos y, a pesar de que podía apartarle de la puerta si quisiera, parecía estar desesperado. Por una foto mía. Me hormigueaba la piel.

—Vale, soy toda oídos.

—¿Sí?

Al asentir, soltó la puerta. Qué confiado. Sentí la tentación de cerrársela en las narices para que aprendiera, pero no lo hice. Mis cigarros no se iban a fumar solos.

—Anoche te dije que mis padres se habían distanciado...

—Anoche me dijiste muchas cosas.

—Y voy a disculparme por la mayoría, pero escúchame.

Podría haberle dicho que siempre era mejor empezar con una disculpa cuando querías algo de alguien, pero le insté a que continuase.

—A mi madre le gusta fingir que está bien... a ambos, en realidad, pero que estemos aquí la está destrozando. Quedarse sola no le está viniendo nada bien. —Tragó saliva y por un instante me pregunté si se pondría a llorar. La posibilidad me hizo retroceder. Era incapaz de imaginar sentir el dolor de mi madre de tal manera como para que se convirtiese también en el mío—. Creo que le preocupa que Jeremy y yo también nos separemos de ella y decidamos que preferimos estar aquí con papá. —Negó con la cabeza como si tal idea fuese absurda.

Me crucé de brazos.

—Creo que deberías mandarle una foto de tu piso. —Nadie pasaría tiempo en Oak Village voluntariamente a menos que los obligasen; como la custodia compartida en mi caso o los incesantes intentos por convencer a un juez de que era demasiado pobre como para pagar la manutención, en el de mi padre.

—Va más allá de convencerla de que quiero quedarme con ella —explicó Adam—. No quiero que piense que lo estoy pasando mal aquí, porque se sentirá peor y culpable por hacerme pasar por esto. No quiero que lo pase mal si puedo evitarlo.

Ahora me estaba cabreando. Seguía hormigueándome la piel, pero ahora encima también se me estaba calentando. Estaba yéndose por las ramas y yo ya sentía cómo algo me subía por la garganta.

—Ve al grano, Adam.

—Le he dicho que he conocido a una chica. A ti.

—Sí que has conocido a una chica. A mí.

Estaba haciéndome la tonta a propósito; me parecía justo hacerle sufrir un poco mientras sus padres se peleaban por él y querían verle de verdad. Se me quedó la bilis en la garganta, quemándome, antes de poder hacer caso omiso tanto de ella como del pensamiento anterior.

—La he convencido de que nuestra amistad iba mejor de como estamos en realidad.

—¿Te refieres a que no le has mencionado que me dijiste que mi familia era un desastre ni lo mala que soy? —Moví el dedo en señal negativa—. No deberías mentirle a tu madre, Adam.

—Gracias por la lección de valores. La cosa es que le he hablado de la chica del apartamento de al lado y se ha alegrado. Me gusta hacerla feliz y se alegrará aún más si le enseño una foto tuya.

—¿Por qué mía? ¿Por qué no buscas la foto de una chica en internet y le dices que soy yo? —Puse los ojos en blanco ante su reacción no verbal—. ¿Tienes algún tipo de enfermedad? Te sonrojas mucho. —Y mi comentario consiguió que se ruborizara todavía más.

—Eres... peculiar.

Ah, así que sí había intentado buscar a una chica cualquiera. Me aparté la trenza del hombro —que me llegaba hasta la cintura— con un gesto dramático.

—A veces, la belleza es un castigo. Me dicen constantemente que podría ser modelo si fuese más alta y tuviese otra cara y otro cuerpo. —Al ver que eso no consiguió hacerle sonreír, dejé caer los brazos—. Creo que me has prometido una disculpa.

Aquella expresión incómoda volvió a hacer que apretase los labios. Por lo visto, disculparse le costaba lo mismo que pedir favores.

—No sé nada de tu familia, así que me equivoqué al presuponer cómo eran.

Ambos nos miramos durante unos segundos.

—¿Y ya está? —pregunté—. ¿Alguna vez te has metido en problemas?

—¿Qué?

—Olvídalo. Es obvio que no, porque las disculpas se te dan fatal. Deberías haberme dicho que sentías haberme ofendido, así te eximes de cualquier responsabilidad.

Esperó a que añadiese algo más y, al no hacerlo, abrió las fosas nasales y se giró para marcharse; decidió que no valía la pena aguantarme para alegrar a su madre.

Intenté acordarme de cómo me sentí cuando mi familia se hizo añicos. Una mezcla explosiva de fragilidad y... no, por aquel entonces era solo fragilidad. La piel dura que había desarrollado durante los meses en los que se cruzaron acusaciones amargas, abogados, e incluso peores confesiones hasta solo sentir indiferencia, me había servido de mucho más que las emociones volátiles que había sentido al principio.

Estaba claro que Adam se encontraba en la fase de querer matar a la humanidad, así que provocarlo la noche anterior seguramente no había sido lo más inteligente por mi parte. Para ser justos, yo tampoco sabía nada de su familia.

Si dejaba que se marchara cabreado, me quedaría sola hasta que Shelly regresara y esa ya era razón suficiente para llamarlo. O debería haberlo sido. El problema era que sentía una cierta incomodidad en el estómago que me recordaba que él no había sido el único que se había sobrepasado la noche anterior.

—Mira, yo también siento haber dicho que tu padre se iba a echar novia. —Moví la mandíbula y deseé que se me calmase el estómago. A mí también se me daba fatal disculparme—. Sácame la foto de una vez.

Adam se detuvo, pero no se giró.

Me rayaba lo rápido que había conseguido invertir nuestras posiciones. Ahora yo me disculpaba ante él.

—Si te prometo ser más amable en el futuro, ¿te vale?

Podía intentarlo, por lo menos. Siempre lo intentaba.

Adam se acercó, aunque a regañadientes.

—Y quizá deberíamos evitar el tema de los padres —añadí.

—Me parece bien.

—¿La vas a hacer entonces?

Sacó el teléfono en un segundo y mantuvo el pulgar a escasos centímetros de la pantalla. No la sacó.

—¿Podríamos ir fuera o algo así? —Miró en derredor y sus ojos se posaron en la bombilla que seguía parpadeando a unos metros de nosotros—. Es…

—El pasillo es deprimente y lúgubre, ¿no?

—Exacto.

No es que pudiese ofrecerle algo mejor en el apartamento de mi padre, que era igual de lúgubre y deprimente.

—¿Conduces?

Adam negó con la cabeza.

—Cumplo dieciséis en febrero.

—El mío es en enero —lo informé—. ¿Y tu hermano?

—Prefiero quedarme en el pasillo.

—¿En serio? —Adam no respondió—. Vale, entonces andando. Hay un buen sitio de sándwiches de carne y queso a un par de manzanas… —empecé a sugerir, pero me interrumpió.

—Podemos buscar el árbol más cercano o algo así.

Me encogí de hombros.

—Es tu foto. Voy a por una chaqueta.

También cogí la cámara antes de emprender el descenso de las escaleras detrás de él. Permanecimos en silencio mientras bajábamos; yo, porque todo lo que se me ocurría decir no era precisamente *amable*. Iba a tener que contenerme estando con Adam. Por otra parte, él parecía tener siempre la amabilidad en piloto automático. Hasta me sujetó la puerta del edificio.

Menudo bicho raro.

ADAM

Para ser un lugar llamado Oak Village, sorprendentemente había muy pocos robles en la propiedad. Mi padre había mencionado algo la noche anterior durante la cena sobre unos planes para los alrededores, pero que el edificio en sí debía tener prioridad.

Encontramos un árbol a media manzana de allí. Jolene le dio un puntapié y se giró hacia mí.

—¿Cuál es la escena?

—¿Qué? —pregunté.

—Olvídalo. ¿Así está bien? —Se apoyó contra el roble y ladeó la cabeza ligeramente hacia un lado. Al sonreír, el hueco entre sus paletas se hizo visible y a mí el hecho de que no intentara ocultarlo me gustó.

Levanté el móvil y le saqué la foto.

—A ver, déjame verla. —Se colocó a mi lado y yo inhalé el suave aroma a madreselva de su pelo mientras se asomaba por encima de mi hombro para observar el teléfono—. ¿Has cerrado los ojos mientras sacabas la foto?

—¿Qué? —Me daba la impresión de que decía mucho eso cuando estaba con ella—. No.

—Es la peor foto que me han sacado nunca. —Me quitó el móvil y lo sostuvo delante de nosotros—. Sonríe. —Oí un clic—. Hala. Mucho mejor. ¿Ves cómo en esta no parece que tenga solo un ojo? Vaya, la verdad es que salimos genial juntos. Mira.

Giró el teléfono para que yo pudiese ver la foto. De los dos. La había sacado tan rápido que ni siquiera me había dado tiempo a sentirme incómodo. Cuando se me puso al lado, había olido como a dulce y parecido al árbol contra el que se había apoyado. Así que en la foto ella salía sonriendo y yo la miraba a ella con una expresión espontánea y natural.

—Vale, no puedo mandarle esto a mi madre.

—¿Por qué no? —Volvió a acercarse el teléfono para examinar la foto.

—Ahora mismo solo eres una chica guapa a la que he conocido. Si ve esto, de repente serás la chica con la que me saco fotos y... ¿qué estás haciendo? —Estaba haciendo algo con mi móvil.

—Le estoy mandando la foto a tu madre. Supongo que es el contacto con el nombre de «Mamá». Vaya, la llamas mucho.

Le arrebaté el teléfono, pero oí el silbido que hacía el botón de *Enviar*.

—¿Por qué has hecho eso?

—Dijiste que querías hacer feliz a tu madre. Esa es la foto que la hará feliz. A ver... mírala. ¿No salgo monísima? Y mírate tú, contemplándome como si supieses lo guapa que soy.

—Sí. Gracias —dije con voz entrecortada. El «Enviado» que apareció junto al mensaje no dejaba de mofarse de mí mientras trataba de pensar en cómo explicarle la imagen a mi madre para que no sacase las cosas de contexto. Volví a guardarme el móvil en el bolsillo. Hasta luego. —Emprendí el camino de vuelta por la calle. Di tan solo dos pasos antes de que Jolene me detuviera.

—Tienes mucho genio, ¿no? Es solo una foto. Ni que te hubiese estado lamiendo la cara ni nada.

—No lo entiendes. —Intenté deshacerme de su agarre, primero de un modo suave, pero con un poco más de firmeza cuando ella no pareció querer soltarme—. ¿Me devuelves el brazo?

—¿Para que puedas volver corriendo a tu apartamento? No.

Arqueé las cejas como diciendo: «¿Me estás vacilando?». Ella hizo lo propio como respuesta.

—Tranquilízate durante dos segundos y explícame por qué te ha molestado tanto que le mandase esa foto inocente de los dos a tu madre.

42

—De los *dos* —especifiqué a la vez que relajaba el brazo por si ella hacía lo mismo—. Se pensará que eres más que la chica del piso de al lado.

—¿Me estás diciendo que no lo soy?

Sentí arder las mejillas.

—Te agradezco la foto, pero la que has sacado... Se suponía que tenía que ser tuya, no de ambos. Se suponía que ibas a ser una distracción para que mi madre no se regodeara en el hecho de que está sola en nuestra casa por primera vez desde... —Tragué saliva y sentí como si me estuvieran clavando agujas por detrás de los ojos. Suspiré y, al volver a llenar los pulmones, me centré en el aire frío hasta que recobré la compostura—. Ahora es mucho más que eso, o eso es lo que le va a parecer a ella. —Saqué el móvil de nuevo y busqué la foto—. ¿De verdad no ves dónde está el problema?

Ella arrugó el ceño, se mordió el labio inferior y permaneció escrutándome sin siquiera molestarse en mirar la pantalla del teléfono.

—¿Me estás diciendo que tendría que haberte lamido la cara? —Luego se rio al ver que yo endurecía la expresión—. Vaya, eres muy sieso. Estoy de coña. Y sí, veo a lo que te refieres. —Por fin me soltó el brazo—. Estás en un lío y es por mi culpa. —Me miró de reojo en busca de confirmación. Yo me crucé de brazos—. Sinceramente, creo que le estás dando demasiada importancia. Quieres distraer a tu madre. Genial. La chica guapa de al lado... —se señaló a sí misma e hizo una breve reverencia— ...solo va a durar para ¿qué? ¿Dos fines de semana? ¿Quizá tres? ¿Qué pasará cuando la novedad de mi existencia se acabe? Sí, soy increíble y muy guapa, así que puede que consigas alargarlo a cuatro fines de semana, pero hasta yo tengo mis límites. Así pues, ¿qué planes tienes para después?

Apenas respiró antes de continuar.

—¿Ves? Por eso me necesitas, no solo por ser excepcionalmente fotogénica. Yo sola tengo una vida útil muy limitada. Tú y yo... —movió la mano entre nuestros torsos— ...nosotros, uf... el límite es infinito. —Se pegó contra mi costado y movió la mano hacia el cielo como si estuviese trazando un arco invisible sobre nosotros. Estaba oliendo su pelo como un completo psicópata, así que me aparté y sentí cómo el rubor me invadía el rostro.

Cuando me quedé simplemente mirando su arco invisible en silencio, ella dejó de comportarse como una comediante.

—Mira, lo único que digo es que quizás te haya hecho un favor. Si tu madre está pasando por un mal momento de verdad, entonces la idea de un encaprichamiento correspondido la va a alegrar más que si es solo unilateral. Querías mandarle una foto. En cambio, le has ofrecido una historia.

Mirándolo así, no pude evitar considerar el posible lado positivo de la situación. Las cosas se pondrían cada vez más difíciles para mamá cuando Jeremy y yo pasásemos más fines de semanas aquí. Puede que aquella foto no fuese tan mala idea después de todo.

Jolene sonrió de oreja a oreja cuando supo que me había convencido.

—Vale, está bien. Gracias, creo.

—Oh, no he terminado aún con las buenas obras del día.

Fui a oponerme cuando ella sacó la cámara y me apuntó con ella, pero tenía que ser justo con ella, así que la dejé grabarme, luego a ella misma, y luego a nosotros, y mientras tanto hablaba y cuadraba las tomas.

—Aunque te hayas ofrecido, he decidido que regalarte un cáncer de pulmón solo por cabrear a mi padre y a Shelly sería un poco ruin por mi parte.

Me reí, lo cual me sorprendió. Hacía un par de minutos casi me había sumergido en un recuerdo que me habría derrumbado allí mismo frente a ella.

—No iba en serio lo que dije de ser ruin. Y lo entiendo. Después de haber conocido a Shelly, lo entiendo. Pero sí, me parece bien.

Ladeó la cabeza hacia el lado de la cámara y la observé morderse el labio antes de que una sonrisa repentina la obligase a dejar de hacerlo.

—En realidad, eres muy dulce, Adam. —Cuando mi rostro volvió a encenderse, ella regresó a mi lado y sostuvo la cámara frente a nosotros—. Mírame, siendo toda amabilidad.

Torcí el gesto y señalé la cámara.

—¿Eres de esas que publican cada segundo de su vida en las redes sociales?

—No, soy más de las que capturan el momento para poder contar la historia que quiero. En otras palabras, una directora de cine.

—Cierto —dije al recordar a Shelly mencionar algo sobre un curso de cine la noche anterior—. Entonces ¿haces películas?

—Hago películas *increíbles*. Pero cortas, por ahora, y nada con guion. Son más como momentos de la vida, pero los largometrajes son mi futuro. —Bajó la cámara con un suspiro—. Reales, pero mejores, porque podré controlar el resultado, cortar lo que no quiero y cuadrar el resto como yo quiera.

—Vaya, eso mola. —Porque era cierto, pero también triste en cierto modo. Señalé mi móvil—. Y gracias otra vez. Por ser amable y no solo conmigo.

—La famosa madre. Dime una cosa, ¿por qué te preocupas tanto por hacerla feliz?

—¿Aparte de porque es mi madre?

Jolene asintió y me escudriñó de un modo que me hizo responderle de un modo más transparente de lo que había pretendido en un principio.

—Ella cree que esto, la separación de nuestra familia, es culpa suya. Y no lo es. Mi padre es el que nos abandonó. —Cerré los ojos y pensé en aquella mañana en la que se marchó. Ojalá hubiese hecho algo más—. Lleva mucho tiempo sin ser feliz y quiero que lo sea más que nada en el mundo.

El suspiro que oí exhalar a Jolene hizo que volviera a centrar la atención en ella.

—Quiero empezar diciendo que sigo intentando ser amable y agradable contigo. Pero no te lo tomes de manera personal si no consigues hacerla feliz.

JOLENE

—¡Mamá! ¡Tu querida hija ha vuelto! Ven a comerme a besos y contarme lo sola que has estado.

Mi voz resonó hasta el techo abovedado sin respuesta, lo cual no me sorprendió. Era domingo por la tarde, lo que significaba que seguramente mi madre seguía en el gimnasio. Llevé la mochila arriba, a mi habitación, y la tiré cerca de la cama antes de dirigirme a la cocina. Al igual que la mayor parte de la casa, era de un color blanco impoluto, desde los armarios hasta la encimera de mármol Carrara y la araña de cristal del techo. Todo ese esplendor quedó relegado a un segundo plano cuando olí la lasaña que la señora Cho me había dejado en el horno.

Técnicamente se suponía que la señora Cho solo venía a limpiar la casa tres veces a la semana mientras yo estuviera en el instituto —una regla impuesta por mi madre para evitar las interacciones con una persona a la que prefería antes que a ella—, pero ahora había empezado también a cocinar para mí desde que mi madre había decidido que la escurridiza clave para ser feliz equivalía al número de kilos que pudiese perder y había dejado de ingerir todo aquello que no fuese una copa de Martini.

Retiré el papel de aluminio y el aroma a delicioso queso y ajo me envolvió.

—Yo también te he echado de menos —le dije a mi cena. Estaba demasiado caliente, lo que supuso que me quemase y que tuviese que soportar el escozor del paladar al rojo vivo, pero todo sacrificio era demasiado pequeño por la lasaña de la señora Cho.

Me acerqué a la nevera cuando caí en algo y al abrirla hice un pequeño baile. Había tarta de queso en la segunda balda, cubierta por unas deliciosas cerezas rojas. Miré en nuestro hueco secreto de la panera sobre la encimera y encontré el mejor regalo de todos: una nota escrita con la letra diminuta de la señora Cho:

Yo ver película de hombre que conduce coche. Yo creer que gustar película de perro más. Yo hacer queso de cena y de postre. Tú ser buena.

Mi risa resonó por la cocina. Sabía que le gustaría el terror psicológico de *Cujo* más que el crimen dramático de *Drive*; al fin y al cabo, trabajaba para mi madre. La señora Cho y yo habíamos creado hace poco un club de cine. Ella quería mejorar el idioma y a mí me encantaba recomendarle películas. La siguiente que quería que viese sería menos violenta pero más aterradora: *Déjame salir*.

Seguí leyendo. Sus notas nunca eran largas y esta era más corta que el resto, pero la última línea siempre me hacía sentir querida y me dejaba los ojos húmedos: *yo echar de menos a mi niña*. Recordaba cuando volvía del colegio y la señora Cho me estaba esperando para abrazarme y subirme a la encimera para que la ayudase con la cena. Siempre olía a pan recién hecho y a Windex y me rascaba la espalda mientras revolvía boles más grandes que yo. Por aquel entonces casi no hablaba el idioma y yo únicamente conocía las palabras en coreano que ella me había enseñado, pero siempre nos habíamos entendido la una a la otra.

Di la vuelta a la nota y le escribí con letra más cuadrada un par de películas más como sugerencia y después le agradecí todo el queso que iba a cenar y le dije que yo también la echaba de menos. Me temblaba la mano cuando guardé la nota para que la encontrase mañana.

Las notas eran mejor que nada, pero tuve que morderme el interior de la mejilla hasta que el dolor me distrajese de la opresión que sentía en el pecho y así poder llevarme el primer bocado de esa esponjosa tarta de queso a la boca.

Si mi madre supiese cuánto comía en un día normal, me echaría a la calle y me lapidaría. O eso creo. Quizá. Lo más seguro es

47

que lo usase de excusa para insultar a papá y a su maldita constitución delgada, que yo había heredado. Vería que se sentía tan mal con una talla treinta y cuatro como con una treinta y ocho y después empezaría alguna otra cosa.

Volví a mi cuarto y saqué el móvil del bolsillo parar mirar la foto que me había mandado desde el móvil de Adam. Intenté imaginar qué habría pensado su madre al verla. Era una buena foto. Yo parecía feliz y no tenía los labios como otras veces, que enseñaba demasiada encía. El sol iluminaba la foto desde un ángulo perfecto, tiñendo mi pelo castaño de dorado y resaltando los colores amarillos y rojos de las últimas hojas de los robles detrás de nosotros.

No analicé mi aspecto mucho y tampoco pensé que la madre de Adam lo fuera a hacer. Fue él quien captó mi atención, con aquel pelo cobrizo peinado hacia delante y los ojos destellando un brillo especial no solo para la cámara, sino también para mí. Fue únicamente porque lo sorprendí acercándome antes de sacar la foto, pero cualquiera que mirara la foto, me envidiaría. No porque Adam fuese un Adonis ni nada parecido —aunque me gustaba mucho su mandíbula—, sino porque su expresión, sus ojos, su todo indicaban que estaba contemplando algo precioso.

Solté un ruidito recriminador hacia mí misma, lancé el móvil sobre la almohada y me agaché para sacar la cámara y el portátil de la mochila. Ignoré, por el momento, el resto de las pertenencias que me veía obligada a transportar entre las casas de mis padres. Mantenía lo básico en casa sitio, pero solo tenía una camiseta deshilachada de *El club de los cinco* con la que me gustaba dormir.

Después de encender el portátil y abrir el Final Cut Pro, volví a ver lo que grabé de Adam y de mí que ya había importado el día anterior. Nada de lo que tenía había capturado la magia de la foto del móvil, así que también la importé. Mis proyectos siempre empezaban igual, con cosas grabadas al azar hasta que, poco a poco, la historia que quería contar tomaba forma. Mi ídolo, Suzanne

Silver, describía su proceso directoral de forma parecida. Lo que tenía de momento era un misterio, pero la historia surgiría.

Me vibró el móvil justo cuando estaba cerrando el portátil y vi un mensaje de mi padre en la pantalla. Se me formó un nudo en el estómago antes de leerlo siquiera:

> Finde ocupado, ya sabes. Shelly me ha dicho que todo ha ido bien. La próxima vez cenamos. Lo prometo.

Se me helaron los dedos con los que sujetaba el móvil. Sí, claro. Apenas recordaba la última vez que lo había visto y mucho menos haber comido con él. ¿En mi cumpleaños? Por las risas, eché un vistazo a la última docena de mensajes que me había mandado. Básicamente en todos ponía lo mismo. Un par eran iguales, como si hubiese copiado y pegado las palabras. Me preguntaba si me creía lo bastante tonta como para no percatarme o es que simplemente le daba igual. Los nudos en el estómago empezaron a retorcerse.

No respondí. Nunca lo hacía.

Podría poner fin a su actitud de padre ausente si quisiera. Decirle una sola palabra a mi madre o a su abogado haría que los fines de semana que mi padre no pasaba conmigo se acabasen... hasta que su propio abogado encontrase algo nuevo contra mi madre. Y así una y otra vez.

Gracias, pero no.

Además, ¿sería eso mejor que como ya vivía?

Unas manos me alejaron del sueño que estaba teniendo donde era Tarzán. En un breve momento de confusión el sueño y la realidad convergieron y luego me arrancaron de la liana de la que colgaba de las manos.

—Jolene. ¡Jolene! ¡Despierta!

Las lianas —más bien sábanas, que vi al abrir los ojos— se encontraban tiradas al pie de la cama y mi madre se hallaba inclinada sobre mí.

—Bien. Ya estás despierta. —Sonrió y mostró su dentadura blanca y perfecta.

La afirmación de que ya estaba despierta no era un hecho constatable. Apenas tenía los ojos abiertos y mi cuerpo estaba encogido en torno a las enredaderas/sábanas que ya no estaban ahí. No me había movido casi excepto para acercarme inconscientemente a ella cuando se sentó en el colchón a la altura de mi cintura.

—No estás drogándote, ¿verdad? —Me abrió el párpado con el pulgar y yo siseé y me aparté como un vampiro enfrentándose al sol.

Volvió a sacudirme.

—Quería verte. ¿Tanto te habría costado esperarme?

Abrí un ojo y la miré.

—¿Qué hora es?

—Pasadas las dos —respondió sin un ápice de arrepentimiento.

—Entonces, sí.

Mamá estaba sentada toda melindrosa en la cama con el pelo liso y brillante sobre los hombros. El escote de la camiseta que llevaba era un poco bajo y podía ver delineado el esternón y sus brazos oliváceos y musculosos. ¿Era posible que se hubiese quedado aún más delgada en estos dos días? Los ojos me decían que sí.

Sus ojos castaños estaban un poco brillantes, pero aun sin esa pista siquiera, era capaz de oler que había estado bebiendo. Aferré la esquina de la almohada. Estas conversaciones en mitad de la noche solo sucedían con la ayuda del Capitán Morgan y nunca terminaban bien.

Siempre empezaba con la misma pregunta.

—¿Cómo está tu padre?

—Bien.

—¿Y la roba-maridos?

—Mamá.

—¿Qué? ¿No puedo preguntar por la mujer con la que tu padre ha decidido criarte? ¿No forma parte de mi derecho como madre querer saber si te trata bien? ¿No…?

—Ella está bien. Todo va bien. Nadie me pega, ni me hace pasar hambre ni me ha obligado a entrar en una secta. No, papá no ha hablado de ti. No, no he encontrado una bolsa secreta llena de dinero en la que ponga «esconder de Helen». No sé nada. Nunca sé nada. ¿Puedo volver a dormirme ya?

Pero no pude, porque rompió a llorar. Así que tuve que abrazarla. Porque ella nunca me abrazaba a mí.

—Tom dice que debería recibir más dinero.

—¿Qué Tom? —pregunté varios minutos más tarde, con el hombro húmedo.

—Tom, ya conoces a Tom.

No conocía a Tom.

—Lo conocí en el gimnasio y dice que seguro que Robert no ha revelado todo lo que tiene.

Levantó la cabeza y una vez que dejé de fijarme en las manchas negras de su cara, me di cuenta de que me miraba como si esperase que dijera algo.

Suspiré y dejé caer los brazos. Por una vez, me gustaría que me despertase como si realmente me echara de menos en lugar de por esto: un intento de interrogatorio para hacerme sentir culpable. Estaba bastante segura de que mi padre estaría ingresándole dinero a Shelly en algún lado. Mamá también lo creía, pero hasta ahora no había sido capaz de demostrarlo. Sus intentos para que espiase por ella habían fracasado. ¿A mí qué me importaba quién tuviese el dinero de mi padre? Mientras la pantomima continuase, ninguno lo tendría.

Las pequeñas cosas de la vida.

—Ya te he dicho que no sé nada del dinero.

Mamá resopló y se apartó.

—Lo está escondiendo en algún lado. Sé que tengo razón. —Movió el dedo prácticamente en mi cara y yo se lo aparté—. ¿Por qué se iba a quedar esa zorra con él si no?

Había dejado de creer que alguno de mis dos padres fuera digno de cariño, así que no respondí.

Mamá apoyó la cabeza en mi hombro.

—¿No puedes...?

—No —la interrumpí, agarrando la almohada con más fuerza y hundiendo los hombros para que se separara de mí. Estaba intentando portarse bien conmigo, hacerse la dulce, pero el corazón me latía desbocado por lo falso que era todo—. No pienso rebuscar entre sus cosas. ¿Cuántas veces tengo que decírtelo?

Dejó de apoyarse.

—Imagino que quieres verme en la calle.

—Tienes una casa enorme.

—¿Y si dice que necesita pagarme menos? Podría perderlo todo.

—Mamá, para. Te estás agobiando por nada.

—¿Por qué? ¿Porque soy la única que se quedaría sin hogar? —Soló una risotada llena de amargura—. Tú te irás a casa de tu padre a no hacer nada como cada dos fines de semana...

—Tengo fama de no hacer nada.

Me contuve para no mencionarle el régimen de visitas, porque sabía —al menos, cuando estaba sobria— que no tenía voz ni voto en eso.

—...Y yo me quedaré en un callejón cualquiera vendiendo mi cuerpo a cambio de droga.

No pude evitarlo. Me reí.

—Qué rápido te conviertes en prostituta y drogadicta en ese caso hipotético.

La cara se me puso al rojo vivo cuando me asestó una bofetada.

—¡Ay! —Se cubrió la boca con las manos—. Jolene. Cariño, ha sido sin querer. Mi Jolene. —Me volvió a abrazar y comenzó a mecerme y a chistarme como si la que llorase fuese yo. No lo era. Nunca lo hacía. Mi corazón latía débil en el pecho y me picaba la cara, pero mis ojos permanecieron secos—. Eres lo único bueno que tengo, ¿lo sabes? Te quiero tanto, tanto... —Después me hizo tumbarme, me cubrió con la sábana y me arropó.

Lo último que hizo antes de marcharse fue besarme la mejilla en la que me había pegado.

ADAM

Esperé en el coche mientras Jeremy y papá se despedían con un abrazo; a diferencia de ellos, yo había descartado cualquier otra despedida más allá de un sencillo y escueto «adiós». Como consecuencia, Jeremy y yo no compartimos ni una palabra de camino a casa. Era un trayecto de media hora, así que el silencio nos conllevó un esfuerzo considerable a ambos.

Abandonamos la carretera principal e, incluso con los ojos cerrados, los crujidos del suelo acompañados de la vibración del coche de Jeremy me indicaban que ya casi había llegado a casa. El camino de gravilla se alargó durante casi un kilómetro más antes de que nuestra casa se viera y nuestra madre bajase corriendo el porche con aquel pelo castaño rojizo suyo, que llevaba cortado a la altura de los hombros, rebotase enmarañado alrededor de su rostro de tez clara.

Dejé que mi madre me abrazara tan fuerte como necesitara. Jeremy fue el siguiente y la abrazó obediente antes de darle un beso en la mejilla tal y como le habían indicado. Mamá se aferró a nuestras manos y se embebió de nosotros con los ojos verdeazulados demasiado enrojecidos como para que nos creyésemos la sonrisa con la que nos había recibido.

—Estáis más altos. Os juro que los dos estáis más altos.

—No le des falsas esperanzas a Jeremy, mamá. La gente baja es tan buena gente como los demás.

Jeremy me insultó, allí frente a nuestra madre, pero ella no lo regañó. Aquello, más que otra cosa, enfrió la pelea que siempre se fraguaba entre los dos.

—¿Quién tiene hambre? He hecho pollo frito y hay pastel de manzana de postre. —Ambos respondimos con entusiasmo y la dejamos que nos guiara hasta el interior de la casa. Intercambiamos una mirada. Sin sonrisas ni palabras articuladas, pero supe que ambos haríamos lo que pudiéramos para hacerle olvidar que había estado sola durante todo el fin de semana. Jeremy no quería culpar a ninguno de nuestros padres, y justo entonces que pensase así era lo único que necesitaba de él.

Una hora después, mi madre fingió horrorizarse cuando Jeremy y yo nos zampamos el pastel entero.

—¿Tienes más? —le pregunté. En ese momento sí que se horrorizó de verdad, pero probablemente más a modo de reprimenda hacia sí misma porque tendría que haber hecho un segundo pastel solo por si acaso—. Mamá, estoy de broma. Te juro que estoy a punto de vomitar. —En serio. Habría parado hacía dos trozos, pero cuando vi que Jeremy se había servido el tercero, mi complejo de inferioridad de hermano pequeño me lo impidió.

—Puedo hacer otro. —Fue a levantarse de la mesa, pero yo la detuve colocando una mano sobre su muñeca.

—Mamá. Siéntate. Ni siquiera estaba tan bueno.

Mamá soltó un suspiro, pero luego este se volvió una risotada.

—Sé que me estás tomando el pelo, porque os lo habéis comido entero.

—El último trozo fue por pura pena. Un pastel asqueroso. Vaya, hasta me siento mal por las manzanas.

Más risas de mamá, y cada una fue mejor que la anterior.

—A mí me ha gustado —intervino Jeremy, y mi madre se inclinó hacia adelante para darle un golpecito en la mano.

—Gracias, cariño.

Intentó echarnos para que fuésemos a deshacer las maletas mientras ella fregaba los platos, pero yo me rezagué hasta que Jeremy se fue.

—¿Mamá?

Estaba de pie frente al fregadero, enjuagando los platos y cargando el lavavajillas. Me miró por encima del hombro.

—¿Has cambiado de idea sobre lo del pastel?

Cogí un plato recién enjuagado de sus manos y lo coloqué en el lavavajillas.

—Es solo que me alegro de estar en casa.

Siguió girando y girando otro plato bajo el chorro del grifo.

—Yo también. N-no creí que me fuera a resultar tan difícil. ¿A cuántas madres les encantaría tener la casa solo para ellas por unos días? La próxima vez irá mejor. Haré planes y se pasará más rápido. —Asintió en mi dirección y por fin decidió pasarme el plato—. ¿Tu padre está bien?

—Supongo que sí. —Podría haber añadido que realmente no lo sabía, porque apenas había hablado con él en todo el fin de semana, pero encontraría la forma de sentirse culpable por ello. En cambio, saqué el tema que tan bien me había servido la última vez que había tenido que animarla—. ¿Recibiste la foto?

—¿Eso era? Mi móvil hizo un sonido parecido al de un gorjeo y no sabía lo que tenía que hacer. —Mi madre se había criado como menonita y le había costado abrazar la tecnología incluso de adulta. Se secó las manos en un paño y trajo el bolso de la otra habitación. Cuando me tendió su teléfono, ya estaba sonriendo.

—Antes de que te montes ideas equivocadas, por favor recuerda que acabo de conocerla.

—Adam, ya lo sé. —Intentó sonar calmada, pero prácticamente estaba botando sobre los dedos de los pies, lo cual arruinó el efecto. Esto se iba a convertir en lo más inteligente o estúpido que habría hecho nunca. Con Jolene en mente, decidí que probablemente sería ambos.

Le enseñé la foto sin fijarme demasiado en ella. A juzgar por la expresión de mi madre, desgraciadamente había subestimado el impacto que tendría en ella. Su sonrisa, que había sido amplia y ancha hacía un momento, ahora desaparecía frente a mis ojos.

—¿Mamá? —Cuando intenté quitarle el teléfono, ella me agarró la muñeca y soltó un quejido parecido al de un animal herido.

—Lo siento. Lo siento. —Se acercó el móvil más aún y la vi escudriñar la pantalla de lado a lado y de arriba abajo sin parar—. Es muy guapa, Adam. —Luego me devolvió el teléfono—. Mándame otra más la próxima vez, ¿vale? —Cuando asentí, ella sonrió—. Supongo que cocinar tanto me ha dejado agotada. Voy a irme a la cama temprano esta noche. —Me dio un beso en la mejilla—. Me alegro de que estés en casa.

En cuanto se marchó, eché una mirada al teléfono que todavía tenía en la mano y solo me llevó un segundo ver lo que antes se me había escapado. Su reacción no tenía nada que ver con Jolene ni con que saliésemos los dos juntos en la foto. Tenía todo que ver con el hecho de que, en aquella foto tan improvisada, era igualito a mi hermano muerto.

Greg.

SEGUNDO FIN DE SEMANA
25-27 DE SEPTIEMBRE

JOLENE

Hay una película de ciencia ficción muy famosa de los años cincuenta, creo, sobre unos extraterrestres que vienen a la tierra, pero en la que los humanos no se dan cuenta de que les están invadiendo porque los extraterrestres secuestran a la gente y los sustituyen por alienígenas que son igualitos a ellos. También había algo sobre unas cápsulas. Debería ver la película, pero la ciencia ficción de antes de los setenta no me gusta.

Sin embargo, me habría resultado útil saber cómo derrotaron los humanos a los extraterrestres en la película —porque lo hicieron, ¿no?—, porque estaba segura en un 96% de que había uno en mi cocina.

Se parecía a mi madre. Tono oliváceo, moño brillante y oscuro, brazos como los de Sarah Connor en *Terminator 2*. Pero la extraterrestre había cometido un error fatal: el delantal.

—Dime que vienes en son de paz.

—Por el amor de Dios, Jolene, casi me da un infarto.

Mi madre, la extraterrestre, me saludó con la mano y volvió a inclinarse sobre la olla gigante en la que estaba removiendo algo en el fuego. Entré en la cocina y me acerqué hasta el fregadero. Puse los dedos bajo el agua y le salpiqué unas gotas.

—Para, Jolene. ¿Qué te pasa?

—Hum, así que también has visto *Señales*. De todas formas, siempre he pensado que los extraterrestres que vienen a un planeta en el que dos tercios de la superficie están cubiertos de agua eran demasiado estúpidos como para sobrevivir.

—¿Es eso lo que pretendes? ¿Crees que soy E.T.?

—Más bien la reina en *Aliens: el regreso*. —Saqué el encendedor de un cajón y prendí una llama—. Y yo soy Ellen Ripley.

—Ves demasiadas películas.

—Tuve que crecer de alguna manera.

Mi madre, la alienígena, se detuvo y me miró.

—Me duele que digas cosas así.

En otra vida, en otra película, ese rastro de dolor en su voz me hubiese detenido. Pero no estábamos en una escena de madre e hija donde nos peleábamos hasta que una rompía la tensión lanzándole un puñado de harina a la otra y convertía el momento en una guerra de comida y risas y una cariñosa reconciliación al final. Entre mi madre y yo no había cariño, y si aquel día dudaba de sus posibles intenciones ocultas, verla esconder en el bolsillo del delantal una diminuta botella de cristal marrón me las esclareció. Volví a sentir una sensación familiar en el estómago. Esa botella no solía estar en ninguna cocina.

Abrí la boca, la cerré y la volví a abrir.

—Lo siento.

—¿Qué tal te ha ido el instituto? ¿Y el entrenamiento de fútbol?

—Igual de informativo que siempre. —Me empezaron a sudar las manos mientras contemplaba fijamente el bulto de su delantal—. ¿Qué tal…? Por cierto, ¿qué estás preparando?

Mi madre, la extraterrestre, ignoró la pregunta.

—¿Tienes hambre?

Se me contrajo el estómago.

—Error. Mi madre nunca me preguntaría eso. Y no tiene delantal.

—Pues sí que lo tiene. Antes de que nacieses cocinaba mucho. Al menos, un poco.

—No te creo.

Levantó la cuchara de la olla y me la ofreció para que probase.

Miré la sopa. Igual que la extraterrestre de mi madre, parecía inofensiva por fuera, pero no me dejaría engañar.

Le tembló la mano cuando no me moví.

—Es sopa minestrone. La he preparado para ti.

—Tú primero.

Estampó la cuchara en la encimera y el líquido naranja lo salpicó todo.

—Mierda —susurró. Vi sus lágrimas—. ¿Por qué no puedes ser buena y fácil? ¿Por qué no puedes sonreír y comerte un plato de sopa? Mierda.

Me temblaba el cuerpo mientras la miraba. No estaba segura de qué le habría echado a la sopa, pero suponía que algo que me hiciera estar demasiado enferma como para marcharme a casa de papá hoy, pero no lo suficiente como para tener que ir al hospital. Ya lo había hecho; no a menudo, pero sí lo bastante como para que, de primeras, no comiera nada a lo que ella hubiera tenido previo acceso en estos fines de semana que se quedaba sola.

—Te has quemado la mano.

—Ya lo sé. —Se le estaban formando ronchas rojas por la parte de atrás de los nudillos y por la muñeca—. Solo es sopa, Jolene.

Nunca resultaba ser *solo* algo.

—Ya se ha estropeado. —Levantó la olla grande, que tenía suficiente sopa para una docena de personas, y la tiró entera por el fregadero. Hortalizas diminutas y pequeños macarrones atascaron el desagüe, lo que hizo que el líquido naranja no desapareciese en seguida. Se giró y se dejó caer al suelo.

—¿Por qué no te la has querido comer?

La observé con el estómago revuelto, prácticamente como si ya me la hubiese comido.

—Nunca me has hecho sopa. Nunca me has cocinado nada.

—No soy una extraterrestre.

Tenía que serlo; una madre de verdad no haría esto.

—Eso es lo que diría un extraterrestre.

Me sonrió aún con lágrimas en los ojos.

—Buena chica.

Varios minutos más tarde, no me había salido nada del pecho. Ni a ella tampoco. La sopa seguía en el fregadero. Ella aún seguía en el suelo o, mejor dicho, había regresado al suelo, esta vez acompañada de un vaso lleno de un líquido ámbar que se llevaba a los labios.

Me abracé a mí misma a la altura del pecho.

—Se supone que me tienes que llevar a casa de papá.

Su respuesta fue dar un buen trago del líquido ámbar.

—No pienso meterme en un coche contigo y no tengo tiempo para ir andando. —El piso de mi padre estaba a diez minutos en coche, pero se tardaba mucho más andando.

Volvió a beber tras aquel comentario.

Me dejé caer frente a ella y se me quebró la voz cuando hablé.

—¿Por qué te haces esto?

La pregunta solo logró que me mirase inexpresiva hasta acabarse y rellenarse el vaso. Cuando iba por la mitad del segundo, se detuvo para rozarse las quemaduras de la mano con cuidado.

—A veces... me pregunto si seguiría casada si no te hubiera tenido.

Si hubiera sido mi madre la que me hubiese dicho aquello, mi respuesta habría sido algo más que estremecerme solamente. Miré a la extraterrestre.

—¿Te engañó papá alguna vez antes de que yo naciera?

La extraterrestre miró a la nada.

—Siempre me estaba poniendo los cuernos. —A continuación, me miró y se percató de la mochila que me colgaba del hombro con las cosas para pasar la noche fuera—. Vete a guardar eso.

Cerré los ojos y los abrí.

—Sabes que no puedo.

—Jolene, no discutas conmigo hoy.

—Tengo que estar en casa de papá a las seis.

—Es mi fin de semana.

Aunque se hubiese olvidado, lo cual no sucedía nunca, el abogado de mi padre había cogido la costumbre de llamar y recordárselo, lo cual seguramente hubiese propiciado el terrorífico acto de domesticidad con la sopa que me había encontrado antes. Le resultaría difícil conducir incluso sobria. Sospechaba que ella lo sabía; quizá hasta se hubiese quemado a propósito.

Me acerqué las rodillas al pecho.

—Siempre es peor cuando te enfrentas a ello.

Antes de que me pudiese responder, me sonó el móvil. Sabíamos que era el abogado de mi padre antes de mirar la pantalla siquiera.

—Hola, señor Kantos. Sí, sé que es el fin de semana de mi padre... Está aquí. —Miré a la extraterrestre, que se encontraba con la vista al frente, apurando el vaso—. Por desgracia, no va a poder llevarme.

Una pequeña sonrisa asomó por sus labios.

—Llamaré a un Uber, pero puede que llegue un poco tarde... No, no hace falta... —Alcé la voz con desgana—. No creo que... señor Kantos. —Me giré y traté de hablar en susurros, como si aquello fuese a conseguir que la extraterrestre no me oyese—. Ya sabemos que cuando están cerca pasan cosas malas. —Me mordí el interior de la mejilla y me centré en no decir nada que pudiese meterme en problemas luego—. Seguro que sí. —Colgué y me quedé mirando al frente, como mi madre, la extraterrestre.

Shelly me vendría a recoger.

ADAM

Era imposible que el apartamento de papá tuviese peor aspecto la segunda vez que lo vi. Objetivamente hablando, sabía que había estado trabajando en él desde que llegué la primera vez, pero aún era capaz de sentir los dedos de mi madre al aferrarse con fuerza a mi camisa mientras me abrazaba, y el temblor que me transfirió cuando se obligó a soltarme.

Así que, sí. Era peor.

—Venga, tío. —No había ni un ápice de irritación en la voz de Jeremy. Mi madre también se había aferrado a él—. La podemos llamar después de cenar. Mañana y el domingo. —Y entonces guardó mi mochila junto a su bolsa antes de cerrar el maletero. Aquello era lo máximo que Jeremy haría por mí.

Hacía dos años yo le habría agradecido el gesto.

Hacía dos años Greg no solo habría intentado limar asperezas entre ambos, sino que también habría conseguido que nos olvidáramos de lo que sea que hubiese pasado entre los dos.

Hacía dos años papá no se habría marchado y yo no me habría encontrado en una zona de aparcamientos llena de baches mientras mi madre pasaba otro fin de semana sin sus hijos. Estaba a un segundo de cerrar la puerta del coche de un portazo para cabrear a Jeremy cuando otro portazo se me adelantó.

—¡Jolene! ¡No he terminado de hablar contigo!

Miré y vi a Jolene alejarse de un coche deportivo rojo con una mochila sobre un hombro y la trenza colgando sobre el otro. Se giró y prosiguió caminando de espaldas para poder responder a Shelly, que seguía de pie junto a la puerta del conductor.

—Pues, en serio, deberías.

Shelly dio otro portazo tan fuerte como el de Jolene.

—No es culpa mía que tu madre me lanzara un vaso a la cabeza.

Abrí los ojos como platos y, cuando volví a centrarme en Jeremy, vi que él también había hecho lo propio.

—No, pero tendrías que haberte quedado en el coche —le recriminó Jolene, como si fuese la cosa más evidente del mundo—. Con las puertas cerradas y el motor encendido. Eso es lo que tendrías que haber hecho.

—Se suponía que ibas a estar fuera, esperándome.

Jolene se detuvo. Incluso dio unos cuantos pasos hacia Shelly, y, entonces, me percaté de lo crispada que tenía la trenza.

—Pero de eso no quieres hablar, ¿verdad? No quieres hablar de que estaba borracha y de que me tiró al suelo en cuanto oyó sonar el timbre o que, antes de eso, había intentado envenenarme para que pasase el fin de semana en la cama. No quieres hablar de nada de eso porque no puedes decírselo a mi padre o a su abogado sin arriesgarte a que el juzgado decida que aquí viviría mejor que allí y me quede de forma permanente.

Jeremy y yo giramos la cabeza hacia Shelly y observamos cómo su rostro se coloreaba de rojo antes de desviar la mirada.

—¿Ves? —prosiguió Jolene, retomando su camino hacia el apartamento—. Por eso deberías dejar de hablarme. —Abrió la puerta del edificio de un tirón y fue entonces cuando por fin reparó en Jeremy y en mí. En su favor, tenía que decir que no cambió la expresión en lo más mínimo. Me sostuvo la mirada lo suficiente como para que me ardiese la cara y el cuello, y luego entró. Unos instantes después, Shelly la siguió con la mirada gacha.

—¿Sigues queriendo quejarte de tu vida? —inquirió Jeremy, dándome un empujón con el hombro antes de dirigirse él también hacia el portal.

Jolene se llevó un dedo a los labios cuando, al abrir la puerta de mi dormitorio, me la encontré sentada con las piernas cruzadas en mitad de la cama.

Me detuve de golpe en el umbral y me la quedé mirando, intentando decidir si estaba alucinando. Entonces el sonido de mi padre y Jeremy hablando me impulsaron a moverme y a adentrarme definitivamente en la habitación. Cerré la puerta a mi espalda y eché el pestillo.

—¿Qué estás haciendo aquí? ¿Cómo has entrado siquiera?

Ella bajó la voz igual que yo.

—He adoptado tu técnica para saltar balcones. Aunque déjame decirte que es mucho más difícil sin tener tu ventajosa altura. Además, el metal mojado es de lo más resbaladizo, ¿lo sabías?

Medio negué con la cabeza.

—Espera, empieza por el por qué.

63

—¿Por qué estoy aquí? —Señaló la cama sobre la que seguía sentada—. ¿En tu habitación?

Abrí los ojos más aún a modo de confirmación antes de desviarlos hasta la puerta que básicamente bloqueaba con mi cuerpo. Si mi padre o Jeremy la oían... Aunque, bueno, Jeremy ya la había oído, ambos lo habíamos hecho, abajo en el aparcamiento. Cuando mencionó todas aquellas cosas sobre su madre. Paseé la mirada más despacio sobre ella. Ya me había percatado de la trenza encrespada, pero de cerca pude ver que le salían enredos y mechones por todas partes y una de las rodillas de sus vaqueros estaba desgarrada... y no de un modo que pudiese parecer deliberado. Además, tenía un rasguño en la mejilla.

—¿Todo eso es por tu madre? —pregunté, incapaz de contener la preocupación en la voz.

—¿Qué? —Entonces se miró a sí misma y medio se rio—. Ah. No. Lo del pelo es mayormente a causa del viento, que me ha intentado hacer caer mientras trepaba por la barandilla; el arañazo es por haberme acercado demasiado a la pared del apartamento; y los vaqueros rotos son de cuando caí en tu balcón. Ha sido todo muy grácil y elegante.

No sabía si creerla del todo o no, pero antes de poder preguntarle nada más, alguien llamó a la puerta con el puño.

—Adam. Sal. Vamos a cenar.

Ojeé la puerta y luego de nuevo a Jolene. Más golpes.

—Eh, abre. Nos vamos.

Ella me observó con las cejas arqueadas, como si solo tuviese curiosidad por cómo iba a manejar la situación y ocultar la presencia de una chica en la habitación con mi padre y mi hermano justo al otro lado de la puerta. Teniendo en cuenta que ella había arriesgado más que una simple pierna rota saltando de su balcón al mío, lo mínimo que podía hacer era mandar a paseo a mi hermano.

—No puedo. Tengo náuseas. —Me levanté, di unos cuantos pasos hacia la puerta y medio le di la espalda a Jolene.

—Eres un... —El pomo repiqueteó cuando Jeremy intentó abrir la puerta. Papá le preguntó qué pasaba y el forcejeo se detuvo—. No pasa nada. Pero Adam está malo. Tuvimos que parar de camino hacia aquí para que vomitara.

El pomo volvió a repiquetear, esta vez con más suavidad.

—Adam, ¿estás bien? ¿Necesitas algo?

Jeremy respondió por mí.

—Está bien. Se va a quedar aquí durmiendo.

Entablaron una conversación que no pude terminar de entender, pero acabó con Jeremy convenciendo a papá de que deberían marcharse y dejarme descansar tranquilo.

—Te traeremos algo en caso de que te sientas mejor después —me informó papá—. Tienes mi teléfono. —La puerta principal se abrió y se cerró un minuto después.

—No estás malo de verdad, ¿no? —preguntó Jolene, observándome.

—No, este es mi tono de piel natural. Soy pálido.

—¿Entonces me puedo quedar un rato? No toda la noche ni nada, solo hasta que Shelly se quede dormida.

—Sí —contesté. Me senté a los pies de la cama sintiéndome bastante bien por haberme deshecho de Jeremy y de mi padre con tanta facilidad—. Quédate tanto como quieras.

Me sonrió de oreja a oreja. Cuando sentí el rubor inundar de nuevo mis mejillas, ella se apiadó de mí y echó un vistazo a la habitación.

—No está mal. Es como la habitación de un motel barato en una película gore. —Alzó las cejas—. Ya sabes, acogedora.

Miré en derredor. La verdad es que su descripción parecía adecuada.

—No te ralles. Tu apartamento podría estar chorreando de sangre y aun así seguiría pareciéndome infinitamente más agradable que el mío.

—¿Shelly? —le pregunté y posé la mirada sobre el cuadro del manzanar que colgaba sobre la cama.

—Qué chico más listo eres.

No me sentía listo. Me sentía... hechizado. Solo había desviado la atención de ella unos meros segundos cada vez desde que entré en el edificio. La exigía sin siquiera hacerlo a propósito. Además, hablaba mucho. A veces su voz sonaba un tanto estrangulada cuando se quedaba sin aire, pero se obligaba a pronunciar otra frase o dos antes de inhalar una ingente cantidad para continuar. Shelly también me había dado esa misma impresión, pero su cháchara incesante me había resultado asfixiante. Con Jolene, no obstante, no me importaba.

Deambuló por mi habitación mirando dentro de cajones y echando un vistazo al armario. Todas mis cosas se encontraban en mi mochila, así que la dejé hacer.

—¿Quieres que te ayude a deshacer la mochila?

—¿Por qué?

—¿No vas a sacar las cosas?

—No tenía pensado hacerlo.

Jolene se desplomó sobre la esquina de la cama. Tenía el pelo castaño tan largo que prácticamente se había sentado encima. Nunca había visto a nadie con el pelo así de largo en la vida real.

—¿Quieres un consejo? ¿De hija de padres divorciados a hijo de padres divorciados? —Levantó las manos en cuanto hice el amago de rebatirle—. Perdona, de hija de padres divorciados a hijo de padres distanciados. —Por su tono de voz quedaba claro que esa distinción no era más que una formalidad para ella. Aquella irritación que sentí cuando la conocí comenzó a aflorar de nuevo—. No malgastes energía en minucias.

—¿Minucias?

—Sí, ya sabes, pequeños actos de rebelión, como vivir de una maleta y...

—¿Fumar?

Torció la boca en un intento de contener una sonrisa. Aquel pequeño gesto logró que el enfado se disolviese enseguida.

—Vale, sí, y fumar. Aunque en mi defensa diré que tengo que centrarme en cosas que hablen por mí incluso cuando no estoy aquí, ya que apenas he visto a mi padre en meses. La última vez que se acercó a mi puerta y me suplicó que fuese a cenar con él… —señaló la puerta de mi dormitorio— fue… eh, nunca.

—¿En serio?

—No —respondió tirándose de la trenza—. Me lo estoy inventando para que me compadezcas.

¿Por qué tenía que decir esas cosas?

—Lo siento.

—Sí, él también, así que mejor no hablemos de él. Hablemos de ti. —Se puso de rodillas y se deshizo la trenza para poder peinar la maraña con los dedos—. Todavía no me has contado lo que opinó tu madre de nuestra foto. Fue bien, ¿no?

Parpadeé varias veces. En aquel momento me vi de nuevo atrapado en la cocina con mi madre y con la expresión de su rostro cuando le enseñé la foto. No podía pensar en ella sin verla a través de sus ojos, sin ver a Greg.

—Déjame adivinar. —Jolene se colocó bocabajo y se descolgó por el lateral de la cama para buscar debajo de esta con su larguísimo pelo desparramado por el suelo—. Piensa que soy demasiado guapa para ti. No te ofendas —añadió—. Cuando crezcas un poco más y se te compensen las orejas, vas a ser de lo más guapetón. —Ahí es cuando levantó la cabeza y reparó en mi rostro ruborizado, que no tenía nada que ver con su comentario y todo que ver con Greg—. Oh, vaya, qué sensible eres. —Se retorció y se sentó frente a mí mientras se apartaba el pelo de los ojos—. Te estaba tomando el pelo. E incluso si no, ahora mismo entrarías en la categoría de «medio mono». Medio mono sigue siendo mono, Adam. Además, me gustan tus orejas. Son lo primero que enrojecen cuando te avergüenzas, como Rodolfo el reno.

Como si la hubiesen oído, sentí la sangre inundar mis orejas.

—Sinceramente, eres bastante mono, pero probablemente ya lo sepas. Eh, ¿es por eso por lo que te sonrojas tanto? ¿Lo controlas como si fuese un superpoder o algo así?

Había cogido tanta carrerilla al hablar que me había sacado por completo del abismo en el que me había sumido sin siquiera saber que había estado allí ni por qué. La tristeza que aún residía en los recovecos de mi mente cuando pensaba en Greg retrocedió todavía más cuando la sonrisa de Jolene, con el hueco entre sus paletas, invadía mi visión y me obligaba a arquear las comisuras de la boca hacia arriba. Y ella creía que era yo el de los superpoderes.

—Venga, ¿qué opinó tu madre de la foto?

Después de sobreponerse al impacto inicial, mi madre la escudriñó lo suficiente como para comentar que Jolene era guapa. Lo cual, suponía, era cierto. Las dos veces que la había visto el otro fin de semana había llevado el pelo trenzado, pero esta vez pude ver que era grueso y ondulado, casi rizado. Era bonito. Y cuando sonreía, ella también lo era. Su labio superior era más pequeño el inferior y su barbilla era un poco puntiaguda, pero cuando sonreía parecía un elfo o algo así. Pícara y un tanto peligrosa.

No creo que mi madre hubiese mirado la foto y visto más allá de Greg. Pero me había pedido otra foto, y eso podía dárselo. Necesitaba algo a lo que aferrarse cuando Jeremy y yo no estábamos con ella, aunque solo fuese una idea.

—Le gustó —dije. Así que, sí, misión cumplida. Y espera que le mande otra foto, si sigues estando dispuesta.

—No sé. ¿Vas a volver a comportarte raro conmigo?

—Siempre que no me lamas la cara, creo que estaré bien.

Jolene se dio unos cuantos golpecitos en el mentón con el dedo índice.

—Hum… Normalmente no me gusta trabajar con esa clase de restricciones creativas, pero si insistes. —Se acercó a mí de rodillas sobre la cama y me tendió una mano—. Adam sea cual sea tu apellido, creo que este es el comienzo de una bonita amistad.

Era el comienzo de algo, eso seguro.

JOLENE

Cuando me desperté el sábado, las vistas desde mi ventana eran de un maravilloso blanco reluciente, algo insólito para finales de septiembre. Todavía no habían quitado la nieve y los coches parecían bolitas blancas y esponjosas. Era el primer fin de semana desde que venía que no me cubrí la cabeza con la colcha al instante deseando que el día se pasase lo más rápido posible durmiendo lo máximo posible. Se me hacía raro considerar levantarme sin sentir resignación alguna, y mucho menos hacerlo con expectación. Se me pasaron ideas por la cabeza mientras me bajaba de la cama y me dirigía a la ventana. Agarré la cámara y grabé el vaho de mi respiración sobre el cristal y después dibujé un sol sonriente en la esquina superior.

Me detuve un momento y escuché. Silencio. Aun así, giré la manilla despacio. Shelly decía que se levantaba pronto, pero solo se había despertado un par de veces antes que yo. Aunque no pondría la mano en el fuego por ello. Oteé cada centímetro del salón antes de abrir la puerta del todo.

Fui hasta la cocina apoyando solo el tercio anterior de los pies y me preparé el desayuno. Incluso rebusqué en el cajón de las verduras de Shelly en busca de lo que necesitaría para el día que tenía planeado. Una vez me vestí con ropa de invierno, salí al pasillo tan silenciosa como una ninja y me entretuve imaginándome que estaba en una película de acción como las de John Woo, pegándome a la pared y caminando de costado los tres metros que había hasta llegar al apartamento de Adam. Estuve a punto de intentar un número de *parkour* coreografiado que sería incapaz de realizar, pero que quedaría superchulo en una composición de tomas en primer plano.

Me detuve frente a la puerta de Adam y traté de escuchar. Me había dicho que normalmente se despertaba horas antes que su hermano y su padre, una información que estaba a punto de contrastar cuando llamé levemente a la puerta de su apartamento.

Lo primero que pensé cuando abrió la puerta fue que no era justo que, recién levantado, su pelo pareciese peinado mientras que el mío parecía haber dormido en un motor de reacción. Lo segundo es que sonrió al verme. Aquello logró que me acalorase en exceso con el abrigo puesto.

—Hola —saludó con la voz ronca de sueño. Seguramente fuese lo primero que hubiese pronunciado esa mañana.

—Hola —respondí meciéndome con los pies. Me encontraba misteriosamente entusiasmada—. Tengo una idea para nuestra próxima foto para tu madre, que además también servirá para una escena de una película en la que estoy trabajando, si te parece bien un *quid pro quo*.

Escudriñó mi ropa; bufanda, guantes y gorro incluidos.

—Claro, dame un momento para cepillarme los dientes y demás, y cojo el abrigo.

Por lo visto los tíos tardaban bastante tiempo acicalándose. Suspiré al ver cómo pasaban los minutos y dejé la mochila con la cámara en el suelo.

Un hombre con pelo ralo rubio y que parecía acercarse a los treinta salió del apartamento de enfrente y a la derecha del de Adam y me sonrió. No sabía por qué, pero aquella sonrisa era diferente a la que me había dedicado Adam hoy.

—Hola. Creo que no nos habíamos visto antes. Me acabo de mudar.

Me moví ligeramente para darle la espalda y saqué el móvil. No me apetecía estar de buenas con los vecinos. Bueno, excepto con Adam.

—Lo siento —murmuré.

Se rio demasiado alto para lo que exigía la situación y yo fingí responder una llamada para ver si así captaba la indirecta.

Al final lo hizo.

—Te dejo. Ojalá nos crucemos otra mañana. Los que madrugamos tenemos que permanecer unidos, ¿eh?

Asentí y alcé la mano hacia él, distraída, mientras fingía estar hablando hasta que se fue. Después tuve que esperar otros cinco minutos para que apareciera Adam enfundado en un abrigo de color beis con el cuello de lana. Ya no tenía el pelo de recién levantado, sino húmedo. Antes tenía un poco de barba incipiente en la barbilla, pero ahora llevaba la piel completamente lisa. Me preguntaba si se habría afeitado para la foto... ¿o para mí?

Recogí la mochila.

—Me apetece tener cinco años.

—Vale —respondió con una sonrisa vacilante—. ¿A qué te refieres?

Saqué la zanahoria de Shelly del bolsillo.

—¿Cuándo fue la última vez que hiciste un muñeco de nieve?

—Creo que en infantil.

—Entonces regresaremos al pasado, donde se comía pegamento y nos programaban las horas de siesta. —Agarré su mano enguantada, algo que le hizo abrir mucho los ojos durante un segundo, y tiré de él hacia las escaleras—. Aunque yo nunca he comido pegamento. —Lo miré por encima del hombro—. Tú sí que parece que lo hayas hecho.

—Para ser una chica a la que he dejado quedarse en mi habitación durante toda la noche, eres bastante mala —declaró, pero había un deje de humor en su voz.

—No veo que lo hayas negado.

—¿Y tú qué hacías en infantil entonces?

—Era una ladrona. Solía robar lo mejor de las comidas de los otros niños. Después me hacía la guay caminando con las bolsas de patatas fritas metidas en las mallas. Créeme, preferiría haber sido de las que comían pegamento.

—¿Entonces eras la rarita?

—Ah, no, era muy popular. —Le sonreí y estiré la mano para abrir con un empujón la puerta doble de cristal que daba al exterior—. Siempre tenía la mejor comida.

Lo llevé a la zona de hierba de la escuela de primaria que estaba cerca, la cual tenía una valla que se podía saltar con facilidad. Puede que los niños nos destruyeran el muñeco el lunes, sí, pero sentía que le estaba dando una oportunidad.

Mientras reuníamos las partes del cuerpo y las apilábamos, me aseguré de grabar mucho las manos de Adam antes de alejarnos para comprobar cómo íbamos.

—Eh... —empecé.

—Sí, creo que hemos hecho algo mal.

—O algo genial. Mira, será un muñeco de nieve de mediana edad con barriga cervecera. A esto es lo que llamamos casualidad.

—O que nos hemos equivocado poniendo la parte de abajo en el medio.

—De todas formas, me mola. —Le puse la nariz de zanahoria y encontré dos piedras para los ojos. Seguía pareciendo inacabado, pero no había muchos árboles cerca con ramas a las que llegásemos, así que me desenrollé la bufanda y se la puse—. Mucho mejor. —Observé nuestra creación sin brazos y saqué una toma panorámica a cámara lenta antes de bajar la cámara—. Así se sentía el doctor Frankenstein. Vaya.

—No es como esperabas, ¿no?

—No del todo. A ver, míralo. No tiene boca. No sabe qué sentir. —Me incliné hacia delante—. ¿Estás feliz, señor Muñeco de Nieve? ¿Nos echarás la culpa luego por tu mala infancia? —Señalé el muñeco y me volví hacia Adam—. Bueno, pues no puedo hacer nada cuando está así. Quizá tú puedas hablar con él.

Adam dio un paso adelante y apoyó una mano en el hombro del señor Muñeco de Nieve, luego hizo algo con la otra que fui incapaz de ver.

—Ya está —dijo, echándose a un lado—. Nos ha perdonado y está listo para criar a sus propios hijos de nieve disfuncionales.

El señor Muñeco de Nieve tenía un semicírculo dibujado bajo la nariz. Estaba sonriendo. Y yo, también.

Nos situamos varios metros por delante del señor Muñeco de Nieve, cerciorándonos de que se viera bien en el cuadro, y sacamos la foto. Adam no me dejó acercarme a su teléfono. Se quedó contemplando la foto todo un minuto antes de decidir que le parecía correcta.

—Tú no serás muy presumido, ¿no? —le dije mientras buscábamos algo en el patio de recreo que no estuviese helado.

Él se encogió de hombros como respuesta. *Pues vale.*

Los columpios fueron nuestra única opción.

—¿Tus padres se llevan bien? —le pregunté mientras me grababa las rodillas a la vez que me impulsaba; entretanto Adam solo se mecía.

—Define «llevarse bien».

—¿Pueden hablar sin que tengan que estar sus abogados presentes? ¿Pueden estar en la misma habitación sin insultarse a gritos? ¿Quieren que espíes al otro todo el rato?

—Mi madre preparó la tarta favorita de mi padre la semana pasada e hizo que mi hermano se la trajese. Solo porque sí.

—Vaya —respondí—. Qué... no sé qué decir.

Adam se giró hacia mí y metió el brazo por la cadena del columpio. No pude evitar levantar la cámara durante unos segundos para grabarlo con la excusa de guardarla.

—Es extraño. La gente rompe cuando dejan de gustarse. Cuando mi padre se marchó, mi madre lo ayudó a hacer las maletas. Las hicieron juntos, literalmente.

—Tienes que tener alguna idea de por qué se han separado.

Adam se miró las manos. Era obvio que le había formulado la pregunta equivocada. Quizá fuese por algo horrible, como que sus padres habían descubierto que eran realmente parientes consanguíneos. Reprimí un escalofrío y cambié de tema antes de que Adam dejase de reaccionar.

Nos alejamos de los columpios y de nuestro muñeco de nieve y, de camino al bloque de apartamentos, empezaron a caer copos de nieve. Nuestra conversación fue decayendo cuanto más nos acercábamos al edificio y terminó por acabarse al llegar al aparcamiento.

—Ha sido divertido —le dije.

—Sí. —Adam tenía las manos metidas en los bolsillos y contemplaba el edificio como si yo no estuviera allí.

Me hizo sentir genial.

Miré al suelo.

—Lo que viene ahora no será divertido.

Apenas movió los labios cuando respondió:

—No.

No le dije que ya ni lo era, aunque dudaba que lo hubiese oído siquiera. Me imaginaba que había pecado de inocente al creer que él me mantendría lejos de Shelly durante todo el día, así que en lugar de mostrar lo decepcionada que me sentía, usé un tono de voz alegre y emprendí el camino hacia la puerta.

—Bueno, supongo que ya nos veremos.

—Espera, ¿te vas ya? —Casi se tropezó cuando vino tras de mí al no percatarse del bache que había delante de él.

Me detuve.

—Ya tienes tu foto y yo mi vídeo, y está claro que quieres quedarte solo con tus pensamientos, así que... —Volví a dar un paso.

Él agachó la cabeza y asintió levemente.

—Lo entiendo. Lo siento, no sé cómo llevar esto todavía. —Echó un vistazo al apartamento de su padre antes de mirarme a mí.

Me encogí de hombros a la vez que articulaba quedamente:

—Nadie sabe cómo sobrellevarlo.

—Pero tenemos que hacerlo.

No le respondí.

Caminó hacia mí con resolución y, por alguna extraña razón, me empezó a latir el corazón más deprisa cuando tuve levantar la vista para poder mirarlo a los ojos.

—Sí que ha sido divertido. Y lo cierto es que no sé qué habría hecho si no hubieras venido a por mí. Entiendo que tengas que irte, pero si no... —Arqueó unas de las cejas castaño-rojizas y el pulso se me disparó un poco más.

Curvé una comisura de la boca y él se sonrojó.

—Bueno, no me tengo que ir, no si me propones algo mejor.

—Define «mejor».

—Que no sea Shelly.

Adam sonrió.

—Hecho.

ADAM

Era posible que fuera el peor jugador de póker de la historia.

Mi padre y Jeremy se habían ido a cenar, así que Jolene y yo nos encontrábamos en el suelo enmoquetado de mi salón con un cuenco vacío de palomitas entre los dos y una creciente montaña de *pretzels*, chucherías y cualquier otra cosa que tuviésemos a mano y que nos pudiésemos apostar. Confié en su palabra cuando me dijo que yo solo tenía que ofrecerle algo mejor que Shelly, y así fue como terminamos deambulando por el barrio antes de volver al apartamento de mi padre en cuanto él y Jeremy se fueron.

Había resultado ser un día de lo más divertido, aunque casi me había desplumado hacía una hora y desde entonces no había dejado de mirar mi camiseta de los Filadelfia Flyers. Cuando volví a perder otra mano, ella emitió su mejor risa de villana y se acercó las ganancias.

—Estás haciendo trampa.

—¿Por qué siempre dicen lo mismo los perdedores? —Me guiñó un ojo y empezó a barajar la siguiente mano.

—No. —Me incliné hacia atrás y apoyé la cabeza contra el asiento del sofá—. He terminado. No tengo nada más que perder.

Jolene se echó hacia atrás y apoyó las manos bien abiertas sobre la moqueta.

—Yo no diría eso. —Cuando volvió a echarle una miradita a mi camiseta, estallé en carcajadas.

—Pero a mí me quedaría muchísimo mejor —se quejó.

—Eso ni se duda. —Todo lo que se ponía le sentaba bien, incluso el esponjoso abrigo que había llevado mientras estábamos fuera—. Pero no.

Me apuntó con la cámara, una vista a la que rápidamente me estaba acostumbrando dado que apenas se había separado de ella en todo el día.

—Venga, va. De verdad que tengo la sensación de que voy a perder esta vez.

Me reí.

—Y mentirosa, encima. Que no. No voy a perder la camiseta jugando al póker ni literal ni figuradamente. Deja que conserve un poco de dignidad al menos.

—La dignidad está sobrevalorada. Además... —Frunció el ceño y empezó a rebuscar entre todo su botín—. Pensé que me la había ganado también en la última mano. —Fui a darle un puntapié con el pie enfundado en un calcetín y ella contraatacó soltando la cámara para poder lanzarme una Oreo a la cabeza. Me estiré y la atrapé con la boca.

Ambos seguíamos riéndonos y lanzándonos cosas cuando mi padre y Jeremy entraron en el piso. Dejé de reírme al instante. A Jolene, por otra parte, le costó unos treinta segundos conseguir controlarse. Y más aún, seguir mi ejemplo y ponerse de pie. Siguió escrutándome como si no supiese cómo calibrar su reacción, como si nunca la hubiesen pillado haciendo algo que no debería ni le hubiesen gritado, como estaba a punto de pasarme a mí.

Mi padre bajó la mirada a las cartas y a la comida antes de girarse al frigorífico para guardar dentro las bolsas con comida para llevar. Jeremy se me acercó con pasos largos.

—Eres despreciable, ¿lo sabías?

Se me contrajo un músculo en la mejilla.

—No voy a ir a comer con él para que pueda sentirse mejor por haber abandonado a mamá.

Jeremy dio otro paso hacia mí y obligó a Jolene a retroceder para evitar chocarse con él. Resbaló al pisar una de las cartas en el suelo y me agarró del brazo para no caerse. Estaba a punto de empujar a Jeremy hacia atrás cuando ella recuperó el equilibrio y sonrió.

—Estoy bien. —Miró a mi hermano—. Soy Jolene, por cierto. Tú debes de ser Jeremy. —Se presentó sin ningún atisbo de incomodidad en la voz, como si mi hermano no hubiese estado a punto de hacerla caer. Él tragó saliva y, durante un segundo, pareció lamentarlo. Luego su semblante volvió a endurecerse.

—Voy a... —Jolene señaló al suelo y se sentó con las piernas cruzadas en la moqueta, luego reunió las cartas y empezó a barajarlas—. ¿Qué dices, Jeremy? ¿Quieres que te reparta a ti también?

Jeremy y yo desviamos nuestra idéntica expresión de incredulidad hacia ella.

—Supongo que conoces el Texas Hold'em. Y no tiene nada que ver, pero... ¿cuánto dirías que vale tu reloj?

Jeremy arrugó el ceño y luego se giró hacia mí.

—Sácala de aquí.

Lo empujé hacia atrás con una mano.

—Tú les hablas a las chicas así, ¿y luego soy yo el despreciable?

—Sí —contestó Jeremy echándose hacia adelante—. ¿Te quejas de que te duele la cabeza para escaquearte otra vez de cenar fuera y luego invitas a tu novia?

Se me puso la cara roja como un tomate y apreté los puños.

—Ya quisiera él —intervino Jolene a la vez que colocaba tres cartas bocarriba—. Tampoco es que le estés ayudando mucho.

Jeremy seguía intentando amedrentarme con la mirada. El efecto no resultó ser tan intimidatorio como a él le habría gustado porque yo era más alto.

Como si reparase en que tenía que sacar a Jolene del apartamento antes de que a sus hijos se les fuera la cabeza, mi padre regresó al salón.

—Adam —me llamó—. ¿Vas a presentarme?

Aparté la mirada de Jeremy con gran esfuerzo y me giré hacia él. Por un momento la ira por el modo en que mi hermano había tratado a Jolene se trasladó a él. Pero cuando miró a Jolene, la expresión de mi padre era completamente opuesta a la de Jeremy. Hasta le sonrió. Asentí y luego extendí una mano para instarla a que se pusiera de pie.

—Ella es Jolene. Del apartamento de al lado. Jolene, este es mi padre.

—¿Jolene? Tú eres la hijastra de Shelly...

—Yo no soy nada de Shelly —replicó, y por un instante se la vio tan incómoda como debería haber estado de primera hora en esta situación—. Shelly «sale» con mi padre. —Y sí, también usó las comillas con los dedos. Y tal que así, mi enfado se disipó.

—Bueno, Jolene, me alegro de conocerte. Puedes venir cuando quieras siempre que mi hijo esté y yo también; Adam no tiene permiso para traer a chicas cuando está solo.

Jolene tenía cara de querer reírse, pero tuvo la sensatez de mirarme primero a los ojos. Mi malhumor se había evaporado, pero ni mucho menos estaba sonriendo.

—Oh, ¿lo dice en serio? —preguntó Jolene.

Jeremy señaló la puerta.

—Sí, así que pilla la indirecta y lárgate.

Papá no vaciló. Sujetó a Jeremy del brazo y se lo llevó a la cocina, donde pude oírlos susurrarse cosas con dureza.

—De todas formas yo ya me iba —anunció Jolene, y luego me tocó la mano con la suya. Gesticuló con la boca un «lo siento» y luego torció el gesto. Cuando se dobló hacia adelante para recoger la cámara y los zapatos que se había quitado antes, yo también me agaché.

—No has hecho nada malo y no tienes por qué irte.

—Sí —convino, y miró cómo mi padre le echaba la bronca a mi hermano—. Creo que sí he de marcharme. Además, tengo una cita esta noche con Ferris Bueller en mi habitación.

Dije algo sobre quedar al día siguiente y, ante el evidente empecinamiento de mi padre, Jeremy se acercó para presentarle sus más sinceras disculpas.

Jolene abrió la puerta del apartamento lo suficiente como para poder salir de perfil.

—No le des más vueltas, Jeremy. Es la aprehensión lo que hace posible que la gente como yo pueda tolerar a una persona como tú. Adiós, Adam.

Agaché la cabeza para ocultar una sonrisa y luego entré en mi habitación sin siquiera dedicarle una mirada a mi padre o a Jeremy.

ENTRETANTO...

Adam:
Hola.

Jolene:
Hola. Esto es nuevo.

Adam:
¿Qué haces?

Jolene:
Intento averiguar cómo hablar contigo fuera del horario establecido.

Adam:
¿Fuera del horario establecido?

Jolene:
Sí. Técnicamente no estamos en Oak Village.

Adam:
¿Y?

Jolene:
¿Y si eres más raro aún en tu vida normal?

Adam:
Eso responde a la pregunta
de si eres más mala.

Jolene:
No crees que sea mala de verdad.

Adam:
Y tú no crees que yo sea raro de verdad.

Jolene:
¿Si lo pienso, tú también?

Adam:
Adam: Sí.

Jolene:
La hemos liado.

Adam:
Bueno...

Jolene:
¿Por qué me escribes?

Adam:
Me apetecía hablar contigo.

Jolene:
Adam, ¿esa es tu manera de decir
que me echas de menos?

Adam:
No es para tanto.

Jolene:
Apuesto a que te estás sonrojando.
Mándame una foto.

Adam:
¿Ves? Es lo mismo.

Jolene:
¿Y mi foto?

Adam:
La cámara se me ha roto.

Jolene:
Mentira.

Adam:
¿Estás en casa?

Jolene:
Sí, ¿y tú?

Adam:
Mira por la ventana.

Jolene:
No sabes dónde vivo.

Adam:
Has tardado en contestar. Has mirado.

Jolene:
Solo porque es obvio que eres propenso a acosar a la gente.

Adam:
Lo dice la que entró a hurtadillas en mi habitación.

Jolene:
Lo dice el que me hace fotos para su madre.

Adam:
Ahí me has pillado.

Jolene:
Apuesto a que tienes un *collage* de fotos mías en forma de corazón pegado en el techo.

Adam:
Está por dentro de la puerta de mi armario.

Jolene:
Sería genial que vivieras cerca.

Adam:
Ya.

Jolene:
O que no tuvieses unos míseros quince años.

Adam:
Refréscame la memoria, ¿cuántos años tienes tú?

Jolene:
Los quince solo son míseros cuando eres tío.

Adam:
Eso es injusto.

Jolene:
Pero cierto.

Adam:
Se me hace raro que una parte de mí quiera que sea el fin de semana que viene.

Jolene:
¿Echas de menos que sea mala contigo cara a cara?

Adam:
Sí.

Jolene:
Qué raro.

Adam:
Quizá no seas tan mala.

Jolene:
Quizá tú no seas tan raro.

JOLENE

Conforme salía de casa el sábado por la mañana de mi primer fin de semana del mes sin mi padre, tuve que esquivar un balón de fútbol para evitar que me golpeara en la cara. Aun así, me dio suavemente en el hombro; hazaña suficiente, al parecer, para Cherry y Gabe, que chocaron los cinco desde donde estaban delante de su furgoneta. El destello de unos dientes tan blancos que hasta brillaban —los dientes que tan solo los hijos de dos dentistas podrían tener— contrastaba contra el intenso marrón de su piel al sonreír.

—Genial —dije, sin imitar el gesto—. Siempre igual.

—Pues sé puntual —replicaron al unísono, y a continuación fruncieron el ceño porque odiaban cuando hablaban a la vez sin querer.

Cherry agarró el balón que le había vuelto a lanzar y se lo tiró a su mellizo antes de centrar la atención de nuevo en mí.

—¿Preparada para luchar? —Se llevó una mano al oído—. ¿Preparada para ganar? ¿Preparada para hacer que esas niñas de Elkins Parks deseen no haber nacido nunca?

—¡Sí! —Salté del último escalón del porche y Cherry hizo lo propio hasta que las dos chocamos el pecho de forma improvisada. Chocamos los cinco con las dos manos antes de separarnos. Ella me rodeó el cuello con un brazo, algo así como en una llave, y me empujó hacia el asiento delantero.

Estaba sonriendo. Tenía la cabeza atascada en una medio llave de judo y, aun así, estaba sonriendo. Era un efecto secundario de estar con Cherry, uno del que me había estado beneficiando desde el divorcio de mis padres. Cherry y yo llevábamos siendo amigas desde antes de aquello, pero habíamos sido más bien de esa clase de amigas que solo se saludaban cuando se cruzaban fuera del instituto. Ahora éramos del otro tipo, de las que se huelen la una a la otra para comprobar si nos hacía falta más desodorante, cosa que a Cherry no le vendría mal ahora mismo, dada la proximidad que tenía con su axila.

—Hueles como si un prado le hubiese hecho el amor a un bote de enjuague bucal —le comuniqué.

—¿Sí? —Esbozó una sonrisa torcida a la vez que abría la puerta corredera de la furgoneta—. Genial.

—Eh, Rexona —me llamó Gabe desde el asiento del conductor—. Mueve el culo.

—Me repito, pero gracias por llevarme —le dije mientras me subía al asiento delantero.

Cherry puso los ojos en blanco.

—Menudo perdedor es. Lo único que tengo que hacer es mover las llaves desde cualquier lugar de la casa y viene corriendo.

Gabe arrancó el motor con una sonrisa pícara que me recordó que solo había conseguido el carné de conducir hacía un par de semanas. La música no tardó en estallar dentro de la furgoneta; vibraba a través de mis piernas y se me hacía imposible oír lo que Cherry me estaba diciendo. Estaba hablando. Veía sus labios pintados con brillo de labios morado abrirse y cerrarse como un pez boqueando fuera del agua. Se inclinó hacia adelante y le dio a Gabe una palmada en el hombro antes de señalar a los altavoces.

Él subió el volumen hasta que mis uñas parecieron estar tamborileando al compás de la música. Cherry me miró con los ojos en blanco y redobló sus esfuerzos contra el hombro de su hermano hasta que este, por fin, bajó el volumen.

—Ahora estamos todos sordos, Gabe. —Cherry se volvió a acomodar en su asiento con un resoplido—. Y probablemente también te hayas cargado los altavoces.

—Mi coche, mis reglas.

—La *furgo* de mamá, qué patético eres —refutó Cherry imitando la misma entonación de sus palabras.

Intenté contener la risa, pero Gabe me vio y soltó él mismo una carcajada.

—¿Estás celosa, hermanita? *Oh, yeah...* —dijo a la vez que empezaba a cantar—. Celosa de una *furgo*, celosa de una *furgo...*

—Eres lo peor.

—Dice la chica de dieciséis años sin carné. ¡Pum! —Se cubrió la boca con una mano y sostuvo la otra en el aire para que se la chocara.

Miré a Cherry y choqué la mano de Gabe tan leve y rápidamente como pude.

—¿Qué? Nos está llevando voluntariamente una hora antes al partido de fútbol. Se merece chocar los cinco.

A modo de respuesta, Cherry entrecerró los ojos y giró la cabeza. Ahora solo veía el lateral de su pelo afro corto y decolorado.

—Deja de comportarte como una estúpida —le reprochó Gabe a su hermana—. Sube las notas y mamá y papá te dejarán sacarte el carné.

Aquello pudo sonar cruel en apariencia, pero tanto Cherry como Gabe eran superinteligentes. Nunca había visto a Cherry sacar menos de un 9 en un examen de cualquier asignatura. Simplemente, no le gustaban los deberes. No me podía creer que el hecho de sacarse el carné no fuese lo bastante motivador para ella, pero aquí estábamos, casi un año después de que sus padres tiraran el guante en lo que a sus notas finales se referían, y ella seguía aferrándose solamente a las notas de los exámenes. Yo, por otra parte, tenía pensamiento de cumplir los dieciséis en la autoescuela, aunque tuviese que ir andando yo misma.

—Oye, oye —me llamó a la vez que me daba unos cuantos golpecitos en el brazo—. ¿Qué opinabas de la canción antes de que la inculta de mi hermana te hiciera rechazarla sin más? —Miró a su hermana por el espejo retrovisor con los ojos entornados.

—¡De eso nada! —Subí el volumen otra vez, aunque no el mismo volumen atronador de antes, y escuché la canción.

Ahora que prestaba atención, podía distinguir la voz grave de Dexter y las armonías de Gabe. Fue mi turno de darle un golpe en el brazo y sonreír. Normalmente no me solía gustar el rock alternativo, pero Calamar Venenoso era la excepción. Obviamente no era imparcial, porque era amiga de todos ellos, pero incluso Cherry admitía que no eran pésimos. La canción nueva era una que ya había oído en su fase de creación cuando Grady, el guitarrista principal, había estado trabajando en la melodía mientras yo grababa material inédito para su primer videoclip (que había terminado siendo mejor de lo que esperaba, teniendo en cuenta que había sido el primer videoclip que grababa). Pero aquello había sido sin letra. Ahora, mientras escuchaba la canción, que iba de un tipo que veía cómo la chica a la que amaba elegía a otro, empecé a ver a la pareja en mi cabeza, las tomas en primer plano con las que empezaría y luego cómo poco a poco iría alejándome de la chica a lo largo de toda la canción, para terminar con una toma desde lejos donde se viera la distancia que ella había interpuesto entre ellos y con el objetivo fijado en él.

—Ostras, ¿estás llorando, Jo? Madre mía, qué bueno soy.

Me reí por lo bajo y parpadeé para deshacerme de la humedad.

—Sí, es buena. Me estaba imaginando el videoclip de la canción.

Gabe sonrió.

—Toma ya. Tenemos más de treinta mil reproducciones en el primero. Puede que incluso podamos pagarte este con algo más que cupones de abrazos gratis.

—Mándamela —señalé a los altavoces— y empezaré a trabajar en él.

—Genial —respondió Gabe—. Gracias.

—¿Sabéis? Sería capaz de llegar al partido andando antes que vosotros —terció Cherry, inclinándose hacia adelante para apoyar la barbilla en la parte de atrás de mi asiento—. Yo solo lo digo.

Gabe aceleró y luego se detuvo de golpe en cuanto llegamos al instituto, haciendo que tanto Cherry como yo nos lanzáramos hacia adelante y los cinturones de seguridad se nos clavaran en el pecho.

Cherry le pegó y él soltó un quejido mucho más exagerado de lo que el golpe requería. No fui la única que se percató de ello. Cherry y yo nos giramos para ver qué era lo que estaba mirando su hermano y yo también tuve que contener un quejido.

El novio intermitente de Cherry, Meneik, se acercaba a nosotros y movía el brazo derecho como si estuviese escuchando alguna canción que solo él podía oír. Incluso peleados, Cherry siempre decía que Meneik tenía muchísimo ritmo. También tenía la piel oscura, un físico musculoso y esbelto, y unos pómulos tan marcados que hasta había trabajado unas cuantas veces de modelo. Además, iba a último curso y llevaba teniendo coche propio desde mucho antes de que Gabe consiguiese sus privilegios sobre la furgoneta.

Yo nunca le había visto el atractivo más allá de su bonito exterior —bueno, vale, y también quizás del hecho de que nos podía llevar a los sitios en coche—, pero Meneik no era tan guapo cuando le gritaba a Cherry por no responder a sus mensajes con la suficiente rapidez, o al hacerse la víctima cuando ella quería quedar con sus amigos en vez de pasar todas las noches con él. Nunca se había vuelto violento ni le había puesto los cuernos ni nada, pero la manipulaba y la aislaba e intentaba controlar todos los aspectos de su vida. No tenía ni elección, ni libertad, ni apoyo. Se aseguraba de que él fuera lo único que tuviese y, de alguna manera, hasta se las había arreglado para convencer a mi intrépida y divertida amiga de que no necesitaba nada más. Al menos, no cuando él estaba con ella.

Su última ruptura había sido la más larga hasta la fecha, después de que Meneik perdiera la cabeza cuando Cherry se fue a ver a su abuela al hospital en vez de ir a su partido de baloncesto. Le dijo directamente que la cadera de su abuela seguiría estando rota cuando terminase el partido. No le sirvió de nada retractarse ni decirle que necesitaba a su amuleto de la suerte, lo cual me proporcionó un dichoso mes entero con ella sin Meneik, que creí que duraría bastante más. En cuanto vi la sonrisa que se expandía por el rostro de Cherry, supe que habían vuelto otra vez.

Saltó de golpe de la furgoneta y salió corriendo hacia él, luego saltó a sus brazos y estampó su boca contra la de él. Entonces, yo hinqué «sin querer» el codo en la bocina de la furgoneta a la vez que me retorcía para coger de la parte de atrás tanto mi bolsa como la de Cherry para el partido. Si yo fuese Meneik, habría podido soltar aquella excusa sin problema. Pero como no lo era, mi amiga me dedicó una fulminante mirada de incredulidad arqueando una de las cejas con mucha maña.

—Amor —dijo Meneik, acercándola de nuevo hacia sí para recibir un último beso—. No pasa nada.

Le dijo a su «bebé» que la llamaría luego y luego se marchó hacia su coche en cuanto yo me uní a Cherry. Supongo que ahora esperaba que ella fuese a todos sus partidos, pero la misma regla no se aplicaba a él, claro.

—¿Qué ha pasado con aquello de «no quiero perder ni un segundo más de mi vida con ese imbécil»? —inquirí con más cansancio que enfado.

Cherry agarró su bolsa y se giró hacia el campo sin siquiera mirarme a los ojos.

—No empieces, ¿vale?

—Eh —la llamé y me puse a su altura—. Yo solo he citado lo que me dijiste. Pero, venga ya, no merece la pena, tú estabas de acuerdo y...

Por fin me miró a los ojos.

—Para. —Luego suspiró y negó con la cabeza—. ¿Ves? Por eso no te lo dije. No lo entiendes. Nunca te has enamorado.

Me ruboricé. No, era cierto, pero era el vivo producto de aquello; razón más que suficiente para no querer enamorarme nunca. El amor —del tipo romántico— existía solo en las películas de Nora Ephron, y, por desgracia, no podíamos vivir en ellas.

—¿Meneik y yo? Siempre vamos a volver. O lo entiendes… —reafirmó la tira del bolso sobre su hombro— …o no. —Luego pasó de largo y se reunió al trote con el resto del equipo, que nos esperaba al otro lado del aparcamiento.

Cherry y yo jugamos el partido sin nuestra cháchara ni risas de siempre. Nuestras compañeras de equipo se percataron y nos empezaron a preguntar qué pasaba, pero ninguna de las dos respondimos.

Sin siquiera hablar de ello, después del partido, actuamos como siempre frente a sus padres, pero en el camino de vuelta a casa, en cuanto Gabe arrancó el motor, Cherry subió el volumen de la música a tope.

ADAM

—Oye, Adam, ¿tienes un momento?

El lunes por la tarde, Erica Porter me invitó con gestos a su mesa en la cafetería, lo que provocó varias quejas de mis amigos, Gideon y Rory. Mientras me encaminaba hacia ella, Rory murmuró «Capullo con suerte» y no pude contener la sonrisa. El culmen de mi trayectoria en el instituto, aparte de que me nombrasen mejor estudiante, era que Erica Porter se fijase en mí.

Me empezó a latir el corazón más deprisa conforme me acercaba a su mesa, tanto que estaba seguro de que ella sería capaz de verlo a través de mi camiseta. Erica no solo era preciosa, de pelo rubio miel, ojos avellana y piel morena y perfecta; era tan guapa que dolía mirarla durante un largo rato. Observarla era como mirar al sol. Sí, cabía la posibilidad de quedarse ciego, pero irradiaba tanta luz que te arriesgabas de todas formas.

—Todos conocéis a Adam, ¿verdad? —Erica miró a los integrantes de la mesa mientras todos asentían. Sí que conocía a la mayoría. Algunas animadoras; sus novios; el hermano menor de Erica, Peter; y sus dos mejores amigas.

—Hola —saludé.

—Bueno —empezó Erica en cuanto me senté en el banco a su lado—, seguramente ya sabrás por qué te he llamado.

Se me pasó por la cabeza el fugaz pensamiento de que mi involuntario rubor también le pareciera «adorable», igual que a Jolene, porque me sentí enrojecer.

—¿Quieres mi pudin?

Erica se echó a reír y, el sonido, tan cerca de mi oído, hizo que me hormiguease la piel.

—Más bien quería que hiciésemos juntos el trabajo de *Beowulf* para Literatura Británica.

Me dio por pensar que moriría feliz sabiendo que me había mirado —sí, a mí—, como si fuese el único que pudiese ayudarla.

—Ah, vale, claro.

Y entonces me abrazó.

—Eres el mejor, Adam. —Me soltó antes de poder preocuparme de que se hubiera percatado de la cantidad ingente de sudor que había empezado a segregar—. Odio los trabajos en grupo. Siempre acabo haciéndolo yo todo y la gente que no hace nada se lleva la misma nota. —Pinchó una fresa con el tenedor—. Me niego a volverlo a hacer, ya sabes.

Aunque yo también lo pensase, mi boca se iba a limitar a coincidir con todo lo que ella dijese.

—Ya.

—En fin, tenemos las dos notas más altas de la clase, así que me imagino que si lo hacemos juntos, no tendré que redactar el informe y la presentación yo sola otra vez. Ah, y te prometo que haré mi parte.

Llevaba yendo al colegio con Erica desde quinto, y siempre había sido una de las más inteligentes de la clase. No me preocupaba que fuese perezosa, sino que mi cerebro dejase de funcionar si permanecía sentado a su lado durante demasiado tiempo.

—Me encantaría trabajar contigo, pero el señor Conyer siempre elige las parejas. No creo que nos deje escoger.

Erica masticó la fresa y levantó un dedo.

—Ya he pensado en eso. Siempre nos empareja a los que compartimos mesa, así que si no te importa sentarte conmigo... —Sonrió, porque sabía que no iba a ser así.

—Por una buena nota, creo que podré soportarlo.

Erica esbozó otra sonrisa.

—Genial.

Al terminar el instituto, tuve que esperar a Jeremy en el aparcamiento. No tenía la llave para abrir el coche, así que me quedé temblando unos diez minutos hasta que vino. En cuanto arrancó el coche, puse la calefacción.

—Te enfrías igual que las niñas pequeñas —exclamó Jeremy—. Porque estás demasiado flaco.

—No todos tenemos aislamiento de fábrica como tú.

—Alguien está un poco arrogante. —Jeremy esbozó una sonrisa tensa, aunque yo había esperado que pegase un frenazo o girara violentamente al salir del aparcamiento. Algo que consiguiese que me golpeara contra el coche o me chocase la cabeza contra el cristal como respuesta a mi insulto. Cualquier sonrisa suya me inquietaba—. ¿Tiene algo que ver con tu cita a la hora de comer?

Por supuesto que se había enterado. Incluso los mayores prestaban atención a Erica Porter.

Todos los chicos que conocía estaban pillados por ella, y yo lo estaba desde que me había ganado en el concurso de ortografía en quinto. Jeremy no me picaba porque fuera lista, sino, apostaría, por lo guapa que estaba vestida con el uniforme de animadora; imagen que me había dejado sin habla más de una vez.

Intenté zanjar la conversación lo antes posible.

—He comido con ella porque tenemos un trabajo juntos. — Omití la parte en la que me había llamado a su mesa delante de toda la cafetería y en la que se me había lanzado a los brazos cuando accedí a ser su compañero.

—Eso no es lo que me han dicho.

A pesar de saber que no debería preguntar, no pude evitarlo.

—¿Qué te han dicho?

Jeremy se hizo el remolón durante más de un kilómetro y medio.

—Ya sabes que ahora está soltera.

Esa misma mañana me había llegado el rumor.

—Y por lo visto rompió con su novio porque le interesa otra persona. —Jeremy sacudió la cabeza—. Mi hermano pequeño y Erica Porter. Y yo que pensaba que la chica tenía buen gusto.

No respondí. Hablar con Jeremy de cualquier cosa ya suponía un desafío de por sí. Hablar de chicas con él no resultaba muy estimulante. Por el momento, mi relación con Erica era puramente académica, pero por mucho que se lo recordara a mi cara sonrosada, esta continuaba ruborizándose.

¿Era posible que le gustara? Siempre habíamos tenido una relación amistosa, pero hoy me había abrazado por primera vez y el abrazo había durado tanto que hasta había llegado a oídos de Jeremy.

—¿Y a Erica qué le parece tu novia de los fines de semana?

Aquello me sacó enseguida del ensimismamiento. Últimamente mi madre me había preguntado con más asiduidad por Jolene y, después de cerciorarme de que en las fotos posteriores que Jolene y yo nos habíamos sacado yo parecía más yo, se había entusiasmado y las había comentado de forma mucho más natural, incluso con Jeremy presente.

—Erica no sabe nada de Jolene, ella es solo una amiga. Ambas son amigas mías.

—¿Ah, sí? ¿Entonces no te importaría que le enseñase a Erica tu última foto con tu «amiga»?

Se refería a la que Jolene y yo nos habíamos hecho antes de que volviésemos a casa el fin de semana pasado. Habíamos estado paseando por delante del bloque mientras Jeremy se despedía de papá en el apartamento. Entonces, cuando Jolene divisó un nido sobresaliendo de la esquina superior de una de las ventanas tapiadas, nos detuvimos debajo.

Al quejarse de no ser capaz de ver si había huevos, me agaché y me ofrecí a alzarla en hombros. Me había parecido un gesto inocente hasta que me levanté y sus dedos helados se aferraron a mi barbilla. Creo que no se hizo a la idea de lo cerca que había estado de tirarla cuando emitió un ruidito de satisfacción y apretó las manos contra mi calor corporal.

No había huevos, pero la cámara que Jolene siempre llevaba encima colgaba de su cuello, así que dejó que un transeúnte la cogiese el tiempo suficiente como para poder sacarnos una foto que después me había mandado. En la foto, Jolene sonreía y señalaba al nido vacío mientras yo también sonreía y la miraba.

Era mi favorita hasta la fecha.

No era algo que debiera enseñarle a otra chica que me gustaba, estaba claro.

Jeremy siguió intentando picarme y hacer que hablara de Erica, pero yo me limité a ofrecerle respuestas cortas hasta que por fin cejó. Me resultó raro lo fácil que fue pasar de pensar en Erica a Jolene con tan solo una punzada de arrepentimiento.

Erica era la chica con la que había soñado durante años y que me había invitado a su casa a la semana siguiente para empezar pronto con el trabajo.

Jolene era la chica que me picaba y me perturbaba constantemente y mi cómplice en el plan de hacer feliz a mamá. A la hora de la comida, mientras hablaba con Erica, me había sentido un manojo de nervios y me había puesto a sudar como un pollo; pero con Jolene, cuanto más tiempo pasaba con ella, más fácil me resultaba su compañía.

Incluso ahora en el coche de Jeremy, que aún no se había calentado del todo, tenía más ganas de quedar con Jolene, cuando volviera a casa de mi padre el fin de semana siguiente, que estar a solas con Erica. Eso era lo raro.

TERCER FIN DE SEMANA
23-25 DE OCTUBRE

ADAM

—¡No te muevas! —La mano de Jolene me envolvió la barbilla y tiró de mi cabeza hacia adelante otra vez—. Vas a terminar pareciéndote a Lloyd Christmas y no por mi culpa. —Se movió delante de mí y me pasó un peine varias veces más por el pelo antes de cortar las puntas con unas tijeras.

—No tengo ni idea de quién es ese.

—¿En serio? Jim Carrey en *Dos tontos muy tontos*, la primera película escrita y dirigida por los hermanos Farrelly. ¿Es que vives en una burbuja? —Bajó las tijeras y frunció el ceño—. En realidad, creo que esa es la única película que Peter dirigió solo.

Me eché hacia atrás cuando ella se volvió a acercar con las tijeras.

—Espera, ¿eso es posible? Creía que simplemente ibas a cortarme las puntas. Eso es lo que dijiste cuando volviste del partido de fútbol.

Entonces me pisó ambos pies y me dejó clavado en la silla antes de poder salir corriendo a mirarme en el espejo. También apoyó las manos sobre mis rodillas, lo cual probablemente tuviera más que ver con mantenerme sentado que con poner todo su peso sobre mis pies.

—Estás muy acelerado. Esto se me da muy bien. Vas a quedar genial si dejas de moverte cada dos segundos. Quédate quieto.

Lo hice. Ella se movió hacia mi costado y siguió cortando. Sí que me encogí un par de veces, pero Jolene me gruñó, peine en mano.

—Sí que he visto *Dos tontos muy tontos*, para que lo sepas. Es solo que no recordaba el nombre de los personajes.

—¿Por qué no? Es buena; la primera, no la secuela.

El metal frío de las tijeras me rozó la oreja y me quedé petrificado a la espera de que me cortase la carne. En vez de dolor, la siguiente sensación que tuve provocó que me aferrase a la parte inferior de la silla como si me fuese la vida en ello.

Jolene me sopló en el cuello.

Y luego lo volvió a hacer.

—¡*Voilà*! —Me quitó la toalla de los hombros y la sacudió como haría un torero—. Amigo mío, ya he acabado contigo.

Casi sentí que así era a la vez que levantaba la mano para tocarme la piel del cuello, que todavía seguía hormigueándome debido a su aliento.

Ella me colocó un espejo en las manos.

—¿Qué opinas?

—Está bien —respondí mirando el espejo e intentando regular la respiración.

—Apenas te has mirado. A ver. —Se colocó detrás de mí y sujetó el espejo frente a ambos. Esta vez estaba pegada contra mi espalda, pero me sentí como aquel primer día cuando nos hizo la foto. Solo que no exactamente igual. Sus manos se hundían ahora en mi pelo, colocando los mechones aquí y allá, incluidos los rebeldes e imposibles. Me hizo algunas preguntas y me comentó que ya no parecía un aprendiz de *wookiee*. Nuestros ojos tropezaron en el espejo; los suyos brillaban risueños, los míos intentaban embeberse de cada centímetro de su rostro. Cada centímetro de ella.

La primera vez que sentí el impulso de besarla había sido poco más que una reacción a estar cerca de una chica guapa. Esta vez, la proximidad había desempeñado un papel importante, pero la razón principal fue que aquella chica guapa era Jolene. La habría dejado afeitarme la cabeza si hubiese querido, siempre que se quedase cerca de mí. Más cerca aún.

Pero no lo hizo. Sacamos una foto para mi madre y luego ella se separó y se desplomó sobre el sofá. Su pelo se movió y se le enroscó alrededor de la cabeza.

—¿Por qué nunca llevas el pelo suelto? —¿Qué haría si la besara? ¿Le restaría importancia riéndose? ¿La dejaría reírse?

—Dice el chico con cinco centímetros de pelo. ¿Cuánto tardas en peinarte? ¿Un minuto si quieres acicalarte?

—¿Acicalarme? —No pude evitar sonreír ante su elección de palabras.

—Me lleva una hora, mínimo, secarme el pelo. Y es todo un calvario entre el secador y los tratamientos contra el encrespamiento y el cepillo y... —profirió un sonido de repulsión— ...se me cansan los brazos de solo pensarlo.

—¿Por qué no te lo cortas? —La única vez que la había visto con el pelo suelto fue aquella noche cuando la encontré sentada en mi cama, y había estado tan guapa que me mareé ligeramente solo de recordarlo.

—Porque soy una presumida y no puedo.

Me reí de ella porque lo dijo como si estuviese admitiendo haber cometido un crimen.

—Es cierto. —Levantó la cabeza del sofá y me miró—. No conocías esto sobre mí, pero soy muy, muy presumida. Desde pequeña, la gente me decía que tenía el pelo bonito, así que me supuse que cuanto más pelo tuviese, más guapa sería. Ahora es ridículo. Es decir, cuando me pongo los vaqueros, tengo que sacarme el pelo de la cinturilla. Sé que debería cortármelo, pero es como una enfermedad. Cada vez que alguien me regala un cumplido sobre el pelo, lo dejo crecer otros tres centímetros. Ya mismo me lo pisaré. Ladeó la cabeza hacia atrás.

—Tu pelo es precioso.

Jolene gimió.

—Tú también, no. Voy a terminar con el pelo por capa. Debería cortármelo, la verdad.

—Pero no vas a hacerlo.

—No.

—¿Te lo puedes dejar suelto alguna vez para que lo vea?

Ella se incorporó y dobló las piernas.

—No te has puesto rojo. ¿Cómo lo has hecho?

¿Acababa de darse cuenta? Cuando empezamos a pasar tiempo juntos, siempre me ruborizaba. Solo hacía falta que me mirase y ya sentía arder las mejillas. Pero recientemente ya no me sucedía. Al principio pensé que era por todo el tiempo que pasaba con Erica, como si la doble exposición a dos chicas guapas me estuviera inmunizando o algo así, pero Erica nunca me había afectado del modo que Jolene lo había hecho aquella primera noche. Jolene seguía diciendo las mismas cosas de siempre, pero ya no me avergonzaba. Últimamente sentía algo distinto, algo que impedía que me pusiera rojo como un tomate.

Me sentí culpable por lo íntimos que nos estábamos volviendo Erica y yo.

—Puede que hayas perdido tu toque. —Me uní a ella en el sofá.

—Pues vaya mierda.

—Para ti, quizá. A mí no me hacía mucha gracia.

—Pero ya no serás tan mono si siempre estás del mismo color.

La miré.

—Pero sigues pensando que soy mono.

Oí como ella suspiraba.

—Sí, supongo que sí. Pero seguirás ruborizándote a veces, ¿no? ¿Por mí? Si voy a pasar por el laborioso proceso de peinarme y secarme el pelo, tú tendrás que ponerte un poquito rojo. Solo las orejas, ¿vale?

Abrió mucho los ojos y arqueó las cejas. Sus labios estaban entreabiertos y de un color rojo vivo debido al caramelo que había estado chupando mientras me cortaba el pelo. Podría inclinarme justo ahora y besarla. Podría hacerlo. Sabría a canela.

No me hizo falta oír su gritito de placer para saber que me había puesto colorado.

No la besé.

Vimos *Dos tontos muy tontos* en su habitación, sentados contra el pie de su cama, y ella se quedó dormida con la cabeza sobre mi hombro.

JOLENE

Me sorprendió ver dos coches en la entrada cuando Shelly me dejó en casa de mi madre el domingo por la tarde. La señora Cho no conducía —además de que mamá solo le permitía venir mientras yo estuviera en el instituto—, así que sabía que uno no sería de ella.

Mi madre abrió la puerta en cuanto estiré la mano hacia el pomo. Parecía estar... bien. Ojalá pudiera decir «normal», pero lo normal para mi madre distaba mucho de estar bien. Se encontraba descalza y llevaba unos vaqueros y un suéter blanco que parecía calentito y que le caía de un hombro. Lo mejor era que tenía los ojos lúcidos y brillantes. Brillantes de sobriedad.

Endureció la mirada al ver a Shelly dar marcha atrás en la entrada, pero enseguida me prestó su atención y sonrió. No fue una sonrisa de maníaca ni frágil, ni tampoco calculadora. Esbozó, simple y llanamente, la típica sonrisa que irradiaba felicidad.

Me quedé helada y mi instinto gritó que me diese la vuelta y persiguiera el coche de Shelly.

Antes de que el instinto llegase a moverme los pies, mi madre me hizo entrar con un leve toque de su mano en la espalda. Me preguntó qué tal me había ido el fin de semana, si había hecho algo divertido o había visto alguna buena película. No mencionó a Shelly ni preguntó por mi padre.

Se me empezaron a formar unos nudos y a revolvérseme el estómago.

Se comportaba como... antes. Cuando las cosas no iban bien, pero distaban tanto de ser horribles que, al compararlas ahora, hasta lo parecían.

A continuación, doblamos la esquina hacia el salón formal al que raras veces se me permitía entrar y entendí el porqué.

Mi madre señaló a un hombre de pie junto al gran piano blanco que jamás habíamos tocado.

—Jo, este es mi amigo, Tom. —Apoyó las manos en mis hombros y me los apretó levemente—. Tom, esta es mi hija, Jolene.

Tom no era un hombre poco agraciado y era mayor que el «musculitos» de gimnasio que habría esperado; seguramente tuviera cerca de cincuenta años. No tenía barriga y conservaba todo el pelo, pero sus dientes eran demasiado blancos y podía ver el bronceado artificial en las palmas de sus manos. El polo que llevaba revelaba unos brazos de tiranosaurio en los que se le marcaban las venas y que parecían desproporcionados comparados con el resto de su cuerpo, lo que demostraba que se saltaba los días de entrenamiento de piernas.

—La famosa Jolene. —Caminó hacia mí con la mano extendida y yo permanecí quieta, contemplándolo, hasta que mi madre me apretó aún más los hombros con los pulgares. Le estreché la mano y sonrió, primero hacia mí y después a mamá—. Recuerdo que me dijiste que tenía dieciséis años, pero me esperaba a una niña pequeña. —Volvió a mirarme—. Lo siento, eran quince. Cumples el 25 de enero, ¿no? —Me guiñó un ojo y fingió susurrar—: Yo también soy Acuario.

Su intento de crear un lazo conmigo fue tan agresivo que quise retroceder. Todo lo que respectaba a ese hombre me resultaba agresivo, desde la sofocante colonia de almizcle que se había echado, hasta su estridente voz que aún resonaba en el techo abovedado.

Mamá me soltó y se colocó al lado de Tom.

—Tenía tantas ganas de que os conocierais. Tom y yo hemos estado pasando mucho tiempo juntos.

Tom pasó un brazo a su alrededor y la acercó a su costado.

—Le he hecho compañía a tu madre mientras tú estabas en casa de tu padre, y he intentado distraerla de lo mucho que te echa de menos. Aunque, para ser honestos, no lo he conseguido. Ocupar tu puesto no es nada fácil, Jolene Timber.

Mamá y Tom se volvieron hacia mí con expresión expectante y los nudos de mi estómago, a pesar de haber dejado de tensarse, se revolvieron inquietos.

100

Todo parecía tan... falso. Incluso ensayado. Miré a mi madre y su disfraz de normalidad y desenfado y volví a sentir que me tensaba por dentro antes de obligarme a relajarme.

—Ya —murmuré—. Necesito deshacer la bolsa. —Levanté la pequeña mochila que me llevaba los fines de semana y subí las escaleras.

Mi madre debía de buscar un Oscar esa noche, porque se separó de Tom y exclamó:

—Ay, ¿necesitas que te ayude, cariño?

Para una película no estaba mal, mucho mejor que la invasión extraterrestre que habíamos protagonizado en otra ocasión. Pero no era tonta. Era un guion, una escena escrita para preceder a la siguiente y a la posterior, elaborada para manipular al público y que este se sintiera de una manera en concreto. Por ejemplo, sabía que debería alegrarme por el sentimiento que mostraban mi pobre y sola madre y el amable, aunque ñoño, de Tom. Se suponía que debería sentirme aplacada y un poco nostálgica.

No me deberían picar los ojos ni revolvérseme el estómago. Pestañeé para secármelos antes de volverme hacia ella. Hacia ellos.

—Gracias, mamá, pero yo me encargo. Voy a dormirme pronto. Ha sido un fin de semana largo y el partido de ayer me dejó hecha polvo.

Como era de esperar, ambos se tensaron. Me había saltado el guion.

Mamá se alejó de Tom con un paso.

—Pero acabas de llegar a casa y no te he visto desde hace días.

Podría haber venido ayer a mi partido. Le gustaba decir que no soportaba ver cómo me hacía daño, porque, como portera, tenía que lanzarme delante de los jugadores contrarios. Recibía patadas a menudo; una vez sufrí una conmoción cerebral y normalmente recibía muchos golpes, pero aquella no era la razón por la que no acudía.

No venía porque no ganaba nada yendo.

Al contrario que con la farsa que tenían montada frente a mí.

Tom apoyó una mano en el hombro de mi madre para aplacarla y la miró antes de volver a fijar su atención en mí.

—Claro. Esos fines de semana deben de resultarte agotadores. Quiero que sepas que entiendo, quizá mejor que tu madre, lo que se siente. Mis padres se divorciaron cuando yo tenía tu edad y, bueno, el que sufre más es el hijo. Si te sirve de algo, según lo que me ha contado tu madre y ahora que te conozco, creo que lo estás llevando muy bien.

Intenté que no se me notase el desdén en la cara, y debí de conseguirlo, porque sonrió.

—Espero que pronto podamos pasar algo de tiempo juntos. Creo que tu madre es muy especial y tengo la sensación de que los tres nos vamos a hacer muy amigos.

Su colonia me inundó los sentidos otra vez e hice todo cuanto pude para no arrugar la nariz. Me pregunté cómo podía respirar mi madre estando tan cerca de él. «Muy buenos amigos». ¿En serio? No sabía si era tonto o esperaba que lo fuera yo, así que decidí comprobarlo.

—Vaya, Tom. Menuda... declaración.

Hinchó el pecho como si lo hubiera halagado.

—Bueno, recibes lo que das, y yo doy mucho. ¿Y tú?

—Ya —respondí con sequedad—. Dar es lo mejor.

Y justo cuando estaba a punto de clasificarlo como idiota, me miró y su voz dejó de sonar tan amistosa.

—Me alegro de oírte decir eso, Jolene, de verdad, porque, bueno, podrías dar un poco más. —Atrajo a mamá a su lado de forma exagerada—. Estás cansada, así que no entraremos en detalles hoy, pero creo que con esa actitud y un poco de conocimiento por mi parte —se tocó la sien— vamos a ser muy felices.

Lo último que vi antes de entrar a mi habitación fue la mirada cariñosa de mi madre hacia Tom.

Más tarde aquella noche, sentada en la cama y después de que se me asentara el estómago, me quedé contemplando la solicitud del curso de cine fijamente. Me lo había aprendido todo ya: el curso era en Los Ángeles y duraría todo el verano. Si me aceptaban, pasaría tres meses en la otra punta del país, alejada de mis padres, y eso sin contar que pasaría tiempo en varios estudios importantes, no solo viendo películas, sino formando parte de ellas.

Tenía tantas ganas de cursarlo que me hormigueaba la piel.

Por desgracia, había bastante información que hizo que aquel hormigueo desapareciera. Tenía que escribir una redacción sobre por qué quería ser directora de cine y el tipo de historias que me gustaría contar, pedir una carta de recomendación a alguien que pudiera «argumentar mi habilidad creativa con respecto al cine y su dirección», y enviar tres cortos. Entre el primer videoclip que había grabado para Calamar Venenoso, el segundo que ya había empezado a planificar, y el proyecto sin definir que estaba grabando con Adam, enviar los cortos no resultaría complicado, pero mi instituto no tenía ninguna clase de cine, por lo que no había profesores a los que pudiera pedirles que escribiesen la carta, y la redacción me pesaba mucho. Sabía cómo contar una historia de forma visual —antes incluso de coger la cámara, la visualizaba en mi mente—, pero comunicar a través de imágenes era muy distinto a hacerlo a través de las palabras.

Sin embargo, la carta y la redacción no eran el mayor obstáculo.

Pedirles permiso a mis padres para marcharme tres meses iba a ser un problema; un problema de los de chillar, tirarse de los pelos y sufrir tentativas homicidas. Si yo no estaba, ¿por qué causa se pelearían?

Y, por otra parte, estaba el coste. Papá tenía el dinero. Mamá, seguramente, también; pero, viendo el importe, conseguir que alguno se ofreciese a pagarlo se me antojaba de lo más inverosímil.

Cerré los dedos en torno a los bordes de las hojas. Fui consciente de los cortes que me provoqué con el papel, pero no me importó. Tenía que hallar la manera de visualizar un futuro en el que pudiese contar la historia que quería en lugar de protagonizar la pesadilla que me habían obligado a vivir mis padres.

Me coloqué de rodillas en la cama y me sentí como Vivien Leigh en *Lo que el viento se llevó* cuando afirmé en alto:

—A Dios pongo por testigo...

Al colocarme así me acordé, por alguna razón, de Adam. De haber estado allí, lo habría presionado para que pronunciase la frase de Clark Gable ligeramente modificada: «Francamente, querida, ya es hora de que te importe un bledo».

Creo que lo habría hecho.

Incluso puede que me hubiera dejado que le dibujase un bigote.

Y sé que me hubiese ofrecido su ayuda con la redacción.

Aún era una incorporación reciente a mi vida, pero se colaba en mis pensamientos constantemente. En ese momento, lo imaginé sentado en mi escritorio revisando por tercera vez los deberes que había traído y mirando por encima de mi hombro de vez en cuando para comprobar mi progreso. La comisura de la boca se me curvó levemente al imaginarlo fruncir el ceño cuando viese que ni siquiera habría abierto el portátil.

—¿Yo ya he acabado las tareas de seis meses de créditos extra para todas mis clases avanzadas y tú no has empezado aún? —exclamaría el Adam imaginario.

—Mi musa aparecerá cuando esté lista —le respondería yo.

—Mira, creo que no funciona así —insistiría el Adam imaginario—. Creo que hay que escribir palabras en una página y después, más palabras. Palabras buenas, incorrectas u horribles.

—Eso suena extremadamente poco eficaz.

—¿En lugar de no escribir nada? Empieza por las palabras incorrectas y ya verás lo que sale.

—Hum —reflexionaría yo—. Puede que seas más que una cara bonita.

El Adam imaginario me guiñaría un ojo. Vale, ni siquiera el Adam imaginario lo haría, pero me sonreiría y me obligaría a colocarme el portátil en el regazo.

Y, a pesar de no estar allí, llené los pulmones de aire y aguanté la respiración hasta que me dolió para, después, expulsarlo en alto, abrir un documento y empezar a teclear.

```
Quiero ser directora de cine para es-
capar de mis padres.
```

Escribí otra frase, y después otra. Llené una página de palabras incorrectas, horribles y puede, solo puede, que algunas estuvieran bien.

ENTRETANTO...

Jolene:
No me llegaste a decir de qué te ibas a disfrazar en Halloween.

Adam:
Yo tampoco sé tu disfraz.

Jolene:
Creo que no debería decírtelo.

Adam:
¿Por qué no? A menos que sea de gnomo de jardín sexy o algo así.

Jolene:
Supongo que nos moriríamos de la vergüenza si nos disfrazáramos igual.

Adam:
Ja, ja.

Jolene:
Vale, pero prepárate para sentirte mal, sea cual sea tu disfraz.

Adam:
Vale.

Jolene:
¡Seré Chewbacca!

Adam:
Mola.

Jolene:
No, me refiero a que he alquilado un disfraz de Chewbacca original. Incluso tiene minizancos en las piernas para hacer parecer que soy igual de alta que un *wookiee*. Vaya, si entrase en el set de grabación de una película de *La guerra de las galaxias*, todo el mundo me saludaría con un «Hola, Chewy».

Adam:
¡Genial! Tienes que mandarme una foto.

Jolene:
Claro. Mis amigos Cherry y Gabe dan una fiesta todos los años y nunca gano el concurso de disfraces, pero nadie me va a ganar con Chewy. Vale, ahora tú.

Adam:
Yo voy a ayudar en la fiestecilla de Halloween que van a organizar en mi iglesia, así que no saldré.

Jolene:
Pero vas a hacer algo, ¿no?

Adam:
Encontré un traje morado en una tienda de segunda mano. He comprado espray verde para el pelo y pintura facial.

Jolene:
Eh... ¿vale?

Adam:
Soy el Joker.

Jolene:
¿La versión de Heath Ledger o la de Jared Leto?

Adam:
El clásico.

Jolene:
Ah, Jack Nicholson. ¡Muy chulo! Mándame una foto tú también.

Adam:
Lo haré.

Jolene:
¿Qué vas a hacer luego? Y no me digas que vas a empezar los deberes de la semana que viene o tu fama de empollón perdurará más allá del tiempo y el espacio.

Adam:
Eso no mola.

Jolene:
Noooooooooooo. ¿Tengo razón?

Adam:
Tengo que ir a casa de alguien a hacer un trabajo para el insti.

Jolene:
Eso sigue siendo, técnicamente, deberes futuros, empollón. ¿De qué es el trabajo?

Adam:
Es de Lengua...

Jolene:
¿De Lengua...? ¿Noto un ápice de frustración? Déjame adivinar, ¿al otro chico le gusta jugar a videojuegos y te ignora mientras tú haces todo el trabajo?

Adam:
Es una chica, y no, ella hace su parte.

Jolene:
¿Una chica? ¿Cómo se llama?

Adam:
¿Qué importa cómo se llame?

Jolene:
Solo tengo curiosidad.

Adam:
Erica.

Jolene:
¿Siempre vas a su casa?

Adam:
Por ahora, sí. ¿Por qué?

Jolene:
Por nada. ¿Ya casi habéis terminado?

Adam:
Casi. No me has dicho qué vas a hacer esta noche.

Jolene:
Supongo que también trabajaré en un proyecto. Empecé a grabar un videoclip para la banda de mi amigo.

Adam:
Guay.

Jolene:
Por ahora, solo son imágenes de ellos tocando la canción, pero tengo algunas ideas para el elemento de la historia que grabaré más adelante. Tengo que irme, he de coger todas las cosas.

Adam:
Yo también tengo que irme. Hablamos luego.

Jolene:
Te diría que te lo pasaras bien, pero son deberes... ¿cómo podrías no pasártelo bien?

Jolene:
¿Qué? ¿No respondes?

ADAM

No era la primera vez que lo hacía, pero la sensación de los brazos de Erica Porter en torno a mí era algo que nunca superaría.

—Adam, ¡hola! —Me apretó durante varios segundos más que la última vez que había estado en su casa. Estaba tan cerca de mí que consiguió que todo pensamiento racional abandonase mi cabeza, incluido el hecho de que su padre se encontrara a algunos metros detrás de ella, y estábamos en su porche delantero—. Entra. —Se separó de mí y tuve que recordarme a mí mismo que la debía soltar—. Papá, ya conoces a Adam.

Entré y le estreché la mano.

—Señor Porter.

No era un hombre corpulento, pero tenía presencia y prolongó el agarre de nuestras manos con firmeza a la vez que manteníamos contacto visual. A través de ellos me expresó claramente que era capaz de proteger a su hija de ser necesario y que más valía que no lo fuera.

—¿Cómo estás, Adam? ¿Listo para el trabajo? —A pesar de haber estado en casa de Erica media docena de veces desde que nos habíamos hecho compañeros de Lengua, conocí a su padre la semana anterior, porque había estado fuera por asuntos militares.

—Sí, señor.

—Habéis estado esforzándoos. Debéis de estar a punto de acabar.

110

Lo cierto era que no necesitábamos quedar tanto como lo hacíamos. Nuestra presentación en PowerPoint estaba casi lista y el informe ya estaba medio redactado.

—Vale un cuarto de la nota final. Queremos que sea perfecto. —Erica sonrió a su padre y este subió a la planta superior después de decirnos que le avisásemos si necesitábamos algo.

—Siento lo de mi padre —se disculpó por encima del hombro mientras nos dirigíamos a la cocina, a la rústica mesa de roble donde trabajábamos normalmente—. Se cree que los chicos que traigo esperan a que se vaya para magrearme. En cuanto te conozca, se relajará.

Apostaba a que no, pero me guardé la opinión mientras Erica cogía un par de Coca-Colas de cereza de la nevera y yo dejaba la mochila en la mesa. Había cometido el error de decirle que era mi sabor favorito, como el suyo, ya que quería estar de acuerdo con todo lo que decía. Me la había ofrecido una de las veces que vine y ahora tenía que beberme una lata cada vez. Sonreí cuando me la dio.

—¿Y tu padre?

Tosí y el gas me picó en la nariz.

—Eh, no. Él no es tan duro.

—Ah —respondió—. Pero no tienes hermanas, solo hermanos, ¿no?

—Un hermano —la corregí mientras el picor se me extendía a los ojos.

Detuvo la lata de camino a su boca. La dejó en la mesa despacio.

—Cierto. Ha pasado algo de tiempo y se me ha olvidado durante un momento. Lo siento.

Sacudí la cabeza.

—No pasa nada. Tú lo has dicho, ha pasado tiempo.

—No lo conocía del todo, pero sí me acuerdo de que una vez Greg ayudó a mi amiga Missy cuando, hace unos años, su gato se cayó y atravesó el hielo en mitad del estanque que hay al lado de la escuela de primaria. Saltó a por él sin quitarse los zapatos siquiera.

Ella sigue teniendo el gato. —Se le nubló la mirada antes de pestañear y volver a darle otro trago a la lata, ajena al hecho de que yo apretaba la mía con fuerza—. Era muy valiente.

—Ya —dije en voz baja y ronca.

Ella siguió hablando de lo genial que había estado Greg aquel día, pero yo dejé de escucharla. Conocía la historia del gato. Greg solía hacer esas cosas continuamente sin siquiera pensar en su propia seguridad. Podría haber muerto salvando al gato de Missy; haberse visto atrapado bajo el hielo él también o que, al intentar subir, se hubiesen resquebrajado los bordes bajo su mano, ya que con la otra sujetaba al gato asustado. Se podría haber congelado mientras Erica y su amiga lo observaban desde la orilla.

—Oh —exclamó Erica, acercándose a mí y rozándome la cara con los dedos. Intenté apartarme, pero ella se acercó aún más—. No pasa nada —murmuró—. Estoy aquí.

Sí que lo estaba, y olía a cereza. Al rozarme la mejilla, sentí la piel muy suave de sus dedos. La cocina estaba vacía y la chica más guapa que había visto nunca me estaba tocando. No podía pensar con claridad. Me dolía el pecho como si estuviese atrapado bajo unas gruesas placas de hielo; sentía que mis extremidades se tornaban pesadas y flojas mientras luchaba por liberarme de un recuerdo que ni siquiera era mío.

Greg no había muerto en un estanque ni atrapado bajo el hielo. Había vuelto a casa aquel día medio congelado, pero eufórico, y no dejó de reírse mientras le relataba a mamá su último rescate y se bebía una taza de chocolate caliente.

—¿No tuviste miedo?

—Claro —le había respondido él antes de meterse una nube en la boca—, pero me asustaba más ver a una niña pequeña ser testigo de cómo se ahogaba su gato, ver el pánico en los ojos del animal y saber que podría haber ayudado, pero no lo había hecho. —Me había sonreído entonces—. Además, tengo la piel dura. Un poco de hielo no me habría hecho nada. —Sin embargo, le castañeaban los dientes y sus labios habían adquirido un tono azulado a pesar del chocolate caliente.

Más tarde, había escuchado a mi padre decirle esa noche que debía tener más cuidado. Papá había aprendido a no decirle que dejara a los animales, pero le había explicado que tenía que pensar en nosotros, en su madre, en sus hermanos pequeños y en cómo nos sentiríamos si no volviese un día a casa. Greg se lo había prometido a papá.

Pero, aun así, lo habíamos enterrado un año después.

Y yo me encontraba ahora en la cocina de Erica Porter, rodeado de tarros de galletas que su madre coleccionaba, intentando que las lágrimas no resbalasen por mi cara. Traté de centrarme en ella, en Erica, y en la forma en que sus ojos se desviaron a mi boca.

En ese momento en que estábamos solos y ella estaba cerca, e inclinándose aún más, una parte de mí sabía lo que podía pasar. Lo que me sorprendió fue que, a pesar de que me lo había imaginado durante años, en cuanto sucedió, algo me hizo sentir raro. No era por el recuerdo de mi hermano, que aún dolía y me enredaba los pensamientos. Había esperado sentirme más entusiasmado. Bueno, lo estaba, pero no pude evitar pensar que el pelo de Erica no era lo suficientemente largo y que deseaba que sus dientes no estuviesen tan perfectamente separados. Pero fueron pensamientos efímeros sin sustancia que se me pasaron por la mente nublada. En cuanto se formaban, se esfumaban; la chica de mis sueños se encontraba a meros centímetros de mí. Solo un idiota hubiese dejado pasar el momento.

Y yo no era ningún idiota.

CUARTO FIN DE SEMANA
6-8 DE NOVIEMBRE

JOLENE

Adam se había convertido en un parásito en mi vida, salvo que no era del tipo asqueroso que se te instalaba en los intestinos y te robaba todos los nutrientes del cuerpo. Era más de los benevolentes que te masajeaban los músculos y las neuronas a la vez y te hacían más inteligente a la par que más fuerte. No creía que aquel tipo de parásito existiera, pero ¿no sería fantástico que así fuera? Los llamaría Adamitas.

Adam puso objeción a mi metáfora parasítica.

—¿Soy un parásito? ¿Yo? ¡Tú eres la que te metiste en mi cuarto!

—Después de que tú saltases a mi balcón.

—Aun así, el parásito de esta relación claramente eres tú. Además, estoy bastante seguro de que los Adamitas eran una antigua secta.

—¿Por qué tienes que ser tan sabelotodo siempre? Está bien, les cambiaremos el nombre. ¿Qué tal algo con «gusano»? A fin de cuentas, muchos parásitos lo son.

—¿Qué tal si dejamos de llamarme parásito directamente?

—¿Aunque seas de los que fortalecen el cuerpo y la mente?

—Sí. ¿Y cómo se te ha ocurrido, a todo esto?

—Bueno, solía pasar los fines de semana aquí viendo películas en mi habitación. Desde que llegaste, vamos a sitios, hablamos. Me muevo y pienso. Esas son exactamente las cualidades parasíticas que te he atribuido.

—Ah.

—¿Qué significa ese «ah» en este contexto?

—Me siento ligeramente menos insultado.

—Ah, vale. Yo quería tanto insultarte como halagarte. En fin, ¿a dónde vamos?

Era sábado por la tarde y Adam y yo andábamos deambulando aparentemente sin rumbo alrededor del vecindario. Era uno de esos perfectos días nevados. Todo se encontraba cubierto de blanco y la nieve tenía un punto helado que hacía que brillase bajo la reluciente luz del sol y crujiese bajo los pies. No hacía viento, ni había nubes. Era aquella clase de frío que hacía que todo, incluido el aire, pareciera limpio.

Adam no se había molestado en ponerse un gorro ni nada más allá del abrigo con el cuello de lana. Yo ya me arrepentía de haberme puesto la bufanda. Era casi demasiado cálida.

—Podríamos pasear simplemente —respondí—. Darle al pico, a la lengua, discutir.

—Eso es lo único que hacemos. Bueno, lo único no, pero sea lo que sea que hagamos, siempre hablamos.

—Lo sé, pero te das cuenta de que aún hay un millón de cosas que no sabemos el uno del otro, ¿no? Nos hemos saltado el típico «preguntas y respuestas» al que la mayoría de la gente se somete.

Adam se rio.

—Porque sabíamos que no nos íbamos a librar del otro igualmente.

—Exacto.

—Pero ha funcionado.

—Por ahora. ¿Y si descubrieses que soy una fan secreta de Star Trek o me enterase de que eres un «Bronie»?

—¿Qué es un «Bronie»?

—Un chico al que le gusta *My Little Pony*.

Adam subió el volumen de voz.

—¿QUIÉN TE LO HA DICHO? —Cuando dejé de reírme, dijo—: ¿Ves? Es demasiado tarde. Ya somos amigos.

—Sigo teniendo preguntas.

—Supongo que yo también. No me contaste mucho sobre aquel curso de cine.

Encorvé los hombros un poco.

—No es para tanto —respondí a la vez que jugueteaba con la cremallera de la chaqueta—. Es un curso en Los Ángeles para estudiantes de secundaria. Si me aceptan, aprenderé todo lo relacionado con cómo hacer películas y, en mi caso, dirigirlas.

Adam levantó las cejas y no supe discernir si era porque le había impresionado o porque pensaba que era una tonta.

Encorvé los hombros todavía más.

—Como he dicho, no es para tanto.

—Te aceptarán. Eres muy mandona, y el videoclip que me enseñaste es increíble.

Contuve una sonrisa y arrugué el rostro.

—¿De verdad soy tan mandona?

—Sí, pero ¿no es eso un prerrequisito para ser directora de cine?

—Eso espero —contesté completamente seria.

Adam se rio.

—Yo creo que mola.

—¿Sí?

Asintió.

—¿Y cómo es el proceso de inscripción?

—Tengo que escribir una redacción, mandar varios cortos y conseguir una carta de recomendación de alguien que pueda —y aquí añadí las comillas con los dedos— «argumentar mi habilidad creativa con respecto al cine y su dirección».

—¿A quién le vas a pedir la recomendación?

—No tengo ni idea. Pero encontraré a alguien. —Me alegraba que no me preguntase por los cortos, sobre todo por el que salía él, porque no estaba preparada para mostrárselo todavía.

—Creo recordar que mi padre mencionó algo sobre un tipo que acababa de mudarse al edificio y que es una especie de crítico de cine.

Agarré uno de los brazos de Adam con las dos manos.

—¿En serio?

—Eso creo. Intentaré averiguar más.

—Te querré para toda la eternidad si lo encuentras.

—Y justo ayer me enseñaste una película que decía que no se podía comprar el amor. —Negó con la cabeza y yo eché hacia atrás la mía para soltar una carcajada.

—Vale, ahora me toca a mí preguntar.

—Pregunta, pues.

—¿Dónde vives?

—En un pueblecito llamado Telford —respondió—. Está a treinta y cinco minutos al norte desde aquí en coche y sin tráfico. ¿Y tú?

—La casa de mi madre está en la ciudad. Podríamos ir más tarde si te apetece una excursión suicida.

Adam dejó de caminar.

—¿Lo dices por la casa o por su residente?

—Últimamente, ambos.

Adam puso aquella expresión de incomodidad que me indicaba que lo había hecho sentir triste y culpable.

—No por mi madre, al menos no en su totalidad. Te conté lo del tipo del gimnasio con el que está saliendo. Dice ser un experto en finanzas… y quizá lo sea, no lo sé. La tiene obsesionada con el dinero que mi padre le está ocultando.

—¿Y es verdad? Lo de tu padre, me refiero.

—Totalmente. Antes del divorcio, mi padre bien podría haber comprado y vendido el bloque de apartamentos Oak Village entero diez veces si hubiese querido, y ahora vive aquí y dice que no puede permitirse nada mejor; sin ofender a tu padre. Este sitio está mejor desde que empezó a trabajar en él. —Dejé de caminar—. Estoy empezando a sonar como Tom. Está intentando que mi madre llame a un auditor forense para que revise las finanzas de mi padre y así conseguir más dinero de la manutención. Pero mi padre no es idiota, así que dudo que encuentren nada, lo cual significa que, si quiere más dinero, tendrá que buscarse un trabajo y hacer algo aparte de ir al gimnasio y beber. Puede que madure y se preocupe por alguien más que ella misma. Quizá lo hagan los dos. —Estaba respirando como un toro bravo, echando humo por los orificios de la nariz. No le había contado a Adam ni la mitad de lo que le acababa de soltar. Nadie lo sabía.

Necesitaba volver a un terreno más seguro y menos incómodo para ambos.

—Olvida que te acabo de contar todo eso. Lo que quería decir es que hasta que podamos conducir, no podremos ir a ninguna parte que no sea por aquí. —Habíamos completado la vuelta y nos estábamos acercando de nuevo al edificio de apartamentos. Pasamos el letrero y ninguno de los dos lo miramos.

La respuesta de Adam fue asentir con la cabeza y meterse las manos en los bolsillos.

—Sigamos con las preguntas —le propuse. ¿Color favorito?

—El rojo. ¿Y el tuyo?

—El morado. ¿Chuche favorita?

—Las grageas. ¿Tú?

—Las picotas. ¿Festividad favorita?

—Halloween. ¿Tú?

—Igual. Chuches y disfraces, mezcla perfecta. —Seguimos formulándonos preguntas hasta que ambos nos desprendimos de la pesadez de mi anterior confesión. Un par de ardillas con la cola gris y esponjosa corretearon como un rayo delante de nosotros, persiguiéndose la una a la otra a la vez que subían por un abedul alto y delgado. Nos reímos y todo volvió a estar bien otra vez.

—Más preguntas serias. ¿Cuál es tu canción favorita?

—¿De todos los tiempos? *Classical Gas.*

Le di un golpe en el pecho.

—¡También es la mía!

Sonrió.

—¿En serio?

—No. ¿Quién pone la palabra «gas» en el título de una canción?

—Mason Williams. Y, en serio, no critiques la canción.

Levanté las manos a modo de rendición.

—Es bonita, vale. Pero el título... —Negué con la cabeza.

—¿Cuál es tu canción favorita?

—*Jolene* de Dolly Parton. —Me encogí de hombros cuando me miró por el rabillo del ojo—. ¿Qué puedo decir? Soy un poco narcisista. —Además, nadie insuflaba dolor a la letra como lo hacía Dolly Parton—. ¿Libro?

—*El señor de los anillos.*

Puse una mueca.

—¿Qué?

—Es que es muy larga. ¿Y las canciones? —Fingí una arcada—. Me rindo.

Adam se detuvo de repente.

—Espera, ¿no te has leído *El señor de los anillos*?

—«Empecé» a leer *El señor de los anillos* y decidí que prefería hacer, literalmente, cualquier otra cosa. Vale, tienes cara como de si te hubiese dado una patada en los huevos. Estaba pálido hasta para él—. Oh, venga ya. He visto las pelis, ¿vale? Quitando la afición de Peter Jackson por los primeros planos eternos, me gustaron.

—Las películas son geniales, pero no son nada comparadas con los libros.

—Bueno, a mí no me gustaron.

—Has dicho que los empezaste y los dejaste. ¿Cuándo paraste? ¿Fue antes de *El retorno del Rey*?

Le dediqué una expresión vacía, a lo que él respondió con un pequeño gruñido.

—El tercer libro.

Me habría reído si no estuviese tan serio.

—Más bien en el tercer capítulo del primer libro.

La expresión de dolor en los huevos regresó a su rostro. A su favor, tenía que decir que recuperó la compostura enseguida y prosiguió caminando.

—Te voy a traer mi ejemplar de *La Comunidad del Anillo* el próximo fin de semana. Encontraremos un lugar tranquilo y te leeré más que los capítulos iniciales.

Había tanta determinación en su voz que no discutí con él. Me gustaba la idea de escuchar su voz durante unas cuantas horas. Aunque hablase de elfos y magos.

—¿Sabes? Tengo miedo de preguntarte cuál es tu película favorita. Casi hemos acabado con nuestra amistad por culpa de un libro sobre troles.

—Sé que sabes que se llaman *hobbits*. Pero sí, nunca te diré cuál es mi película favorita.

Contuve una sonrisa.

Caminamos un poco más después de aquello, frunciendo el ceño a los coches que pasaban y que no eran nuestros.

—Oh, tengo una. ¿Tienes novia? —Tal como predije, la pregunta hizo que Adam se ruborizara. Pero su respuesta me sorprendió.

—Sí.

Todo mi cuerpo se paralizó en el sitio, hasta el corazón me dejó de latir.

—¿Sí?

Él también se detuvo y su nuez subió y bajó al tragar saliva.

—Sí. ¿Eso te incomoda?

—No. —En realidad, sí. Mi corazón comenzó a latir otra vez, pero demasiado deprisa y con demasiada fuerza—. Nunca has actuado como si tuvieras novia.

Adam volvió a tragar saliva, pero estaba claramente intentando actuar como si nuestra relación no hubiese padecido un enorme y monumental cambio, cosa que mi acelerado corazón se empeñaba en creer.

—¿Cómo actúa alguien con novia?

—No sé. —Volvíamos a andar. Yo movía las extremidades a tirones como si intentara ocultar lo inestable que me resultaba el suelo de repente. Le seguí pisando las huellas que dejaba en la nieve, consciente de que sus pies eran mucho más grandes que los míos—. ¿Y ella sabe de mi existencia? ¿Que quedamos durante setenta y dos horas seguidas dos veces al mes?

—Acabamos de empezar. Ella sabe que vengo con mi padre, pero no le he mencionado nada específicamente sobre ti. Es, eh, Erica, la chica con la que he estado haciendo el trabajo de clase.

Recordé nuestra extraña conversación por mensaje cuando me habló de ella. Había actuado de un modo raro, y luego me dejó esperando. Creía que estaba emocionado por hacer los deberes, pero resultó ser por verla a ella. Me estremecí y me dolieron los pulmones cuando respiré hondo.

—Ahora va a ser raro.

—Solo si tú haces que lo sea, rarita. —Intentó chocar su codo con el mío, pero me adelanté y dejé que ahora mis pies fueran los primeros en pisar la nieve.

Sí que estaba comportándome de manera extraña, pero no podía evitarlo. No sabía cómo gestionar esa información tan inoportuna.

—No, ocurrirá. Tú le hablarás de la chica increíble con la que pasas los fines de semana y ella se pondrá celosa y terminarás teniendo que elegir entre nosotras y, por supuesto, elegirás a la chica que te besa por encima de la que te mete nieve por la parte de atrás del pantalón. —Adam no tenía ni idea de que no estaba simplemente poniéndome dramática para darle mejor efecto. Es decir, era menuda, pero aun así sentía un dolor inexplicable en el corazón.

—Te has vendido fatal en comparación con ella.

Se me cayó el estómago a los pies al pensar en él besándola.

—¿Cómo se llamaba?

—Erica.

—Erica. Cuando le hables de mí, dile que la odio. —Me giré y caminé de espaldas delante de él—. No a ella particularmente, solo lo que representa.

Adam se rio.

—Estoy seguro de que no le importará.

—Y ahora sí que estoy segura de que nunca has tenido novia antes. —Sí que le iba a importar. Adam ni siquiera era mi novio y ya sentía unos celos asfixiantes por esa chica que podía reclamar las partes de él en las que yo ni siquiera había pensado realmente. Y ahora, de repente, eran lo único en lo que podía pensar—. Eh, ¿y qué pasa con nuestras fotos? ¿Tu madre sabe quién es Erica? —Dejé de andar otra vez. Este nuevo pensamiento acaparó toda mi atención—. Ahora me has hecho pensar en cosas no tan buenas de tu madre. ¡Justo ayer le mandamos una foto de los dos!

Y también había sido adorable. Habíamos programado el temporizador y luego nos habíamos sentado al revés con la cabeza a meros centímetros del suelo y las piernas sobre el respaldo. Ahora la estaba arruinando. No conseguía cerrar los párpados y el pulso de mi corazón debía de estar extremadamente acelerado dado lo inquieta y nerviosa que me sentía.

Adam estaba bastante cerca, así que le clavé el dedo en el pecho.

—¿A tu madre le parece bien que tengas una novia en cada puerto?

—Au. Tienes un dedo muy huesudo.

Seguí clavándoselo.

—Responde a la pregunta.

—No, no sabe lo de Erica. Para ya. —Se alejó; de no hacerlo, le habría seguido clavando el dedo. Era eso o pegarle. Y lo último no podía hacerlo, porque él no había hecho nada malo. No técnicamente. Odiaba ese técnicamente.

—¿Entonces les mientes a todas las mujeres de tu vida? —Estaba jugando un poco con él, pero a la vez no. Normalmente él disfrutaba de mi dramatismo y me sentía particularmente inspirada en ese momento. ¿Qué elección me quedaba?

—No, pero ahora sí lo voy a hacer. Eh, ¿te he hablado de la novia que no tengo?

Solté un suspiro que sonó dolido cuando lo que yo quería era que sonase ofendido.

—Mira quién es la sensible ahora. ¿Por qué estás haciendo una montaña de un grano de arena?

—No es verdad. —Sí lo era. ¿Cómo era posible que no viese la importancia que tenía? ¿Para él no era importante?

—Que yo sepa, tú tienes novio. —Su voz sonó un poco apagada cuando lo dijo y sus ojos aterrizaron en mi rostro como si estuviese buscando ver mi reacción antes de hablar. Aquello hizo que el nudo de mi estómago se tensara aún más.

—Te lo habría dicho. Te habría dicho algo así como: «Hola, Adam, ya sé que no nos besamos ni nada, pero ahora tengo a un chico con el que sí lo hago».

Sus mejillas enrojecieron.

—¿Me estás diciendo que quieres que te bese?

—¡No! Solo digo que... —Un rubor se instaló en mi propia cara, y la giré. No tenía ni idea de lo que quería decir y, por una vez, no sabía si él se estaba sonrojando porque lo había avergonzado o porque sentía pena de mí—. Te habría avisado.

—¿En caso de que quisiese besarte?

Alcé los brazos en el aire.

—Pues sí. Pero por si quieres saberlo: no.

El color comenzó a abandonar el rostro de Adam, pero permaneció en sus orejas. Otro arrebato de celos me embargó al pensar en lo mucho que a Erica probablemente también le gustase aquello.

—No sé qué pensar de eso.

—Bueno, ya no importa. Ya está aquí.

—Esta es la conversación más extraña que hemos tenido nunca.

—Es culpa de Erica.

ADAM

Me crucé con mi padre en el pasillo al salir del apartamento de Jo el sábado por la noche. Estaba arreglando los apliques que normalmente titilaban y que había apagado. Enarqué una ceja al ver un par de linternas dispuestas en el suelo debajo de él y separadas de manera uniforme.

—Intento no matarme con un cable con corriente —me explicó al tiempo que bajaba de la escalerilla—. Terminaré tarde, pero quiero cambiar y conectar todas antes de mañana. —Sacó el móvil y tocó la pantalla. Un segundo después oí la voz de Jeremy en el altavoz.

—¿Listo?

—Sí —dijo papá—. Dale al interruptor del sexto piso.

Una serie de luces se iluminaron a ambos lados del pasillo. Papá sonrió.

—¿Ha funcionado? —preguntó Jeremy.

—Una planta terminada, quedan cinco. —Papá observó los apliques que ahora funcionaban perfectamente y después se dirigió a mí mientras plegaba la escalerilla con una mano y recogía la caja de herramientas con la otra—. Nos vendría bien tu ayuda. —No me miró al sugerirlo. No sabía si no quería verme la cara cuando rechazase su sugerencia o si pensaba que si me esquivaba la mirada le diría que sí.

»Vale —prosiguió cuando no le respondí—. Te he dado la oportunidad de responderme como un hombre, pero si te vas a quedar callado como un niño, decidiré yo por ti. —Pasó por mi lado como si fuésemos unos desconocidos por la calle—. Coge las linternas y vamos al quinto piso.

Trabajamos en silencio durante toda la zona derecha de la planta —cuatro luces— y, en contra de mi voluntad, papá me impresionó. Sabía que mamá y él habían renovado nuestra casa casi desde los cimientos, pero la habían reformado cuando yo era demasiado pequeño como para entender todos los cambios que habían hecho en ella. Había hecho de electricista, de fontanero, de arquitecto y de carpintero. Y lo había hecho bien. Mamá se encargó del diseño, aunque hizo más que solo elegir los colores. Restauró los suelos y las chimeneas; hizo muebles y puso baldosas. Al contemplar el pasillo, no pude evitar pensar en lo mucho que le habría encantado estar aquí, trabajando con nosotros.

Mi cara debió de revelar lo que pensaba, porque papá se detuvo en mitad de la faena de tapar los cables de la siguiente luz.

—¿Y esa cara?

Le di otra tapa y, bien era demasiado tarde o estaba demasiado cansado, pero decidí ser sincero al responder.

—A mamá le habría encantado esto.

Vi una sonrisa florecer en sus labios antes de volver manos a la obra.

—¿Te he contado alguna vez lo que hicimos en nuestra luna de miel?

—Papá —lo llamé, asegurándome de que oyera la advertencia en mi voz.

—No, no. —Me hizo un gesto con la mano antes de contarme la historia—. Acabábamos de comprar la casa, así que no teníamos dinero para irnos a ningún lado. Decidimos ir en coche a las Poconos y cogernos una cabaña pequeña junto a las montañas; eso fue en verano, así que no estaría lleno de esquiadores. Fuimos sin prisa a la ida, yendo por rutas alternativas y parando cuando queríamos. Llevábamos una hora de camino y, de repente, tu madre me agarró del brazo y me gritó que parase. Pisé el freno con tanta fuerza que nos salieron moratones en el pecho por el cinturón.

—¿Vio un ciervo atravesar la carretera o algo? —pregunté, curioso a pesar de querer parecer indiferente.

—Alguien había abierto las puertas de un viejo granero y por casualidad ella vio en ese momento exacto lo que juró ser un conjunto de mesa y sillas de roble del siglo diecinueve.

Me reí porque podía imaginarme a mi madre perfectamente haciendo algo así.

—¿La mesa del comedor? —dije, aunque ya sabía la respuesta.

—Tardó menos de veinte minutos en que el propietario se la vendiese por el dinero con el que íbamos a alquilar la cabaña, y pasamos la noche de vuelta en casa comiendo pizza y bebiendo vino barato mientras yo raspaba la pintura de la mesa y ella quitaba la caña rota de las sillas. —Volvió a sonreír—. No teníamos ningún otro mueble y en el piso de arriba faltaba algún buen trozo de techo, así que dormimos sobre unas mantas frente a la chimenea. Fue una de las mejores noches de mi vida. —Y entonces se le quebró la voz—. Y nueve meses después tuvimos a Greg.

Y así como así sentí una opresión en el pecho, como si no hubiese espacio dentro de mí. No me gustaba ver a mi padre de esta forma. Parecía como si al mostrar su vulnerabilidad traicionase alguna cosa, como si me arrebatase la ira que aún sentía reciente. Todo lo que tuvo que hacer fue contarme una historia, hacer que oyera el dolor que sentía incluso al sonreír, y la mirada fulminante que normalmente le dedicaba desapareció. En su lugar, moví la mandíbula y apreté la tapa que tenía en la mano con los músculos muy tensos para no romperme como él —por él—, al verlo tan afligido por su hijo.

No intentó esconderse como antes. Esta vez, no se levantó ni se fue a otra sala; siguió subido a la escalera y apoyó una mano en mi hombro con fuerza, como si fuese lo único en el mundo que lo mantuviera erguido. Los ojos se me humedecieron y me sentí más débil que nunca.

No podía llorar delante de mi padre; habría sido como una intromisión. Y, además, sabía que, si lloraba con él, no sería capaz de odiarlo de nuevo a la mañana siguiente.

ENTRETANTO...

Adam:
No me has escrito con un millón de signos de exclamación, así que supongo que la final no ha ido como esperabas.

127

Jolene:
¿Esa es tu forma diplomática de preguntarme si perdimos?

Adam:
Sí.

Jolene:
Perdimos.

Adam:
Menuda mierda. Siento no haber podido estar allí.

Jolene:
Mis propios padres no vinieron. Créeme cuando te digo que no pasa nada porque no estuvieras allí.

Adam:
¿Estuvo reñida?

Jolene:
Me gustaría poder decir que sí, pero las mentiras son impropias de nosotros, ¿no?

Adam:
Debió de ser contra un buen equipo.

Jolene:
No. Las vencimos a principio de temporada y tendríamos que haberles ganado hoy.

Adam:
¿Qué ha pasado?

Jolene:
Nadie jugó bien y la peor, yo, lo cual significa que si sigues hablándome, voy a terminar siendo borde.

Adam:
No pasa nada. Descarga tu bordería.

Jolene:
No, no tiene gracia si te portas tan bien.

Adam:
Puedo ser borde. Simplemente me imaginaré lo que tú dirías.

Jolene:
Esto pinta bien.

Adam:
Lo entendería si te enfadaras por perder en un deporte guay, como el baloncesto, pero el fútbol es el deporte más tedioso del mundo. Hay partidos en los que nadie marca. Es decir, supongo que podría ser peor, como el *lacrosse* o algo así. Así que, bueno.

Jolene:
Pero eso no es malo. Es decir, el fútbol es genial en su totalidad, pero supongo no debería esperar demasiado del chico que se creía que la FIFA tenía algo que ver con el caniche francés.

Adam:
Tú ganas. Al menos en insultos.

Jolene:
Uf, es que aquello fue buenísimo.

Adam:
Me siento como un imbécil.

Jolene:
Y aun así me has hecho sonreír.

Adam:
¿Sí?

Jolene:
Sí. ¿Y quieres sentirte más imbécil todavía?

Adam:
En realidad, no.

Jolene:
Juego a *lacrosse* en primavera.

QUINTO FIN DE SEMANA
20-22 DE NOVIEMBRE

ADAM

—No lo estás haciendo bien. —Estaba de pie y temblando a un lado de la carretera mientras la luna empezaba a ascender.

—¿Y tú qué sabes? —exclamó Jeremy—. ¿Quieres dejar de apuntar a todos lados con la linterna, por favor?

—Lo que sé es que no deberías tardar media hora en cambiar una rueda pinchada. —Pero agarré la linterna con las dos manos para que esta iluminase mejor.

—¿Adam?

—¿Qué?

—¿Puedes callarte un momento para que pueda terminar?

Apreté la mandíbula cuando un soplo de aire penetró en mi abrigo. Era viernes por la noche y nos dirigíamos a casa de papá. Aunque empezaban a castañearme los dientes, señal de una inminente hipotermia, agradecía el retraso para no verle. El último fin de semana con él fue... Me había comportado como si las cosas fueran a estar bien, o al menos como si fueran por ese camino. Le había ayudado con las luces, habíamos hablado un poco, había dejado que se emocionase delante de mí y no le había recordado que debido a sus acciones mamá estaba de luto y sola en este mismo momento.

Cuando el neumático del coche de Jeremy explotó, me había medio convencido de que era un sueño hecho realidad. Media hora de frío más tarde, me lo estaba replanteando. Era obvio que Jeremy no tenía ni idea de cómo cambiar una rueda y yo no era de mucha ayuda. Era algo que pensaba aprender, pero que no había hecho aún. Jeremy parecía estar igual que yo.

—¡Joder, Adam! Si no dejas de mover la linterna, te juro que...

—¿Que qué? ¿Irás más despacio?

Jeremy se puso de pie.

—¿Quieres que te dé un puñetazo?

—Quiero que arregles la rueda para que nos podamos ir. ¿Qué es lo que no te ha quedado claro?

Jeremy tiró la llave de tubo —o lo que yo creía que era la llave de tubo; qué patético que ni supiera eso— al suelo y esta resonó.

—Hazlo tú, entonces.

Lo poco que sabía Jeremy de cambiar ruedas —y era muy poco— distaba a años luz de lo que sabía yo. Observé la llave de tubo. Después, a mi hermano. Repetí el proceso varias veces y él profirió un ruido lleno de molestia antes de volver a agacharse frente a la rueda.

—Eres un inútil, ¿sabes?

Sí que lo sabía. No me molesté en responderle. En lugar de aquello, observé a mi hermano intentar cambiar una rueda seguramente por primera vez en su vida. No resultaba reconfortante en absoluto. Estaba agachado y los vaqueros se le habían bajado hasta mostrar una buena parte de su raja del culo. Gruñía y maldecía por lo bajo mientras forcejeaba con las tuercas de las llantas, un término que estaba bastante seguro de estar utilizando bien. Sin embargo, sentía la ira bullir en mi interior.

—¿Por qué papá no nos ha enseñado a hacerlo? ¿Por qué no se aseguró de que supieses lo básico antes de sacarte el carné?

Jeremy sacudió la cabeza y soltó una risa forzada.

—No paras, ¿eh? —Me miró y la sonrisa fruto del cabreo se esfumó de sus labios. No estaba metiéndome con él esta vez y él lo sabía—. No lo sé. Quizá se olvidó. O puede que no tuviera tiempo. No hicimos mucha fiesta cuando cumplí los dieciséis.

Desde que Greg murió, las vacaciones y las Navidades se habían convertido en momentos tristes. Sin él, lo último que nos apetecía era celebrar algo.

—¿Has visto a mamá antes de irnos? —le pregunté.

La mano de Jeremy se detuvo en la tuerca que estaba aflojando. No respondió.

—¿La has visto?

—Sí, la he visto. —Soltó otro gruñido mientras quitaba las tuercas.

—¿Y?

—¿Y qué? —Jeremy se irguió y le dio una patada a la rueda—. Esta mierda está oxidada.

Bajé la linterna.

—¿Le has dicho algo?

—Claro.

—¿Qué?

Jeremy giró primero la cabeza y después el resto del cuerpo.

—¿Qué se suponía que tenía que decirle? ¿«Oye, mamá, no pases el fin de semana envolviendo regalos de Navidad para tu hijo muerto como el año pasado»?.

Le alumbré la cara y después volví a dejar caer la linterna cuando él ni se molestó en taparse los ojos.

Jeremy terminó de cambiar el neumático. No tuvo que repetirme lo de la linterna ni una sola vez.

Puso la calefacción sin pedírselo siquiera en cuanto entramos en el coche. Nos detuvimos en la señal siguiente y Jeremy cerró las manos en torno al volante mientras la luz roja iluminaba una mancha de grasa que tenía en los nudillos. Cuando buscó algo con lo que limpiarse sin resultado, se restregó el dorso de la mano en los vaqueros.

—Deberíamos estar con mamá.

—Ya hemos estado —dijo Jeremy—. Y esta noche estaremos con papá.

Negué con la cabeza.

—Eso no está bien y lo sabes.

—Lo que no está bien es cómo tratas a papá. ¿Cuándo vas a madurar?

—¿Cómo trato a papá? ¿Yo? ¿Qué coño te pasa? Mamá está sola en casa y papá...

—Y papá está solo *todo el tiempo*, ¿Eso no te importa?

Me obligué a volver la cara hacia la ventana antes de hacer algo estúpido, como pegarle un puñetazo a mi hermano mientras íbamos a ochenta kilómetros por hora. Quizá cuando fuésemos más despacio.

—Tienes que tratar mejor a papá. No lo está pasando bien. Lo sabrías si pasases tiempo con él.

—Quién le ha ayudado con las luces, ¿eh?

—Ya, y después no le dirigiste la palabra el domingo.

—Si no se hubiera ido, ni siquiera estaríamos teniendo esta conversación.

Jeremy sacudió la cabeza.

—Y sigues. Piensa en cómo se siente él. Cómo lo ha pasado desde que murió Greg. Ella no pasa página.

—¿Y se supone que va a hacerlo cuando la dejamos sola, como ahora?

—No lo sé. Pero la idea de marcharse no fue de papá.

—No fue de mamá.

—No, fue de ambos. Lo decidieron juntos. Tienes que estar tan cabreado con él como con ella.

Cerré los ojos con fuerza. Nada tenía sentido, pero que papá se fuera, ya fuese estando de acuerdo con mamá, estaba mal. Después de todos estos meses, era evidente que no llevaba bien que mi padre se hubiera marchado. Se derrumbaba frente a nosotros cada vez que Jeremy y yo nos íbamos. Si papá fuese un hombre de verdad, lo habría visto. Jeremy lo sabía igual de bien que yo.

—Papá está solo porque es un cobarde. Mamá está sola porque se casó con uno.

Quise sentir satisfacción cuando Jeremy no respondió, pero no pude.

JOLENE

No podría decir cuánto tiempo me pasé esperando a Adam en el recibidor, pero estaba completamente oscuro fuera —y no debido al tiempo— cuando por fin vi el coche de su hermano. Fui consciente de lo patética que parecía esperándolo, pero no me importaba lo suficiente como para fingir haber estado haciendo algo más aparte de esperar.

De esperarlo a él.

Tenía razones para reflexionar sobre mi supuesta indiferencia cuando Jeremy entró primero en el recibidor. Me inspeccionó, frunció el ceño, soltó algo por lo bajo y se fue directo a las escaleras. Aquellos dos segundos que duró el encuentro me hicieron sentir como si no encajara allí. Pero entonces Adam apareció.

Llevaba la misma arruga en el ceño que su hermano hasta que me vio. Se detuvo a medio entrar en el edificio y respiró hondo sin apartar la mirada de mí. Luego soltó su mochila en el suelo y cruzó el recibidor en tres largos pasos que lograron que mi corazón se acelerase.

Me estrechó entre sus brazos y me levantó del suelo a la vez que enterraba el rostro en mi hombro. Si se percató de lo tensa que me había puesto cuando me abrazó, no lo demostró.

—Necesitaba que estuvieras aquí, justo aquí. No habría podido dar un paso más. ¿Cómo lo has sabido?

Adam seguía abrazándome, casi demasiado fuerte. Olía realmente bien, como a manzana y especias, y todo mi cuerpo por fin se relajó contra el suyo.

—En realidad, he bajado a recoger las cartas del buzón.

Él se rio contra mi hombro y su aliento me revolvió el vello en la base del cuello y me hizo cosquillas. Con un último apretón, Adam me soltó.

—Tranquilo, Adam. ¿Sabes? Creo que me has partido una costilla ahora mismo —dije y me acaricié el costado con suavidad.

—Nah, es solo que no estás acostumbrada.

Los ojos me empezaron a escocer, pero hice caso omiso de ello y fui a recoger la mochila de Adam. Sentí sus ojos sobre mí en todo momento.

—Lo siento, decir eso ha sido una estupidez.

—¿Problemas en el paraíso, imagino? —Asentí en dirección a donde se había marchado Jeremy. Aún podíamos oírlo zapatear al subir los escalones—. Y llámame loca, pero creo que tu hermano está enamorándose de mí.

—No eres tú —replicó Adam, esquivando el feliz salvavidas que acababa de lanzarle y centrándose en la escalera vacía—. Cree que debería pasar más tiempo con nuestro padre.

—Ya sabía yo que tú eras más de tu madre cuando se separaron.

—No debería haber habido ninguna separación. —Un tic se le formó en uno de sus párpados—. Si mi padre se hubiese quedado en vez de marcharse cuando mi madre lo necesitaba, no estaríamos aquí. Estaríamos en casa todos juntos, echándolo de menos juntos.

Oh.

Y no me refiero a un «oh, sé perfectamente lo que está pasando», sino a que otro enorme factor acababa de entrar en la ecuación. No era de extrañar que Adam se hubiese molestado cuando insinué que uno o ambos de sus padres se habían puesto los cuernos. Habían perdido a alguien.

—¿A quién?

—A mi hermano mayor. Greg.

Hizo aquel gesto que solían hacer los tíos en el que apretaban tanto la mandíbula que bien podrían partírsela, e intentó evitar que sus ojos se pusieran más brillantes todavía. Debería haberlo tocado o dicho algo; eso es lo que hacía la gente cuando alguien desvelaba aquella clase de información, ¿no? Pero darle golpecitos en la espalda o decir que lo sentía me parecía tristemente inapropiado.

—¿Recientemente?

Adam se encorvó y movió la mano del bolsillo de su chaqueta hasta el móvil que podía entrever en sus vaqueros.

—Sí. Es decir, no. —Flexionó los dedos como si estuviese obligándose a no tocar el teléfono. Volvió a meter la mano en la chaqueta—. Fue hace un par de años, pero de verdad que no quiero...

—No tienes por qué hacerlo. Es solo que... Lo siento. Es una mierda.

—Sí que lo es.

Su mirada se volvió distante —más distante— y pude adivinar que no le gustaba ninguno de los lugares a donde sus pensamientos lo estaban llevando, así que cambié el tema de conversación.

—¿Alguna vez te sientes como si la tierra nos odiara? —pregunté a la vez que miraba al exterior—. Es decir, mira eso. —*Eso* era la tormenta de nieve que estaba arrasando ahora mismo en el cielo, tal como era. Era gris y alarmante y completamente impenetrable—. ¿Cómo interpretas eso si no es odio profundo?

—Ahora mismo me siento bastante poco querido —me confesó—. Pero puede que tenga más que ver con la hora que acabo de pasar con Jeremy. —Me miró. ¿Te ha recogido Shelly hoy?

Puse una mueca.

—Sí. No salió del coche y yo salí corriendo de casa en cuanto paró delante. No fue tan mal. —Aunque aquello fue en gran medida debido a que había escondido el reloj y el móvil de mi madre, y adelantado la hora de todos los relojes de la casa una hora antes de que ella se hubiese levantado, así que la había pillado de improviso cuando me fui.

—¿Intentó hablar contigo durante todo el trayecto hasta aquí?

—¿Hum? Ah, no. —Le sonreí—. Fingí estar hablando por teléfono contigo.

Él medio sonrió.

—¿Sabes que podrías haber estado hablando conmigo de verdad?

Me encogí de hombros. Siempre me llevaba un poco recuperarme cuando dejaba a mi madre estos fines de semana y no estaba segura de querer que Adam me viera u oyera— cuando todavía seguía tensa.

Otra racha de viento hizo repiquetear el cristal de las puertas y ambos echamos un vistazo a los paneles aparentemente finos.

—Aguantarán, ¿verdad? —preguntó Adam.

—El año pasado lo hicieron.

—Vale, bien.

—Pero quizás se hayan debilitado lo suficiente como para resquebrajarse en cualquier momento y empalarnos con dos enormes trozos de cristal.

Adam me escudriñó.

—¿Por qué dices esas cosas?

Me volví a encoger de hombros.

—No sé. Probablemente deba ver menos pelis.

—Sí, pero no creo que ese sea tu problema.

Si él supiera.

—Bueno, pues, ¿a dónde quieres ir?

—Para empezar, lejos de esas puertas de cristal potencialmente homicidas. ¿Supongo que Shelly está en tu apartamento?

—¿Y tu padre y tu hermano en el tuyo?

—Sí. —Adam se quedó callado un momento. Fue aquella clase de silencio que parecía arañarme la piel—. Eh, ¿cómo es que nunca veo a tu padre?

Había estado caminando sobre una costura levantada en la moqueta como si se tratase de la cuerda floja. Me detuve durante un instante, y luego proseguí caminando.

—¿Qué es lo que quieres oír? —Al ver que no respondía, me bajé de la supuesta cuerda y me giré hasta quedar de cara a él—. No era una pregunta trampa.

—Sí, bueno, no estoy tan seguro de eso.

—¿No eres tú el listo? —Bajé ligeramente la barbilla al igual que los hombros—. No lo ves nunca porque ni yo misma lo veo siquiera. Podría hablarte sobre su «exigentísimo» trabajo, el que lo ayuda a pagarse los abogados tan ridículamente caros que pelearon contra mi madre con una brutalidad sin precedentes solo para conseguir que pasase aquí dos fines de semana al mes, pero eso no es más que mierda y más mierda que no se la cree nadie. No se trata del dinero... sino de mí. Ni siquiera creo que dejase quedarse a Shelly si por ley no requiriera tener a alguien conmigo. Yo no le podría importar menos. Vaya, es evidente. —Di un puntapié al rodapié de madera recién pintado.

138

»Me dijiste que era ruin el primer día que me conociste. —Negué con la cabeza con una pequeña sonrisa—. No tengo nada contra mi padre. De alguna forma, mi madre consiguió convencerlo de que ella me quiere más que a cualquier otra cosa, así que, por supuesto, él está decidido a separarme de ella. Si él creyese que matándome la haría sufrir, tendría a un montón de asesinos a sueldo persiguiéndome.

—Joder, Jolene.

—¿Demasiado mórbido para ti? Lo siento, o lo que sea, pero el que ha preguntado has sido tú.

—Acabas de decir que tu padre planearía tu asesinato solo para hacerle daño a tu madre. Eso es... retorcido.

—Creo que la palabra exacta que he usado antes era *ruin*. —Un pie frente al otro, así volví a caminar por mi improvisada cuerda floja hasta que Adam me tiró del brazo.

—¿Puedes parar durante un segundo? ¿No ves lo retorcido que es eso? Díselo a tu madre o a su abogado, o a alguien.

Me reí.

—Mi madre intentaría usarlo en su beneficio para conseguir más manutención, y mi padre se la devolvería probablemente haciendo que yo muriera. ¿Eso te suena mejor que «asesinarme»?

—No —respondió y su rostro se quedó paralizado en una expresión que me hizo fruncir el ceño.

—Supéralo.

—Estoy intentando superarte a ti. —Dirigí la mirada hacia la de él con los ojos abiertos como platos y sin parpadear y él se ruborizó y añadió—: No lo decía en ese sentido. Sino... Vale, no sé en qué sentido lo decía.

—Olvidémoslo, ¿vale? No quiero que perdamos el tiempo peleándonos por algo que no importa. Estoy aquí, tú estás aquí. Obviamente me has echado de menos. —Volví a frotarme el costado, esperando que sonriera o algo aparte de aquel medio mohín que le fruncía los labios. Y no tengo prisa ninguna por pasar tiempo con Shelly, así que...

Venga, Adam. Venga...

—No —dijo, después de un momento—. Sí que importa.

Gemí.

—Vale, importa, pero... —Volví a gemir—. Eres idiota. Vas a obligarme a decirlo.

—¿Yo soy el idiota?

—Tú, estúpido. No me importa, porque estás *tú*. Dos fines de semana al mes no es tan mal plan.

Mi estómago pareció retorcerse en dos direcciones distintas mientras esperaba su respuesta. Los días con él compensaban los otros que tenía que soportar con mis padres; la presencia de una y la ausencia del otro. Era un imbécil por obligarme a decirlo en voz alta. De nuevo me escocían los ojos. Adam tenía que decir algo. Y rápido.

Seguía sosteniendo la mochila de Adam, así que sus dedos se deslizaron sobre los míos, cálidos y suaves, para quitarme el peso de encima.

—Para mí también.

—¿Qué? —Desvié la mirada, enseguida, de nuestras manos a su rostro.

—En mi familia tampoco estamos pasando por una buena racha... Por razones distintas, pero aun así. Dos fines de semana al mes no es tan mal plan para nada.

Y luego me sonrió como un bobo.

Y yo le correspondí.

ADAM

—¿Qué te ha hecho pensar en venir a patinar sobre el hielo? —preguntó Jolene el domingo por la tarde mientras abría la pista para ella.

—El invierno. La nieve. El hielo. La probabilidad de ver cómo te caes de bruces antes de que volvamos a nuestras casas esta noche.

—*Y la excusa de agarrarte si necesitas ayuda para mantener el equilibrio*, pensé para mis adentros.

Ella sonrió.

—¿Qué te hace pensar que no tengo el nivel de una patinadora de los Juegos Olímpicos?

—¿Lo tienes?

—No lo sé, nunca lo he hecho.

—¿Pero nunca?

Jolene negó con la cabeza.

—No podías ser inteligente y guapo, ¿verdad? Sí, nunca significa nunca. Supongo que tú naciste con los patines puestos, ¿eh?

—No exactamente. Mi padre era un aficionado del hockey sobre hielo, así que quiso que sus hijos aprendiéramos. Antes patinábamos continuamente.

—Ah, ¿vamos a patinar con melancolía?

—¿Qué?

—¿Vamos a estar patinando y entonces yo voy a hacer un precioso salto triple hacia atrás y te voy a ver en modo *Campo de sueños* total?

—¿Por qué iba a estar llorando?

—Porque estarías pensando en tu padre y porque mis saltos serían increíbles.

No le respondí. En lugar de eso, aproveché la oportunidad para darle nuestro número de patines a la chica que se encargaba del puesto de alquiler. Papá nos enseñó a patinar casi antes que a andar. Íbamos en familia casi todas las semanas; mis padres se agarraban de la mano como si fuesen adolescentes. Y... empecé a maldecir por dentro, porque estaba a punto de derrumbarme.

Hice el amago de ir hacia el banco, pero Jolene se colocó frente a mí.

—Oye, ha sido una broma. —Me aferró de las manos como si fuese a desnudar su alma. Prosiguió en tono suave—: Si sientes que necesitas llorar, hazme una señal y me chocaré contigo para hacernos caer al suelo; así todos creerán que estás llorando porque te he dado un rodillazo ahí abajo.

Me reí, y no fue la primera vez ese día. Seguramente ni siquiera fuera la quinta y solo llevábamos media hora juntos. El corazón comenzó a latirme a ritmo de Jolene, desbocado, como cuando me la quedaba mirando.

—Ahora en serio, ¿estás bien? —me preguntó—. Porque podemos hacer algo que no necesite calzado alquilado.

—Lo estoy. —Y con ella sí que lo estaba—. Además, quiero enseñarte. Es como volar.

Jolene arrugó la nariz de forma cómica, agarró sus patines y empezó a colocárselos en los pies.

—Dame, tienes que atarte los cordones más fuerte. —Me senté frente a ella, le agarré el pie y lo apoyé en el trozo de banco entre mis piernas.

—Creo que me estás cortando la circulación.

—Más quisieras. Dame el otro. —Lo hizo y yo le até el patín—. Ven. —Le bajé el pie al suelo y tiré de sus manos hasta ponerla de pie. Yo aún no me había puesto los míos, así que los centímetros de las hojas la alzaron hasta casi mi misma altura—. ¿Cómo están? ¿Tienes los tobillos bien sujetos? —La voz no me sonaba regular dada la cercanía de ella, pero no me importaba.

—Siento como si fuese partícipe de la primera fase de una atadura de piernas china.

—Bien. Me gusta que estés a mi altura.

—Ah, ¿sí? ¿Por qué?

Me sonrojé, pero hice caso omiso de mi cara.

—No lo sé. Ya no tenemos que mirar hacia arriba o abajo. Nuestros ojos están a la misma altura.

—Y nuestras bocas también. Qué zalamero.

Ahora que lo mencionaba —de hecho, mucho antes de haberlo dicho..., vaya, en cuanto vi la altura de las hojas antes de ponerse los patines—, nos había imaginado a ambos de pie, con nuestras bocas a la misma altura. No creí que lo fuera a comentar, pero con

142

Jolene todo era imprevisible. Y me encantaba. Me encantaba que fuese imposible pensar en otra cosa o persona que no fuera ella.

—Y que no se te olvide que tienes novia.

Sus palabras fueron como un puñetazo en el estómago. Erica. Cierto. Mierda. Olvidarme de Erica cuando estaba con Jolene me estaba pasando cada vez más a menudo. Y no quería ser ese tipo de tío.

—¿Listo para enseñarme lo que sabes sobre el hielo?

—Tú primero.

Una hora más tarde estaba seguro de que a Jolene se le daba peor patinar que a mí jugar al póker. Y mira que se me daba fatal.

—Las películas mienten. Todos los montajes de patinaje sobre hielo en los que la novata resulta ser increíble después de practicar movimientos con una única balada interpretada por un grupo de rock de fondo... No. Ni un poquito. —Jolene rechinó los dientes cuando volví a levantarla por enésima vez—. Au.

No tenía la misma compasión que hacía la mitad de las caídas.

—Deja de hacer todos esos giros. Limítate a patinar.

—Pero los giros son geniales.

—No cuando los haces *tú*.

Ella se echó a reír y tomó mi mano enguantada. Incluso apoyándose en mí se tambaleaba, así que agarré su otra mano y patiné hacia atrás delante de ella.

—Hay algo que se llama paciencia.

—Y hay otra cosa que se llama condescendencia.

Elevé la comisura de la boca.

—Yo solo digo que no se te tiene que dar bien todo lo que hagas. Patinar sobre hielo requiere práctica.

Me apretó las manos y los latidos del corazón se me descontrolaron.

—Simplemente odio el principio, cuando quiero ser mejor de lo que soy. Quiero llegar a la parte divertida, poder decidir cuándo quiero hacer algo y que mi cuerpo diga «ah, vale, pues se hace».

—¿Y cuándo pasa eso?

—En las películas.

Puse los ojos en blanco, pero la sonrisa en mi cara suavizó la reacción.

—Me refiero en el mundo real.

—Las películas pueden ser más que el mundo real. Son la vida que el director quiere que sea, o la vida que el director necesita enseñarle al mundo. Es verdadero, aunque no sea completamente real.

Nos deslizamos hasta detenernos y mi sonrisa se esfumó cuando paramos.

—Así deberías empezar tu redacción.

En lugar de responderme, su mirada viajó hasta una niña pequeña que apenas había dejado de llevar pañales y que patinaba con una habilidad y seguridad que seguramente envidiaba.

—Jolene. —Estábamos quietos, así que no necesitaba cogerla de las manos, pero lo hice. Mantuve un tono suave hasta que sus ojos me devolvieron la mirada—. Lo que acabas de decir... por eso quieres ser directora. Escríbelo.

—Lo he intentado —explicó, primero liberando una mano y después la otra—. Hay una razón por la que quiero ser directora y no guionista. Además, por lo visto, los escritores son la parte menos relevante de la película. Es decir, mira la que vimos el fin de semana pasado. El guion era horrible, pero recaudó millones de dólares.

Ignoré su comentario que solo trataba de cambiar de tema.

—Te ayudaré.

Levantó un poco los brazos, como si quisiese abrazarse a sí misma, pero se obligó a bajarlos.

—No quiero ayuda.

Esta vez sí que dejé que se me notase lo molesto que estaba y me deslicé un paso hacia atrás. Sus manos intentaron agarrarme de inmediato, pero se mantuvo de pie.

—Dejar que te ayuden no significa que seas inútil o débil. A veces implica que eres lo suficientemente inteligente como para entender que no tienes que hacerlo todo sola.

Volví a ofrecerle la mano, solo una, porque lo cierto era que no necesitaba ambas.

La miró, después pasó a mi cara y un segundo más tarde levantó la barbilla y patinó pasando por mi lado.

Nos quedamos allí una hora y ella siguió cayéndose e ignorando cada intento que hacía de ayudarla a levantarse.

Esa noche debería haberme sentido mejor en casa y en mi cuarto, pero no fue así. Puede que mi cuerpo se encontrase tumbado en la cama, pero mi mente estaba todavía en la ciudad, con Jolene.

¿Por qué era tan cabezona? ¿Tan malo era dejarme ayudarla? Ya la había escuchado hablar de películas. Veíamos muchas juntos y, aunque no podíamos hablar durante la película —Jolene casi escupió fuego la primera vez que cometí ese error mientras veíamos *Los secretos del corazón*—, después las analizábamos. Comentaba aspectos de la historia de los que yo no me había percatado o mencionaba efusivamente cómo se habían rodado ciertas escenas para enfatizar alguna emoción específica o la actitud de tal o cual personaje. Se daba cuenta de cosas que yo jamás hubiese notado y tenía ideas de cómo haber rodado otras escenas de forma diferente.

Yo ya sabía que su redacción sería tan vehemente y profunda como lo era ella, y si necesitaba un poco de ayuda para pulir alguna frase aquí y allá, ¿qué influiría eso en lo que ella había escrito sola?

Había cogido el móvil una docena de veces para decírselo, pero conocía a Jolene. Si la presionaba, ella daría un paso atrás sin importar lo que dijera.

Suspiré, me recosté en la cama y miré el techo iluminado por la luz de la luna.

Puede que hubiera pasado una hora, o tres, cuando me vibró el móvil.

Jolene:
Hola.

Adam:
Hola.

Jolene:
Me duele el culo.

Adam:
Lo harás mejor.

Jolene:
No lo puedo hacer peor.

Adam:
A eso me refería.

Jolene:
Duele más de lo que debería.

Adam:
Todo el mundo se cae. Tú te has levantado.

Esperé a que me respondiera, pero pasaron los minutos y no recibí nada. Tenía los pulgares sobre la pantalla, pero no sabía qué más decir.

Jolene:
Mira el correo.

Esbocé una sonrisa cuando lo abrí. Encima de todos los demás había un mensaje de Jolene con el asunto «Redacción».

Jolene:
Parece que hay que caerse exactamente 429 veces para darte cuenta de que duele menos si dejas que alguien te ayude.

Jolene:
Te lo advierto, no está bien. Si te empiezan a sangrar los ojos en algún momento puedes dejar de leer.

Adam:
No va a pasar.

Jolene:
Puede que sí.

Adam:
Gracias por dejarme leerla.

Jolene:
¡No la leas ahora!

Jolene:
¿Adam?

Adam:
La leeré mañana.

Jolene:
Ahora me duele el culo y tengo náuseas.

> **Adam:**
> Buenas noches, Jo.

> **Jolene:**
> Gracias, Adam.

Leí la redacción de Jolene inmediatamente.
Los ojos no me sangraron ni una sola vez.

ENTRETANTO...

> **Jolene:**
> Olvida todo lo que ibas a hacer hoy.
> Tengo un plan.

> **Adam:**
> Siento la necesidad de preocuparme.

> **Jolene:**
> La palabra que estabas buscando
> es «emocionarte». También habría
> aceptado la de «megailusionarte».

> **Adam:**
> Eres consciente de que
> tenemos clase hoy, ¿no?

> **Jolene:**
> Y mañana es Acción de Gracias. No
> me digas que te mueres de ganas.

> **Adam:**
> Mi madre es una cocinera increíble y
> yo sé preparar tarta de batata.

Jolene:
Y a mí me gusta comer puré de patatas en cantidades ingentes. Pero eso no cambia el hecho de que prefiera hincarme un tenedor en el ojo antes que compartir una comida con mi madre y su novio. Ah, y guárdame un trozo de esa tarta de batata.

Adam:
¿Eso es lo que vas a hacer? ¿No vas a ir con tu padre y Shelly?

Jolene:
Preferiría hincarme dos tenedores en el mismo ojo y hacerme algo igual de horrible en el otro. Gracias a Dios, no. Este año, no. ¿Tú vas a ver a tu padre?

Adam:
No. Vamos a ir a casa de mis abuelos y es un trayecto largo.

Jolene:
¿Crees que tu madre llorará?

Adam:
Oh, claro. Y Jeremy y yo nos pelearemos, mi abuelo nos gritará en holandés y mi abuela se olvidará de que Greg está muerto y nos preguntará por él cada pocos minutos. Mi madre se disculpará para ir a llorar al baño y luego se pasará las dos horas de camino a casa pidiéndonos perdón por arruinarnos el día. O, no sé, quizá sea distinto este año.

Jolene:
¿Quieres uno de mis tenedores para pincharte el ojo?

Adam:
Gracias, pero estoy bien.

Jolene:
Mentiroso. Por eso tengo un plan para un día espléndido antes de que comience el banquete del infierno. ¿Te apuntas entonces o no?

Adam:
Dime exactamente cuál es el plan, oh, mente prodigiosa

Jolene:
Lo primero, apruebo cien por cien ese apodo. Segundo, ¿has visto Todo en un día? Y tercero, ¿sabes si habrá algún desfile cerca?

Adam:
Jolene.

Jolene:
Ahora es cuando remarcas que no tenemos coche y no sabemos conducir.

Adam:
También que tenemos clase.

Jolene:
Todas esas cosas son ciertas, pero te has olvidado de otra muy importante.

Adam:
Tengo miedo de preguntar.

Jolene:
Mi amiga tiene un novio perdedor por el que haría cualquier cosa para poder ver, incluido poner una pausa temporal en nuestra riña para ir a recogerte si yo la cubro luego con sus padres. ¡Fabuloso!

Adam:
Lo dices en serio.

Jolene:
Te recogemos fuera de tu instituto en veinte minutos. Y, bueno, ¿cuál es tu instituto?

Adam:
A menos que el novio de tu amiga conduzca cierto DeLorean, os va a llevar más de veinte minutos llegar hasta aquí.

Jolene:
¡Acabas de ganar totalmente con esa referencia de Regreso al futuro! Y sigo diciendo que tardaremos lo mismo. Pregúntame por qué.

Adam:
...

Jolene:
Porque hemos salido hace quince minutos.

Adam:
Estás loca. ¿Y si te hubiese dicho que no?

Jolene:
Ja, ja, ja.

Adam:
Podría haber dicho que no.

Jolene:
Qué gracioso eres. Y ahora dame la dirección.

ADAM

—¿Qué llevas puesto?

Jolene puso una mueca mientras una chica le decía desde dentro del coche:

—Te lo dije.

—Sí, voy a un instituto privado; sí, nos obligan a llevar uniforme. No, no es un instituto católico. La falda de cuadros es el instrumento con el que han decidido atormentarnos.

Y a mí, por lo visto. Ni siquiera era corta, pero casi me había tropezado y caído escaleras abajo cuando abrí las puertas dobles y la vi apoyada contra un coche. En mallas y con esa falda.

En la calle hacía el suficiente frío como para esperar que atribuyese mis mejillas rojas al frío, pero para asegurarme, mencioné algo que no se correspondía con lo surrealista que se me antojaba la situación.

—Los mensajes de esta mañana se podrían haber evitado si me hubieras mandado una foto de lo que ibas a llevar. Me habría apuntado.

—¿En serio? Los tíos sois tontos.

Me encogí de hombros, aliviado.

—Tú debes de ser Cherry. —Estiré la mano a través de la ventanilla del coche—. Hola, soy Adam.

Cherry me estrechó la mano y yo enarqué las cejas en dirección a Jolene.

—Y educado. ¿Seguro que deberíamos secuestrarlo? Alguien lo echará de menos.

—No pasa nada, tengo custodia compartida con su novia.

—¿Que tienes qué?

Las manos me empezaron a sudar al pensar en Erica y en el hecho de que ella no tenía ni idea de que iba a irme con otra chica.

Jolene suspiró.

—Yo estoy contigo dos fines de semana al mes. Dos. Me puede dar una mísera tarde, ya que supongo que ni siquiera sabrá que te has ido.

Volví a sonrojarme, porque estaba en lo cierto. A Erica no le gustaría mi amistad con Jolene. ¿Podía denominarla amistad cuando pensaba en ella constantemente? Cuando estábamos en casa nos escribíamos, y en el bloque de apartamentos apenas nos despegábamos el uno del otro. Jolene se estaba convirtiendo en mi mejor amiga, aunque nunca me habían pillado admirando las piernas con mallas de mis amigas, ni pensando en ellas cuando besaba a mi novia.

Sí, me odiaba por eso, e intentaba parar, porque no era justo para Erica. Ni para Jolene, a la cual, a pesar de su reacción inicial, le parecía bien que tuviera novia.

Quería que le importase. Si le molestaba aunque fuera un poco...

Tenía que decírselo a Erica. No me solía preguntar qué hacia cuando estaba con mi padre, pero tenía que saber que hacía más cosas aparte de comer y dormir. Además, menuda suerte que Jeremy hubiese querido participar en la obra de teatro del instituto, igual que Erica. No me sorprendería que, antes o después, se le escapase algo en los ensayos. Jeremy me repetía constantemente lo capullo que estaba siendo con ella —por «ella» se refería a mi novia, no a mi amiga—, aunque yo le hubiese dicho que me estaba comportando de forma horrible con ambas. Sabía que no lo estaba haciendo bien cuando hasta a Jeremy le asqueaba mi comportamiento.

—¿Qué pasa, tío? —saludó el chico en el asiento del conductor.

—Este es Meneik. Es mi chico. —Cherry pasó un brazo por el cuello del chico desgarbado a su lado.

—Hola. Gracias por llevarme.

No obtuve respuesta, ya que hablar resultó imposible para ellos a continuación. Me volví hacia Jolene y la vi sonriéndome.

—¿Haces novillos por mí, Adam Moynihan?

—Supongo que sí.

Sudé más solo de pensarlo. Jamás había hecho novillos. Mis amigos no tenían coche, así que no podría haberme ido a ningún sitio, y nunca me había apetecido hasta que Jolene entró en escena. Sin embargo, habría estado más nervioso si mi colega Os, de la recepción, no hubiera accedido a interceptar la llamada automática a mi madre donde la avisarían de que había faltado a clase.

—Es un instituto bonito —afirmó Jolene a la vez que pasaba la mirada por el edificio bajito y de ladrillo rojo—. Las columnas blancas le dan un buen toque. Parece como si el presidente hubiese estudiado aquí o algo así. De principios humildes, pero íntegros.

No me molesté en mirar atrás. Lo último que quería era que alguien escudriñase por una de las muchas ventanas y me viese yéndome con una chica que no era mi novia.

—Aún no han venido presidentes, pero te lo haré saber. Deberíamos irnos, ¿no? —Me apresuré a abrirle la puerta trasera del coche y ella hizo una reverencia antes de subirse.

En cuanto entramos, Meneik se separó de Cherry y salimos del aparcamiento de mi instituto.

—¿Haces esto a menudo? —le pregunté, observando a la pareja de delante liarse y conducir a la vez.

—Lo cierto es que no —respondió Jolene, y después se inclinó para susurrarme al oído—: No creo que Meneik esté cualificado para usar un lápiz y mucho menos conducir, algo que Cherry me rebate. Ya no quedamos mucho.

—Me refería a lo de hacer novillos —expliqué, intentando mantener un tono neutro. Olía demasiado bien. La madreselva se estaba convirtiendo en mi olor favorito.

Jolene me sonrió.

—Estás a escasos segundos de que te salga urticaria. —Después estalló en carcajadas—. No te preocupes. Estarás de vuelta a tiempo para abrazar a los profesores antes de que terminen las clases.

La fulminé con la mirada.

—Una parte de ti cree que sí que lo hago.

—Lo creo completamente.

Reí y me obligué a desviar la atención de Jolene. Me alegraba ver que la parejita ya no se estaba dando el lote.

—¿Qué vamos a hacer este maravilloso día? —preguntó Jolene demasiado animada, y me percaté de que, aunque parecía lanzar la pregunta a todos los integrantes del coche, miraba en particular a Cherry. También vi que estaba retorciéndose el dobladillo de la falda, un gesto que no casaba con el tono enérgico.

Cherry le habló a Meneik en un tono tan bajo que casi no pude oírla:

—Podríamos estar un rato juntos, ¿no? ¿Un poquito?

Desde la parte de atrás, vi que Jolene se agarraba la falda con más fuerza mientras observaba la reacción de Meneik.

Él apretó la mandíbula y curvó los dedos sobre el volante. Ni siquiera miró a Cherry.

—Tu madre te ha estado comiendo el tarro.

—No —contestó ella, y noté un rastro de pánico en su voz—. No es...

—Es lo que parece. —El tono de Meneik fue frío y categórico—. No me deja ir a tu casa y para una vez que te tengo para mí solo, tú quieres irte con tus amigos. El trato era que los dejábamos en algún lado y tú tendrías coartada este fin de semana. Debería haber sabido que intentarías hacer algo así.

—Meneik... —Ella intentó tocarle el brazo, pero él lo apartó. Poco después, ella se quitó el cinturón y se subió prácticamente a su regazo, diciéndole lo mucho que quería estar con él. Solo con él, y que lo sentía. Tuvo que repetir la disculpa tantas veces que empecé a ponerme malo. Al volverme hacia Jolene, vi que se había puesto a mirar por la ventanilla y que el dobladillo de su falda estaba muy arrugado, aunque ya no lo aferraba.

Varios minutos más tarde, Cherry y Meneik nos dejaron en un centro comercial y admito que no me pesó que se fueran. Cherry se había asegurado de que toda su atención estuviese puesta en Meneik cuando salimos del coche, a pesar de que él se mostraba indiferente y tenso con ella. Era retorcido y estaba claro que a Jolene no le gustaba ver a su amiga disculpándose incesantemente por una razón que yo era incapaz de entender.

—Oye —le dije, atrayendo la atención de Jolene de los faros del coche de Meneik, que se alejaban—. Siento lo de tu amiga.

Cuando me devolvió la mirada, sus ojos reflejaban cansancio.

—Ya, bueno, ella es la que quería novio.

Empecé a reírme como si fuera una broma, pero Jolene no correspondió el gesto. Tardé poco en parar.

—Vale, pero eso no quiere decir que deba tratarla así. Ninguna chica debería pasar por eso.

Jolene se encogió de hombros e hizo ademán de darse la vuelta. Atrapé su brazo con suavidad para que no se girase.

—No... —empecé, señalando por donde Cherry y Meneik se habían ido— ...debería ser así. Nunca. —Sentí que enrojecía al hablar, porque la expresión de Jolene indicaba que no me creía. Volví a abrir la boca, pero la cerré y recordé todos los magníficos ejemplos de las relaciones en su vida y que seguramente tuvieran que ver en la perspectiva tan cínica que siempre tenía.

»Mira, no está bien, ¿vale? Es decir, ¿Crees en serio que yo trataría así a una tía? Que le haría... —Me asqueaba tanto que no fui capaz de terminar la frase siquiera.

—Erica —exclamó Jolene.

Fruncí el ceño.

—Se llama Erica. Has dicho «a una tía», pero tienes novia, así que la pregunta sería si creo que podrías tratar así a Erica.

Ahora me ardía la cara por otra razón, que era haberme olvidado de Erica. Otra vez.

—Vale, bien, pues Erica.

Casi esperaba que se me quedase mirando un momento, como si tuviera que pensárselo, pero respondió sin pestañear.

—No, no lo harías jamás, pero tú eres raro y especial y hay más tíos como Meneik que como tú, así que... —Volvió a encogerse de hombros.

—¿Raro y especial? —repetí, pensando que, si había sido un cumplido, yo no lo veía así.

—Ya sabes a lo que me refiero.

La verdad era que no, pero tampoco iba a quedarme ahí parado ni obligarla a decirme cosas que no quería por propia voluntad.

Miró una última vez en dirección a donde se habían ido y suspiró.

—Odio que se porte así con ella.

—Lo entiendo.

A continuación, sacudió la cabeza.

—Vale, no quiero pensar en ellos el resto del día. Se suponía que íbamos a pasarlo bien. Tan bien como en *Todo en un día*. Así que, ¿qué vamos a hacer nosotros en este día tan bonito?

Yo solo quería ir a algún sitio en el interior. Jolene quería un helado. Ambos ganamos.

Deslizó su mano helada contra la mía y tiró de mí por la calle, y aunque se soltó en cuanto empecé a moverme, el calor que había insuflado a mi cuerpo perduró.

La heladería estaba vacía cuando entramos. Olía a vainilla y a cucuruchos de barquillo, y Jolene cogió tanto aire que pareció levitar.

—¿Cómo te puede apetecer un helado ahora? —Tenía la mano tan fría que le había hecho la broma de intentar analizar si la tenía congelada.

Ella sacudió los hombros y pidió el helado al tipo con pinta de somnoliento detrás de la barra. Yo negué con la cabeza cuando el vendedor pasó a mirarme a mí. Después de entregarle el cono a Jolene —el cual estaba cubierto de tantos extras que apenas se podía distinguir el helado de debajo—, encontramos una mesa y nos sentamos. Yo para entrar en calor y Jolene para quitarle ositos de gominola al helado con la lengua.

Entré en calor muy pronto.

Me preocupaba que mi mirada le resultase evidente, así que solté lo primero que se me pasó por la cabeza.

—He leído tu redacción.

Jolene se detuvo a mitad de morderle la cabeza a un osito, pero no respondió. Aún después de decapitar al oso, fui capaz de ver la tensión en su cuerpo.

—Jo, es muy buena.

No se relajó; todo lo contrario, se tensó más.

Normalmente, con Jolene sentía que solo conocía la mitad de la historia. Que con su humor mordaz y su comportamiento descarado desviaba la atención. A veces me dejaba entrever algo más, pero no a menudo. Sin embargo, su redacción… era Jolene en cuerpo y alma.

Si no hubiese estado medio enamorado de ella antes de leerla, lo estaría ahora.

Excepto que con Jolene no había nada a medias.

Tenía que hablar con Erica. No podía tener novia si sentía algo así por otra persona, tuviese algo más que una amistad con Jolene o no.

Jolene lucía tan tensa que parecía estar a punto de romperse, así que sabía que tenía que enfocar el tema de otra manera que no fuese halagándola.

—No me he fijado muy bien en casa, pero… —Me incliné sobre la mesa y acerqué mi cara a la suya—… ¿me he quitado toda la sangre de los ojos?

Una sonrisa aliviada relajó su cara y su cuerpo.

—Yo siempre tan agradable contigo y tú me dices cosas así.

Me acerqué más y ladeé la cabeza.

—En el lagrimal derecho. De ese salió mucho al leer el último párrafo.

Jolene aplastó su cono contra mi nariz.

Lamí el osito que empezó a resbalarme por la mejilla.

—Eres un encanto.

Estaba frío, pero le hizo gracia; había sido yo quien la había hecho reír.

—Ahora en serio —exclamó unos minutos más tarde mientras se inclinaba hacia mí y me miraba un punto concreto de la mandíbula que ella me había limpiado con una servilleta—. ¿No ha sido horrible?

Detuve su mano con la mía. Había algunas frases que se podían pulir, y el párrafo introductorio estaba un poco disperso, pero el alma de la redacción —el alma de Jolene— se mostraba de forma preciosa a lo largo de todo el escrito.

—Pues no.

Me miró de forma rara y se recostó en su asiento.

—¿Me ayudarías un poquito? Necesito que los del curso de cine tampoco piensen que es horrible.

Nos pasamos la hora siguiente revisándola en su móvil. Le hice algunas sugerencias, pero iba en serio lo que le había dicho: ya era buena de por sí.

No sabía cómo, pero Jolene no se había congelado después de todo el helado que se había comido, aunque en cuanto salimos, empezó a tiritar. Ni ella ni yo íbamos vestidos para soportar el frío de la calle, pero le di mi chaqueta e intenté que no me castañearan los dientes mientras ella grababa los copos de nieve que flotaban a nuestro alrededor al caminar. También me grabó a mí, y cuando le pregunté si alguna vez me diría qué película estaba protagonizando, ella negó con la cabeza y sonrió.

—Tengo una idea para... algo. Aún no estoy segura, pero, creo... —Volvió a taparse el ojo con la cámara y se alejó de mí. Se bajó del bordillo y se colocó al lado de un coche aparcado. Jadeó y levantó el pie varios centímetros del charco helado donde lo había metido y se rio—. Y, de forma imposible, tengo más frío que hace un segundo.

Después de eso se dejó convencer para que entrásemos en un edificio caldeado, un restaurante donde bebimos chocolate caliente mientras esperábamos que Cherry y Meneik nos recogieran. La tarde pasó menos como en *Todo en un día* y más como en una película en la que los personajes deambulaban por una pequeña ciudad tranquila y evitaban a duras penas congelarse.

Fue uno de los mejores días de mi vida.

JOLENE

Tom estaba en casa para recoger a mi madre cuando yo llegué de hacer novillos con Adam, y cuando me saludó con un «Ahí está mi chica», casi me giro en redondo y vuelvo a salir.

Tom tendía a mirarme con una lascivia que pensaba que sería encantadora para mujeres de todas las edades. Yo tendía a vomitar mentalmente cada vez que lo hacía. Habíamos hablado un puñado de veces, todas en diferentes niveles de incomodidad, porque él casi siempre intentaba dirigir la conversación hacia el dinero: mi madre no tenía suficiente y mi padre tenía demasiado. Qué fácil me resultaría equilibrar las cosas si quisiera husmear entre las cosas de mi padre. Y, por supuesto, aquel día no perdió el tiempo tampoco.

—Apostaría a que estás deseando pasar tiempo con tu padre el fin de semana que viene.

—Pues espero que no seas aficionado a las apuestas, Tom. — Caminé por su lado hasta llegar a la cocina y cogí una manzana del cajón de las verduras en el frigorífico, lamentándome por el hecho de haberme terminado el *jalebi* frito que la señora Cho me había preparado el día anterior (le había sugerido que viera *El exótico*

160

Hotel Marigold y *Slumdog Millionaire* la semana pasada y había estado probando los postres indios conmigo desde entonces).

—Sabes que nunca hemos podido hablar de verdad.

—Genial, ¿eh?

Tom se rio entre dientes. Fue de lo más espeluznante.

—Supongo que tendré que estar alerta contigo.

Le di un mordisco a la manzana.

—Acción de Gracias es mañana. ¿Eres más de pechuga o muslo en el pavo?

Mastiqué la manzana.

—Eh —dijo Tom, levantando las manos con aquel bronceado tan artificial—. Mira, lo entiendo. Soy el novio de tu madre. Es raro. Recuerdo lo duro que era dividir las vacaciones entre mis padres, pero quiero que sepas que nunca intentaré reemplazar a tu padre.

—Gracias por tus palabras, Tom. No te haces a la idea de lo que eso significa para mí.

Tom inclinó la cabeza.

—No hay problema. —Luego hizo el amago de alejarse antes de chasquear los dedos como si se le hubiese ocurrido una idea. *Claaaro*—. Oye, la próxima vez que estés en casa de tu padre, quizá puedas echarle un ojo... —hacía gestos imprecisos como si todo eso se le hubiese ocurrido ahora—... no sé, a sus cuentas bancarias o a su renta. Échales unas fotillos y listo. Eso sería de gran ayuda. —Sacó una tarjeta de visita de su cartera y me la ofreció.

La miré y volví a darle otro bocado a la manzana. Mastiqué despacio.

Tom apretó los dientes.

—Vamos, Jolene. Ya es hora de jugar en equipo. Tu madre está en la miseria, y sabemos que tu padre esconde dinero. Si puede permitirse pagar más para asegurarse de que tanto tú como tu madre estéis bien cuidadas, ¿no crees que debería hacerlo?

—Mi madre está lejos de estar en la miseria, pero si quieres, puedo ver si encuentro algo de dinero entre los cojines del sofá.

—Cuando fui a lanzar la manzana a la basura, Tom me agarró del brazo; no lo bastante fuerte como para hacerme daño, pero sí lo suficiente como para evitar que me largase de allí.

—Esto no es un juego. Tu madre te necesita, y ambos estamos un poco cansados de tu poca disposición a ayudar. El fin de semana que viene, quiero que registres su escritorio, que eches unas cuantas fotos y me las mandes por correo electrónico. —Me obligó a coger la tarjeta de visita—. No es tan difícil para una chica lista como tú, ¿verdad?

Entorné los ojos en su dirección y dejé que la tarjeta cayera volando hacia el suelo.

—Hablemos en serio, Tom. Has elegido a la mujer equivocada si lo único que quieres es recibir dinero. La realidad es que mi madre no va a volver a ver ni un centavo más de mi padre, porque él prefiere quemarlo antes que compartirlo con ella. Así que, si tanto quieres su dinero, ve y cógelo tú mismo.

—Vaya, vaya. —Tom retrocedió y soltó una risita forzada—. La situación se acaba de volver extrañamente intensa. Creo que ya tengo ganas de que comamos juntos mañana. Y compartiré contigo un secretito. —Se inclinó y bajó la voz como si estuviese divulgando un secreto—. Si no tengo cuidado, me enfado cuando tengo hambre. Déjame adivinar, ¿tú también? —Se volvió a reír—. Ah, será mejor que vaya a por algo de comer antes de que meta la pata. Hablaremos más mañana, ¿vale?

No respondí mientras subía las escaleras hasta llegar a mi cuarto. Le había dicho a Adam que prefería hincarme un tenedor en el ojo antes que compartir una comida con mi madre y su novio. Claramente, me había quedado muy corta. Frunciendo el ceño, cerré la puerta a mi espalda para bloquearle el acceso a Tom y arrugué todavía más el ceño. Mi dormitorio había salido en una revista cuando yo tenía doce años, porque se suponía que representaba la habitación perfecta de una chica preadolescente, con tanta luz, colores ligeros y madera en tonos pálidos. Nada demasiado femenino ni juvenil. Ordenada, con telas suaves y cero personalidad. O no sé, la personalidad de alguien, pero no la mía. No le veía el sentido a colgar pósteres de películas o a cambiar el edredón de la cama por cualquier otro que no tuviera el estampado de una hoja de color aguamarina. No era mi habitación, igual que tampoco lo era el lugar donde dormía en casa de mi padre. Un día tendría mi propia habitación, mi propio espacio. Sería hortera y desigual y dejaría que la pintura se descascarillara en la puerta en vez de pintar la casa entera todos los años del mismo color.

Eso sería genial.

Solté el pomo, me moví hasta sentarme sobre el mullido colchón y obligué a mis recuerdos previos a eliminar la conversación que había tenido con Tom. En cuanto el rostro de Adam inundó mi mente, el corazón se me aceleró. Había estado tan mono cuando me había visto. Y nervioso. Y luego aún más cuando intentó disimular lo nervioso que estaba. Me reí en aquella habitación silenciosa y de revista. El sentimiento de felicidad se desvaneció antes de que lo hiciese el sonido.

Debería haber estado nervioso. Acababa de pasar toda una tarde con la que no era su novia. Yo misma le había tenido que recordar su existencia. Tenía que hacerlo más veces de las que me gustaría cuando estábamos juntos. No es que se olvidase de que existía en sí, sino que a veces... era como si dejase de pensar en ella cuando estaba conmigo. ¿Significaba eso que él se olvidaba de mí cuando estaba con ella? El estómago me dio un vuelco y luego otro. ¿Tenía permitido siquiera sentir celos? Me desplomé hacia atrás en la cama y una de las pequeñas almohadas de color melocotón se cayó hacia adelante contra mi mejilla. El suave satén tenía un tacto frío y reconfortante, pero no consiguió que se me apaciguara el revoltijo en mi interior.

No era todo por culpa de Adam, ni siquiera por el desagrado con el que me había dejado Tom.

Levanté la cadera derecha y saqué el móvil del bolsillo. Tuve que retroceder demasiado hasta encontrar el número que quería. Sonó y sonó antes de que...

163

—Hola, has llegado temprano. Mi madre no ha llegado todavía y si no ve tu nombre en la pantalla... —suspiró Cherry— ...en realidad, va a querer que te ponga en altavoz, probablemente, si no se pensará que le estoy mintiendo otra vez. Te aviso cuándo llamar, ¿vale?

—No era... No llamo por lo de tu coartada.

La voz de Cherry se volvió tan fría que hasta sentí un escalofrío.

—No. No te atrevas a echarte atrás después de haber ido hasta el instituto de Adam.

Puse los ojos en blanco y me esforcé por mantener la ira bajo control.

—No me voy a echar atrás. Le diré a tu madre lo que quieras.

Hubo una pausa.

—Vale. Bien. —Otra pausa. Entonces te avisaré cuándo llamar.

Ahora me tocaba a mí no responder enseguida. Puse los ojos en blanco, pero esta vez el gesto iba dirigido a mí misma. Era como si se nos hubiese olvidado cómo hablar la una con la otra.

—¿Qué te ha parecido?

—¿Adam? —Pude oír en su voz cómo había arqueado una ceja—. No sé. Supongo que es mono. Se sonroja mucho.

Sentí el rubor calentar las mías.

—Sí, pero es adorable, ¿verdad? —Arrugué la nariz a la espera de su respuesta. No la obtuve enseguida.

—¿Quieres saber si el chico con novia está adorable cuando se sonroja?

Fue como si el colchón se transformara en una cama de agua y se removiera debajo de mí. Volví a sentir náuseas en el estómago.

—Al menos no me regaña por querer pasar tiempo con mis amigos.

—Ajá. Eso es porque cuando está contigo no se lo puede decir a nadie. Tiene que mentirle a su novia para que no sepa de ti. Así que, sí, Jo. Es muy adorable.

Me aovillé de lado y abracé la almohada de satén contra el pecho, entonces el mentón comenzó a temblarme, pero pude controlarlo enseguida.

—No es así. Somos amigos, así que no hay nada que contar.

—¿Entonces qué te importa si es adorable o no? ¿Qué te importa que a *mí* me parezca mono o no?

Mi voz sonó muy áspera.

—Solo quería hablar contigo. Sí, quería ver a Adam, pero también quería verte a ti. Ya nunca quedamos.

—Por favor. Estás en mi casa constantemente.

—Sí, con Gabe y la banda. No contigo. Ya nunca hablamos, y cuando lo hacemos es porque me quieres pedir que os cubra a Meneik y a ti.

—Entonces ¿tengo que disculparme por tener novio y tú no?

Lancé la almohada y me senté.

—Meeeeec —proferí el sonido del botón de un programa de preguntas—. Prueba otra vez.

—Bueno, entonces, ¿qué?

—No es que tú tengas novio, es el novio que tienes.

Cherry soltó una risotada.

—Vaya. Vale. Ahora mismo no tengo ganas de discutir contigo. ¿No podemos...?

—¿Fingir que no te trata como una mierda? ¿Cómo lo hago? ¿Cómo lo haces *tú*? En serio, Cherry. En el fondo no me imagino que te guste la persona que te obliga a estar siempre con él. ¿Y qué pasa con Gabe? Sabes que a él tampoco le gusta y ¿quién te quiere más que tu hermano mellizo? ¿Quizá tu madre? ¿Te sientes bien teniendo que mentirle constantemente? Meneik siempre está poniéndote en contra de todos y, creo que, si te pararas por un segundo y te fijaras, a lo mejor te darías cuenta de que Meneik es la única persona que se considera bueno para ti.

—¿Has terminado?

Ella claramente sí.

—No debería tratarte como lo hace, ¿vale? Te mereces algo mejor. —Se quedó callada durante un buen rato después de eso, tanto que empecé a tener esperanza—. Sabes que te digo estas cosas porque me preocupo por ti.

—Sí, bueno, pues no lo necesito. Lo que necesito es una coartada. Te aviso cuando tengas que llamar a mi madre. —Y colgó.

UN DÍA DESPUÉS

Jolene:
¿Cómo ha ido tu Día del Pavo?

Adam:
La comida estaba buena.

Jolene:
Qué respuesta tan evasiva.

Adam:
Ha sido básicamente como esperaba.

Jolene:
¿No has hablado con tu padre?

Adam:
No, llamó y habló con Jeremy, pero yo justamente estaba ayudando a fregar los platos.

Jolene:
¿Te han gritado en holandés?

Adam:
Ja.

Jolene:
¿?

Adam:
Así se dice «sí» en holandés.

Jolene:
Dime algo más en holandés.

Adam:
Ja es básicamente lo único que sé. Esa es una de las cosas por las que me grita mi abuelo. Supuestamente.

Jolene:
¿Y por tus peleas con Jeremy? ¿Y porque tu madre llora?

Adam:
Ja y *ja*. ¿Y tú qué?

Jolene:
¿Alguna vez has comido tofu en forma de pavo?

Adam:
Suena horrible.

Jolene:
Eso se queda corto. Además, Tom y yo tuvimos recientemente una conversación y está muy distante con mi madre. No sé qué es lo que más me revuelve el estómago: él o la carne de mentira.

Adam:
¿Has visto a tu padre?

Jolene:
Jo. ¿Así dicen que no en holandés?

Adam:
Es *niet*.

Jolene:
Entonces, niet, no he visto a mi padre. Aunque me ha mandado un mensaje.

Adam:
¿Sí?

Jolene:
Decía «Feliz día de Acción de Gracias». Nada de: Hola, hija, feliz Día del Pavo. Ni siquiera escribió mi nombre al final. Probablemente tenga una app en el teléfono que manda un mensaje genérico a todos sus contactos.

Adam:
He pensado en lo de hacer novillos contigo. Me ayudó.

Jolene:
A mí, también.

Adam:
Y te he guardado un trozo de mi tarta de batata.

Jolene:
¿De verdad?

Adam:
Es un trozo grande.

Jolene:
Yo no te he guardado tofu.

Adam:
Menos mal. Gracias.

ADAM

Llevaba sin ver a Erica una semana. Me sentí mejor cuando supe que ella ya se encontraba en el auditorio para ensayar la obra de teatro cuando regresé de hacer novillos con Jolene (me sentí mucho mejor, ya que nuestro abrazo en el aparcamiento se alargó más de lo que le podría haber explicado a mi novia). Pero después se puso mala en Acción de Gracias y faltó varios días al instituto, lo que me dejó bastante tiempo para fustigarme por cómo la había estado tratando.

Me seguía fustigando el jueves siguiente mientras ayudaba a mamá con los platos —yo los secaba, ella los metía en el lavavajillas—, hasta que apoyó la cadera en la encimera y me detuvo la mano antes de poder agarrar otro vaso.

—Adam. —Me apartó un mechón de pelo de la cara—. Estás con la cabeza en otra parte.

Lo estaba, y añadí el nombre de mamá a la lista mental de personas con la que estaba siendo injusto. El fin de semana siguiente sería el sexto que Jeremy y yo pasaríamos lejos de ella, y cada vez las señales de que nos marchábamos comenzaban a manifestarse antes; lo tensos que se le ponían los hombros, los paseos por delante de nuestras habitaciones durante la noche, que nos tocase cada vez más y más, como si intentase almacenar en su memoria el roce de nuestra piel para los días que estuviera sin nosotros. Era como ver romperse su corazón poco a poco. Normalmente intentaba distraerla hablando y riendo cada vez que se acercaba el viernes. Mientras lavaba los platos en silencio, vi que no estaba haciendo nada de eso.

—Lo siento, mamá. Estaba pensando en algo que tengo que hacer, pero no me apetece.

Habría sido capaz de hablarle de Erica y de Jolene a Greg. Él no habría bromeado con tonterías como sabía que Jeremy sí haría. Él me habría escuchado, me habría aconsejado y me habría palmeado la espalda antes de decir que fuese el hombre que quisiera ser.

No quería ser un hombre que engañase a su novia, y cada fin de semana que pasaba con Jolene, aguantarme se me antojaba más difícil. Ya había estado demasiado cerca de cruzar aquel límite y, a la siguiente, puede que terminara por atravesarlo. Sabía que lo haría. O, al menos, lo intentaría y ella me despellejaría. Jolene nunca permitiría que la pusiese en la misma posición que Shelly.

Y yo jamás lo haría.

—¿Es por una chica? —preguntó mamá.

—Chicas —respondí, enfatizando el plural. Ella retrocedió un paso.

—Adam Noah Moynihan.

Le sonreí.

—Venga, mamá, ya sabes que yo no haría esas cosas.

Ella ladeó la cabeza y me devolvió el gesto.

—Bueno, entonces cuéntame a lo que te refieres con «chicas». Pensaba que Jolene y tú...

Agaché la cabeza aún más antes de sacar el móvil y buscar la primera foto que nos habíamos hecho, al lado del árbol cerca del apartamento de papá, en la que yo me parecía a mi hermano.

—No es mi novia. Es mi vecina, la cual al principio no me caía bien, pero que accedió a posar en estas fotos para ti, para poder distraerte.

—¿Qué? —A mamá le tembló la voz y no estaba seguro de si la razón era por la foto, que ya la había inquietado la primera vez que la vio, o por mi confesión.

—Ahora es algo más. —Al menos para mí, pero la cosa no iba por ahí—. Pensaba que te estaba ayudando —expliqué, porque parecía... dolida.

—¿Mintiéndome?

—Quería que pensases en otra cosa en lugar de echarnos de menos a Jeremy y a mí. Y a papá. —No añadí a Greg, pero sabía que había entendido que también lo incluía a él.

—Adam, eso no es cosa tuya.

¿No?

Me acompañó hasta la mesa de comedor pintada de color ámbar y con gotitas talladas y no pude evitar acordarme de papá, la historia que me había contado, y cómo se había derrumbado después. Por primera vez, me permití pensar en él, solo en aquel apartamento, mientras mamá, Jeremy y yo estábamos juntos.

—Cuéntame lo de las chicas.

Crucé los brazos sobre la mesa y le conté la mayor parte. Le dije que Jolene había accedido a ayudarme con lo de las fotos, que nos habíamos hecho amigos y que, antes de darme cuenta, había empezado a sentir algo más que amistad por ella, lo cual me convertía en un verdadero capullo, porque por fin había empezado una relación con la chica de mis sueños aquí.

Al hablarle de eso, mamá se cubrió la boca con la mano, y yo empecé a preocuparme de que mi confesión hubiese cambiado su opinión de mí. Luego la escuché reír entre los dedos; una risa amortiguada al principio que, después, resonó más al cejar en el empeño por ocultarla.

Yo me recosté en la silla.

—Me alegro de que mi dolor te divierta.

—No, no me divierte. —Buscó mi mano—. Cariño, tienes que ser sincero con esta otra chica.

—Erica. Y ya lo sé. Es que... ella sabe que me gusta desde hace mucho tiempo y, al romper tan rápido con ella, va a parecer como si hubiese estado jugando con ella. No le quiero hacer eso.

—Si te conoce, no pensará eso.

Yo no estaba tan seguro.

—Además, Jolene sabe que tengo novia y no parece importarle tanto como a mí me pasaría si ella tuviera novio.

Mamá sonrió al escuchar aquello.

—Déjame ver tu móvil.

Cuando se lo di, abrió nuestros mensajes y acercó su silla a la mía para que pudiésemos ver la pantalla juntos. Ojeó todas las fotos que tenía de Jolene conmigo, docenas de fotos, muchísimas más de las que necesitaba para enviarle a mamá. En la última estábamos fuera, tumbados en la nieve con una sola bufanda roja enredada en el cuello y la mayor parte de nuestras cabezas unidas. Solo se nos veían los ojos, pero era evidente que nos estábamos riendo.

Quería rebatir que nos habíamos sacado estas fotos para hacerle creer algo que no era real, pero cuanto más las miraba y más me acordaba de esos momentos, menos seguro me sentía.

—Quizá le importe más de lo que crees —opinó mamá mientras me devolvía el móvil. Antes de dejarme cogerlo, añadió—: Y no quiero que mientas para hacerme sentir mejor, ¿vale?

—Yo solo quiero que vuelvas a ser feliz —le dije y, por alguna razón, admitirlo le anegó los ojos en lágrimas—. ¿Mamá?

Ella negó con la cabeza en un intento por contenerlas, pero se deslizaron igualmente por sus mejillas.

—Mamá —repetí, envolviéndola en mis brazos.

Lloró durante mucho, mucho rato.

Suspiré el viernes por la mañana al ver a Erica junto a su taquilla. Sabía que este era el momento; tenía que serlo. Y no solo de hablarle de Jolene.

Había estado evitando aquella conversación demasiado tiempo. No quería ser solo un amigo de Jolene. Cuanto más tiempo pasaba con ella, más quería tener algo con ella.

Y aquello significaba terminar con Erica.

Le había escrito cuando estuvo mala, pero no pensaba cortar con ella por mensaje, así que me había escudado en la prórroga como el cobarde que era.

Ya no había más excusas.

—Erica —la saludé a la vez que salvaba los metros entre nosotros—. Supongo que te sientes mej...

Ella se volvió y me pegó un bofetón.

SEXTO FIN DE SEMANA
4-6 DE DICIEMBRE

JOLENE

—Hola, Adam.

Puso los ojos en blanco al oír tanta formalidad y se unió a mí en la escalera. Nevaba mucho fuera, tanto que me había llegado a preguntar si Adam y su hermano iban a poder conducir a través de toda esa nieve.

El apocalipsis bien podría haber empezado y el abogado de mi padre aun así me habría obligado a venir. A pie, si era necesario. Así que aquí me había quedado durante más de una hora, sentada sobre uno de los escalones enmoquetados, hasta que por fin Adam apareció.

—Eh, tienes... —Alargó el brazo por detrás de mi espalda para aguantar su peso mientras se inclinaba y me quitaba una pelusa de la trenza. Pero entonces no se apartó, sino que me miró fijamente y, cuando sus ojos descendieron hasta mi boca, yo me puse de pie de un salto.

—Primero de todo, no. Segundo, estoy cansada de ser la que te tenga que recordar constantemente que tienes novia. Tú... —y me giré para mirarlo directamente a los ojos— ...eres mejor que eso.

—No me he olvidado de nadie. Yo...

Lo corté.

—De ahora en adelante, creo que es mejor que mantengamos cierta distancia entre nosotros. —Para ilustrar mis palabras, me volví a sentar en el escalón, pero me aseguré de que hubiese algo más de medio metro entre nosotros.

Adam escrutó el espacio entre ambos, y luego arqueó una ceja.

—Creía que no te importaba que tuviese novia.

—Vale, muy bien. —Levanté las manos—. No me gusta que tengas novia. Y no, no me estoy pidiendo el puesto. Y no, no estoy diciendo que haya que pedirse nada para ser tu novia. No me gusta tener que medir todo lo que hago por si a una chica a la que ni siquiera conozco le sienta mal, o literalmente medir la distancia entre nosotros. —Señalé el espacio que nos separaba—. Ya estoy agotada y solo llevas aquí dos minutos.

—No te tienes que preocupar de eso.

—Ah, pero lo hago. Me preocupo. —Abrí los ojos como platos—. Tengo que ser tan obsesiva y paranoica como lo sería una novia y ni siquiera tengo las mismas ventajas. Confía en mí, he pensado muchísimo en ello.

—No me extraña que estés cansada.

—Pero espera —le dije. No has oído mi solución volátil y extremadamente complicada. ¿Estás listo?

Adam apoyó la espalda contra la pared de su lado en las escaleras.

—Venga.

—Vale. Primero, los hechos. —Le clavé un dedo en el pecho—. Tienes novia. También tienes una amiga. Le volví a clavar el dedo—. Estas dos relaciones coexistentes van a destruirte y a consumirte el alma. Y tenemos que evitar eso a toda costa, si es que es posible.

—Te lo agradezco.

Asentí.

—Tal y como yo lo veo, tenemos tres opciones. Una, dejamos de ser amigos. Yo me opongo a esta opción por diversas razones. La primera... —Levanté un dedo—. Shelly. Si me veo obligada a tener que soportar su compañía por extensos periodos de tiempo, terminaré matándola y yo acabaré en prisión. —Levanté otro dedo—. Segunda, Shelly. —Y otro dedo—. Tercera, me niego a dejar de ser tu amiga porque te considero infinitamente más tolerable que todas las personas que conozco. Y, además, Shelly. Cuarta...

—Vale, queda claro que esa no es una opción viable. ¿Cuál es la segunda?

—Oh, vale. La opción dos: que me presentes a Erica. Nos volvemos mejores amigas y yo, despacio, pero sin pausa, le destrozo la imagen que tiene de ti hasta que no sea capaz ni de mirarte a la cara y pase página.

—Interesante. Continúa.

—La opción tres es que rompes con ella de manera irrevocable, como diciendo: «Bienvenida a Tontolandia, nena. Población: tú». O algo del estilo. Toma, te he hecho una lista. Le tendí la hoja de papel doblada que me había guardado en el bolsillo.

Él la leyó por encima en silencio.

—Me siento especialmente orgullosa de la número cinco. —Me incliné y se la señalé.

—Eso... eso es... Yo nunca le diría algo así a una chica. Además, te estoy juzgando mucho por habérsete ocurrido algo así.

—Pero funciona.

—Sí, pero no voy a hacerlo. —Me devolvió el papel—. O, mejor dicho, no necesito hacerlo. Ya no es mi novia.

No pude evitar esbozar una sonrisa. Después de haber jugado a mi pequeño juego, había planeado hablarle de manera más realista sobre la situación de su novia. Iba a persuadirlo con calma y racionalidad de que una vida de soltero —conmigo— era infinitamente más satisfactoria que otra saliendo con alguien distinto.

Pero no me había hecho falta.

Había roto con ella. Ya. Por propia voluntad, sin haber tenido una larga discusión conmigo. Le sonreí abiertamente.

—¿Has roto con ella? ¿Cuándo?

Se ruborizó.

—Esta mañana. Y no fui yo exactamente el que cortó la relación. —Giró el mentón levemente—. Pero lo habría hecho —añadió—. Es decir que... iba a hacerlo. Antes de volver a verte.

Tragué saliva. Me costó bastante asimilarlo. ¿Y qué si había sido ella la que lo había dejado y no al revés? Adam ya no tenía novia, que era lo que yo quería. Me coloqué la trenza sobre el hombro y jugueteé con la goma elástica.

—Adam, no pasa nada. No tienes que...

—¡Pero es que no es así! Esa es la verdad. —Alargó el brazo para inmovilizarme la mano, pero yo paré apenas un atisbo antes de que me tocase—. Ella, eh... supongo que nos vio en el aparcamiento antes de marcharnos.

Por primera vez desde que lo conocía, fue mi cara la que se cubrió de un rubor. Lo único que habíamos hecho había sido abrazarnos, quizá durante demasiado tiempo, pero nada más. Aunque, si la chica había visto cómo contuve la sonrisa cuando me soltó... Sí, no debió de ser bonito para ella.

Y era una mierda. Ella era la chica que yo no conocía, la que odiaba desde el momento en que supe de su existencia, pero se merecía algo mejor que lo que yo le había hecho, lo que Adam y yo le habíamos hecho juntos.

Nunca habíamos cruzado los límites, pero tampoco nos habíamos separado mucho de ellos.

Adam estaba frunciendo el ceño con la mirada gacha, hacia sus manos.

—¿Estás enfadado?

—No —respondió—. Le hice daño y nunca terminaré de reconciliarme con ello, sobre todo porque tendría que haber roto con ella hace semanas. En realidad, nunca tendría que haber empezado con ella.

Tenía reacciones bastante complicadas a esa afirmación. Se estaba refiriendo a mí cuando dijo que no tendría que haber empezado con ella. No podía negarlo ni aunque quisiera. Pero me daba miedo que, de repente, él pudiera estar mirándome sin tener motivos para contenerse. Las manos me empezaron a sudar y la respiración pareció estar a punto de volvérseme irregular, con jadeos nerviosos incluidos. No me haría bien ser algo más que su amiga. Si Adam intentaba convertirnos en algo más, solo conseguiría decepcionarlo.

Tenía que recordarle que solo podíamos ser amigos.

—Es decir... me gustaba Erica —prosiguió Adam, todavía mirándose las manos—. Pero me di cuenta de que tenías razón. Si ella tuviese un amigo con el que pasase tanto tiempo como yo contigo, sería raro.

—O si yo tuviese novio.

Adam levantó la cabeza de golpe.

—No me digas que ahora sí lo tienes. Acabo de romper con la chica que me gusta desde primaria por ti... por tu amistad.

—No —respondí—. He rechazado a todos los chicos. Se han quedado abatidos, por supuesto, como siempre.

Adam exhaló un suspiro.

—Vale, bien.

—Entonces ¿ahora podemos ser amigos sin que resulte raro?

No respondió enseguida y, por un momento, pareció estar a punto de decir una cosa, pero luego cambió de parecer.

—Sí. No tiene por qué resultar raro.

—Genial.

—Sí.

Entonces me tocó a mí permanecer en silencio. Arrugué el rostro.

—Aunque es raro, ¿no?

—Ya lo creo —convino.

Ambos suspiramos, y yo me recosté sobre los escalones hasta que se me durmió el culo. Era raro, teniendo en cuenta que ambos teníamos reparos porque el otro tuviera una pareja, aunque a la vez no queríamos ser pareja entre nosotros mismos.

—Sigues siendo mi amigo, aunque sea raro —le dije a Adam. Siempre que él no esperase más, podríamos superarlo.

—Y tú sigues siendo mi amiga.

Aliviada, me puse de pie, que era muy raro cuando se tiene el culo entumecido.

—Entonces hagamos que no sea raro. Vamos a hacer algo.

Levantó la mirada.

—¿Como qué?

—Bueno, estamos sin blanca y hay una ventisca fuera, así que las opciones son infinitas. He usado todo mi poder mental intentando solucionar tu problema, así que ahora te toca pensar a ti.

—¿Mi problema? Yo ni siquiera sabía que era un problema hasta que has empezado a hablar de ello.

—Oh, por favor. —Sonreí. La situación te habría explotado en la cara en cuanto me hubieses besado sin querer.

Adam arqueó las cejas y se incorporó.

—¿Iba a besarte sin querer?

—No lo sé. Probablemente. Luego te habría tenido que abofetear, por convertirme en «la otra», y Erica se presentaría en mi casa en mitad de la noche y nos enzarzaríamos en una pelea, que yo ganaría, por cierto, y entonces caeríamos en que estamos enfadadas contigo, así que lanzaríamos huevos a tu casa, y luego tu madre se enteraría y nunca te volvería a mirar de la misma forma, y entonces... —Imité el sonido de una explosión.

Adam bajó despacio las escaleras, una a una, como si estuviese en una especie de trance.

—He cometido un enorme error. Quizá todavía no sea tarde si llamo ahora a Erica y... —refunfuñó, y luego se echó a reír en cuanto salté a su espalda—. Le diré que fuiste tú la que te me echaste encima y le suplicaré que me ayude. —Me sujetó las piernas por detrás de las rodillas cuando fui a bajarme y me aupó aún más sobre su espalda—. Y es imposible que ganases una pelea con Erica. Eres como un cervatillo, y apostaría todo mi dinero a que perderías por culpa de tu pelo. Te partiría en dos.

Ambos sonreíamos ahora. Yo casi dije «Esto es muy raro», pero decirlo habría sido raro también.

—Esto, aquí y ahora —dije a la vez que Adam saltaba los escalones y yo rebotaba arriba y abajo contra su espalda. Aquel movimiento consiguió añadir un *staccato* a mis palabras—: No podríamos... hacerlo... si tuvieses... novia.

—¿Un amigo no puede llevar a caballito a una amiga?

—No, si tiene novia. No, a menos que sea un pésimo novio.

—No la tengo y no lo soy. Así que agárrate fuerte.

ADAM

El sábado por la mañana, mi padre ya estaba despierto cuando entré en la cocina.

—Buenos días. ¿Café?

—Hola, sí. —Cogí una taza del armario y se la acerqué para que la llenara.

—He pensado que podríamos ir hoy a la pista de hielo y jugar un poco al hockey.

—He quedado con Jolene. —Me di la vuelta para llevarme el café a mi habitación, pero papá me retuvo.

—¿Por qué nos vienes con Jeremy y conmigo? Te encanta jugar.

—Mejor que no.

—Adam. —Solo pronunció mi nombre. Me giré hacia él—. Pensaba que desde el mes pasado habían mejorado las cosas. ¿Me vas a dar una tregua alguna vez?

—¿Qué quieres, papá?

—Para empezar, quiero que vengas a jugar al hockey con tu hermano y conmigo. —Dejó la taza sobre la encimera con tanta fuerza que se derramó café por los bordes—. Nunca te veo. Te tengo varios días al mes y los pasas en tu habitación o con la chica de al lado.

—¿Y de quién es la culpa?

—Lo intento. Necesito que tú también.

—Ya, lo has intentado mucho. —Estiré el brazo y señalé la estancia—. Mira lo mucho que lo intentas.

—Lo hago lo mejor que puedo.

—No es verdad. Lo mejor es que estemos todos juntos en casa. Que mamá no se quede sola. Que Jeremy y yo no vivamos de lo que guardamos en las maletas. Esto es patético. No lo intentas, ¿por qué debería hacerlo yo?

—Adam. —Dejó caer la cabeza hacia delante—. No…

—No, olvídalo. No importa. Nada de lo que digas importa.

—¿Así lo intentas?

—No. Este soy yo diciéndote que me importa una...

Mi padre levantó la cabeza cuando empecé a pronunciar aquella frase, pero la forma en que sus ojos se abrieron y después se entrecerraron me rebajaron la valentía.

Terminé la frase con un «caca».

Pero sabía lo que había estado a punto de decir y lo que una mirada suya había reprimido. No era tan indiferente como me mostraba.

Se llevó su victoria —y su taza medio llena de café— a su habitación. No tuve tiempo de digerirlo, porque vi que Jeremy se erguía en el sofá.

—¿Qué vas a hacer cuando deje de intentarlo de verdad?

Bebí un sorbo de café.

—Sí, eres muy guay. Siempre se me olvida. —Apartó la manta a un lado y le crujió la espalda al levantarse del sofá.

—¿Has dormido bien? —Era una pregunta retórica. El sofá era más bien un biplaza.

Jeremy se dirigió arrastrándose al baño. En casa nunca cerraba la puerta, pero este baño estaba tan cerca de la cocina que resultaba especialmente insoportable. Le cerré la puerta de una patada cuando empezó a orinar.

—¿Entonces no vas a venir hoy? —preguntó Jeremy una vez salió.

—Tengo planes.

—Ya lo he oído. Esa chica otra vez. Jolene. Es guapa —y prosiguió—: lo admito, pero Erica Porter. —Jeremy sacudió la cabeza—. O eres el mayor idiota del mundo o... no, eres el mayor idiota del mundo.

Estuve a punto de decirle que las cosas con Jolene no eran así, pero se acercaría demasiado a una conversación y nosotros no las teníamos últimamente muy a menudo.

—Ah, ¿así que ahora no me vas a hablar a mí tampoco?

—Estoy hablando. Te he preguntado cómo has dormido.

Jeremy murmuró algo y se echó un bol de cereales Apple Jacks.

—Háblame de tu chica —dijo entre bocado y bocado—. Ya sé que has dejado a Erica por ella. —Sacudió la cabeza al decir lo último.

—No he dejado a nadie por nadie. Hemos roto, eso es todo. Apenas he estado saliendo con Erica.

—La mitad del instituto vio el bofetón que te dio.

No respondí.

—Vamos, venga. —Jeremy bajó la cuchara—. Llevas queriendo estar con ella desde siempre. Lo consigues y la cagas en menos de dos meses. —Volvió a llevarse otra cucharada a la boca—. Qué desperdicio.

—Para mí no.

Y no lo fue. Me preocupaba sentir arrepentimiento cuando volviera a pensar en Erica, pero lo único de lo que me arrepentía era de cómo rompimos, no por qué. Aunque Jolene se hubiese mostrado nerviosa en lugar de feliz cuando le conté que ya no estaba con ella. No esperaba que saltase a mis brazos y me besara; bueno, había saltado a mis brazos, pero lo del beso no había ocurrido aún. Aunque quería que pasase. Solamente tenía que convencer a Jolene de que ser más que amigos era una buena idea, y no podía hacerlo si malgastaba el poco tiempo que teníamos cada dos fines de semana hablando con mi hermano.

—¿Te has enterado de que Mark Phillips le pidió ayer ir al baile de invierno? Ella le dijo que no. El muy psicópata tendría que haber esperado un poco más.

—Puede ir con quien quiera. Pídeselo tú mismo si te apetece. —La idea me molestaba un poco, pero mucho menos de lo que me hubiera imaginado hacía unos meses.

Jeremy resopló y después se quedó quieto al ver que iba en serio.

—Te gusta esa tía de verdad.

Parecía impresionado. Supongo que lo estaba. Jeremy había tenido un par de novias, pero las habría dejado a la mínima por tener la oportunidad que yo había tenido con Erica. Lo sabía porque me había dicho aquello mismo cuando empecé a pasar tiempo con ella.

—Tu peor error, bueno, el segundo, ha sido decírselo a mamá. Va a estar encima de ti. Ya me ha intentado sonsacar información. Como si no tuviera mejores cosas que hacer que vigilarte.

—No las tienes.

—Ya, pero eso ella no lo sabe. Le cuento todo lo que hacemos con papá...

—Espera, ¿qué?

—Le cuento lo que hacemos con papá, aunque ya sabes que no es verdad, pero eso ella no tiene por qué saberlo.

Apoyé ambas manos en la encimera y me incliné hacia mi hermano, que seguía engullendo los cereales como si alguien le fuera a quitar el bol en cualquier momento.

—Sí que tiene que saberlo.

Jeremy dejó de comer.

—Ella... ella... —Necesité un minuto para expresarme—. Tiene tanto miedo de perdernos. De que no volvamos a casa un día. Ha perdido a Greg y después a papá. Le entra pánico cuando nos vamos. ¿En serio no lo sabías?

Jeremy se quedó inmóvil observando el bol y yo se lo lancé al fregadero.

—Lo sabrías si hablases con ella, si la llamases o le escribieses o algo mientras estamos aquí. ¿Y encima le restriegas lo guay que es estar con papá? —Me alejé de la encimera, asqueado—. Diviértete jugando al hockey.

Cogí el abrigo y dejé que la puerta se cerrara de un portazo cuando me marché.

JOLENE

—Maldito sea el invierno. —Sacudí el puño en alto, hacia el cielo azuzado por la nieve. Había al menos ocho centímetros de nieve bajo mis botas.

—Podrías ir por la acera —sugirió Adam. Él llevaba zapatillas de deporte y parecían estar prácticamente secas porque había seguido su propio consejo, mientras que yo prefería caminar fatigosamente junto a él sobre el césped cubierto de nieve. O lo que podría llamarse césped cuando llegara la primavera. Si es que llegaba alguna vez.

—No es por la nieve. ¿A quién no le gusta la nieve?

—A toda la población con carné de coche.

—¿Entonces, tú no? —sonreí y Adam le dio un puntapié a la nieve para lanzármela—. Oh, venga ya. —Me estiré hasta encajar un brazo sobre su hombro. Me encantaba el hecho de poder tocarlo sin sentirme culpable—. Te prometo que te llevaré a donde quieras cuando me saque el carné. No tendrás que preocuparte de nada.

Adam era dos semanas más pequeño que yo. En menos de un mes tendría dieciséis y sería libre, relativamente. Esas semanas lo carcomían de forma incesante.

—¿Entonces por qué sigues maldiciendo al invierno? —preguntó.

Sabía que estaba intentando desviar la conversación del hecho de que no tenía carné de conducir, y como no quería que se enfadase, lo dejé.

—Pues por tu gorro.

Adam tenía aquella expresión en el rostro donde torcía parte de la boca hacia arriba y fruncía el ceño cada vez que había algo a lo que no le veía el sentido, como si estuviese cuestionándose la inteligencia de la persona que acabara de decirlo. Así de arrogante era a veces. Sabía que seguía pensando aún en lo del carné, así que, por una vez, no se lo reproché. Lo que sí hice, no obstante, fue explicarme de un modo de lo más condescendiente.

—Cuando hace frío fuera, tu nariz y tus mejillas se ponen rojas. —Le di un golpecito en la nariz—. Pero el gorro de punto oculta tus orejas. —Lo levanté y le di un ligero pellizco en una oreja—. ¿Ves? Preciosas y calentitas.

Adam se apartó y volvió a colocarse el gorro sobre la oreja.

—Claro. Porque hace frío.

—Pero no te veo las orejas. ¿Cómo se supone que voy a saber cuándo estás avergonzado? La piel que te veo ya está toda rosita y... no arrugues el ceño, Adam, es fascinante, pero siento como que no puedo leerte. Es frustrante, de ahí que maldiga al invierno.

Adam siguió frunciendo el ceño un segundo más a la vez que me miraba, pero luego lo suavizó.

—Eres una chica muy extraña.

—Sigues pensando en que he dicho que eres fascinante, ¿verdad? —Entonces, antes de que él pudiese detenerme, le arranqué el gorro de la cabeza y fui recompensada con la imagen de sus orejas al ruborizarse—. ¡Ja! ¡Lo sabía! —Cuando Adam intentó recuperar el gorro, yo lo sostuve por encima de mi cabeza, lo cual hizo que se riera.

—¿Sabes que me lo estás poniendo más fácil?

Levanté la mirada. Con el brazo estirado, el gorro seguía estando al alcance de sus dedos, extrañamente largos. Bajé la mano en cuanto él se lanzó a por el gorro. Cuando intenté retroceder, me hundí en un montículo que hizo que me cayera despatarrada, o lo habría hecho si Adam no me hubiese sujetado por la cintura con uno de sus brazos.

—Te tengo. —Sus orejas y mejillas rojas como un tomate fueron lo único que vi en ese momento. Y su expresión sonriente también, cien por cien libre de arrugas en el ceño. El corazón me dio un vuelco en el pecho y, seguidamente, comenzó a acelerarse al saberse entre sus brazos.

Pensé en besarlo entonces. No tenía muchos otros besos con los que compararlo, pero aparte del frío, mi descontrolado corazón apostaría a que besar a Adam Moynihan sería genial. Olía genial. A fresco mezclado con el típico olor limpio de la nieve, pero también un poco a la colonia que me había dejado rociarle antes en el centro comercial. Tenía un nombre sofisticado, pero básicamente olía como a árbol de Navidad.

186

Me separé antes de hacer algo de lo que me arrepintiera, y ahora la que estaba frunciendo el ceño era yo. No como diciendo «eres estúpido», sino que realmente me sentía confundida.

—¿Qué acaba de pasar? —preguntó en alto, justo cuando yo me estaba haciendo la misma pregunta en silencio.

—Nada. Acabo de pensar en algo muy arbitrario. —Negué con la cabeza en un intento de dejar de pensar en lo suaves que serían sus labios.

Comenzamos a andar otra vez; él, en la acera; yo, en la nieve. Seguí mirándolo sin disimular.

—¿Qué?

—No sé —respondí—. Me miras diferente.

—Me estás haciendo sentir incómodo.

—Lo siento. —Y era cierto, pero no aparté la mirada de él. Cuando él se detuvo de repente y suspiró, yo desvié la atención al frente—. Vale, vale. Ojos al frente.

Caminamos otra media manzana. Se suponía que íbamos de camino a Wa-Wa a por un chocolate caliente, pero habría pasado por delante sin percatarme si Adam no me hubiese tirado de la manga.

—¿No querías un chocolate caliente?

—Sí. Te sigo.

Adam era al que le gustaba el chocolate caliente. Era demasiado dulce para mí, pero me encantaba sostener el vaso delante de la nariz y que el humo y el olor me arroparan. Cuando volvimos a salir, justo estaba haciendo eso cuando de repente caí en la cuenta.

—Es por Erica —dije, aliviada de saber de dónde había procedido el impulso de besarlo—. Bueno, y por el hecho de que anoche vi *¡Olvídate de mí!*

Adam dejó de caminar.

—Eh… ¿qué es por Erica?

—Sentí el impulso de besarte hace un minuto y no sabía por qué…

—Espera. ¿Querías besarme? ¿Justo ahora?

Volví a emprender el camino, y Adam vaciló antes de unirse a mí. Con las orejas visibles o no, sabía que estaba avergonzado basándome en la forma en la que tenía los hombros encorvados, aunque no hacía ni una pizca de viento.

—No, no pasa nada. Es decir, obviamente no te he besado. Y entonces me di cuenta de que probablemente fuese porque rompiste ayer con tu novia, y porque anoche vi a Jim Carrey y a Kate Winslet vivir un romance de lo más extraño y surrealista en la nieve. —Hice un gesto como señalando a nuestro alrededor con el chocolate caliente—. No me puedo creer que te haya dicho que he pensado en besarte.

Al ver que Adam no respondía, fui yo la que suspiró.

—Vale, tienes que decirme en qué estás pensando ahora mismo, porque no puedo verte las orejas y es como si solo tuviera cuatro sentidos.

—No pasa nada, Jo. A ver, no es como si yo no hubiera pensado en besarte a ti también.

Esa vez, cuando él prosiguió andando, yo fui la que se rezagó. Sentí cambiar la expresión como si alguien me hubiese pedido que explicase la trama de una película de Darren Aronofsky.

—¿Cuándo?

—No sé. Unas cuantas veces, supongo.

—Eres muy críptico. ¿Cuándo? —Al ver que no respondía, cedí un poco—. Vale, solo la primera vez, pues.

—Cuando nos echamos la primera foto para mi madre —respondió por fin.

—Eso fue la primera vez que nos vimos. —Me reí y disimulé así el hormigueante calor que me estaba empezando a recorrer de pies a cabeza—. ¿Ni siquiera te gustaba entonces y ya querías besarme? —Casi dije: «No quiero ni saber lo que quieres hacer conmigo ahora», pero hasta yo tenía suficiente autocontrol como para contener aquello.

—Pensaba que eras guapa —dijo. Eres guapa.

Esta vez lo miré disimuladamente. No se había vuelto a poner el gorro y podía verle las orejas. No estaban ni un poquito rojas.

Las mías se ruborizaron.

Luego torció una de las comisuras de la boca hacia arriba.

—Y hubo un momento en el que dejaste de hablar... es decir, fue un momento efímero. —Sostuvo el pulgar y el dedo índice muy juntos—. Y me pregunté lo que sentiría al besarte. —Bajó la mano—. Pero entonces empezaste a hablar de lamerme la cara y... —Se encogió de hombros y puso una mueca.

Lo empujé y él se rio.

—Al menos mi impulso ha venido después de que me gustes como persona. Eso habla de lo superficial que eres.

Él arrojó el vaso vacío a una papelera cercana y me tendió una mano para que le pasase mi chocolate, intacto, pero nada de caliente ya.

—Sabes que es estúpido seguir comprándolos si ni siquiera te los bebes.

—Como si sesenta y cinco centavos fueran a arruinarme. Además, me calienta las manos.

—Los guantes también. Vale, es tu turno. ¿Por qué querías besarme? —preguntó.

Pateé con las botas pequeños montículos de nieve mientras caminábamos.

—Fue solo una idea. Un segundo estaba a punto de caer de culo al suelo, y al siguiente me habías sujetado. Y entonces estabas justo ahí, a centímetros de mí con el brazo en mi cintura. Si estuviésemos en una película, ese habría sido el momento perfecto para un beso.

A mi lado, Adam asintió, pero volvía a estar frunciendo el ceño.

—No, venga. Nadie ha besado a nadie. Solo estamos hablando, compartiendo pensamientos que a veces se nos pasan por la cabeza. Eso es lo que hacen los amigos.

El ceño de Adam se suavizó.

—Bueno, lo que yo querí... —Pero sus palabras murieron de golpe cuando desvió la mirada de mí y la centró en algo que había más allá a mi espalda. Vi como la sangre desaparecía de su rostro y me giré también. Vi a un chico pálido y moreno con unos ojos impresionantemente oscuros caminar hacia un Jeep azul marino con un café en una mano y las llaves en la otra. Parecía ser unos años mayor que nosotros, y se quedó inmóvil cuando nos vio.

—¿Adam? —lo llamé.

Él no respondió, simplemente empezó a moverse hacia el chico, que había cambiado de dirección y ahora se dirigía también directo hacia Adam. Empecé a preocuparme por que fuesen a lanzarse el uno contra el otro, porque ninguno pareció ralentizar el paso, pero en vez de chocar de mala manera, se abrazaron y ambos se dieron golpes en la espalda, cual hermanos.

ADAM

Estar a punto de llorar delante de la chica que me había robado el corazón debería de haberme molestado, pero no fue así. Aquello tenía que ver tanto con Daniel como con Jolene. Me palmeó la espalda una vez más y después nos separamos. Y me encontré riendo tan súbitamente como cuando había estado a punto de llorar. Me alegraba tanto de verle. Era como regresar al pasado; medio esperaba ver a Greg caminando tras él.

Daniel no se rio conmigo, pero sí que sonrió.

—¿Qué haces aquí? —No había visto al mejor amigo de mi hermano desde hacía dos años en el funeral de Greg. Dejé de reír al acordarme de él.

—He estado fuera un tiempo.

Daniel había tirado el café a la basura antes de acercarse a mí y se había metido las manos en los bolsillos, pero antes de que lo hiciera, me percaté de que tenía los nudillos de la mano derecha desgarrados.

Greg y él habían sido amigos desde siempre y todos sabíamos lo dura que había sido su situación familiar. Ahora era lo suficientemente mayor como para haberse mudado, pero por lo visto las cosas seguían igual de mal. Cuando era pequeño, mis padres llamaron a la policía más de una vez cuando Daniel venía herido a nuestra puerta. No había llegado a más, porque la madre de Daniel se negaba a presentar cargos incluso cuando era evidente que su marido la golpeaba a ella también, y a Daniel le importaba demasiado como para contradecir las excusas que se inventaba para explicar las lesiones.

Al crecer y hacerse más fuerte, sus heridas se habían vuelto cada vez menos frecuentes, pero dudaba que su madre se encontrase igual. Sabía que, para Daniel, que golpeasen a su madre era peor que si le pegaban a él. Pero ella no lo dejaba ayudarla, e incluso lo culpaba de enfadar a su marido.

Creo que por eso ayudaba a Greg a rescatar animales heridos. No podía ayudar a su madre, pero sí a ellos.

—¿Cómo estáis todos? —preguntó, desviando la atención de su mano—. ¿Y tu madre?

Jamás me había sentido celoso de la relación tan cercana que habían tenido Daniel y mi madre. Ella lo había acogido bajo su seno tanto como él la había dejado, y era la única a la que él permitía que lo reconfortara cuando las cosas empeoraban en casa. Cuando Greg estaba vivo, Daniel pasaba más noches en nuestra casa que en la suya. Mamá había pensado en transformar el ático en una habitación para él hasta que Daniel le dejó claro que no abandonaría a su madre. Sin embargo, me acordaba de muchas noches cuando, al despertar, los veía hablando y tomando té en la cocina. Y, una vez, cuando él era más joven, la dejó abrazarlo mientras lloraba. Greg había sido como un hermano para él, pero casi creía que quería más a mamá.

—Ella, eh, sí, está bien. Estamos bien.

Daniel no asintió. Me conocía demasiado bien como para saber que mentía.

—¿Qué tal tu madre?

No le pregunté por su padre, ya que, aunque esperaba que hubiese muerto, había una cicatriz reciente en su ceja izquierda que me dio la respuesta. Daniel trató de meter las manos en los bolsillos aún más. El silencio fue respuesta suficiente.

Entonces, Jolene se acercó a nosotros, mirándonos con una sonrisa cauta.

—Apuesto a que os conocéis, ¿eh?

Tuve que evitar tomarle la mano. Me sentía tan abrumado al volver a ver a Daniel que necesitaba que algo me anclase, y me sentí nervioso y orgulloso al mismo tiempo porque conociese al mejor amigo de Greg. No había conocido a mi hermano —y un día de estos le contaría todo sobre él—, pero que conociese a Daniel, que también había sido como un hermano para mí, era como si pudiese compartir algo de Greg con ella.

—Sí. Él es Daniel. Era el mejor amigo de Greg. —Daniel me miró cuando mencioné el nombre sin tener que especificar que era mi hermano, y vi que devolvía su atención a Jolene con más interés que antes—. Y esta es mi... es Jolene.

—Hola —lo saludó, y él le correspondió.

—No había visto a Daniel en mucho tiempo —le expliqué.

—Me lo imaginaba —respondió Jolene.

Ya. No solía lanzarme a abrazar a extraños precisamente.

—¿Vas a alguna universidad de aquí cerca o...?

Daniel se pasó una mano —no la que tenía los nudillos abiertos— por el pelo.

—No. De hecho, estoy preparando la mudanza. Mi madre... está en el hospital y, eh... cuando mejore, me la llevo... Nos vamos. Siempre ha querido vivir en un sitio cálido, así que vamos a ver Arizona.

Tragué saliva. Que su madre estuviese mal me dolía más de lo que podía expresar con palabras. Lancé una mirada a la mano que se guardaba en el bolsillo y recé por que se los hubiese herido con el cabrón de su padre. Greg también se hubiese alegrado de ello.

—Arizona suena bien —le contesté. Habría añadido algo más de no estar Jolene delante, pero él me miró y asintió, entendiéndome.

Jolene nos miró y fingió temblar.

—Vaya, tengo frío. Creo que voy a volver al apartamento.

—Supongo que hemos estado caminando un buen rato. Podemos irnos si quieres.

Jolene me puso una mano en el hombro.

—Quédate —dijo en tono suave—. Conozco el camino y puedo volver sola.

Daniel agachó la cabeza.

—De hecho, yo me tengo que ir. Pero os puedo llevar.

Me alegró que la presencia de Jolene fuese una excusa para no tener que explicarle a Daniel lo del apartamento al que nos llevaba. Asumiría que Jolene vivía ahí y que yo estaba con ella.

Subimos al Jeep de Daniel, yo en la parte de atrás y Jolene de copiloto, y sentí tal sensación de *déjà vu* que me faltó el aire. ¿Cuántas veces me había sentado ahí atrás con Daniel y Greg delante? A Greg nunca le había importado que quisiera ir con ellos. O, no sé, quizá a veces sí, pero no me acordaba. Muchas veces Jeremy también había estado con nosotros, y los dos nos empujábamos y nos peleábamos por asomarnos entre los asientos delanteros.

Jolene y Daniel hablaban mientras yo volvía atrás en el tiempo, y me gustó el sonido de sus voces al mezclarse.

A Greg le hubiese caído bien Jolene. Lo sabía con tanta certeza que el corazón me dio un vuelco. Y después otro al percatarme de que ese momento sería lo más cercano que tendrían de conocerse.

Jolene me miró, vio la humedad en mis ojos y continuó hablando con Daniel. Sin que pareciese evidente, estiró una mano hacia atrás entre los asientos y agarró la mía.

Las mantuvimos unidas durante todo el trayecto de vuelta y las soltamos una vez Daniel aparcó.

—Nos vemos dentro —me dijo Jolene antes de agradecer a Daniel y despedirse de él.

La observamos irse. Bueno, yo lo hice. Daniel me miró a mí.

—Así que esa es tu chica, ¿eh?

—Sí —asentí, aún mirando—. No sé si yo soy su chico, pero ella sí que es la mía.

—Me cae bien —dijo. Y sabía que me estaba haciendo ver que a Greg también.

—Siento lo de tu madre. —Y, ya que no pude contenerme, añadí—: No volverá a hacerle daño, ¿verdad?

Daniel apretó la mandíbula y su mano herida se aferró al volante con fuerza.

—No, no le volverá a hacer daño.

Asentí; no me importaba cómo o por qué lo sabía. Su madre estaría a salvo y, aunque no la conocía, me alegraba por él casi tanto como por ella.

—¿Cuándo te vas?

—Depende. —Tragó saliva—. De cuando le den el alta y pueda aguantar la mudanza. Unos meses.

—Pero lo hará... se curará, ¿no?

—Sí.

Daniel empujó el asiento delantero para que saliese. Cuando mis pies se apoyaron en el asfalto del aparcamiento, me giré hacia él.

—Sé que a mamá le gustaría verte. Creo... creo que verte la ayudaría.

Vi que Daniel no pensaba lo mismo cuando agachó la cabeza.

—Daniel —lo llamé—. Ella sabe que no fue culpa tuya. Lo sabemos todos. —Al no responder, añadí—: Me alegro de verte. Te he echado de menos.

—Yo, también —contestó Daniel, volviendo a mirarme—. Me alegro de que por fin no se te noten tanto las orejas.

Me reí y me dolió solo un poco saber que seguramente nos estuviésemos riendo juntos por última vez.

—Sé bueno en Arizona.

—Sé bueno con tu chica —replicó—. Y dile a tu madre... —Apretó los labios—. Dile que lo siento, ¿vale? Que debería haber sido yo.

A continuación, se marchó y yo esperé bastante tiempo antes de entrar.

SÉPTIMO FIN DE SEMANA
18-20 DE DICIEMBRE

JOLENE

Por primera vez en meses me sentía nerviosa por ver a Adam. No había dicho mucho más después de que Daniel nos dejase el sábado anterior, y el domingo lo único que hicimos fue ver películas. Tuve que morderme la lengua, literalmente, para obligarme a quedarme callada.

Nos habíamos mandado algunos mensajes durante las últimas dos semanas, pero Adam estuvo ocupado terminando el trabajo para el instituto en el que había estado trabajando con Erica, aunque... sí. Suponía que habían decidido terminarlo de manera individual.

Mis semanas no habían sido mucho más divertidas. Entre evitar a mi madre y su ansiedad porque las visitas de Tom cada vez eran menos frecuentes, había trasnochado para trabajar en la idea que por fin se me había ocurrido para las imágenes que había grabado de Adam y de mí, idea que quería terminar mientras todavía me pareciera buena. También había estado en casa de Cherry y Gabe grabando el videoclip.

Había tenido la esperanza de ver a Cherry y de que su último encuentro con Meneik hubiese seguido su curso natural, pero no tuve suerte. Nos saludábamos y eso, pero por lo demás, ella se iba con Meneik tanto tiempo como sus padres la dejaban y, cuando no estaba con él, se pasaba cada segundo hablando con él por teléfono.

Aquellas dos semanas en las que no había visto a Adam habían sido una mierda, y como habíamos hablado tan poco, no tenía ni idea del estado mental en el que se encontraba. No es que pudiera enfadarme con él por no abrirse con el tema de su hermano. No

195

me imaginaba lo que habría tenido que ser para él perder a Greg —lo que aún seguía siendo—, pero quería hacerlo. Quería saber más cosas de la persona que tanto quería como para que, incluso años después, mencionar el nombre de Greg o toparse con uno de sus amigos afectara a Adam de forma tan evidente.

Él y su hermano no estaban hablando cuando entraron en el vestíbulo vacío, y los hombros de Jeremy se hundieron en cuanto me vio sentada en el descansillo del segundo piso.

—Dale un respiro, ¿quieres? Él irá a buscarte cuando quiera.

—Ahora —añadió Adam, lanzándole su mochila a Jeremy a la vez que subía los escalones de dos en dos para alcanzarme—. Ahora está bien.

Intenté ocultar lo feliz que eso me hacía encogiéndome de hombros en dirección a Jeremy.

—¿Por qué no vas subiendo? Él irá a buscarte cuando quiera. —Luego agarré el brazo de Adam y, en vez de bajar por las escaleras a toda prisa, las subimos. En el pasado nos habíamos encontrado con demasiados vecinos en las plantas inferiores, pero el último tramo de escaleras no albergaba tanto tráfico, ni siquiera cuando no había ventisca fuera que pudiera ahuyentar a la gente de subir al tejado.

—Me da la sensación de que tenemos que apresurarnos —le dije.

—¿Apresurarnos para qué?

—Para cualquier cosa. Para todo. —Él volvía a actuar como Adam; estaba allí, presente y frente a mí, en vez de encontrarse perdido en unos pensamientos que no podía compartir—. ¿Qué es lo más increíble que podríamos hacer en esta escalera?

—Me estás mirando como si hubiese una respuesta evidente a esa pregunta. —Y entonces medio frunció el ceño, medio me sonrió—. ¿Vamos a enrollarnos?

Fue un comentario desechable y en clave de broma, y me hizo sonreír, aunque mi corazón diese un vuelco.

—Mejor. —Saqué una baraja de cartas del bolsillo de mi chaqueta y la dejé en un escalón entre nosotros.

Él miró las cartas y luego a mí.

—¿Entonces no vamos a hablar siquiera sobre mi idea?

No terminamos hablando sobre su idea, pero sí que hablamos sobre muchas otras cosas, principalmente de películas, porque conmigo todo se resumía en películas.

Gruñí cuando me dijo que nunca había visto *El padrino*.

—Nos moriremos antes de que pueda ponerte todas las películas increíbles que no has visto. —Luego me apoyé en la pared, doblé una rodilla y relegué las cartas al olvido—. ¿Eso no te deprime? Aunque viésemos una película cada noche durante el resto de nuestras vidas, no podríamos verlas todas antes de morir. Y ni siquiera voy a empezar a hablar de todas las películas nuevas que hacen cada año. Me vuelve loca. Estoy condenada a permanecer en la ignorancia sobre gran parte de algo que me encanta.

—¿De verdad querrías hacer eso?

—Quizá no quiera ver todas y cada una de las películas que hacen, pero incluso siendo la mitad, las buenas, me llevaría más años de los que me quedan.

—Estás hablando de un medio que solo tiene un siglo de vida. Piensa en todos los libros que nunca leerás o las canciones que nunca llegarás a oír.

—No estás siendo de ayuda —me quejé.

—Tú eres la que ha sacado el tema de las pelis. Yo solo digo que hay muchas otras cosas que tampoco podrás experimentar. Ni tú ni nadie.

—Eso es a lo que me refiero. ¿No te molesta?

Se encogió de hombros.

—No realmente. —Se inclinó hacia mí—. Mira, si solo ves el mundo como una lista de cosas que nunca podrás hacer, entonces nunca disfrutarás de nada de lo que sí llegues a hacer. Siempre estarás pensando en algo más, querrás más, cuando a lo mejor lo que tienes, lo que has visto o leído u oído o lo que sea, es bastante genial. Nunca apreciarás nada. —Se apoyó contra la pared de enfrente—. Y eso sí que es deprimente.

—Ahora mismo acabas de sonar de lo más sabio. —Ladeé la cabeza hacia él—. ¿Se te ha ocurrido todo eso a ti solito?

—Alguien me ayudó.

—¿Quién?

—Mi hermano... Greg.

Volví a recoger mis cartas, cambiándolas de lugar en mis manos como si nada, para que no viera lo mucho que quería que siguiera hablando.

A veces me daba cuenta de que se sorprendía a sí mismo cuando sacaba a relucir a su hermano. Justo después siempre se tensaba, como si se estuviese preparando para soportar el dolor que yo era incapaz de ver y, mucho menos, imaginar. Pero esa vez no sucedió.

—Podrías hablarme de él si te apetece. Sé que lo querías mucho. Y que no se te suba a la cabeza, pero es imposible que él no te quisiera también.

Bajé la mirada cuando él se puso de pie, tanto porque no quería que me mirase a los ojos mientras le decía básicamente que era imposible que alguien no lo quisiera —y me incluía yo también en esa afirmación—, como para que no pensase que estaba tratando de obligarlo a hacer algo que podría no apetecerle.

Con la cabeza gacha, lo único que podía ver eran sus pies. Estos habían estado señalando en otra dirección distinta a la mía, pero entonces... entonces se giró.

Y empezó a hablar sobre Greg.

ADAM

No había querido mencionar a Greg. Había prometido hablarle de él alguna vez y no es que lo mantuviera en secreto. La mayoría de mis amigos también lo eran antes de que Greg muriese, así que nunca había tenido que explicarle a nadie que no lo hubiese llegado a conocer lo increíble que era. Me resultaba algo imposible.

Pero ver a Daniel de nuevo me había hecho ver que quería intentarlo con Jolene.

—Greg era cinco años mayor que yo y tres años mayor que Jeremy, pero nos llevábamos muy bien, muchísimo mejor que Jeremy y yo nos llevaremos nunca. —Era triste admitirlo a pesar de que ser cierto. No le sentaba bien hacer de hermano mayor. Ni a mí que él lo fuera. Jeremy nunca sabía decir lo correcto ni cuándo decirlo. No se salía con la suya en la mitad de las cosas que nuestro hermano sí había podido sin proponérselo siquiera. No era Greg, pero cualquier día de estos bien podríamos echarnos un cara o cruz para ver quién de los dos lo echaba más en falta.

»Murió una semana antes de cumplir dieciocho. Mi hermano era... —Dejé de hablar, porque no importaba lo que dijese de Greg, nunca se acercaría a la realidad.

—¿Qué le gustaba hacer? —preguntó Jolene, ofreciéndome un punto de partida cuando no fui capaz de encontrar uno yo solo.

—Animales —respondí—. Rescataba animales, los que estaban heridos o se hubiesen muerto de no recibir ayuda, y no solo los adorables y tiernos. Se iba con Daniel y volvían sangrando con un montón de heridas y mordeduras, apenas sujetando algún monstruo peludo y sucio que intentaba arrancarles la cara con las garras... y Greg siempre se echaba a reír. —Yo también me eché a reír al recordarlo. Me gustó poder acordarme de él sin sentir dolor—. Prometía a los monstruos pequeños, y a menudo no tan pequeños, que cuidaría de ellos. Daniel no era tan alegre como mi hermano, pero jamás se quejaba de las heridas después de recatar a un animal asustado y herido. Nunca fueron tan malas como las que le propinaba su... —Cerré la boca y Jolene fingió no darse cuenta. Había visto a Daniel, pero no lo conocía. Además, se suponía que le iba a hablar de Greg, no de Daniel.

Imité la postura favorita de Daniel y me metí las manos en los bolsillos.

—En fin, Greg siempre cumplía sus promesas. Lavaba a los animales, los alimentaba, pagaba las facturas del veterinario con el dinero que timaba a la gente jugando al billar con Daniel, y les hacía un hueco en nuestro granero, que parecía más cómodo que mi cama. Incluso dormía junto a los más heridos o desconfiados.

La cara de Jolene se iluminó al oírme hablar de mi hermano. Se rio cuando le conté que Greg una vez, cuando tenía quince años, le había robado la camioneta a papá porque quería sacar a un ciervo de un hoyo, pero que al final terminó cayendo dentro él mismo tras intentar enrollar una cuerda, en vano, en torno a sus cuernos.

—Tuvo que llamar a papá a casa para que lo sacase de allí. Nuestro padre se cabreó muchísimo, pero a Greg no le importó el tiempo que estuvo castigado, porque también sacaron al ciervo.

—¿Cuánto tiempo estuvo castigado? —preguntó ella.

—Se suponía que iba a ser un mes, pero creo que mis padres se lo quitaron a la semana. Era difícil enfadarse con él. —Mi sonrisa se desvaneció, pero seguí hablando.

Jolene fue testigo de cómo me rompía por dentro pedazo a pedazo al hablarle de la mejor persona que había existido. Escuché el ruido del escalón cuando se levantó y se acercó a mí. Mi corazón no latió desbocado como normalmente habría sucedido cuando envolvió sus brazos en torno a mi cintura y apoyó la cabeza en mi pecho, sino que se ralentizó y se volvió regular.

Ya me preocuparía después de que me hubiese visto así.

Ya me preocuparía después de que se hubiese acercado tanto a mí.

Después.

—El último, un perro mezcla de lobo y oso al que Greg apodó Fozzie, le mordió la pierna de una manera que mis padres tuvieron que llevarlo a urgencias. Solo mi hermano podría haberles convencido, mientras sangraba y cojeaba por la cocina, de que Fozzie solamente necesitaba mimos y cuidados en lugar de que llamaran a la protectora de animales. A día de hoy, no sé cómo lo hizo, pero al volver del hospital mamá trajo un juguete para morder y papá, una bolsa de comida para perros.

Jolene alzó la mirada y sonrió, pero su expresión denotaba tristeza.

—El trato fue que había que atar a Fozzie al roble del patio, y tampoco dejarían a Greg dormir fuera, con él, hasta que su pierna se curase del todo. Daniel dijo que se quedaría él fuera con el perro, pero pasó algo con su madre y no apareció.

Me quedé callado un momento y después Jolene habló.

—Supongo que tu hermano no durmió dentro.

Negué con la cabeza y me tembló la barbilla.

—Adam —me llamó Jolene con voz suave, atrayendo mi mirada cuando intenté desviarla.

—No sabemos cómo pasó exactamente. Quizá Greg desató al perro o se desató solo. Greg solo veía al animal frente a él. Para rescatar a muchos de los animales se había arrastrado por estanques helados y hasta había escalado árboles tan altos que te mareabas de mirar abajo; no le hubiese importado seguir a un perro por una carretera oscura por la noche.

Sentía el pecho arder. Jamás había hecho algo así, jamás lo había contado en voz alta.

—El conductor que chocó con mi hermano no estaba borracho. No había sobrepasado el límite de velocidad ni conducía de forma temeraria. Dijo que a duras penas había esquivado una sombra oscura que se había puesto delante de su coche y que Greg había llegado medio segundo tarde.

Medio segundo que marcó la diferencia entre no recibir ni un rasguño y morir en el acto.

Jolene apretó los brazos en torno a mí y yo tomé una bocanada de aire, alejándome del consuelo que trataba de transmitirme para que pudiese sacarlo todo de dentro.

—Dos años más tarde, los catres y las jaulas vacías siguen estando en el granero. La habitación de Greg sigue igual. —Se me quebró la voz cuando añadí—: Mi madre le sigue cambiando las sabanas una vez a la semana.

Me abrazó con más fuerza, pero yo seguí hablando, como si me sintiese obligado a contárselo todo.

No es que mi madre se negase a aceptar la muerte de Greg, sino que tenía una rutina que no quería romper. Eso y que los momentos donde veía sus cosas exactamente como las había dejado le daban la vida, y entonces la mentira en la que seguía vivo parecía encajar. Al menos durante un segundo o dos.

A veces yo también la vivía. Cuando mi corazón volvía a la vida con un recuerdo agobiante, de los que no te dejan ni moverte ni hacer nada y, entonces, de repente, el hueco vacío me volvía a ahogar.

Lo que yo buscaba no era un sustituto. Papá y yo nos parecíamos en eso. Él empezó a usar las escaleras de atrás para no tener que pasar por delante de la habitación de Greg. Cuando mamá ponía un plato más sin querer —o queriendo—, se levantaba y se marchaba. A veces se iba toda la noche.

En ocasiones, hasta incluso cuando ponía el número de platos correcto.

Jeremy fue el único que se sorprendió cuando esas ausencias nocturnas pasaron a ser de dos noches, después tres... Sí.

—Cuando mi padre se marchó fue mejor y peor a la vez —expliqué—. Mejor, porque solo había una bomba emocional que eludir. Peor, porque, cuando se fue, mamá empezó a pasar la aspiradora a la habitación de Greg dos veces a la semana.

Sentí que Jolene se encogía.

Greg habría sabido qué decirle a mamá, cómo hacerla sonreír. Jeremy simplemente copió a papá y se marchaba sin más cuando ella hacía algo incómodo, como prepararle a Greg una tarta de cumpleaños.

O como cuando casi se ahogó aquella noche en la bañera tras quedarse dormida con una botella de brandy vacía en la mano.

Me di cuenta de que Jolene estaba llorando en silencio cuando sentí una humedad en la parte delantera de mi camiseta.

—Jeremy ni siquiera me ayudó a sacarla de la bañera. No dejó de repetir que quizá deberíamos llamar a papá. No lo entendía o no quería entender que papá se había marchado para distanciarse de ese tipo de cosas. Llamarlo no iba a ayudar a la situación, pero lo hizo, y papá volvió a casa. Un mes.

—Cuando se marchó la segunda vez, Jeremy y yo nos vinimos junto con el resto de sus cosas. Aquí. Como cada dos fines de semana.

JOLENE

El domingo, me mordí el labio y observé cómo Adam abría mi regalo. Por supuesto, Adam era de los que separaba cuidadosamente el papel, desenvolviéndolo tal cual, en vez de romperlo directamente.

Habíamos decidido darnos los regalos de Navidad antes, porque no nos íbamos a ver el 25 de diciembre. A este ritmo, el fin de semana habría acabado antes de que hubiese abierto la mitad del regalo.

—Adam —dije, tratando de no rechinar los dientes mientras él desdoblaba un pliegue de un lado de la caja y luego fijaba la atención en el otro extremo—. Va a morirse antes de que lo saques de la caja.

Adam detuvo sus movimientos casi quirúrgicos y me miró fijamente.

—Espero que te estés refiriendo a una planta.

Le sonreí y dejé a plena vista el hueco entre mis paletas. Siempre le gustaba cuando lo hacía.

—No es una planta, pero en serio. —Asentí hacia el regalo—. Antes de que muramos.

Vigilándome, Adam deslizó con cuidado uno de sus pulgares bajo uno de los trozos de celo.

—Por dios, Adam, dámelo —Me lancé a por el regalo, pero lo único que Adam hizo fue levantar los brazos por encima de la cabeza, así que no pude alcanzarlo.

—¿Nadie te ha dicho nunca que la paciencia es una virtud? —Siguió inclinándose a un lado o al otro para evitar mis saltos.

—¿Tú qué... —Volví a saltar y, de nuevo, fallé— ...crees?

Adam se apiadó de mí, y a mí ni siquiera me importó, porque por fin rasgó el resto del papel y dejó que este cayera al suelo en la escalera de la planta superior. Y entonces lo tuvo en las manos. Por alguna razón, sentí la necesidad de apartar la mirada cuando él levantara la tapa.

No era gran cosa. Ni siquiera me había costado nada, pero estaba nerviosa y tenía muchas ganas de que le gustara.

El dispositivo USB cayó en la palma de su mano y yo le acerqué mi portátil.

—¿Qué es? —preguntó, pero con un deje de anticipación y asombro que me hizo retroceder un paso en cuanto abrió la tapa del portátil.

—Es solo... —Señalé al ordenador con la cabeza.

Insertó el USB y luego abrió los ojos como platos. Me tiró de la trenza y lo vi sonreír, muy escuetamente al principio.

—Jo, ¿has...? —Señaló la pantalla y yo lo mandé a callar.

—Tú solo velo.

Las sonrisas, porque hubo muchas, y las risas, que parecían sobrecogerlo de improviso, me dieron el coraje necesario para acercarme a él en vez de retroceder. Incluso en los momentos en los que sus sonrisas se atenuaban, sus ojos seguían mostrando la misma emoción.

Aún seguía mirándolo varios minutos después, cuando él levantó la mirada hacia mí.

—Lo has hecho tú.

—¿Qué me ha delatado, el nombre o... —Me detuve cuando sentí su mano sobre la mía y sus dedos entrelazándose con los míos.

Sí, ya nos habíamos cogido de la mano antes, y había saltado sobre su espalda una vez o dos, pero aquellos momentos los había iniciado yo y él simplemente se había dejado llevar.

Esta vez había sido cosa suya. Su cálida piel me rozó y el ligero apretón que me dio lo sentí, por alguna razón, en el corazón. Podría jurar que hasta sentí el pulso de su corazón latir al mismo ritmo rápido que el mío.

—Todavía sigue siendo una primera versión... pero ¿te gusta? —le pregunté con una voz que sonó tímida, aunque yo sabía que mi cuerpo no era capaz de mostrarse así.

Adam incrementó la presión de su mano sobre la mía y aquello consiguió que un hormigueo me recorriese la piel.

—Es lo mejor que me ha dado nunca nadie.

Me dije a mí misma que solo estaba siendo amable —básicamente como siempre era sin pretenderlo siquiera—, pero tanto su mano como sus ojos y su voz me indicaron que era algo más que eso.

—Esto es lo que has estado grabando, pero ¿cómo lo has hecho? Es decir... ¿con las fotos...?

La película —y estaba usando el término de un modo bastante amplio— era una compilación de las fotos que nos habíamos echado juntos y todas las tomas que había grabado de nosotros sacándonos dichas fotos. Además de alguna que otra toma al azar sobre nosotros. Había empezado con los vídeos y luego fui insertando las fotos en el mismo ángulo exacto que en los vídeos; aquello había sido un auténtico calvario. Coloqué las imágenes en capas unas sobre otras y usé algunas de nuestras escenas eliminadas como transición entre los vídeos y las fotos finales, así la película siempre tenía movimiento en el fondo.

Como nosotros.

No había exactamente una historia detrás de las fotos, pero había creado una con ellas y con los vídeos adicionales que había sacado y grabado sin que él se hubiese dado cuenta. Gracias a un conserje amable que me abrió felizmente la puerta, pude incluso conseguir algunas de las imágenes de seguridad de las cámaras recién instaladas fuera, así que tenía imágenes de ambos llegando y saliendo una y otra vez del complejo de apartamentos, en las que nos dedicábamos expresiones espontáneas entre nosotros y todo lo contrario con los demás.

Era una historia de amor. No exactamente romántica, pero de la clase de amor que quizá durara más allá de la pasión y el dolor. Era una historia de amistad, con todas las posibilidades abiertas frente a ella.

Eso era lo que Adam y yo teníamos.

Separé la mano de la suya para expulsar el USB y cerrar el ordenador, porque estar tocándolo en ese momento se me antojaba demasiado intenso.

—Ahora tengo la impresión de que mi regalo es un rollo.

Levanté la cabeza de golpe.

—¿Estás de broma? Es lo más guay que me han regalado nunca.

—En serio. Miré el regalo que había sido demasiado grande como para poder envolverlo. En cambio, Adam había atado un lazo gigante en torno a él.

Era una vieja silla de director que se había encontrado en un mercadillo y que se había pasado semanas restaurando. Parecía estar sacada del set de grabación de una película de los cincuenta. El corazón se me hinchó de emoción de solo verla, pero mirar a Adam tampoco se quedaba atrás.

—Usarás la película para la solicitud del curso, ¿verdad? Tienes que hacerlo.

—Estaba planteándomelo. Aún necesita trabajo, pero... ¿no te importa?

—¿Importarme? —Adam miró el USB a la vez que se lo tendía—. Me vas a hacer famoso.

Me reí.

—Feliz Navidad adelantada, Adam.

—Feliz Navidad adelantada, Jo.

ENTRETANTO...

Jolene:
Feliz Navidad, gusano miserable.

Adam:
Esa la sé. *Solo en casa*, ¿verdad?

Jolene:
La ponen en la tele todo el mes de diciembre. Aunque, para ser exactos, es de la secuela.

Adam:
Feliz Navidad para ti también.

Jolene:
Me acabo de comer una bolsa de caramelos de maíz de Navidad. Soy una bruta.

Adam:
Ah, ya sé más cosas del crítico de cine del bloque.

Jolene:
¡Genial!

Adam:
Sí que vive ahí, pero supongo que viaja mucho y estará fuera hasta febrero.

Jolene:
No tengo que mandar la solicitud hasta finales de abril, así que no pasa nada. Gracias por averiguarlo. ¿Le has preguntado a tu padre?

Adam:
Necesitaba un tema para hablar con él.

Jolene:
Entonces, ¿de nada por el tema?

Adam:
¿Tú qué tal en casa de tu padre?

Jolene:
Repito: toda la bolsa de caramelos de maíz, Adam. Entre mi madre llamándome cada hora porque Tom ha pasado el día con su familia y mi padre escribiéndole a Shelly cada vez que había un retraso, ha sido la Navidad más mágica de mi vida.

Adam:
Jo...

Jolene:
No puedes hacer eso.

Adam:
Lo siento. Ojalá hubiera podido verte.

Jolene:
La culpa es de los estúpidos de nuestros padres por repartir el día de forma contraria.

Adam:
Ya.

Jolene:
Dime que tu Navidad ha ido mejor.

Adam:
Mi madre ha colocado regalos para Greg bajo el árbol. Cada año pone los que también tenía del año pasado, así que ha sido como cavar entre minas.

Jolene:
Adam...

Adam:
¿Qué habíamos dicho de eso?

Jolene:
¿Estás en casa de tu padre ahora?

Adam:
Sí. Ha sido prácticamente igual salvo que con menos lágrimas por parte de mi padre y sin fingir una sonrisa por la mía.

Jolene:
Me estoy planteando comerme otra bolsa de caramelos de maíz en tu honor.

Adam:
No lo hagas. Odio esas cosas.

Jolene:
Entonces cuéntame algo bueno de hoy.

Adam:
Ahora. Hablar contigo.

Jolene:
Antes de ahora.

Adam:
Jeremy se ha sentado sobre un adorno de Navidad y lo ha roto. Nos ha sorprendido tanto que nos hemos echado a reír, incluso mamá. No creía que fuera a escucharla reír hoy. Vale, te toca.

Adam:
¿Sigues ahí?

Adam:
¿Hola?

Jolene:
Estaba pensando. La señora Cho me ha hecho una casita de jengibre que seguramente no debería haberme comido, pero lo he hecho. Y me ha regalado la edición especial del recopilatorio de *La jungla de cristal* porque le dije que la primera es mi película navideña favorita.

Adam:
¿*La jungla de cristal* es una película navideña?

Jolene:
La jungla de cristal es LA película navideña por excelencia. ¿Por? ¿Cuál es tu favorita?

Adam:
No lo sé. ¿*Elf*?

Jolene:
Creo que eso ha sido lo más lamentable que has dicho nunca.

Adam:
Es divertida.

Jolene:
Es... Vale, vamos a ver un montón de películas de Navidad el fin de semana que viene, empezando por La jungla de cristal.

Adam:
Yipi ka yei.

Jolene:
Eres mucho mejor que los caramelos de maíz.

UNA SEMANA DESPUÉS

Adam:
10.

Jolene:
9.

Adam:
8.

Jolene:
Ya vamos atrasados. 4.

Adam:
3.

Jolene:
¡2 y 1! ¡Feliz Año Nuevo!

Adam:
¡Feliz Año Nuevo!

Jolene:
¿Dónde estás?

Adam:
En casa de mi amigo Rory, con gente.

Jolene:
Oh, una fiesta.

Adam:
Cuatro tíos y una Xbox, así que sí. ¿Has ido al concierto de Calamar Venenoso?

Jolene:
Sí, y este lugar no merece ni denominarse turbio. Intento no tocar nada.

Adam:
¿Turbio en el sentido de inseguro? Porque los padres de Rory se han dormido. Podemos ir a por ti.

Jolene:
No pasa nada. Estoy al lado del escenario con la novia de Grady, Audra, así que Gabe y Dexter están aquí si nos molesta alguien. Que, de momento, no ha pasado. Las pulseras de menores que llevamos hacen más que solo prohibirnos beber.

Adam:
¿Cherry está ahí?

Jolene:
No. Meneik la ha venido a recoger cinco minutos después de llegar.

Adam:
¿Cuánto queda para que termine el set?

Jolene:
Creo que una hora. Después iremos a Denny's a comer tarta. Ñam.

Adam:
¿Te lo estás pasando bien?

Jolene:
Claro. ¿Tú?

Adam:
No está mal.

Jolene:
Es una pena que no pudieras venir. ¿Estás ganando a la Xbox?

Adam:
Lo has dicho perfectamente, por cierto. Y sí, desearía que hubiésemos empezado el Año Nuevo juntos.

Jolene:
¡Podrías haber conocido a los chicos!

Adam:
Lo que estaba pensando yo es en besarte a medianoche.

Jolene:
Eso es muy cliché.

Adam:
Yo lo llamaría clásico.

Jolene:
No sé. Acabo de ver a un tío eructar en la boca de su cita. Tendrías competencia.

Adam:
No lo creo.

Jolene:
Qué arrogante.

Adam:
El año que viene vamos a pasar Nochevieja juntos.

Jolene:
No sé dónde estaré.

Adam:
¿A qué te refieres?

Jolene:
Me refiero a que voy donde me manden los abogados de mis padres. Desde su divorcio he asistido a dos institutos diferentes. Bien podría estar en otro la semana que viene. O en otro apartamento. O tú.

Adam:
Tu cumpleaños es el 25 de enero.

Jolene:
¿Y qué?

Adam:
El mío es el 10 de febrero.

Jolene:
Ya lo sé. ¿Y qué?

Adam:
Supongo que no le permitirán a tu padre mudarse de estado.

Jolene:
Lo dudo.

Adam:
Entonces, en poco más de un mes, podré ir en coche donde estés. O, en unas semanas, podrás venir tú a por mí.

Jolene:
¿Lo dices en serio?

Adam:
Sí.

Jolene:
¿Vendrías a buscarme en coche?

Adam:
¿No vendrías tú a por mí?

Jolene:
Es la primera vez que lo pienso.

Adam:
No es una pregunta trampa. Si pasase algo y no tuviésemos estos fines de semana, ¿querrías seguir viéndome?

Jolene:
Sí.

Adam:
Bien. Porque yo querría seguir quedando contigo.

Adam:
¿Sigues ahí?

Jolene:
No sé qué hacer cuando hablas así.

Adam:
Decir lo mismo.

Jolene:
Querría verte.

Adam:
Ser amable se te va dando mejor.

Jolene:
¿Tú crees?

Adam:
Sí.

Jolene:
Tengo que irme, pero pásalo bien jugando.

Adam:
Nos vemos mañana.

Jolene:
Técnicamente, podrás verme hoy.

Adam:
Mejor todavía. Buenas noches, Jolene.

Jolene:
Buenas noches, Adam.

OCTAVO FIN DE SEMANA
1-3 DE ENERO

JOLENE

Cuando Adam llamó a la puerta, le grité que pasase.

—Deberías preguntar quién es antes de invitar a la gente a pasar. Podría haber sido un asesino en serie.

—¿Un asesino en serie que llama a la puerta? Deberíamos motivar ese tipo de comportamiento, ¿no crees?

Adam se me unió en el sofá y yo le hice espacio encogiendo las piernas.

—Estoy seguro de que ser educado no va a compensar las puñaladas. Pero, bueno, ¿por qué no estás vestida? —Me tiró del pantalón de pijama verdeazulado que seguía llevando puesto.

—Porque me siento fatal, y la ropa de verdad no es tan deprimente como quiero hacerme ver a los demás ahora mismo.

—Tu pijama tiene tiburoncitos sonrientes.

Separé la pierna de él.

—Es irrelevante.

—Es lo más alegre que te podrías haber puesto.

—Bueno, pues no me siento bien.

—Se te ve bien. ¿Qué te pasa? ¿Puedo contagiarme?

—Gracias. Calambres de la regla. Y no.

Adam me evaluó con la mirada.

—Supongo que no quieres salir.

—¿Quieres una medalla por llegar a esa conclusión?

—No, pero quizá que no me arranques la cabeza por hacer una mera observación. ¿Puedo hacerte otra pregunta?

—Depende de lo tonta que sea.

—Tengo otro favor.

Gemí y me desplomé de nuevo contra el cojín.

—Ahora mismo, nada de fotos. Me siento como una mierda.

—Sí que tiene que ver con fotos, pero no hasta dentro de un par de semanas.

—Ahora mismo no tengo la capacidad mental para deducir lo que quieres, así que, suéltalo.

Adam frunció el ceño.

—Puede que me lo esté replanteando. ¿Cuánto duran estos misteriosos «problemas femeninos»? —Y añadió las comillas con los dedos, también.

Sonreí, aunque no tenía intención de hacerlo.

—Hoy no voy a ser muy buena compañía. Quizá deberías volver mañana.

—No. Mi padre ya ha enganchado a Jeremy para que lo ayude a enlosar los cuartos de baño de toda la primera planta. Y, además, sigo prefiriéndote a ti de mal humor antes que a cualquier otra persona.

La sangre se me subió a la cabeza y me palpitó detrás de los ojos. Lo había dicho de forma tan casual, como si no fuese lo más amable que alguien me hubiese dicho nunca. ¿Cómo podía soltar cumplidos así? Ni siquiera los soltaba *per se*, le salían sin siquiera tener que pensar en ellos, como si fuesen evidentes.

Nadie me prefería a mí. Nunca lo habían hecho.

Estaba a dos segundos de echarme a llorar, lo cual era ridículo.

—Además, es culpa tuya que esté en esta posición, así que es justo que seas tú la que me saque de ella.

—Oh, oh... —dije. Aquellas palabras crípticas me habían distraído de las lágrimas que estaban a punto de caer.

—Sabes que Erica y yo rompimos.

—¿Quién?

Adam medio sonrió ante mi falsa ignorancia.

—Lo que no sabes es que rompimos justo antes del baile de invierno.

—Oh, oh… —Si no me hubiese sentido tan incómoda, bien podría haber tenido otros sentimientos muy distintos dada la dirección que estaban tomando sus palabras.

—Solo si tú me rechazas.

—¿Me lo estás pidiendo?

—Sí.

—Pídemelo de verdad. En una frase completa.

No vaciló.

—Jolene, ¿quieres ir conmigo al baile de invierno?

Durante una milésima de segundo, los cuchillos que me atravesaban el vientre se convirtieron en plumas que me produjeron cosquillas.

—¿Cuándo es? La fecha exacta. —Si caía en un fin de semana con mi padre, probablemente necesitara una orden judicial.

—El 22 de enero.

No caía en el fin de semana de mi padre.

—¿Llevarás traje?

—Sí.

—¿Conoceré a tu madre?

—Si ella nos lleva, sí.

—Ella cree que estamos juntos, ¿no?

Adam se puso rojo y carraspeó.

—Eh… sabe todo aquello de las fotos falsas.

—Sinceramente, me sorprende que hayas durado tanto tiempo antes de confesárselo. Eres un niño de mamá, Adam.

—Salió el tema, sin más. Aún le gusta ver nuestras fotos aunque seamos solo… lo que sea.

—¿Lo que sea? —Pestañeé en su dirección—. Esa es oficialmente la forma más romántica con la que un chico me ha pedido ir a un baile.

Su rubor comenzó a desvanecerse.

—Quería decir que mi madre no espera que te meta mano frente a ella si eso es lo que te preocupa.

—Para que quede claro, creo que voy a pasar de lo de meterme mano incluso aunque ella no esté mirando.

Adam esbozó una pequeña sonrisa.

—Eso suena como un sí...

—Porque lo es.

—¿Sí?

—Sí, iré contigo.

Adam sonrió de oreja a oreja y una sensación de calidez me embargó.

—Pareces sorprendido.

—Pensaba que me dirías que no.

—Adam, ¿cuántas veces tengo que decírtelo? Solo me da *un poco* de vergüenza que me vean en público contigo. Además, el baile será por la noche, así que...

—Asegúrate de decirle esas cosas a mi madre. Pensará que eres un ángel más de lo que ya lo cree.

—Eso es nuevo para mí.

—Para que no haya confusión, «ángel» es la palabra que usa porque no te ha conocido.

—¿Y qué palabra usarías tú?

—Jolene.

—Hum. —El modo en que había pronunciado mi nombre, despacio y con seguridad, me había hecho estremecer de felicidad.

—Volviendo al baile. ¿No puedo meterte mano ni un poquito?

—Rotundamente no.

—Espera hasta que me veas de traje —me advirtió, estirándose y colocando los brazos detrás de su cabeza—. Veremos quién es la que quiere tema, entonces.

—Espera tú a ver mi vestido —contraataqué—. Le ponen tiburones a todo hoy en día.

ADAM

El traje que tenía me quedaba demasiado pequeño; los pantalones solo me llegaban literalmente hasta las pantorrillas.

Salí al pasillo para enseñárselo a mamá el domingo por la noche.

—No te queda bien —determinó ella—. Te vas a helar.

Extendí los brazos algo tensos a los costados. El tejido estaba tan pegado que, cuando intenté doblar el codo, las costuras empezaron a soltarse.

—Ya, ese es el problema. Que no da el calor suficiente.

—No pensaba que hubieras crecido tanto. Jeremy todavía puede usar el traje que llevó a la boda de vuestra prima Becky.

—Jeremy bien podría seguir poniéndose los pijamas de cuando era un crío si no tuviese que subirse la cremallera.

Mamá me miró desde abajo, dado que estaba inspeccionando el dobladillo de los pantalones.

—Me gustaría que no dijeses esas de tu hermano. Es muy susceptible con la altura. Inténtalo, por favor.

Mamá conseguía hacerme sentir como si me acabasen de pillar quemando nuestros álbumes de fotos, o algo parecido, cuando usaba aquel tono. Estaba teñido de tanto dolor y decepción que hubiera abrazado a Jeremy delante de ella si él no se hubiese encontrado en un ensayo de última hora en casa de alguien. Se suponía que la tenía que hacer sentir mejor, no peor. Murmuré una disculpa y le pedí volver a mi habitación para quitarme el traje.

—Espera. Espera. —Mamá se metió en mi cuarto y salió con mi móvil—. Dime cómo se saca una foto para mandársela a Jolene.

Me miré los pies. Había conseguido subirme los pantalones no sabía cómo, pero la chaqueta no me cerraba y parecía Hulk a medio transformar.

—Eh, no —respondí—. No pienso hacerlo. Es una idea horrible.

—Le encantará.

Seguro que sí, pero no de la forma que a mí me gustaría.

—Solo conoces a la Jolene de las fotos cursis. La Jolene de la vida real se reiría sin parar si me viera.

—¡Ups! —exclamó mamá, y el móvil hizo el ruidito que señalaba que había hecho una foto.

Dejó que cogiese el móvil y borré la foto deprisa, percatándome de que al hacerlo la sonrisa de mamá había desaparecido.

—Si tu padre me hubiera mandado una foto así cuando éramos jóvenes, habría pensado que era muy mono.

Dejé de intentar quitarme la chaqueta constrictora de los hombros con el poco movimiento que podía. Cada vez que mencionaba a papá como si no hubiera cambiado nada, parecía como si oyese el zumbido de un mosquito a mi alrededor. Normalmente, lo ahuyentaba mentalmente como una molestia a la que podía ignorar con facilidad, pero lo que no pude ignorar fue la mirada soñadora que puso al hablar de papá.

Estábamos en el pasillo del piso de arriba, rodeados de todas las puertas de las habitaciones; la mía, la de Jeremy, la suya y la de papá. La de Greg. Toda la familia solíamos dormir en la misma planta y en la misma casa. Ahora no comíamos en la misma ciudad y mucho menos a la misma mesa. Yo era el que no entendía por qué, y cada vez menos cuando mencionaba a papá con tal nostalgia. Papá también lo hacía a veces, más de lo que debería hacerlo una persona que se había separado amistosamente de su mujer. Lo entendería si no se soportasen, si se peleasen o se mostrasen indiferentes. No lo aceptaría, pero entendería por qué viven separados.

Lo que estaban haciendo no tenía sentido.

—No entiendo cómo puedes hablar de papá así y echarlo de menos, pero querer que se fuera. —No se lo había dicho como se lo hubiera dicho a mi padre. No me contenía para no gritar o para no perder la compostura. Jamás podría hablarle así.

—Ay, Adam.

—No, mamá. Intento entenderlo. Jolene… Sus padres van a celebrar el día que el otro se muera. No tiene que preguntarse por qué no siguen casados; para empezar, se pregunta por qué estuvieron juntos alguna vez. Sé por qué os casasteis papá y tú. Lo he sabido todos los días. Lo que desconozco es por qué quieres que esté lejos si lo sigues queriendo… cuando él te sigue queriendo…

—Me resulta difícil.

Estuve a punto de preguntarle si le parecía que era la única que se sentía así.

—Entonces, ¿por qué lo haces?

No me devolvió la mirada.

—Porque nos hacemos infelices. —Tragó saliva—. Después de lo de Greg…. Casi nos destruyó, y sé que lo sabes. —Se puso de pie y cogió mi mano entre las suyas—. Pasábamos los días, y las horas. A veces íbamos de minuto a minuto. Era lo único que podíamos hacer.

Me acordaba. Despertarme por la noche y oír llorar a mamá, y peor: a papá llorando con ella. Las vacaciones en las que uno o ambos se iban de la habitación y no volvían en horas. Cómo me apretaba la mano al hablar.

—Decidimos que quizá seríamos menos infelices separados. Lo quiero demasiado como para hacerle daño si él no quiere. Él me quiere de la misma forma.

—¿Y funciona? ¿Estás menos infeliz ahora o solo infeliz y triste?

Ninguno habíamos esperado que yo soltase aquello. No fue cruel ni yo lo había dicho de mala manera, pero le había transmitido mi propia tristeza y pude ver que ella la había sentido.

—No lo sé. A veces ambas cosas.

15-17 DE ENERO

JOLENE

—¡Tendrías que haberme enviado la foto! ¿De verdad la borraste?

—Por supuesto que sí, la borré. No necesito que te estés burlando de mí hasta el final de los tiempos.

—Adam, eres adorable si piensas que seremos amigos tanto tiempo.

—¿Tú no?

La multitud del sábado por la mañana en el cine se estaba empezando a hartar de nuestra cháchara. En un par de filas más adelante ya nos habían mandado a bajar la voz.

—Bueno, ¿y cómo lo hacemos? —susurré—. ¿Vamos a ir los dos a la misma universidad? ¿Vivir en el mismo estado? No. Tú irás a una universidad de la Ivy League, te casarás con Erica 2.0, y vivirás en Virginia, entrenarás el equipo de hockey de tu hijo y saldrás a correr a lo largo del río Potomac junto con tu Golden retriever los fines de semana. Mientras que yo iré a la Universidad de Los Ángeles para estudiar cine, me convertiré en la siguiente Sofía Coppola y luego moriré trágicamente en mi apartamento, sola, antes de cumplir los cincuenta. —Me hice con un puñado de palomitas de la bolsa que sostenía Adam y empecé a comérmelas—. ¿Ves? Seguiremos trayectorias radicalmente diferentes. —Fui a por otro puñado, pero Adam apartó la bolsa.

—Primero de todo, me gustan más los gatos, así que no voy a tener ningún Golden retriever. Y segundo, si te conviertes en una directora de cine famosa, voy a ir a todos y cada uno de tus preestrenos. Tercero, no vas a morir trágicamente joven ni sola, aunque eso signifique que tenga que viajar por todo el mundo en busca de un médico que te mantenga con vida más allá de lo que la ética consideraría moralmente aceptable.

Le lancé palomitas.

—Vale, he cambiado de idea. Ahora tú te quedarás soltero para siempre y yo te conseguiré muy de vez en cuando algún hueco en audiciones de mierda, que mandarás al traste por presentarte borracho y sin pantalones.

La risa de Adam atrajo más miradas iracundas de la gente de delante de nosotros.

—¿No hay término medio? ¿No puedo acabar divorciado con un trabajo sin futuro que me da para ir vestido y poco más?

—No —atajé—. Nunca te divorciarás. Y tampoco me imagino a ninguna Erica dejándote. —Aquella fue una enorme declaración por mi parte... enorme y sincera. Nadie dejaría marchar a Adam a menos que ya pensaran que él había pasado página. Fue poco más que escalofriante darme cuenta de que yo también me incluía en aquella categoría.

Las luces en el cine comenzaron a atenuarse.

—¿Quieres saber cómo veo yo nuestro futuro?

Asentí.

—Vale. Veamos la peli y te lo diré cuando acabe.

Casi le reproché el modo en que había escurrido el bulto. Yo no había tenido dos horas para pensar en un futuro, pero lo dejé pasar porque la película estaba empezando por fin. Resultó ser una cinta de ciencia ficción mediocre que no me atrapó lo suficiente como para evitar pensar en Adam cada pocos minutos. Me preguntaba qué estaría planeando para nosotros en el futuro y si sería la mitad de lúgubre que el paraje rocoso que aparecía en pantalla.

Cuando la película terminó y salimos del cine, Adam pidió un Uber para los dos y luego empezó a contarme nuestro futuro.

—Yo termino en Brown y tú vas a UCLA. Lloras en el aeropuerto cuando te llevo. Tras recuperar la compostura, te agarro de la barbilla y nos despedimos. Hacemos videollamadas todos los fines de semana durante los siguientes cuatro años. Yo voy en avión hasta donde estás tú en las vacaciones de primavera, y tú vienes a donde yo estoy para Acción de Gracias. Durante el primer verano, nos vamos de mochileros por Europa, y al siguiente, encontramos trabajo en un circo y viajamos con ellos. El tercer verano lo pasamos separados, porque tú consigues unas prácticas para trabajar con J.J. Abrams.

No pude evitar interrumpirlo con una tos y el nombre de «Suzanne Silver», seguido de otra tos.

Adam sonrió.

—Vale, consigues unas prácticas con Suzanne Silver. ¿Mejor?

—Sin ofender a J.J. Abrams, pero sí.

Adam negó con la cabeza y prosiguió.

—Después de graduarnos, yo cruzo el país en coche para asistir al preestreno de tu primera película, y llego a tiempo para ver cómo el protagonista te besa.

—¡Giro inesperado!

—La vida se me antoja vacía durante un tiempo y voy de trabajo en trabajo porque, por lo que parece, graduarme en filosofía fue una enorme pérdida de tiempo, tal y como mi padre me había advertido. Una noche, a través de una videollamada, me quejo de todo eso contigo, porque estás de viaje, rodando tu primera película para una importante productora de cine.

—Vale, ¿puedo decir que el futuro que ves para mí mola mucho?

—Puedes. Yo me quejo, y tú terminas diciéndome que mi vida es lo bastante triste como para escribir un libro. Y la idea me persigue. Lo escribo, el libro conecta con el mundo, y, de repente, una productora llama a mi puerta, suplicándome que les ceda los derechos audiovisuales. Yo me niego, porque, para entonces, soy demasiado pretencioso como para considerar siquiera la idea de vender mi arte. Nosotros seguimos hablando, pero ambos estamos muy ocupados. Tú lo estás tanto, de hecho, que ni siquiera tienes tiempo de leer mi libro.

—Mi yo del futuro está empezando a no molar.

—Al final lo lees después de que la financiación para tu última película se venga abajo. Reconoces su genialidad sin igual y quieres hacer la película. Yo nunca he podido decirte que no a ti, así que accedo. Tres años después, nos vemos los dos en un escenario con un Oscar cada uno, tú a la mejor dirección y yo al mejor guion adaptado. Es una noche genial y muchas más vienen después de esa.

—Vaya —exhalé con la voz cargada de emoción. Un temblor empezó a recorrerme todo el cuerpo. No por el éxito profesional que había visualizado para mí en el futuro, sino porque nos veía juntos. No solo durante un año ni hasta la universidad, sino siempre.

Adam se encoge de hombros.

—Supongo que ambos futuros son posibles, pero me gusta más el mío.

—¿Y qué pasa con Erica 3.0?

—¿Quién necesita a una Erica cuando te tengo a ti?

El temblor llegó a mis manos, pero me sujeté ambas con fuerza para ocultarlo. Por dentro, no pude evitar que mi corazón se olvidase de latir o mis pulmones, de coger aire. Me olvidé de todo excepto de la sinceridad, sencilla e inconsciente, en el rostro de Adam. Mi versión del futuro parecía mucho más plausible, pero decidí fingir, al menos por un ratito, que la suya podría llegar a ser real. Que íbamos a estar el uno en la vida del otro para siempre.

—Podrías ser escritor —le dije con voz suave—. ¿Se te ha ocurrido todo eso en dos horas?

—Quizá ya haya estado pensando en ello... al menos la parte de la universidad.

No respondí. Saber que él pensaba en cosas así, que hacía planes que me incluían a mí... que podía sacar a la gente de sus vidas y meterlos en la suya para hacerlos mejores, más fuertes... A veces no me creía que las personas como Adam existiesen. Otras, pensaba que era injusto que él pudiese ser así y yo no.

ADAM

Jolene se mantuvo callada en el camino de vuelta al apartamento. No callada barra cabreada, ni callada barra triste, simplemente... callada.

—Hemos visto pelis peores —le dije después de un rato largo en silencio.

—¿Qué? —preguntó sin alzar la vista.

Me hormigueaban los dedos de las ganas que tenía de rozarle la mano. Había hablado demasiado de nuestros futuros, había planeado nuestras vidas. Sabía que había sido una estupidez, ya que ni siquiera habíamos cumplido los dieciséis, pero Jolene me hacía intentar cosas estúpidas y seguramente imposibles. Se me cayó el alma a los pies al verla tan desalentada.

—La que hemos visto durante dos horas. ¿No quieres analizarla?

Se encogió de hombros.

Ralenticé el paso al llegar a la entrada del bloque.

—¿Es por lo que he dicho? ¿Lo del futuro? Porque simplemente he hablado por hablar.

—Ya lo sé. Es que... —Se mordió el interior de la mejilla—. ¿Crees en serio que viviremos así?

Respondí automáticamente.

—Creo que podemos vivir como queramos.

Sus facciones se relajaron al mirarme. Habría jurado que estaba a punto de llorar, y sentí el corazón en un puño, pero entonces desvió la mirada y murmuró algo de necesitar tumbarse porque tenía dolor de cabeza.

—¿En tu apartamento? —Mi voz se tiñó de incredulidad. Jolene nunca volvía a su apartamento de buena voluntad. Tendría que estar martilleándole la cabeza para valorar aquella idea.

—Podemos sentarnos en algún lado o...

—Si se me pasa, te buscaré después, ¿vale? —Ni siquiera me miró cuando subió las escaleras.

No me disgustaba tanto volver a mi apartamento como normalmente Jolene al suyo. Llevábamos medio año con esto de vernos cada dos semanas. Mi padre no me molestaba demasiado porque pasase la mayor parte del tiempo con Jolene, y el resto, encerrado en mi cuarto. Estar aquí no era lo idóneo ni mucho menos, pero había descubierto una manera de interactuar con él lo menos posible.

Y me funcionaba.

Papá, además, trabajaba.

Al cerrar la puerta del apartamento detrás de mí, Jeremy y mi padre alzaron los ojos de la montaña de embellecedores de metal de enchufes antiguos que estaban desarmando en la mesita auxiliar. Seguía con el ceño fruncido por culpa de la huida de Jolene cuando saludé a papá con una sola palabra e intenté marcharme a mi cuarto.

—Adam, espera —me llamó él—. ¿Por qué no nos echas una mano hoy?

A pesar de ser una pregunta retórica, le respondí como si no lo fuera.

—¿Qué quieres, una lista?

Jeremy enarcó las cejas. El tono irrespetuoso que había utilizado y mis palabras insultantes eran sinónimo de buscar problemas. Ya de por sí no veía mucho a Jolene. Si me castigaban, el nivel de mierda en el que me vería sería estratosférico.

Pero una parte de mí, la volátil y de calentarse fácil, había estado esperando esta discusión desde la conversación con mamá y su explicación inservible de por qué vivían separados. Tanto eso como la frustración que sentía por el comportamiento raro de Jolene habían mandado a mi cerebro a tomar viento.

Así que, en lugar de agachar la cabeza y murmurar una disculpa, me enfrenté a mi padre.

—No deberíamos estar aquí, *tú* no deberías estar aquí. Y si Greg siguiera vivo, te lo habría dicho a la cara en cuanto empezaste a hacer las maletas. —Oí a Jeremy aguantar la respiración—. Estoy

232

hasta las narices de esto. —Sacudí la cabeza y se me fue esfumando el cabreo al escucharme a mí mismo—. ¿Cómo puedes pretender que me siente en el sofá y finja que mamá no se está preparando para ir a ver a Greg? —Iba todos los sábados al atardecer sin excepción—. Y tú... —Me volví hacia Jeremy—. ¿Quieres estar aquí ahora mismo? ¿Piensas siquiera en lo que tiene que estar sintiendo en el cementerio sin nosotros? ¿Eh?

Por una vez, Jeremy agachó la cabeza en lugar de contestarme gritando. Que mamá fuera a la tumba de Greg sola era algo que incluso él sabía que estaba mal. Solíamos ir a verlo todos juntos, pero desde que papá se mudó, íbamos los tres. Sabía que mi padre lo visitaba por su cuenta, porque mamá, Jeremy y yo siempre veíamos los girasoles que le dejaba cuando íbamos nosotros, pero pensar que ella tenía que pasar por aquello sola desde hacía meses... las fuerzas me fallaron y me dejé caer en la silla más cercana con la vista borrosa y la cabeza gacha. No tenía la suficiente buena voluntad con papá, después de haberle hablado así, como para pedirle que me dejase estar con mamá durante unas horas, pero quizá Jeremy sí la tuviera. Tenía que tragarme el orgullo y conseguir que me dejase ir. No sería suficiente, pero tenía que hacer algo. Tomé aire con pesadez.

—Papá, ¿podrías...?

—Sarah —pronunció papá, y levanté la vista para verlo con el móvil al oído—. No, estamos bien. Habíamos pensado... he pensado que podríamos ir a ver a Greg esta tarde contigo. ¿Te parece bien? ¿Seguro? Vale, salimos ya. Tardaremos unos tres cuartos de hora. Gracias, Sarah. —Se levantó sin mirarnos y dijo—: Coged los abrigos.

Papá intentó entablar conversación varias veces mientras íbamos en el coche, pero no le dejé mucho margen. Y, por una vez, no

233

fue porque intentase salirme con la mía. Al menos Jeremy se dio cuenta, así que después de mirarme por el espejo retrovisor, no me mandó a la mierda.

Greg siempre había sido el conciliador de la familia. Aún era capaz de hacerlo sin estar en el coche siquiera.

Era la primera vez que íbamos a ver a Greg en coches separados y como una familia separada. Me preguntaba si alguno se avergonzaba tanto como yo; era como si le estuviéramos decepcionando. No es que importase o que Greg se fuera a enterar, pero casi sugerí ir a recoger a mamá para, aunque sea, llegar juntos allí.

Me venían pensamientos de mi hermano a la mente como la nieve al parabrisas. Lo recordaba maravillado. No siempre había sido capaz de pensar en Greg sin que me doliera hasta los huesos. Pensar en él con Jolene me había ayudado, pero aún sentía dolor cuando un recuerdo me pillaba desprevenido; era como si me faltase el aire. Me gustaba acordarme ahora que había descubierto que podía.

Los días que lo visitábamos me resultaba difícil aferrarme a los recuerdos felices. No por el propio Greg, sino porque mi familia juntaba toda la tristeza y nos abrumaba regodearnos en la pena de los otros.

Me percaté de que a papá se le tensaron los hombros antes de ver la señal o de sentir que el coche entraba en el aparcamiento. Nos mantuvimos en silencio al salir y nos resguardamos con nuestros abrigos. Mamá ya se encontraba allí. Sacó una mano enguantada del bolsillo y la levantó a modo de saludo. Estábamos demasiado lejos como para ver a quién miraba, pero papá tenía los ojos fijos en ella.

Nos besó a Jeremy y a mí con unos labios lo suficientemente fríos como para hacerme pegar un bote, y después estrechó la mano que le ofrecía papá antes de cruzar la verja arqueada y forjada de metal del Montgomery Cemetery.

La lápida de Greg no se distinguía del resto a su alrededor, pero todos nos encaminamos hacia ella sin vacilar. Mamá fue la primera en acercarse e inclinarse para retirar las ramas y las hojas que aparecían entre la nieve recién caída. El ramo de flores que estaba apoyado contra la lápida no parecía apenas marchito, pero mamá se arrodilló y lo sustituyó por uno nuevo que había comprado. Después de quitarse un guante, trazó las letras grabadas.

Papá se movió hasta arrodillarse a su lado y ella se apoyó en él. Mientras le hablaban a Greg, nos llegaron sus murmullos ininteligibles a Jeremy y a mí, pero no logramos distinguir lo que dijeron.

Pasaron largos minutos. Mamá se echó a llorar. En un momento, papá la tomó de la mano y le dijo algo. Ella negó con la cabeza e intentó liberar la mano mientras papá volvía a hablar. Pude ver que le estaba pidiendo algo, rogándole, según le veía la cara, pero ella se quedó quieta hasta que él la soltó. Cuando se volvió hacia mi padre, este le acunó el rostro, pero no dijo nada.

Al final, miró por encima del hombro para que Jeremy y yo los acompañásemos.

Papá y yo anduvimos por delante al salir del cementerio. Mamá, con el brazo en torno a Jeremy, nos seguía detrás. Los estuve mirando hasta que papá me detuvo con una mano en el hombro.

—Está bien. Jeremy está con ella.

No pensaba responder. Estaba decidido a no hacerlo por Greg, pero se me escaparon las palabras antes de poder frenarme.

—¿Qué le has dicho? —Sabía, de alguna manera, que no le había pedido volver a casa.

Papá no me contestó hasta varios pasos después.

—La quiero —explicó finalmente—. A pesar de lo que creas, quiero que la familia vuelva a estar junta, pero no puede ser como antes. Tenemos que dejarlo ir, y tu madre no está lista todavía.

No, no lo estaba. Se aferraba a Greg cada día más.

Dejarlo ir no significaba olvidarlo. Por muy cabreado que estuviese con papá, no podía fingir que me estaba diciendo eso. Se refería a lo otro. Tenía que dejar de vivir como si Greg fuera a volver a casa en cualquier momento. Hablaba de él como si se hubiera ido, pero no vivía de esa manera, y por ello el resto tampoco lo habíamos dejado ir del todo.

Eso no quería decir que estuviese de acuerdo con que papá se hubiera mudado. En todo caso, creía que aquello había causado que se aferrase más que antes. No le había ayudado nada a dejarlo ir.

Para hacerlo necesitábamos estar juntos.

—Deberíamos pasar con ella esta noche —sugerí—. Todos.

En lugar de apretar la mandíbula o acelerar el paso, como esperaba, respondió:

—Lo sé.

Esas palabras hablaban más de su partida que cualquier cosa que hubiese dicho desde la noche que mamá lo había ayudado a hacer las maletas.

Un viento frío se llevó el aire que necesitaba para contestarle, y me paré lo suficiente como para que mamá y Jeremy llegase a nuestra altura. Nada tenía sentido. Ni que mamá volviera a cogerle la mano a papá o que él ladease la cabeza para apoyarla sobre la suya cuando se le derramaron más lágrimas por las mejillas. ¿Es que era incapaz de ver que mamá lo necesitaba para que ambos pudiesen dejarlo marchar juntos?

Al llegar al coche de nuestra madre, papá volvió a sorprenderme abriendo la puerta de atrás y diciéndonos a Jeremy y a mí que nos fuésemos a casa con ella, a pesar de ser su fin de semana.

JOLENE

Estúpido Adam.

Me escribió anoche para avisarme de que ya no iba a volver al apartamento aquel fin de semana. Se sentía mal por abandonarme, lo cual fue dulce. Yo entendía por qué lo hacía, pero aun así el domingo fue una mierda. En vez de pasar tiempo con él y olvidarme de que todo lo demás existía, me quedé sentada en mi habitación, escondida de Shelly e inquieta por el baile de invierno.

Había accedido a ir, pero no me limitaba a estar simplemente emocionada por ver a Adam vestido de traje o por lo que sentiría al tener sus brazos a mi alrededor —se me encogían los dedos un poco de imaginarme con la mejilla apoyada contra su pecho, escuchando el ritmo acelerado de su corazón—, no. Tenía que lidiar primero con los problemas.

Por supuesto, no era tan sencillo como que el baile no cayese en uno de los fines de semana de papá. Por una parte, necesitaba un vestido. Nunca había intentado arreglarme con Adam, pero podía hacerlo, en teoría. Tenía todo en su sitio, y el pelo compensaría por aquello que fuese menos impresionantes. Lo llevaría suelto. Eso le gustaría. A mí me gustaría que a él le gustara.

Pero necesitaría ayuda con la logística, o lo que era igual: con el vestido. Cherry quedaba fuera de la ecuación. Mantuve mi palabra y la cubrí con sus padres para que pudiese salir con Meneik, pero la pillaron intentando volver a su casa a las 3 de la madrugada. Luego la volvieron a pillar a la noche siguiente cuando intentó colar a Meneik en su cuarto. Estaba castigada casi de por vida. Sus padres le habían quitado el móvil y ni siquiera la dejaban bajar al sótano cuando yo trabajaba con Gabe y la banda en el videoclip.

Probablemente podría haberle preguntado a otra de las chicas del equipo de fútbol, pero nunca se me había dado bien hacer amigos y no era íntima de nadie más que de Cherry.

Así que eso solo me dejaba a mi madre. Cuando Shelly me llevó aquella tarde después de un trayecto dichosamente silencioso y me encontré a mi madre preparándose para salir con Tom, supe que no iba a conseguir una mejor oportunidad.

Estaba usando un delineador negro en el párpado superior con cuando puse un pie en el cuarto de baño. Al tener el párpado sujeto con un dedo, su globo ocular parecía estar a punto de salírsele de la cuenca en cualquier momento. Me miró desde el espejo y siguió con el delineador.

—No te he oído llegar a casa.

—No he hecho mucho ruido. —Me la quedé mirando, hipnotizada, y ligeramente asqueada por su ojo.

Mi madre se enderezó.

—Ven aquí.

No quería, pero separé las manos del marco de la puerta y me moví hasta el lugar que me indicaba frente a ella.

—Ladea la cabeza y no pestañees.

—En realidad, no... —Pero ya me había levantado el párpado y estaba acercando el lápiz a mi ojo expuesto. Me hizo cosquillas, más que otra cosa, cuando movió el lápiz de un lado al otro. Parpadeé con ganas cuando ella me dio la vuelta por los hombros hasta quedar de cara al espejo.

—¿Ves lo gruesas que tienes ahora las pestañas?

Miré, pero realmente no vi ninguna diferencia, y encima el ojo me seguía picando.

—Vaya. —Intenté apartarme, pero ella afianzó las manos sobre mis hombros.

—Podría enseñarte. Quizá para ocasiones especiales. —Me acarició la mejilla con el dorso de un dedo—. No necesitarías maquillarte mucho.

Desvié la mirada de mi reflejo al suyo.

—¿Como un baile de instituto?

Aún acariciándome la mejilla, ella dijo:

—Estaba pensando más en la cena de esta noche. Podría peinarte y tú podrías sonreír y decirle a Tom que me vas a ayudar, que quieres que sea feliz, ¿eh? ¿No suena genial?

Levanté la mano para apartar la suya de mi cara despacio, pero ella solo la bajó para acompañar a la que apoyaba sobre mi hombro.

—Mamá. Tom no... no es... —Pero entonces me detuve. Porque no importaba. Le había dicho a Tom que mi madre no iba a recibir más dinero, y él había estado marcando distancia desde entonces.

Tanto mi madre como yo nos habíamos dado cuenta. Lo cierto era que no podría ayudarla ni aunque creyera que más dinero la haría feliz. Mi padre no era lo bastante estúpido como para dejar nada que pudiera usarse contra él en el apartamento. Se lo había dicho un montón de veces y ella nunca me escuchaba. Nunca me escuchaba para nada. Y pronto Tom se habría marchado definitivamente y toda esta farsa que tenía conmigo se acabaría.

Así que respiré hondo y aproveché la oportunidad.

—Quiero ir a un baile. Con un chico. Y necesito un vestido.

En cuanto lo dije, el lado oscuro invadió, sofocante, el cuarto de baño. No habría estado en absoluto sorprendida si la voz de Darth Vader hubiese reemplazado la de mi madre. Ella apartó las manos de mis hombros.

Shelly estaba pintándose las uñas de los pies cuando el Uber me dejó en el apartamento de papá treinta minutos después. Me miró sorprendida cuando entré.

—Jolene. Hola. ¿Se te ha olvidado algo?

—¿Esta noche va a venir mi padre?

—Oh, eh... —Shelly empezó a juguetear con el tapón del esmalte de uñas—. Tiene una...

—¿También te lo hace a ti? En fin, da igual. —Suavicé la expresión—. Tengo que pedirle algo.

Una arruga apareció entre sus cejas perfectamente depiladas.

—Vaaale.

Rechiné los dientes. Iba a obligarme a decirlo.

—¿Puedes darle un mensaje? Ya no me coge el teléfono.

Tuve que pensar en Adam; en sus mejillas ruborizadas y en la oportunidad de verlo vestido de traje, y no en la «O» perfecta que compuso la boca de Shelly cuando admití que mi propio padre no respondía a mis llamadas. Aunque tampoco es que yo lo llamase ya.

—No me lo creo. Estoy segura de que lo haría si supiese que tú...

—¿Puedes no soltar el cliché más trillado de la historia? Venga ya, Shelly. Has ido a la universidad. Sé que tenías un trabajo antes de que mi padre te trajese a este paraíso. Él lo *sabe*. Y ahora, ¿puedes darle un mensaje o no?

Shelly cerró el bote del esmalte de uñas. La arruga no desapareció de su ceño.

—¿Cuál es el mensaje?

—Hay un baile de instituto al que quiero ir. Con Adam, del apartamento de al lado. No cae en uno de los fines de semana de papá, ya sé lo mucho que él atesora sus fines de semana conmigo, pero necesito un vestido. Mi madre... —Intenté bloquear el recuerdo de cómo me había gritado todo lo que pude, evité pensar en las acusaciones y, finalmente, el modo en que me había echado de casa con órdenes expresas de pedirle a mi padre el dinero que quería—. Me ha dejado claro que tengo que pedirle a mi padre que lo pague él. —Me ardía la cara de vergüenza. Hubiera preferido lamer la moqueta cutre del pasillo antes que pedirle ayuda a Shelly, pero al menos ya lo había hecho. No había desviado la mirada en ningún momento, a pesar de que ella, sí.

—Lo llamaré ahora mismo. —Y antes de que pudiese detenerla, marcó el teléfono. Justo delante de mí.

Retrocedí varios pasos hasta que no pude oír el tono de llamada a través del teléfono. Hasta asegurarme de no poder oírlo a él tampoco.

—Será muy rápido —dijo, después de que él presuntamente hubiese descolgado—. Es por Jolene.

Mi mente era maligna y se inventó toda clase de respuestas que mi padre podría darle.

Lidia tú con ella. Por eso estás allí.

—No hay ningún problema. En realidad, es algo bueno.

¿Qué pasa?

Shelly me miró.

—Necesita un vestido para un baile del instituto.

Su madre puede hacerse cargo de eso.

—Al parecer, no.

Hubo un extenso silencio y yo me imaginé que pronunció algunas cuantas cosas poco halagadoras, pero no inciertas, sobre mi madre. Posiblemente otras tampoco serían ciertas.

—Bueno, con el vestido y los zapatos y todo... —Shelly recitó del tirón una cantidad que sonaba exagerada hasta que añadió en voz baja—: Eso es menos de la mitad de lo que nos gastamos en la cena de la otra noche. Sé que le compraste un portátil por Navidad, pero...

Dejé de prestar atención cuando Shelly empezó a discutir con él, porque hasta mi cerebro decidió que no era buena idea imaginarme las objeciones de papá. Porque lo eran.

Salí del apartamento sin mediar palabra. Si hubiese sido más lista, les habría dicho a mis dos padres que el otro quería comprarme un vestido. Y entonces podría haberme quedado esperando sentada que uno de ellos me soltase el dinero para así joder al otro. Pero no era lista; era otra cosa, y no pensaba dedicar ni un segundo más en pensar exactamente qué.

Pedí a otro Uber que me llevase al cine y vi una película que ya había visto hasta que fue lo bastante tarde como para pensar que mi madre estaría dormida o durmiendo la mona, presuponiendo que su cita con Tom había acabado tan temprano como todas las demás últimamente.

Alguien saltó sobre mí cuando subía el camino de entrada de mi casa. Me percaté de que se trataba de Shelly en menos de un segundo, pero fue más que suficiente para que todos mis órganos internos intentasen evacuar mi cuerpo.

—Estás empeñada en darme los peores sustos de mi vida, ¿no?

—He estado a cinco minutos de llamar a la policía, Jolene. Cinco minutos. —Shelly levantó su mano abierta, y luego se cruzó de brazos—. No sabía a dónde habías ido o si te había pasado algo. No podía llamar a tu madre. ¿Qué se supone que podía hacer?

—¿Qué tal no esconderte en los arbustos como una auténtica psicópata? ¿Qué haces aquí? Me refiero a que... ¿cómo vais a mantener la llama viva, tortolitos, si no estás en el apartamento los cinco minutos a la semana que mi padre está allí?

El rostro de Shelly se tornó inexpresivo.

—Eres una auténtica zorra, ¿lo sabías? —Soltó un suspiro audible e hizo como que las rodillas estaban a punto de fallarle—. No te haces a la idea de lo bien que sienta poder decirlo. Ni siquiera me siento mal. Antes sí, pero eso era antes de que viese lo confabuladora y lo auténtica... —Torció el gesto—. No. Olvídalo. Me he cansado de mirar siempre por tus emociones. ¿Tienes un régimen de visitas de mierda? Sí. ¿Eres la única persona del planeta con una vida distinta a como hubieses querido originalmente? No. Así que ya es hora de que lo superes. Esto tampoco es ningún cuento de hadas para mí.

Casi me impresionaba que Shelly me estuviese desafiando. Era una hipócrita, pero tampoco era muy difícil darse cuenta de ello.

—Y tú lo has hecho todo bien, claro. Has encontrado a un tío que te dobla la edad, has tenido una aventura y has roto un matrimonio. Es decir, la vida es de lo más injusta a veces, ¿eh?

—Por eso. —Shelly me señaló con un dedo tembloroso—. Por eso quiero abofetearte esa cara de engreída que tienes a cada segundo del día.

—Pero entonces renegarías de estos preciosos momentos que tenemos. —Había elevado la voz ligeramente, pero la volví a bajar. Por muy desagradable que fuese la conversación, añadir a mi madre a la ecuación implicaría arriesgar más que la vida de Shelly.

Y ella lo sabía. Mi madre había intentado electrocutarla una vez usando una pistola eléctrica y el sistema de riego del jardín. No tenía sentido que Shelly estuviese aquí, ostensiblemente esperándome.

—Me podrías haber llamado, ¿sabes? Te habría dicho que estaba exactamente donde quería estar. —Sola en el cine.

—Pero no puedo. Porque me tienes bloqueada. Así que he tenido que venir hasta aquí y merodear alrededor de tu casa para intentar averiguar si estabas dentro, y entonces cuando no respondías a las piedras que te había lanzado a la ventana, tuve que esperarte aquí mientras se me congelaba el chichi porque no podía arriesgarme a que la reina de las z... tu *madre*... viese mi coche. —Y entonces Shelly rompió a llorar. Fue horrible. Retrocedí un paso y la observé convulsionarse y ponerse empapada.

Odiaba las lágrimas. Hubiera preferido que me vomitase encima antes de que se derrumbara así. Con mi madre, los lloros eran una ocurrencia regular, una que sabía que podía manejar si me quedaba quieta y en silencio. Pero Shelly no parecía ser capaz de parar por sí misma.

—Te odio muchísimo algunas veces.

—Vale —respondí, feliz de que pudiese controlarse lo suficiente como para hablar—. Me parece bien, pero deja de llorar. —Saqué un pañuelo del bolso—. Estás horrenda.

Shelly medio se rio, y luego frunció el ceño.

—No puedes dejar de ser horrible a todas horas, ¿verdad?

—Ya has visto de dónde vienen mis genes. ¿Qué esperabas?

El comentario la espabiló un poco.

—No voy a volver a esperarte. Pasa la noche fuera si quieres. Me da igual.

—No recuerdo haberte pedido que lo hicieras, y ambas sabemos que mi padre tampoco. —El calor bañó mi rostro al mencionar a mi padre. Y me jodía lo indecible que ella supiese exactamente la poquísima estima que me tenía.

Me la quedé mirando.

Ella me devolvió la misma mirada.

—Toma. —Abrió el bolso que tenía delante y hundió la mano dentro antes de sacar varios billetes doblados y colocármelos bruscamente en la mano—. Para que te compres el vestido.

ENTRETANTO...

Adam:
Malas noticias.

Jolene:
¿La otra chica a la que le has pedido que vaya al baile te ha dicho que sí y ahora estás en una situación telenovelesca intentando averiguar cómo llevarnos a las dos?

Adam:
Jeremy nos va a llevar al baile esta noche.

Jolene:
¿Entonces la otra chica ha dicho que no?

Adam:
Qué graciosa. Jeremy tiene una cita para el baile y no tenía sentido ir en dos coches.

Jolene:
Siento no poder conocer a tu madre.

Adam:
Yo también. Y ella.

Jolene:
Y siento una curiosidad morbosa por la chica que ha accedido a ir con Jeremy.

Adam:
Creo que es una chica que ha conocido en la obra de teatro. Tiene un papel muy pequeño, pero no ha faltado a ningún ensayo.

Jolene:
Sería adorable si no le hubiese visto comportarse como un capullo. Aunque imagino que con ella será más agradable que conmigo.

Adam:
Sea quien sea, vamos a compartir coche con ella. Puedes venir, ¿no? No tenemos que sacarte a hurtadillas del cuarto ni nada, ¿verdad?

Jolene:
¿Sacarme a hurtadillas por mi ventana en un tercer piso?

Adam:
Te atraparía como en *La princesa prometida*.

Jolene:
¡¡¡!!!

Adam:
¿Eso es un sí?

Jolene:
Eso es un sí, pero ahora quiero hacer lo de la ventana de todas maneras.

Adam:
Yo voto por la puerta principal.

Jolene:
Seguramente si saliese por la ventana, arruinaría el vestido.

Adam:
¿Te has comprado un vestido para mí?

Jolene:
Me he comprado un vestido para mí.

Adam:
Yo me he comprado un traje para ti.

Jolene:
¿A qué hora me recoges?

Adam:
A las 6.

Jolene:
Tengo que advertirte acerca de mi madre.

Adam:
Te deja venir. No puede ser muy mala, ¿no?

Jolene:
Qué ingenuo eres.

Adam:
Pues dímelo.

Jolene:
No me habla desde hace cuatro días. Es un récord.

Adam:
¿A qué viene el voto de silencio?

Jolene:
Porque la he puesto en evidencia.

Adam:
¿?

Jolene:
Me dijo que le pidiese dinero a mi padre para el vestido y lo hice.

Adam:
No necesitabas ningún vestido nuevo.

Jolene:
Qué ingenuo eres.

Adam:
No me importa lo que te pongas mientras vengas. Devuelve el vestido. Y deja de llamarme ingenuo.

Jolene:
He tenido que cogerle dinero a Shelly para el vestido. No puedo cambiarlo.

Adam:
Lo digo en serio. Devuélvelo.

Jolene:
Estoy muy guapa con el vestido.

Adam:
Estás muy guapa con cualquier cosa. ¿Crees que tu madre se quedará callada cuando te recoja?

Jolene:
Eso espero. Entonces esta noche seremos parte de una peli genial de adolescentes, ¿eh?

Adam:
Esta noche seremos nosotros mismos, así que lo de geniales viene de fábrica.

Jolene:
¿Cómo puedes decir siempre lo correcto?

Adam:
Estoy aprendiendo.

Jolene:
¡Ah! ¡Voy a conocer a la famosa Erica!

Adam:
Quizá debamos dejarle algo de espacio, pero ahí estará. Un tipo se lo pidió con toda la banda de música tocando de fondo.

Jolene:
Vaya, ¿en serio?

Adam:
Sí. Espera, ¿tendría que haber hecho yo algo así contigo?

Jolene:
¿Qué podría haber sido mejor que pedírmelo mientras estaba tumbada en el sofá con una almohadilla térmica en el estómago para no morirme por los calambres de la regla?

Adam:
Soy de lo peor.

Jolene:
Era broma. Además, no vamos al mismo instituto.

Adam:
Habría podido hacer algo.

Jolene:
El objetivo de pedirlo a lo grande es un sí. Tú lo obtuviste pidiéndomelo sin más. Sin pomposidad ni ceremonias.

Adam:
Y luego dices que soy yo el que siempre dice lo correcto.

Jolene:
Tengo que irme. Me cuesta horas arreglarme el pelo.

Adam:
¿Es raro que haya soñado con verte el pelo suelto?

JOLENE

—¿Te puedes creer que a nadie le quedaban vestidos con tiburones?

Adam hizo como que no me había oído. En cuanto le abrí la puerta, su rostro perdió toda expresión y no supe si se debía a que se había quedado atontado por mi arrolladora belleza o porque no me reconocía.

—Bueno, tú no estás nada mal. —Di un paso al frente para apretarle la corbata, pero Adam me agarró las manos.

—Estás preciosa.

Me quedé paralizada ante la adoración de su voz, y fue como si el sol estuviese saliendo en mi interior, todo brillante y cálido.

Vale. Esa sensación me gustaba. Había querido ponerme algo del estilo de *La La Land*, más específicamente el vestido azul de noche de Emma Stone. Mi vestido era largo en vez de por las rodillas, pero el color era el mismo. Seguramente me muriese de frío, pero por la expresión embobada de Adam valdría la pena.

Me giré en el sitio, porque era imposible no hacerlo con una falda con vuelo. Mi pelo —que me había llevado dos horas enteras secar, rizar y darle un aspecto brillante y suave— borboteó a mi alrededor como una capa de chocolate. Adam tragó saliva.

Había merecido la pena.

Justo entonces un prolongado bocinazo resonó desde el camino de entrada.

Adam apretó los labios.

250

—Tengo que hablar contigo de mi hermano y su cita.

Le hice un gesto de desinterés con la mano.

—Tenemos que sacarnos una foto rápida para tu madre. —Evalué su chaqueta y entonces sonreí cuando acerté a adivinar en qué bolsillo guardaba su móvil. Me apreté contra su costado y él sonrió sin que yo tuviera que decirle nada antes de sacar la foto—. Dile que iremos mandándole fotos hasta que estemos demasiado borrachos como para acertar a usar el móvil.

—Jolene te dice hola —articuló Adam mientras lo escribía en un mensaje y enviaba la foto.

Me reí.

—¿Ya me estás censurando? ¿No te preocupa que dañe tu reputación de manera irrevocable de aquí hasta que acabe la noche?

—Está claro que sí que vas a cambiar mi reputación.

El sol de mi interior se transformó en una supernova. Estuve a punto de agachar la mirada para asegurarme de que mi piel no estuviese brillando. Agarré el abrigo.

—Adam, ¿estás intentando decirme que te gusta mi vestido?

—De hecho, tengo miedo de tocarte ahora mismo.

—Vale, ahora soy yo la que se está poniendo roja. —Pude sentir el calor en el rostro y no era nada comparado con lo que sentía por dentro. Tenía demasiada labia con los cumplidos y ni siquiera se esforzaba por buscarlos.

—Pero, en serio, lo que te iba a decir de Jer…

—¡Jolene! ¡Los he encontrado! —Mi madre bajó corriendo las escaleras, asfixiada pero triunfante, con un puño en el aire. Pasó junto a Adam y, agarrándome de los hombros, me giró para que colocarme frente al espejo de la entrada. Un segundo después colocó una delicada tira de perlas alrededor de mi cuello y abrochó el collar—. Ya está. Estás perfecta.

Alcé la mano para acariciar las perlas. Eran bonitas, pero me hacían parecer demasiado dulce. Aun así, le di las gracias, porque estaba sonriendo, algo que no había hecho desde que mencioné a Adam y el baile de invierno.

Había permanecido en silencio hasta hacía una hora, cuando Tom había venido, y luego se había aferrado al papel de madre inquieta, ayudando a su hija a prepararse para su primer baile de instituto.

Tuve que seguir recordándome que no era real, porque era agradable verla preocupada por cómo llevara el pelo, por las arrugas invisibles del vestido y por su cruzada de última hora para encontrar el collar que ella había llevado a su baile de graduación.

Se había vuelto loca intentando localizarlo, como si que lo llevase o no se tratase de un símbolo de unión madre-hija. O eso era lo que yo había pensado hasta que me había dado cuenta de que era la reacción de Tom la que había estado buscando, no la mía. Era la primera vez que se pasaba por casa esta semana, y no iba a perder la oportunidad.

Mi madre se colocó detrás de mí de modo que él pudiera verla mientras levantaba el rostro hacia la luz. Era todo muy a lo *Las mujeres perfectas*, y ni siquiera la original, sino la copia cutre que hicieron y donde Nicole Kidman estuvo totalmente desaprovechada. Si hubiese tenido más tiempo, habría buscado un mando a distancia para apagarla.

—Encantadora —musitó Tom, uniéndose a nosotras en el vestíbulo y deslizando un brazo alrededor de la cintura de mi madre—. No sabría decir quién es más guapa.

—Jolene —dijo el robot con el aspecto de mi madre; su programación liberaba suficientes fluidos como para darle un atractivo toque de brillo a sus ojos mientras me miraba—. Está guapísima. —Me besó en ambas mejillas, lo cual dejó un rastro de pintalabios que luego tendría que hacer desaparecer, antes de girarse hacia Adam—. Jolene, ¿no nos vas a presentar?

—Mamá, este es Adam Moynihan. Adam, estos son mi madre y su novio, Tom.

No supe decir qué estaría pensando Adam de mi madre. Se estaba comportando como nunca. Era un espectáculo especialmente para Tom, pero no me importaban sus motivos siempre y cuando siguiera así hasta que nos marchásemos.

Adam asintió en dirección a Tom antes de extenderle la mano a mi madre.

—Encantado de conocerla, señora Timber. Su casa es muy bonita.

—Yo también me alegro de conocerte, Adam. Jolene me ha hablado mucho sobre ti. Por favor, llámame Helen.

No le había contado nada de nada sobre Adam, pero agradecía demasiado este momento de normalidad por muy artificial que fuera como para contradecirla. Y, además, ¿qué sentido tendría?

Se codearon durante aproximadamente treinta segundos antes de que Jeremy volviese a tocar el claxon, esta vez sin indicación alguna de que tuviese pensamiento de parar.

Mi madre robot me volvió a sorprender con una risotada cuando Adam se disculpó por su hermano.

—Debe de estar ansioso por empezar a bailar con su propia cita. No os voy a retener más, pero sí que quiero una foto. —Levantó un dedo y corrió al interior de otra habitación en busca de su móvil.

Nuestras sonrisas eran forzadas porque Jeremy seguía tocando el claxon, pero sí que nos dio la excusa perfecta para marcharnos en cuanto hizo la foto. Las palabras de despedida de mi madre robot diciéndole a Adam que cuidara de su pequeña nos siguieron hasta el exterior.

La bocina no paró hasta que Adam abrió la puerta trasera del coche. Para entonces, Adam estaba más colorado que nunca, y no de vergüenza precisamente. No dijo nada mientras cerraba la puerta de mi lado y luego rodeaba el coche hasta el lado del conductor y abría la de Jeremy.

—Si su madre no nos estuviese viendo ahora mismo, te rompería los dientes. —Luego cerró de un portazo y se sentó a mi lado—. Lo siento —dijo.

—Bueno, nos ha valido de excusa para irnos antes.

—De nada —replicó Jeremy girándose hacia mí.

—Y tú eres un imbécil —le contesté. Luego me percaté de la presencia de su cita en el asiento delantero y me disculpé.

—No pasa nada —dijo y se dio la vuelta para mirarme de arriba abajo. Fue de lo más... extraño.

Miré a Adam y vi que había enrojecido más, si cabía.

—Oh, es verdad —añadió Jeremy, dándose la vuelta también para sonreírle a su hermano—. Vosotras no os conocéis. Jolene, ella es mi cita, Erica.

ADAM

En cuanto Jeremy arrancó el coche y empezó a sonar música, me volví hacia Jolene y le susurré:

—Te juro que no lo sabía hasta que la hemos recogido.

—Te creo —me contestó Jolene, también entre susurros, mientras fijaba la vista en la parte de atrás de la cabeza de Erica— Me comentaste que un tipo se lo pidió con la banda de música tocando de fondo, ¿no?

—Se lo pidió, pero ella lo rechazó. Y Erica es la chica de los ensayos...

Supuse que Erica asistiría al baile y que Jolene y ella se verían, pero había planeado mantenerlas separadas. Había ordenado a mis amigos, Gideon y Rory, que me ayudasen de ser necesario, pero ir en el mismo coche superaba con creces cualquier contratiempo que hubiese previsto.

Jeremy bajó el volumen de la música.

—¿De qué estáis hablando?

Antes de que Jolene o yo pudiéramos contestar, Erica exclamó:

—Seguramente esté intentando convencerla de que, en el fondo, soy una persona agradable que explota solo cuando la mitad del instituto me dice que vieron a mi novio poniéndome los cuernos en el aparcamiento. —Volvió un poco la cabeza para que la viéramos enseñar todos los dientes al esbozar una sonrisa.

La había cagado mucho.

—No, me estaba explicando que el muy capullo de su hermano no le había dicho que su cita eres tú. —Jolene se inclinó hacia delante—. Y que conste que me parece bien que abofetearas a Adam. Nunca te fue infiel, pero entiendo que lo pareciera.

Erica se giró aún más.

—Que no te besara no significa que lo que hicisteis estuviera bien.

Jolene no le respondió y yo me prometí a mí mismo que, al llegar a casa, Jeremy recibiría una buena.

El camino pareció alargarse demasiado y la tensión en el coche empeoró. Había intentado hablar con Erica varias veces después de nuestra ruptura, pero en cuanto mencionaba algo que no fuese el trabajo de Beowulf que ya nos habíamos comprometido a hacer juntos, se marchaba. Fueron muchísimos los rumores que se crearon en el instituto —rumores increíblemente exagerados—, pero el hecho de que algunos incluyeran algo que resultó cierto fue suficiente para hacerme sentir merecedor del sopapo.

—¿Sabes qué? No —contestó Jolene, rompiendo el silencio—. ¿Es una mierda que la gente del instituto hablara de ti? Pues sí, pero lo único que hizo Adam fue abrazarme. Eso es todo lo que hace. Y no sé si el hecho de que él no te hubiera hablado de mi amistad con él es peor que tú siendo la cita de su hermano. Y tú... —desvió la atención hacia Jeremy—, ¿en serio? ¿No hay un código entre hermanos o algo así donde se especifica que no se sale con las ex parejas de tu hermano?

—Le dije que podía pedírselo —murmuré, y vi que Jolene cerraba los ojos despacio y los mantenía así—. Siempre estaba hablando de ella, y cuando rompimos no dejaba de decir lo idiota que había sido. —Jolene se tensó. Su precioso pelo resbaló hacia delante, cubriéndole un hombro, y yo tragué saliva—. Le dije que podía pedírselo si quería simplemente para quitármelo de encima, pero no pensaba que fuera a hacerlo.

Los integrantes del coche se mantuvieron en silencio. Cerré los ojos al percatarme de que había insultado tanto a Jolene como a Erica.

—Vaya —exclamó Erica desde delante.

—No —dije mirando a Jolene y empezando a sudar—. No lo dije porque tuviera razón. —Miré a Erica para terminar de soltarlo todo—. O porque no me importases. Que sí, es que...

—Te importa ella más. Gracias, Adam. Ahora que me lo has explicado, me siento mucho mejor. —Se volvió hacia Jeremy—. Así que hablas mucho de mí, ¿eh?

El cuello de Jeremy enrojeció y Jolene hizo un ruidito a mi lado. Se estaba cubriendo la boca con las manos.

—Jo, por favor, no te enfades. Estoy empeorándolo todo.

Negó con la cabeza y, al bajar las manos, vi que sonreía.

—Mira —susurró—. Le gusta. —Señaló el cuello ruborizado de Jeremy.

Me sentía tan aliviado de que no se hubiera cabreado conmigo que no me importaba lo que pasara con mi hermano.

—¿No estás enfadada?

—Contigo, no. ¿Intentamos ver hasta qué punto podemos sonrojarlo?

Jeremy ya estaba haciéndolo genial por su cuenta, y basándome en la sonrisa de Erica, supe que le encantaba.

—¿O... te molesta? —Jolene empezó a trenzarse el pelo mientras miraba de forma intermitente a Jeremy y a Erica.

—No. —Detuve sus manos y me aseguré de no mirar a mi hermano o a mi ex, que mantenían su propia conversación en la parte delantera—. Jo, no soy capaz de ver a nadie más cuando estoy contigo.

Me gustaría decir que el gimnasio del instituto se había transformado en otra cosa para el baile, pero por lo visto el comité de decoración se había limitado a colgar unos cuantos globos y banderines.

Jolene apenas había pestañeado desde que cruzamos las puertas. Intenté adivinar lo que veía con aquellos ojos tan brillantes. Los estudiantes se habían arreglado hasta alcanzar una incómoda perfección; mientras algunos se movían bajo los aros de baloncesto, otros se juntaban en torno a las mesas. Chillaban mirándose los vestidos y chocaban los cinco a modo de felicitación por las citas que habían conseguido, o por la falta de ellas.

Mi instituto de pueblo solo tenía un par de cientos de estudiantes y la mayoría nos conocíamos desde la guardería. Éramos un grupo de lo más incestuoso; por ejemplo, mi hermano estaba con mi ex. Quizá yo fuera uno de doce, en total, que había traído una cita de fuera. Y no meramente una cita; a Jolene Timber.

El gimnasio estaba emperifollado y lleno de niños emperifollados.

Jolene, por otra parte...

El pelo le brillaba y caía en ondas suaves y castañas hasta la cadera, y cada vez que se volvía se le movía creando un efecto hipnotizador. Pude sentir cómo se me dilataban las pupilas, y Jolene se aprovechó de ello.

—El pelo —murmuré, levantando un mechón y permitiendo que se me escurriera por los dedos.

Ella sonrió.

—Te gusta. —No lo formuló como una pregunta, pero asentí igualmente.

Diría que solo bastó con dos giros, máximo tres, para que todos los tíos que conocía se acercaran para presentarse. Después de que uno incluso le pidiera bailar, me la llevé a conocer a mis amigos.

—Qué pasa, tío —saludó Gideon intentando no mirar a Jolene. Gideon era un chico desgarbado con abundante pelo castaño que se apartaba de su tez morena una y otra vez. Había sido uno de mis mejores amigos desde que jugábamos a *tee ball*. Le había hablado un poco de Jolene, pero aun así presentarlos me puso nervioso.

257

Jolene no podía evitar ser impresionante y se mostraba amable cuando quería —lo cual le apetecía esa noche—, pero tras lo de Erica, no tenía ni idea de qué sucedería al fusionar las dos vidas que vivía por separado.

Le presenté a todo el mundo, incluida la cita de Gideon, una chica de mi clase de química llamada Julie; y a Rory, el chico guapo de nuestro grupo de amigos, de pelo rubio, ojos castaños y sonrisa fácil. A pesar de no haber acudido con nadie, varias chicas lo habían estado mirando mientras hablábamos con él y, en cuanto me llevé a Jolene de allí, formaron un círculo en torno a él. Le presenté a más gente hasta que creí que ya tendría suficiente y nos dirigimos a la pista de baile.

No diría que era una bailarina excelente, pero la forma en que se movía —y ese pelo— era cautivadora.

—Tenemos que parar —le dije una vez acabó la quinta canción.

—No me digas que ya estás cansado. —Dio una vuelta delante de mí ajena a la gente que la observaba, o puede que por ellos.

—Estoy bastante seguro de que llegados a este punto hasta mi hermano te mira. —No era así, pero quizá porque Erica se estaba riendo debido a algo que había comentado. O no. No recordaba verlo mirar a otra chica en toda la noche.

Jolene puso una mueca y me alejó de la zona de baile.

—No puedo creer lo mucho que me estoy divirtiendo. Razón número doce por la que los institutos privados son una mierda.

—Quizá lo que necesitabas era a mí. —Sonreí cuando me dio un tortazo; estaba estúpidamente feliz por ser la razón de su alegría—. Eres preciosa, ¿lo sabías?

—Es el pelo.

Era mucho más que el pelo.

Jolene contempló el lugar.

—¿Vas a señalarme a tus ex? Aparte de Erica, quiero decir.

Me hice el tonto.

—¿A quién?

—Mira qué rápido se olvida. Tu última conquista, la del corazón partido, a la que has abandonado. Ya sabes, la chica que se está liando con tu hermano ahora mismo.

No miré en dirección de Jeremy y Erica. Fuera verdad o no, Jolene me estaba poniendo a prueba, y lo cierto era que no me importaba que se estuvieran besando. En lugar de eso, le contesté:

—¿Por dónde empiezo? —Fingí guiñar un ojo a una chica por encima del hombro de Jolene. Ella se echó a reír y se atragantó con la bebida—. ¿Cuántas chicas de aquí están enamoradas de ti exactamente?

—¿Incluyéndote a ti?

—Más quisieras.

¿Tan obvio era?

Empezó a sonar una canción que sabía que le gustaba, así que pude envolver mis brazos en torno a ella. Con la altura de sus zapatos, podía agachar la cabeza y llegarle al oído. Se estremeció cuando le hablé:

—¿Me creerías si te digo que no me importa que Erica esté besando a mi hermano? —Lo cual era completamente cierto. Desde que Jolene había abierto la puerta, me había resultado imposible desviar los ojos de ella.

—En cualquier caso, ganas muchísimos puntos por decirlo. —No alzó la cabeza cuando respondió, por lo que no pude ver su expresión, pero sí sentía lo feliz que estaba.

—Ah, ¿sí? ¿Y se pueden canjear?

—Claro. Gana los suficientes y te daré algo bonito.

Podía bromear guiñándole el ojo a chicas que no existían, y picar a Jolene era cómo nos comportábamos al estar juntos —aunque normalmente era al revés—, pero desde que casi nos besamos en la nieve —de hecho, antes que eso—, había sido yo el que había intentado hacerle perder la compostura. Al principio para ver si era capaz, para ver si ejercía sobre ella una fracción del poder que ella ejercía sobre mí. Pero para mí no era ningún un juego. Quería que para ella tampoco lo fuera.

No sé si fueron las luces o la música o el hecho de que me estaba embebiendo en su sonrisa, pero la estreché entre mis brazos con más fuerza y sin dudar.

—Se me ocurre algo.

Aguantó la respiración y se separó para mirarme. Al abrazarla su bravuconería se había esfumado. No fue un abrazo de broma ni para picarla. Ni para sujetarla después de tropezarse o para posar en una foto. Nos encontrábamos en un gimnasio de instituto que, pese a las colonias y a los perfumes, aún olía a sudor; rodeados de cientos de personas y un *flash* capaz de producir ataques epilépticos cortesía del fotógrafo más rápido del mundo.

Lo único en lo que podía pensar era en cuánto tiempo me dejaría que la abrazase.

Pero entonces, una sonrisa asomó por sus labios y sentí el cambio incluso antes de que sus palabras me confirmasen que el juego se había reanudado. Y se acabó. Fuera lo que fuera, se había acabado. Algo que podría haber sido, pero ya no.

—Bueno, vale. No creo que quepas, pero si tanto te gusta el vestido, Adam, te lo doy. —La dejé alejarse en mitad de la canción. Tenía los ojos muy abiertos y se estaba retorciendo el pelo con los dedos como si quisiese trenzárselo desesperadamente. Verla tan nerviosa me facilitó el soltarla. Por ahora.

—¿Quieres que nos pongamos en la cola para las fotos?

—¡Sí! —respondió.

En cuanto nos tocó, nos colocamos delante del fondo fantástico de invierno y el fotógrafo empezó a ordenarnos que nos pusiéramos en poses típicas e incómodas, pero Jolene no iba a permitirlo. Sus ojos regresaron a la vida al dejar a un lado lo que fuera que le había enturbiado los pensamientos cuando la había aferrado contra mi cuerpo.

—Adam —me llamó, haciendo caso omiso de las órdenes del fotógrafo—. No vamos a posar como maniquís. ¿Qué pensaría tu madre?

Seguramente no mucho. Miré el banco de madera rústico y después a Jolene.

—No es que tengamos muchas opciones.

—Ni tiempo —interrumpió el fotógrafo.

—Ven aquí. —Coloqué a Jolene delante de mí y deslicé mis brazos en torno a ella; me iba a volver adicto a hacerlo enseguida. Me sentía muy bien… pero entonces tropecé con la nieve falsa del suelo. Sin embargo, valió la pena, porque Jolene se rio, yo sonreí y el *flash* lo capturó todo.

JOLENE

Casi tuve un momento Audrey Hepburn después de que Adam me dejara en casa. Podría haberme pasado la noche entera bailando. En cambio, me puse a dar vueltas en mi habitación con los brazos extendidos a los lados, tarareando en voz baja. Me quité el vestido y me puse una camiseta ancha de Bitelchús antes dar una última vuelta y caer de espaldas sobre la cama.

Pero entonces las perlas del collar de mi madre rodaron sobre mi clavícula y oí un portazo abajo. Mi madre y Tom estaban peleándose, algo que no los había oído hacer antes. Tom siempre se hacía el amable con ella; la persuadía y la engatusaba para que hiciese las cosas como él quería. Mi madre normalmente se veía tan necesitada de aquella atención que creía hacerla feliz como que no mostraba su verdadera cara con él.

Yo le había contado a Tom la verdad; que no iba a recibir ni un centavo del dinero de mi padre, y basándome en cómo habían subido la voz, parecía que las garantías de mi madre por lo contrario se estaban debilitando.

Alcé una mano para delinear el contorno de las perlas. Nada de su actuación anterior como madre encantadora había sido real. Lo sabía. Había sido una farsa. Me incorporé y comencé a trenzarme el pelo. Puede que Adam no se hubiese percatado de todos los pares de ojos que habían estado sobre él en el baile —incluso los de las citas de sus amigos—, pero yo sí. No me sorprendía. Adam siempre se mostraba cómodo con la gente. Esperaba caerles bien a todos a menos que decidiera darles motivos para no hacerlo. Cuando no bailaba en mi habitación, recordando cómo sus brazos se habían aferrado a mí, aquello me molestaba.

Mis dedos flaquearon. A Adam le había gustado verme el pelo suelto. Me lo había dicho de un millón de formas distintas esta noche, en voz alta y con gestos. Me apresuré a terminar de trenzarme el pelo, y luego me enrollé la trenza en un moño. Desde la cama podía ver mi reflejo en el espejo de la pared. Así era como normalmente me veía Adam.

El teléfono vibró. Supe que era él antes de mirar la pantalla.

Adam:
Tengo un problema.

Jolene:
Tienes muchos problemas.

Adam:
Este está directamente relacionado contigo.

Jolene:
Suelen estarlo.

Adam:
Creo que esta noche ha sentado un precedente imposible para el resto de mi vida.

Jolene:
Explícate.

Adam:
¿Qué se supone que voy a hacer con mi vida durante los próximos seis días?

> **Jolene:**
> Ya ha pasado la medianoche, así que técnicamente ya son cinco.

> **Adam:**
> Eso es mucho tiempo de espera para algo bonito.

Vacilé antes de responderle. ¿Así iba a ser de ahora en adelante? ¿Iba a seguir escarbando y escarbando hasta metérseme tan debajo de la piel que la única manera de deshacerme de él iba a ser arrancándomela a tiras?

> **Adam:**
> ¿Jolene?

> **Jolene:**
> No estoy acostumbrada a que hables así.

> **Adam:**
> Ya lo harás.

> **Jolene:**
> No sé si me gusta.

Me mordí el labio a la espera de su respuesta. Los chicos eran demasiado sensibles. Si cortaba su tonteo de raíz, podría terminar cortando algo más que eso.

> **Adam:**
> Vale. Pararé, pero mientras sigas mandándome mensajes así, tengo vía libre.

Me copió un mensaje que yo le había mandado el fin de semana anterior:

Adam:

Jolene:
Estoy aquí. ¿Por qué no te reafirmas en lo que has dicho y vienes?

Jolene:
Estaba citando una canción.

Adam:
¿Esa es la regla?

Jolene:
Estaba siendo graciosa. Es diferente.

Adam:
Entonces yo también seré gracioso.

Jolene:
No lo has sido en el baile.

Adam:
Abrazarte no tenía nada de gracioso.

Jolene:
A eso me refiero.

Adam:
Vale. La próxima vez que te tenga entre mis brazos, mejor te haré cosquillas.

Empecé a escribir «Mejor que ¿qué?», pero eso habría sido una invitación a todo tipo de respuestas. Lo borré.

Jolene:
Sigue soñando.

> **Adam:**
> Ya veremos. Buenas noches, Jolene.

> **Jolene:**
> Buenas noches.

Oí otro portazo, y un momento después un coche salió de la zona de aparcar de nuestra casa.

Desabroché el collar de perlas de mi madre y lo coloqué sobre la cómoda.

ADAM

Jeremy se había pasado todo el fin de semana desde el baile sonriendo, y yo había evitado enfrentarme él por no haberme dicho quién era su cita, porque mi noche con Jolene había sido, aun así, increíble. Pero cuando empezó a silbar de camino al instituto el lunes, se me colmó la paciencia.

Estiré la mano y encendí la radio. Con el volumen muy alto.

A mi lado, Jeremy se rio y la apagó.

—Venga. Dilo.

Mantuve la boca cerrada mientras miraba los coches a los que adelantábamos.

—A veces no me puedo creer lo niñito cabreado que eres. —Jeremy apretó los dientes—. De acuerdo, debería haberte dicho lo de Erica, ¿vale?

—Pues sí, coño, deberías haberme dicho lo de Erica.

Mi hermano relajó la mandíbula, ya que había decidido gritarle en lugar de permanecer callado.

—Oye, te dije que te arrepentirías de haberla dejado ir. No te puedes cabrear porque ahora le guste yo, sobre todo porque me dijiste que se lo pidiese.

—No me arrepiento de haber roto con Erica. —Negué con la cabeza ante lo obtuso que era—. Y no me importa que salgas con ella si eso es lo que quiere.

—Créeme, es lo que quiere —sonrió Jeremy.

Apreté la mandíbula.

—Te juro que si piensas ponerte a silbar otra vez...

Jeremy se echó a reír.

—¿Entonces por qué? Tienes a la chica que querías y yo a la chica a la que has sido tan estúpido como para dejar escapar. —Me dio una palmada en el pecho con el dorso de la mano—. Anímate.

Miré la zona que me había golpeado antes de girarme hacia él.

—Eres un idiota —afirmé con un tono de voz calmado.

—Lo que tú digas, tío.

—No, lo que yo diga, no. —Me giré y el cinturón me apretó el pecho—. No me importa que estés con Erica. De hecho, me parece genial. —Me parecía raro que le gustase él justo después de haber estado conmigo, pero lo que había sentido por Erica no se comparaba a lo que sentía por Jolene, así que lo que me dolía era el orgullo más que otra cosa—. Lo que me importa es que quisieras joderme y no te importara hacerles daño a Erica y a Jolene en el intento.

Jeremy torció la boca y frunció el ceño.

—¿Así que ahora te importa no hacerle daño a Erica? El que estuvo con ella todos los días en el ensayo fui yo. Tú no sabes ni lo que le hiciste.

Sentí que me enrojecía el cuello.

—Sí, fui un idiota, pero no quise hacerle daño. Tú no me dijiste quién era tu cita y apuesto a que Erica no tenía ni idea de que iba a tener que estar en un coche conmigo y con la chica con la que pensaba que la había engañado.

—Sí que lo sabía. —Cuando me quedé callado, Jeremy se mostró visiblemente ofendido—. ¿Creías en serio que le haría algo así? ¿A la chica que me gusta?

De hecho, sí que lo había pensado. Me basaba en lo que había visto para decir que la sensibilidad de mi hermano estaba atrofiada.

—¿Erica lo sabía?

—Era lo justo. No es que tú la preparases tampoco para que media escuela te pillara liándote con Jolene en el aparcamiento.

—No nos estábamos... —Apreté los dientes. No se trataba de lo que la gente pensara que me habían visto hacer—. Erica no es vengativa. No habría hecho algo así.

—Quizá no la conoces tanto como crees.

Fruncí el ceño y Jeremy sacudió la cabeza.

—Estuviste en su casa muchos días. ¿Qué hicisteis si no habl...?

Torció la mandíbula y cerró el pico con un ruido. Vi que se le crisparon los dedos en torno al volante y lo dejé sufrir un buen minuto, imaginándose las muchas cosas que podríamos haber hecho que no requerían hablar. Cuando se le empezó a poner la cara morada, supe que ya había tenido suficiente.

—Solo la besé varias veces, y no durante mucho tiempo porque su padre venía a vigilarnos. —Eso y porque mi mente volvía a Jolene y no había querido usar así a Erica, aunque no se lo pensaba admitir a Jeremy.

Jeremy me miró de soslayo, como intentando comprobar si mentía, antes de asentir con la cabeza. Parecía algo escéptico, y de haberse invertido nuestras situaciones y él hubiese salido con Jolene en mi cara —de tan solo pensarlo me entraban ganas de arrancarle el cuello—, me habría costado creer que había sido capaz de resistirse a ella.

—Hicimos el trabajo y yo...

—¿Qué? ¿Tú qué? —Jeremy intentó pasarse a la carretera de al lado mientras me miraba.

—Hablamos de Greg —contesté al final.

Jeremy no se destensó, pero sí que me relajé lo suficiente como para no pensar que nos sacaría de la carretera.

Roté los hombros para aliviar la incomodidad que había empezado a sentir.

—Se acordaba de algunas cosas de él de cuando éramos pequeños, de que rescataba gatos y cosas así.

Volví a moverme en el asiento y recordé que cada uno de los besos que nos habíamos dado se habían producido después de que hablase de Greg y llegase a tal punto de dolor que tan solo quería sentir cualquier otra cosa, aunque fuese a base de besar a la chica que realmente no quería. Me percaté, además, de que hablar de Greg con Erica me había resultado diferente a cuando hablé de Greg con Jolene.

Con Erica hablaba de Greg, pero no de cómo me había sentido al perderlo, no de lo que había supuesto. Y cuando sentía demasiado dolor como para continuar, me detenía. Con Jolene no me había querido reprimir. Había querido que viera, sintiera y supiera quién había sido mi hermano y en qué me había convertido desde su muerte. Sentía dolor por haberlo perdido; no obstante, con Jolene no había querido esconderlo.

La diferencia se me antojaba enorme.

—Me alegro de que lo hubiera conocido —musitó Jeremy un rato después—. Es decir, no... —Puso los ojos en blanco—... todavía no estamos juntos. Nos lo pasamos bien en el baile y no solo por haber podido devolvértela. Me gusta y si pasa algo más.... Me alegro de no tener que lidiar con lo de contárselo.

—Ya —respondí, y me costó decir la palabra—. Es duro.

—Pero tú lo has hecho, ¿no? —prosiguió—. ¿Se lo has contado a Jolene?

Asentí.

—Sí, después de... nos encontramos con Daniel. —No había intentado ocultárselo a mi hermano, pero es que no hablábamos excepto para discutir. Aun así, agaché la cabeza, porque intencionadamente o no, debería habérselo comentado.

Me aseguré de no mirar a Jeremy cuando habló, pero oí como se le quebró la voz.

—¿Sí? ¿Cuándo? ¿Dónde? ¿Está... bien?

Le conté lo que había pasado y me sentí peor cuanto más le decía. Daniel había sido más que el amigo de Greg; también había sido el nuestro... el de ambos.

—Todavía tiene el Jeep.

Jeremy curvó la boca.

—¿Aún huele como si todos los animales del estado se hubieran meado en él?

Me reí.

—Sí que lo han hecho. ¿Te acuerdas de cuando Greg y él metieron aquel tejón en la parte de atrás?

—No, la vez que tuvieron dos cisnes...

Y así pasamos el resto del viaje. Me dolieron los abdominales de tanto reírme, y por primera vez desde la muerte de Greg, las lágrimas en mis ojos no fueron producto de la tristeza.

JOLENE

Era tarde cuando oí la puerta principal abrirse, pero no tan tarde como estaba esperando. Normalmente ya estaba bien dormida para cuando mi madre llegaba a casa después de tener una cita con Tom, pero llevaban solo un par de horas fuera. Seguía terminándome los últimos bocados de la tarta de cumpleaños individual —una piña bocabajo— que la señora Cho me había preparado por adelantado y que me había dejado junto a sus impresiones sobre la mayoría de las últimas películas que le había sugerido; le había encantado la agridulce genialidad de *El camino de vuelta*, pero no pudo pasar de esa escena en *Mejor solo que mal acompañado* en la que Steve Martin se mete con la chica del sitio de alquiler de coches. La tarta se suponía que era para mañana, pero no había sido capaz de esperar. Y la aparición inesperada de mi madre implicaba que no tuve tiempo de fregar el caramelo del plato. No importaba que me pudiera meter el resto del pastel en la boca, porque iba a pagar por él de un modo u otro.

Estaba llevándome un trozo a la boca cuando mi madre entró a la cocina. Se quedó helada en el sitio como si me hubiese pillado esnifando una raya de cocaína en la encimera, lo cual, suponía, en su mente, podría haber sido un acto menos grave. Si me drogaba, me podía enviar a rehabilitación. No podía decirse lo mismo del consumo de azúcar procesado.

Me fijé en los churretones de rímel bajo sus ojos enrojecidos y supe que había tomado la decisión incorrecta al no haber ocultado el pastel... y al no haberme ocultado yo también. Ahora mi madre no se iba a comportar como si estuviese grabando una película de un estudio importante. Esto iba a parecerse más a otra clandestina y del mercado negro y que solo verían las personas más retorcidas.

No me quedaba más remedio que coprotagonizarla.

—No —dijo, levantando una mano temblorosa en mi dirección.

Cerré la boca en torno al trozo de pastel.

Ella gritó, me apartó el plato de un manotazo y lo arrojó al fregadero con tanta fuerza que se rompió.

Giré el tenedor para lamer la parte de atrás.

Ella me lo quitó de la boca con tanta fuerza que una de las puntas me cortó el interior del labio. Saboreé sangre.

—Es tarta. ¿Por qué actúas así?

—No es tarta. Es veneno que hará que engordes.

—Bueno, estaba muy buena.

Se le formó un tic en un ojo.

—¿Crees que yo no tenía tu aspecto cuando tenía tu edad? ¿Que no podía comer basura cuando quería? Bueno, pues sí que lo hice, hasta que un día... ¡bam! —Dio una palmada justo delante de mi cara y yo retrocedí, asustada—. ¡Me convertí en una mujer de mediana edad, gorda, cuyo marido se estaba tirando a su entrenadora personal!

—¿Puedes dejar de contarme la misma historia una y otra vez? Nada de eso tiene que ver con la talla que usas, porque lo habría hecho igualmente. Además, ya no es tu marido, y su entrenadora personal tiene nombre: Shelly.

Sentí que mis ojos se abrían el doble que los de mi madre. La tarta con forma de piña bocabajo en mi estómago intentó darse la vuelta hasta quedar bocarriba. No me importaba Shelly. Odiaba a Shelly. Era horrible y había utilizado nuestra antigua amistad para acercarse a mi padre. No entendía cómo mi cerebro y mi boca se habían descoordinado tanto, pero no tuve tiempo para pensar en ello, porque mi madre retrocedió un paso.

—¿Cómo has podido decirme su nombre?

Y justo así, decidí que se había terminado. Se suponía que tenía que haber llegado de su fracaso de cita, haberme visto comiendo tarta a escondidas y haber negado con la cabeza a la vez que sonreía. Luego se habría quitado los tacones, habría cogido un tenedor y lo habría hincado en el pastel conmigo. Podríamos habernos reído y hablado juntas, y cuando nos hubiésemos terminado la tarta, ella podría haberme abrazado y dicho que me quería y que sentía todas las veces que me había hecho creer que no era así.

Eso es lo que habría hecho la madre de Adam. Por su cumpleaños probablemente llenase la cocina entera de tartas y lo abrazara una vez por cada año que llevara vivo. No le diría simplemente lo mucho que lo quería, se lo demostraría una y otra vez, y él nunca se pasaría una noche en vela contando todas las cosas que iban mal en su vida.

Nunca sentiría que no era suficiente.

Que era la razón por la que todos estaban tristes.

Que su madre era infeliz por su culpa.

—Porque no importa que pronuncie el nombre de Shelly. Y no importa que por mi cumpleaños coma tarta hecha por alguien que realmente se preocupa por mí. No me importa la talla que tengo. ¿Por qué te preocupas más de lo que como que de cómo me siento? ¿Por qué no puedes preocuparte por mí? ¡Por mí! —grité llevándome los dedos al esternón—. No por cómo puedes usarme para hacerle daño a papá o para quedar bien frente a Tom o... —me mofé— ...usarme los dos para espiar a papá y así conseguir más dinero. ¿Para qué? ¿El dinero te va a hacer feliz? No eras feliz cuando estabas casada y tenías el dinero de papá. Nunca has sido feliz conmigo, y a juzgar por cómo se te ha corrido el maquillaje, Tom tampoco te está haciendo feliz. Así que, ¿qué quieres, mamá? ¡Porque parece que lo único que te hace feliz es hacer sentir mal a los demás!

Y, aun así, después de soltar todo eso, sentía un rayo de esperanza en el pecho porque ella negara con la cabeza, sollozara, y se diera cuenta, sorprendida, de que aunque me había estado haciendo daño estos años, no había sido queriendo. Ese rayo de esperanza se imaginaba una escena en la que ella caería de rodillas frente a mí, me abrazaría y me suplicaría que la perdonara.

Podría haber sido el mayor de los clímax, con música intensa y una cámara temblorosa, sujetada a mano, grabándolo todo.

Pero en la película de mi vida, los personajes nunca cambiaban ni crecían. Mi vida nunca sería la película que yo quería.

Se quitó el pendiente derecho, sacó el teléfono y marcó; luego se acercó el móvil a la oreja.

No rompió el contacto visual conmigo cuando habló.

—Sí, lamento la hora, señora Cho, pero no podía esperar. Ya no necesito que venga mañana.

—Mamá —musité, con la voz más aire que sonido, aferrándome al borde de la isla de la cocina y con el corazón a cien.

—Mi situación financiera se ha complicado últimamente y no voy a poder seguir contando con usted.

—Lo siento. Miraré los papeles de papá, lo que quieras. Por favor. Por favor, no. —Por un segundo pensé que me había oído; no solo mi voz, si no la súplica que me salía directa del corazón.

—Sí, por supuesto. Muchas gracias por su comprensión.

Colgó y se volvió a colocar el pendiente.

—¿Crees que esa mujer se preocupa por ti? Pregúntame qué me ha dicho cuando la he despedido. Pregúntame cuál era su preocupación.

Negué con la cabeza; sentía que podría vomitar hasta el último bocado que me había comido de todo lo que me había preparado la señora Cho.

—Una carta de recomendación. No tú. —Cruzó la cocina hasta quedar justo delante de mí—. Ni siquiera ha pronunciado tu nombre.

Vacié los pulmones en un sollozo y me envolví el torso con los brazos.

—Mírame.

Y cuando no pude hacerlo, ella misma me levantó el mentón.

—Un día, me darás las gracias por haberte enseñado la lección más importante que aprenderás nunca: preocuparte por la gente que no puede darte nada a cambio es una pérdida de tiempo.

Luego me besó en la frente y me dijo que limpiara la cocina antes de irme a la cama.

ADAM

La manilla pequeña del reloj de pared de mi cuarto pasó por el nueve, diez, once, y en cuanto pasó el doce y llegó la medianoche, pulsé la opción de llamar. Llamar tan tarde suponía que el teléfono se resbalara de mi mano algo sudorosa mientras esperaba a que respondiera.

Y esperé.

Y esperé.

Cuando empezaba a preguntarme si se habría quedado dormida, su voz baja pero clara sustituyó el tono de espera.

—Adam, es medianoche. ¿Te estás muriendo o eres así de maleducado?

—No —respondí antes de reírme—. ¿No te imaginas por qué te llamo exactamente a la medianoche de hoy?

—Espera que piense —exclamó, pero pude sentir que sonreía.

—Felicidades. Quería ser el primero que te lo dijera.

—Bueno, pues felicidades a ti también. El honor es todo tuyo.

—¿Cómo te sientes? ¿Más vieja? ¿Más madura? ¿Demasiado guay para un tío de quince años y once meses?

Escuché que Jolene se movió y por alguna razón me la imaginé dando vueltas en una cama que jamás había visto con las piernas apoyadas en un cabecero acolchado.

—No sé. Llevo un minuto teniendo dieciséis, así que quizá sí. Aunque siempre he sido demasiado guay para ti, así que el sí es rotundo.

—Discreparía respecto al uso de «siempre» en tal afirmación, pero por la mañana yo no podré ir a sacarme el carné de conducir y tendré que resignarme a seguir montando en bici. Irás, ¿verdad? Te va a llevar Gabe, ¿no?

—Sí. Íbamos a hacer novillos en la primera y segunda clase, pero ha habido algún problema con el tejado debido a la tormenta de nieve del fin de semana, así que mañana no habrá instituto. ¿Quieres que te llame cuando acabe?

—No. Es decir, sí, normalmente me hubiera gustado, pero a mi madre se le ha ocurrido un viaje improvisado a Lancaster para ver a mis abuelos un par de días. Salimos por la mañana; ellos son menonitas conservadores, que apenas se diferencian de los *amish*. No es que haya mucha tecnología en la granja. Mamá quiere que dejemos todo lo que tenga batería en casa. Lo sé, lo sé —manifesté anticipando un comentario previsible de Jolene—, es como volver atrás en el tiempo en lugar de ir simplemente un par de horas en coche.

—No iba a decir eso.

—¿Por qué no? Es cierto.

—Creo que está genial que tu madre sea tan atenta con tus abuelos.

—Vale —respondí—. La edad te está haciendo más compasiva. No sé qué hacer contigo si no te ríes de mí.

—¿Eso piensas de mí? ¿Qué soy una tía mala que te insulta todo el tiempo?

Por lo visto la edad también la volvía más sensible.

—No. No te llamaría en tu cumpleaños o querría pasar todo el tiempo contigo si pensase así. Estaría con otra chica, con la que

274

rompí porque prefiero ser tu amigo. —Y añadí—: ¿Va todo bien? A ver, acabas de cumplir los dieciséis. ¿Por qué no estás más feliz?

—¿Te acuerdas de lo que te dije de la señora Cho, la mujer de la limpieza?

—Claro —respondí.

—Mi madre y yo nos hemos peleado esta noche y después ha llamado a la señora Cho y la ha despedido. Le ha dicho que no puede permitirse pagarla, pero esa no es la razón. Ni siquiera es porque me haya pillado comiendo un pastel de cumpleaños que me había hecho la señora Cho, o porque Tom haya roto con ella porque yo me niego a espiar a mi padre para ellos. He sido feliz una milésima de segundo y ella no podía soportarlo. Así que echó a la única persona a la que le importo, porque sí. Incluso intentó razonar que era por mi propio bien, una forma de enseñarme que preocuparte por alguien que no te puede dar nada a cambio es estúpido.

Sujeté el móvil con fuerza. Enrojecí tanto de rabia que hasta mi visión pareció teñirse también de rojo. Parecía imposible que Jolene hubiese nacido de dos de las personas más miserables y despreciables del planeta.

—Estoy tumbada intentando dormir —prosiguió Jolene. La escuchaba respirar acelerada y aquello me encogió el corazón en un puño—. Pero lo único en lo que pienso es que seguramente no vuelva a ver a la señora Cho. Y puede que mi madre tenga razón. Me ha dicho que la señora Cho no ha preguntado por mí por teléfono.

—Tu madre es una mentirosa —afirmo alzando la voz—. No me creo que no preguntase por ti. Y tú tampoco. —Al ver que Jolene permanecía callada, sentí una ola de rabia; no hacia ella, sino hacia la gente responsable del estado en que se encontraba, a kilómetros de distancia y sola en su cuarto. Como si quisiese que se la tragase la tierra—. Eres increíble, lo sabes, ¿verdad? —Pero no lo sabía, y ese era el problema—. Jo, yo... —No quería decirle que la quería por teléfono.

—Adam, estoy de coña. Está claro. A ver, ni siquiera es mi cumpleaños del todo. Cada año que vivo es como un regalo de mí para el mundo.

Intentaba distraer mi atención de las palabras que se le habían escapado, y yo sabía que no podía a permitírselo.

—¿Te acuerdas de mi predicción del futuro?

—¿Esa en la que ganaba un Oscar? Pues claro.

—La empecé demasiado tarde. Antes de entrar en la universidad y de que llores por separarte de mí en el aeropuerto…

—Ajá. A ver quién acaba llorando.

—…Envías una solicitud increíble a ese curso de cine y, para sorpresa de nadie, te aceptan. Después de un solo verano, te das cuenta de que toda la mierda que te han hecho creer tus padres estos años es solo eso. Incluso cuando vuelves a casa, las cosas no son tan malas como antes, porque no le dices a la gente lo talentosa, preciosa y divertida que eres, sino que te lo crees. No es solo una broma que usas.

El silencio al otro lado de la línea consiguió que me preocupase por haber ido demasiado lejos y temí que me fuese a colgar. Apreté el móvil contra la oreja más aún.

—¿Jo?

—¿Sí?

Cerré los ojos, aliviado.

—¿Me has oído?

—Ajá.

—Entonces dime que sabes que tengo razón.

Pero no lo hizo, y me di cuenta de que no podría, no después de lo sucedido con su madre y la señora Cho. Se lo iba a tener que repetir. Y también se lo demostraría.

—La tengo. En todo. Incluso en lo de llorar cuando nos despidamos en el aeropuerto. —Me dije a mí mismo que lo último la haría sonreír—. Y siento lo de la señora Cho.

Jolene dejó escapar un suspiro que fue más bien una señal de reconocimiento hacia el apoyo que le había ofrecido, y ya está.

Seguramente la había presionado demasiado, pero yo lo que quería era que, al colgar, se sintiese mejor que antes de llamarla. Aún no se me daba bien.

—Dejando a un lado a la miserable de tu madre, sabes que la señora Cho no es la única persona a la que le importas, ¿no? Es decir, estoy al teléfono contigo. Al menos espera a que colguemos para rechazarme.

Jolene se rio un poco.

—Se me habían olvidado esos sentimientos tuyos de niño pequeño.

—Y vuelta a reírnos de mí.

Esperaba que pudiese notar que sonreía.

—¿Quieres que te infle el ego?

Querría todo lo que quisiera darme.

—Claro.

Volvió a reírse, pero cuando empezó a hablar sonaba seria.

—Me gusta que seas tan friki como para mirar el reloj para llamarme en cuanto es oficialmente mi cumpleaños.

—Puedes empezar a inflarme el ego cuando quieras.

—¿Quieres que te diga que me gusta más hablar contigo que dormir? ¿Quieres que te diga que nadie me ha llamado a medianoche y que tú lo hayas hecho significa que jamás seré tan guay como tú ahora mismo?

—Es un buen comienzo —contesté con una broma mala, ya que mi cara ardía tanto que estaba a punto de sentirme incómodo, lo que suponía que estaba llegando a mi récord. Dado que sabía que le gustaría saberlo, se lo dije.

—¡Sí! —fue su respuesta, en un susurro que consiguió que me hormiguease la oreja a través del móvil—. Lo has hecho por mí, ¿verdad?

Sí que me sonrojaba por ella. Casi siempre por ella.

Volvió a hablar y se le quebró la voz, por lo que tuvo que tragar antes de intentarlo de nuevo.

—Eres muy buen amigo, Adam Moynihan. Mejor que el mejor.

—Tú vales que lo sea, Jolene Timber. Espero poder estar ahí cuando te des cuenta. —Por alguna razón, aquello la hizo llorar, pude oírla a pesar de intentar ocultarlo—. ¿Sabes? Si vivieras cerca o tuviese carné estaría ahora mismo en tu ventana con uno de esos horribles pastelitos de plátano que te gustan. Espera, no, llevaría una gabardina, habría encontrado un viejo radiocasete y lo sujetaría por encima de la cabeza mientras suena... suena... —Me pegué una palmada leve en la frente para intentar recordar la canción de la película de John Cusack que me había hecho ver hacía unas semanas.

—Es *In Your Eyes* de Peter Gabriel.

—*In Your Eyes.*

—Es el momento más romántico de la historia del cine —me dijo. Había recuperado la voz. Y yo mi sonrojo.

—Puede que me quedase dormido durante alguna parte o durante toda la película.

Su risa fue algo vacilante, pero me dio a entender que no se había cabreado por mis momentos de narcolepsia.

—Me sorprende que te acuerdes de esa escena siquiera.

—Te pusiste de rodillas en ese momento y me clavaste las uñas en el brazo en cuanto empezó a sonar la canción. No es muy propicio para inducir el sueño.

—Me encanta esa escena. Me encanta la película, pero ¿puedo quedarme con el pastelito?

—¿El pastelito falso que no existe? Claro que puedes quedártelo.

—¿Le has puesto una vela?

—Le he puesto dieciséis. Ya ni se aprecia que es un pastelito. Básicamente parece un envoltorio rodeado de fuego.

—Me parece perfecto. ¿Cantarías algo para mí?

—*Nop*, porque sonaría lo menos perfecto que te pudieras imaginar. Pero te repetiría las palabras de una forma casi cantarina que te gustaría mucho.

—Creo que me encantaría.

—El año que viene —le prometí, prometiéndomelo a mí mismo igual que a ella—. Será igual; tu cumpleaños, medianoche, yo

278

en tu ventana y un horrible pastelito de plátano, pero esta vez con diecisiete velas.

—Me creo que lo vayas a hacer.

—Si no tuviese obstáculos cronológicos, lo haría ahora mismo.

—Gracias, Adam.

—Feliz cumpleaños, Jolene.

JOLENE

Zapatos en mano, bajé los escalones de puntillas y salí por la puerta principal el lunes por la mañana, el primero teniendo oficialmente dieciséis años. Suspiré de alivio cuando crucé todo el camino de coches sin que mi madre se percatase de que me había ido. Di la vuelta a la esquina y empecé a correr con una sonrisa cuando vi la furgoneta de Gabe. En cuanto me percaté de que Cherry estaba en la parte de atrás, ralenticé el paso.

No podía permitirme quedarme allí de pie, confusa, así que seguí andando y me subí al asiento del copiloto. Saludé a Gabe y luego inmediatamente me giré en el sitio y me dirigí a Cherry.

—Hola. ¿Ya no estás castigada?

Gabe ahogó una risotada y arrancó la furgoneta.

Cherry lo atravesó con la mirada antes de dedicarme una mirada un poco hostil.

—Sigo siendo una prisionera, pero como es tu cumpleaños e hicimos estos planes hace meses, eso sin mencionar el hecho de que tengo niñera, me han dejado salir.

—Ah —exclamé. No era exactamente ningún abrazo de cumpleaños ni me había dicho que se alegraba de que no estuviésemos discutiendo, pero era más de lo que hubiese esperado dado cómo había terminado nuestra última conversación. Era evidente que Cherry no estaba muy contenta, que digamos, con el levantamiento provisional de su castigo, por eso mantuve la voz baja y suave.

—Bueno, pero la libertad es la libertad, ¿no? Es un rollo que tengas que pasar parte de ella en las oficinas de tráfico.

—Sí. —Suavizó la expresión y suspiró cuando Gabe carraspeó de forma exagerada. Ella le puso los ojos en blanco—. Apenas acaba de subirse. Relájate. —Luego se mordió el labio y me miró—. Te he comprado un regalo. Tuve que pedirlo por internet porque no podía salir, pero... —Me tendió una diminuta bolsa de regalo holográfica llena de papel morado—. No pasa nada si no lo quieres.

—Sí que lo quiero —dije, aceptando el regalo—. Eh, gracias. —Hacía unos meses, habría saltado a los asientos de atrás para espachurrarla en un abrazo antes de abrir el regalo juntas. Ahora, yo también me mordí el labio y no sé quién de las dos apartó antes la mirada.

—Tú ya sabes que este es mi regalo, ¿verdad? —Gabe señaló el volante para romper la tensión—. Llevarte a conseguir tu carné de conducir a las 7 de la mañana cuando bien podría estar durmiendo.

Cherry se dejó caer hacia atrás en su asiento.

—Está mintiendo. Los chicos y él han hecho una recolecta para comprarte una nueva lente para tu cámara. Gabe ha investigado mucho para elegírtela. Planean dártela luego en casa.

—Eso... es mentira —dijo Gabe fingiendo de pena mientras le lanzaba cuchillos a Cherry a través del espejo retrovisor—. Ni siquiera nos caes bien, Jo. Es muy incómodo cuando vienes constantemente y nos haces videoclips gratis.

Nada en el mundo podría haberme quitado la sonrisa de la cara. Una lente nueva era genial, pero saber que toda la banda había participado en mi regalo... No me cabía el corazón en el pecho. Me incliné y le di a Gabe un beso en la mejilla.

—Gracias. Me parece muy dulce que penséis que no voy a cobraros.

—Oye, oye —dijo mirándome de soslayo y sonriendo—. No creas que eso te exime de darnos las gracias. Y tienes que hacerte la sorprendida ante Grady y Dexter.

—Trato hecho. —Luego bajé la mirada al regalo de Cherry en mi regazo. Casi no quería abrirlo; ya fuese bueno o malo, considerado o no, representaba el futuro de nuestra amistad. Llevábamos mal bastante tiempo, y no sabía cómo íbamos a volver a lo que teníamos antes o si podríamos hacerlo a estas alturas siquiera. Cherry asintió cuando le dije que lo abriría luego.

Gabe intentó hacerme unas cuantas preguntas sobre cómo iba la solicitud para el curso después de eso, pero yo estaba demasiado centrada en el crítico examen que estaba a punto de hacer, así que cedió y me dijo que se lo contara luego.

En la oficina de tráfico, bajé volando del vehículo casi antes de que Gabe lo detuviera. Había esperado tener que aguardar una larga cola hasta poder entrar, pero me equivocaba. Había tenido que esperar aún más.

No golpeé ningún cono ni a ningún niño pequeño durante el examen. Me detuve cuando se suponía que debía hacerlo y aparqué en paralelo maravillosamente bien. Mentalmente me declaré una conductora excelente. Y mi profesor estuvo de acuerdo. Me marqué un bailecito con las rodillas dobladas y agitando los brazos en cuanto volvimos a la oficina de tráfico. Gabe no perdió tiempo en unírseme en el aparcamiento. Cherry fue demasiado fría para nuestro gusto, pero me abrazó. Me distraje momentáneamente por culpa de ese abrazo, el primero desde que Meneik había vuelto a entrar en escena, y fue agridulce, porque ambas nos separamos rápido.

Terminé saliendo un poco trastornada en la foto; se me veían demasiado los dientes y los tendones del cuello, pero al salir de allí, me pavoneé como si mi banda sonora fuera la de *Fiebre del sábado noche*.

Estuvo guay.

Tener que ir de copiloto cuando el estado de Pensilvania me acababa de declarar apta para conducir fue menos guay, pero al menos Gabe ponía buena música.

Me giré un poco en el asiento delantero para hablar con Cherry y formularle la pregunta que quería hacerle y a la vez no.

—¿Cómo lleva Meneik la forzosa separación?

Apretó los labios.

—Mira, quizá sea mejor no hablar de él, ¿vale?

Lo cual significaba que seguían juntos. Ni me imaginaba el cuento victimista que le estaría soltando por estar castigada. Sin duda, seguro que también encontraba la forma de culparla a ella por eso. Odiaba a ese tipo con toda mi alma.

Me sentí un poco obstaculizada por aquella petición. Sin el fútbol y su penoso novio, ¿de qué solíamos hablar? Seguía intentando pensar en algo cuando Cherry hundió los hombros.

—Está frustrado de que no podamos vernos ahora mismo. Y Gabe... —bajó la voz hasta ser un mero susurro, obligándome así a tener que inclinarme hacia atrás— ...ya no quiere pasarnos más mensajes.

Escribí la nota mental de abrazar a Gabe más a menudo.

—Eso era algo de lo que esperaba poder hablar contigo.

El vello del cuello se me erizó y supe que no me iban a gustar sus próximas palabras.

—¿Podrías, a lo mejor, dejarme tu teléfono? Pero... —hablaba tan bajito a la vez que deslizaba una mano por el lado más alejado de mi asiento que tuve que leerle los labios—... que no te vea Gabe.

—No puedo hacer eso —le respondí en susurros.

—Dile a tu madre o a tu padre que lo has perdido y pídeles uno nuevo.

Medio me reí, pensando que lo decía de coña. Cherry sabía que me había estado mentalizando para tener que pedirles que me pagaran el curso de cine, y después del calvario que había tenido que pasar para conseguir un vestido para el baile con Adam, esperaba terminar medio muerta.

Pero Cherry no se rio conmigo, sino que frunció el ceño.

—Tengo que hablar con él —me dijo.

—Eh... no —respondí, con el rostro desprovisto de humor—. No tienes que hablar con él.

Ella tensó la mandíbula.

—Vale. Entonces llámalo por mí. Dile...

—Cherry, no. Déjalo estar. En serio, yo... —Casi le dije que yo sabía cómo debería ser un buen novio y Meneik no lo era. Pero Adam no era mi novio. Como amigo, era amable y considerado, y se esforzaba mucho por hacerme sentir especial. Casi le había creído cuando me dijo todas esas cosas la noche anterior. Así debería ser un novio, no como el controlador y manipulador de Meneik. Cherry se merecía a alguien que la tratase como Adam ya me trataba a mí.

Lo mereciera o no.

—Puedes ser mi amiga y ayudarme o... —Me miró de un modo intimidatorio. El resto de la frase era innecesario.

—Estoy intentando ser tu amiga —la contradije—. He visto a ese tío volverte dócil y paranoica... y obligarte a disculparte por la mínima ofensa que se pueda imaginar, alejándote de tus amigos y haciéndote sentir culpable por cada segundo que no estás agradeciéndole tener que aguantarte. —Dejé de susurrar en cierto punto, porque era evidente que Gabe estaba escuchando—. Hace un año me habrías aporreado de haber querido estar con un tío así.

—Pero para eso alguien habría tenido que quererte primero, y nadie lo ha hecho nunca.

Me quedé sin aire y mis pulmones se negaron a expandirse de nuevo. Fue como recibir el peor golpe que hubiese recibido nunca en el campo, pero sin haberme tenido que tocar siquiera. Cherry no se refería a que ningún chico me había querido nunca, sino a que ninguna *persona* lo había hecho.

No ayudó que abriera los ojos como platos en cuanto las palabras salieron de su boca. Intentó retractarse durante el resto del trayecto de vuelta a mi casa, pero entre el trajín de mi cabeza y los gritos de Gabe hacia su hermana, no oí nada. Y, además, ¿cómo te

disculpabas después de darle voz a los miedos más oscuros y pro-
fundos del alma de una persona?

Quise bajarme de la furgoneta. Abrí la puerta en cuanto Gabe
se detuvo en mi casa pese al hecho de que mi madre nos estaba
esperando en el porche con el teléfono en la oreja.

—No, espera, está aquí. Acaba de volver. —Mi madre colgó a la
vez que yo me bajaba de la furgoneta.

Cherry y Gabe también bajaron.

—Jolene, espera, por favor —susurró Cherry al tiempo que
Gabe subía la voz lo bastante como para evitar que mi madre la
oyera y le hiciera preguntas.

—Sentimos haber secuestrado a su hija en su cumpleaños —se
disculpó Gabe—. Pero la hemos traído de una pieza. —Cherry seguía lanzándome miradas desesperadas, pero yo no se las devolví.
No podía. Me dolía hasta seguir respirando.

—Gracias por traerla a casa, Gabriel, pero ya es hora de que tú
y Cherish os marchéis.

Gabe me abrazó fuerte, tal y como necesitaba.

—No olvides que yo te quiero, ¿vale? Prométemelo o no te soltaré.

—Te lo prometo —le devolví—. Yo... eh... tengo la sensación
de que a lo mejor no voy a poder pasarme luego, así que dale las
gracias a Grady y a Dexter por el regalo.

Gabe por fin me soltó. Tampoco miró a su hermana cuando
se subió a la furgoneta. Cherry se secó una lágrima de la mejilla
mientras hacía lo mismo.

En cuanto se marcharon, los últimos resquicios de civilidad
abandonaron a mi madre.

—¿Dónde estabas? —Dragones escupiendo fuego quemarían
menos que la voz de mi madre ahora mismo. Si no hubiese estado
tan afectada por las palabras de Cherry, podría haberme sentido
inquieta, pero ya me había quitado a la señora Cho; podía gritarme
todo lo que quisiera.

—En la oficina de tráfico. Mira. —Saqué el carné de conducir del bolsillo y lo sostuve frente a ella—. No ha sido para tanto.

—Pasé junto a ella en dirección a la puerta de entrada—. Y, en fin, ya está. Me muero de hambre, así que voy a pillar algo de comer.

—No.

—¿No? —Me giré hacia ella, que todavía se encontraba sobre el último escalón—. ¿No, no puedo entrar, o no, no puedo...? ¿Qué es eso? —señalé a su espalda, hacia un Lexus blanco como la nieve aparcado junto a su BMW plateado con un enorme lazo rojo encima—. ¿Me has comprado un *coche*? —La emoción estalló en mi interior como si se tratasen de fuegos artificiales, brillantes e impactantes, solo para esfumarse de un plumazo un segundo después—. ¿Por qué?

—No te he comprado un coche.

—Eh... sí. —Seguía señalándolo. Me negaba a bajar el brazo mientras me acercaba a él. Sacudí la cabeza. Seguía ahí.

—Te lo he dicho, *yo* no he sido. Y lo vas a devolver. —Su teléfono sonó y ella lo respondió de inmediato—. ¿Sí? ¿Y? ¿Qué ha dicho? No, no estoy de acuerdo en absoluto. ¿De dónde ha sacado el dinero? Dile que eso es lo que quiero saber. No, no, eso es todo mentira. No me puedo creer que me esté haciendo esto hoy. —Se pellizcó el puente de la nariz—. No me puede dejar ganar así. Incluso cuando pierde, saca algo de ello. Oh, ya verás que se va a arrepentir. Lo sé, lo sé, sí. Vale. Lo haré. No. —Colgó y se encaminó con paso firme hacia donde me encontraba toqueteando el lazo rojo sobre mi coche.

—¿Es de papá? ¿Lo ha traído él mismo? —Había enrollado el lazo en uno de mis dedos y la tela de satén empezó a cortarme la circulación.

—Lo dudo. —Estaba mirando el coche sin parpadear—. Lo vi desde la ventana.

—¿Había una tarjeta o una nota?

—Sí.

—¿Puedo verla?

Ella parpadeó.

—No.

—¿Por qué no?

Otro parpadeo.

—Porque la arrojé a la chimenea.

—¿Qué decía?

—No lo sé. No la leí.

—Muy bien. —Me envolví el brazo entero en el lazo y tiré. El lazo gigante se soltó y se cayó en cascada al suelo. Me incliné hacia un lado para verlo por dentro. Vi lo que estaba buscando: las llaves estaban justo ahí, en el contacto.

Mi madre entró en acción cuando abrí la puerta y me deslicé en el asiento del conductor.

—¿Qué estás haciendo? Jolene, sal del coche *ahora mismo*.

Cerré la puerta. Incluso pensé en echar el cerrojo un segundo antes de que ella pensase en intentar abrir la puerta. Abrió tanto los ojos que pude ver el borde blanco alrededor de sus iris.

—Abre la puerta.

Arranqué el coche.

—*Abre la puerta.*

Metí marcha atrás.

Su instinto de supervivencia la obligó a retroceder un paso. Ajusté los espejos y me abroché el cinturón de seguridad antes de salir de allí; el hedor de los neumáticos nuevos quemando la goma hizo que me lagrimearan los ojos.

—¿A dónde vas? ¿*A dónde vas?* —me gritaba mi madre—. Cariño, ¡vuelve!

Cerré los dedos en torno al volante y me fui a ver a mi padre.

ADAM

Cuando le había dicho a Jolene que nos habían prohibido los aparatos electrónicos en el pequeño viaje en familia, había supuesto que la regla se limitaba a los aparatos para comunicarse, como los móviles, las tabletas y los portátiles. Me había equivocado al pensar que mi viejo mp3 no importaría, teniendo en cuenta que el trayecto era de dos horas.

El Geo de mamá estaba lleno de maletas; Jeremy conducía, y yo estuve conforme con quedarme el asiento de atrás para mí solo. En cuanto subí y encendí el mp3, ella me arrancó los auriculares de las orejas y me lo confiscó.

—¿En serio? —le pregunté.

—Al abuelo no le parecerá bien que tengas esto en la granja. —Los meneó hacia delante y detrás antes de enrollarlos y meterlo todo en el bolso—. Además, no quiero que te aísles todo el viaje. ¿Hace cuánto que no vamos de viaje familiar durante un par de días?

Me acordé de papá, solo en su apartamento. Fue Jeremy el capullo que sacó ese mismo tema en voz alta.

—El verano pasado fuimos a las cataratas del Niágara, pero papá vino con nosotros, así que no estamos toda la familia.

Mamá se quedó quieta; a continuación, dijo que llevaría mi mp3 dentro y nos dejó en el coche.

Di una patada a la parte de atrás del asiento de Jeremy.

—¿Qué cojones haces?

—Para. ¿Qué te pasa?

—¿A mí? —exclamé—. Ya has tenido que mencionar a papá. Mira lo que has hecho. —Señalé la casa con la mano.

Jeremy se acomodó en el asiento.

—Quizá necesite recordarlo.

Ese no era el problema de mamá. No se había olvidado de lo sucedido, lo que pasaba era que no podía olvidarlo. Suponía que era como si los momentos más dolorosos de tu vida se repitieran en tu mente, y cuando Jeremy la cagaba mencionando algo que le dolía, el volumen de esos momentos subía. Ahora estaba en casa pasándolo mal por la ausencia de papá, por las consecuencias que la situación acarreaba en Jeremy y en mí, por la culpa que conllevaban sus decisiones y las razones por las que las había tomado. Una y otra vez.

—Con ella es diferente que con papá —razoné.

—Ya lo sé. ¿Crees que no me importa? ¿Qué me gusta hacerla sufrir o decirle que papá está pudriéndose en ese apartamento?

A veces sí que lo pensaba.

—No te comportas como si te importara. ¿Que te importe es hacer que mamá lo pase mal?

—¿Cuánto tiempo ha pasado? —Jeremy me miró fijamente por el espejo retrovisor.

—Seis meses. —Se me hizo un nudo en el estómago al pronunciarlo en voz alta. Había pasado medio año desde que papá se hubo mudado y llevábamos casi tanto viajando entre una casa y otra. No había cambiado nada. Absolutamente nada.

—Seis meses. Tú te vas con tu novia por ahí y el que se queda cuidándolo soy yo. A ninguno le está viniendo mejor, y mucho menos a mí. Tú te mueves por el piso de papá como un zombi que solo aparece para ser grosero y después vuelves aquí y caminas de puntillas asegurándote de que no pase nada que haga sentir mal a mamá. ¡Estás tan ocupado cabreando a papá y protegiendo a mamá para darte cuenta de que lo estás haciendo mal! —Jeremy golpeó el volante con la mano.

Me hirvió la sangre y cerré la mano en un puño contra el muslo.

—¿Y tú qué haces bien aparte de hacer llorar a mamá y complacer a papá?

—Papá ya está cabreado de por sí. No necesita que eches más leña al fuego. Y mamá...

—Está triste todo el tiempo —lo interrumpí— No necesita que tampoco tú eches más leña al fuego.

—Ya, pero sigue sin dejarlo ir. Quizá si dejaras que pensase en lo que está consiguiendo con esa tristeza, en que no es la única que se siente así, se daría cuenta de que no tiene por qué estarlo todo el tiempo. Que todos juntos podríamos ayudarla. —Jeremy sacudió la cabeza—. Seis meses, Adam. *Seis meses.* No quiero vivir así. No quiero que ellos vivan así. —Desvió la mirada y añadió—: Y tú tampoco.

No hubo mucho que decir después de eso. Una cosa era saber que mi hermano me quería. Claro que me quería; tenía que hacerlo, igual que yo a él. No siempre me caía bien. De hecho, rara vez lo hacía; pero lo quería.

Greg había sido una persona fácil de querer y Jeremy lo había idolatrado. Cuando Greg falleció, todos sufrimos. Pero había resultado más fácil centrarme en el sufrimiento de mamá, y en el mío propio, que pensar que Jeremy también lo estaba pasando mal. Empezaba a darme cuenta de que a pesar de que no lo demostrase, era capaz de sentir igual que yo. Me resultaba raro pensar así de Jeremy, saber que él también sufría como yo y que él sí que había tenido en cuenta cómo me había sentido yo al respecto.

Fue una rayada que me descolocó el cerebro e hizo que tuviese la necesidad de disculparme y abrazarlo. No me acordaba de la última vez que nos habíamos abrazado. También sentí que tenía que pedirle perdón por aquello. Las palabras cobraron forma, pero no pude expresarlas. En lugar de eso, me centré en el problema que teníamos.

—¿Y qué hacemos?

—Para empezar, no haremos viajes en familia sin estar todos. No quiero que se acostumbre a que estemos sin papá.

Tenía sentido. Estábamos hechos añicos, pero eso no significaba que no pudiéramos crear recuerdos bonitos así. Sin embargo, a pesar de estar de acuerdo con Jeremy —algo que me sorprendía sobremanera—, no veía que nos quedasen muchas opciones.

—Estamos literalmente en el coche con las maletas cargadas. Creo que es un poco tarde para cancelar este.

Jeremy se puso a pensar. Tendía a arrugar la expresión cuando se concentraba mucho en algo, como si le doliera. A pesar del avance con mi hermano, caí en la vieja costumbre y me eché a reír. Jeremy reaccionó de forma igualmente predecible al volverse y golpearme en el brazo.

Íbamos a necesitar más de una conversación para que Jeremy y yo fuésemos el tipo de hermanos que se querían y se caían bien. Y no hacía falta que me doliera el brazo para afirmarlo.

Cuando mamá regresó, se había vuelto a maquillar, lo cual me hizo ver que había estado llorando hasta fastidiarse la primera capa. Me pregunté si Jeremy se había percatado. Quizá. No tenía la cara arrugada, por lo que supuse que había dejado a un lado la idea de cómo escaquearnos de este viaje, pero yo no lo había hecho. No sería capaz de comunicarme con él delante de ella, pero mientras me frotaba el brazo se me ocurrió algo... un fragmento de idea.

—Creo que ya estamos —exclamó mamá. Jeremy se limitó a gruñir—. La abuela y el abuelo tienen muchas ganas de veros. No pasará nada porque estéis un par de días sin aparatos.

En cuanto Jeremy arrancó el coche, no tuve tiempo de pensar mucho más.

—Vale —respondí, mostrándome evidentemente molesto.

—No le hagas caso —dijo Jeremy—. Es un llorón porque no podrá llamar a su novia durante dos días y, como consecuencia, es el principio del fin del mundo.

Idiota predecible. Intenté no sonreír.

—Ten cuidado. Cuarenta y ocho horas puede que sea suficiente para que Erica se dé cuenta de que prefiere no salir con un tío que compra en Baby Gap.

Al final no fuimos a visitar a mis abuelos. Lo que sí hicimos, sin embargo, fue estampar la parte trasera del Geo de mamá contra un árbol, porque Jeremy, aunque bajito, pudo volverse para intentar golpearme sin quitar el pie del acelerador. No era para nada lo que yo había tenido en mente.

Tampoco recuperamos los teléfonos durante días ni se nos permitió ir a ningún sitio a excepción del instituto. Aquello no fue tan horrible como pensaba que lo sería, porque por primera vez en mucho tiempo, mi hermano y yo hablamos.

JOLENE

Apenas fui consciente del trayecto hasta el apartamento, y mucho menos de subir las escaleras hasta la planta donde vivía mi padre, pero cuando detuve los pies a meros centímetros de la puerta, la realidad regresó de golpe.

Mi padre estaba allí. Tenía que estar allí. Apenas lo había visto en meses, e iba a abrirme la puerta y verme, hablar conmigo.

Y era mi cumpleaños.

Me había regalado un coche.

Con una tarjeta. O una nota.

Quizá en ella dijera algo.

O quizá dijera muchas cosas.

Quizá mamá sí que la había leído y por eso la había quemado.

Quizá solo me deseaba un feliz cumpleaños.

Quizá solo se trataba de una tarjeta que había firmado sin más.

Quizá ni siquiera la había firmado.

Quizá.

O quizá no.

No tenía las llaves. Así que llamé a la puerta.

Y él no respondió.

Volví a llamar. Y seguí llamando. Toc, toc, toc. Pam, pam, pam.

Y entonces empecé a llorar en el pasillo.

Era mi cumpleaños.

Y él no estaba allí.

Nunca estaba allí. Probablemente nunca hubiese estado allí. Nadie estaba nunca. Nadie quería estar allí.

La señora Cho ya no estaba, y Cherry me había abandonado mucho antes de lo que me había percatado.

Me dolían los nudillos, así que cambié de mano.

Y entonces dejé de llamar a la puerta que nunca se abriría.

Me giré hasta pegar la espalda contra la puerta del apartamento de mi padre y me deslicé por ella hasta el suelo. ¿Y qué si había una tarjeta o una nota? ¿Y qué? Durante tantísimo tiempo no había habido nada —menos que nada—, y no me había importado. Nada que hubiese garabateado en una tarjeta para mi cumpleaños desharía el hecho de que apenas lo había visto en mi cumpleaños anterior. Se me encogieron las tripas conforme los recuerdos de todos los demás cumpleaños empezaron a amontonarse en mi mente. Era patético, y no importaba. Tenía un coche y eso era genial. Un millón de adolescentes morirían porque les regalaran un coche al cumplir los dieciséis.

Una lágrima resbaló por mi mejilla.

Podría ir a cualquier lugar y hacer cualquier cosa.

Otra lágrima; otro hilo de humedad.

Era mi cumpleaños y por fin era libre.

Y, sin embargo, lloré.

El pasillo hizo que me doliesen los ojos. Alguien debió de diseñarlos así de feos adrede. La moqueta de las plantas inferiores ya se había cambiado el mes pasado, pero el padre de Adam aún no había llegado a la nuestra. Todavía exhibía el enmoquetado de color verde bosque con unas espirales en tono borgoña que cubrían toda su extensión. Y encima se veía sucio. El suelo acumulaba tantos años de suciedad encima que ya ni siquiera combinaba con la pintura de las paredes. Y yo llevaba horas sentada en él, incluso a sabiendas de que mi padre no iba a aparecer. Quizá porque sabía precisamente eso. Probablemente tuviese otra casa, un lugar más bonito en el que realmente viviera.

Giré la cabeza con una indiferencia que no tuve que fingir cuando oí unos pasos subir por las escaleras.

No era mi padre, ni Shelly, ni nadie conocido. Era el treintañero de escaso pelo rubio y ojos azul claro. Lo recordaba vagamente de hacía meses, cuando había estado esperando a Adam para poder

292

hacer un muñeco de nieve. Llevaba una bolsa con comestibles en un brazo y un casco de bicicleta en el otro.

No me puse de pie ni intenté pasar por su lado. Directamente, no me moví.

—Hola —me saludó con los ojos ligeramente entornados. Se había detenido con un pie en el escalón superior y el otro en el anterior.

No le respondí.

—¿Se te ha olvidado la llave?

—Sí. —Desvié la mirada hacia la pared que tenía delante y me quedé contemplando la horrible pintura.

Él por fin terminó de ascender las escaleras y se encaminó hacia la puerta del apartamento de enfrente y a la derecha del de Adam. Siguió observándome mientras se colocaba el casco debajo del brazo y rebuscaba las llaves en el interior del bolsillo.

—¿Has llamado a alguien?

—No va a venir nadie que tenga las llaves.

—¿Entonces qué haces aquí?

—Sentarme.

El tipo negó con la cabeza antes de abrir la puerta de su apartamento y adentrarse en él. Apareció un segundo después, pero sin bolsa ni casco. Esta vez se dirigió directamente a mí.

—Oye, creo que debería llamar a alguien a que venga a por ti. Y a todo esto, ¿de quién es ese apartamento? ¿De tu exnovio?

Cerré los ojos y respiré hondo por la nariz.

—Lo siento, tío, pero no te conozco, así que no voy a hablar contigo ahora mismo. —Saqué el móvil y la reluciente llave de mi coche nuevo y se los mostré—. No estoy tirada aquí ni nada, así que puedes entrar a tu casa tranquilamente.

—Pues parece que sí me conoces.

—¿Qué?

—Mi nombre —explicó—. Es Teo. Acabas de llamarme así y solo nos hemos visto una vez antes en este mismo pasillo, así que…

Me lo quedé mirando con cara de adolescente engreída, pero él no se achantó.

—¿Y tú?

—¿Yo qué?

—¿Cómo te llamas?

No respondí, pero vi como sus ojos se movían al número sobre la puerta a mi espalda y luego volvían a mirarme con un nuevo interrogante. Y entonces lo supe.

—Conoces a Shelly.

Su silencio fue respuesta suficiente.

Eché la cabeza hacia atrás hasta apoyarla sobre la puerta.

—Genial —ironicé—. Entonces probablemente sepas que mi madre es una zorra, que yo soy una niñata desagradecida y que mi padre es un santo sufridor que no hace más que aguantarnos. ¿Te ha leído las transcripciones enteras de la vista del divorcio? ¿O se lo está guardando para cuando te conozca mejor? Vaya, lo que viene siendo la segunda vez que te vea.

—Vaya... —Exhaló, levantando una mano—. No he estado mucho tiempo en casa desde que me mudé. He hablado con... ¿cómo se llama? ¿Shelly? He hablado con ella quizá un par de veces al cruzarnos en el pasillo, pero no sé nada sobre nada.

Era imposible saber si mentía o no, pero aquello tampoco importaba.

—Da igual. Mira, lo que pienses de mí me da lo mismo. —Seguía sin moverse. Allí permaneció, de pie, a meros pasos de mí—. ¿Vas a pirarte o qué?

—¿Y tú?

—No. Estoy bien. Me gusta estar justo donde estoy. Cuando quiera irme, me meteré en el coche y me largaré.

—¿Y eso cuándo va a ser?

Arrugué el ceño.

—¿Qué? ¿Vas a dar una fiesta aquí fuera o algo? Vuelve a tu apartamento y deja de rayarme.

—Lo siento —se disculpó—. Pero me estás deprimiendo muchísimo quedándote ahí sentada. ¿Por qué no entras hasta que te apetezca estar en otro lugar que no sea el pasillo?

—Paso —respondí—. Estás empezando a dar muy mal rollo, Teo. De hecho, estoy segura de que Shelly se refirió a ti así. Y, bueno, ¿cuántos años tienes? ¿Treinta y cinco? Yo hoy cumplo dieciséis. Tengo la palabra «ilegal» pintada en mayúsculas en la cara.

Él se rio como si no acabase de insinuar que era un pedófilo.

—Para tu información, tengo veintiocho. Pero bueno es saber que aparento tener treinta y tantos.

No me disculpé.

Después de unos treinta segundos de silencio, se marchó. Entró en su apartamento sin cerrar la puerta, y un segundo después regresó. Se apoyó en el marco de la puerta con una tarrina de helado en una mano y una cuchara en la otra. Lo observé llevarse a la boca varias cucharadas, y él no perdió detalle de mi mirada.

—¿Quieres?

Puse una mueca y volví a mirar a la pared. La verdad era que sí quería. No había comido en todo el día, y ver comida, aunque fuese helado y ya estuviera lo bastante congelada por llevar horas sentada en el suelo, me había hecho la boca agua.

—¿De verdad estás comiendo helado en el pasillo?

—Está riquísimo. Y tiene barritas de chocolate troceadas.

—¿Por qué lo haces?

Él no respondió, simplemente siguió comiendo. Y entonces me pareció el mejor ofrecimiento que había tenido en todo el día, así que me levanté, me separé del apartamento vacío de mi padre y acepté el helado de un extraño.

Me detuve en seco en el momento en que puse un pie en su apartamento. Abrí los ojos tanto que habría jurado que las pestañas superaron a las cejas en altura. Como un imán, salí volando hasta la estantería más cercana frente a mí y empecé a deslizar la mano a lo largo de las muchas filas de películas. Todas las paredes de su apartamento estaban cubiertas de ellas. Miles de ellas.

Solté una risotada.

—Sí, gajes del oficio —dijo Teo acercándose a mi espalda—. Soy crítico de cine y...

Desvié la mirada de las estanterías y me giré de súbito.

—¿Tú eres el crítico de cine?

—Yo soy *un* crítico de cine. ¿*El* crítico de cine? Ese debe de ser Roger Ebert.

—No, me refiero a que... —Abrí los ojos todavía más, si cabía—. Llevo tiempo esperando conocerte. Me enteré de que un crítico de cine se había mudado y... a mí me encantan las películas.

—¿Sí? —respondió Teo, curvando los labios—. Entonces supongo que es bueno que nos hayamos encontrado.

ADAM

Se me entumeció el brazo hasta los dedos antes de volver a sentir dolor, todo gracias a Jeremy y su golpetazo. Lo peor fue que no pude devolvérselo. Formaba parte del trato que habíamos hecho para ayudar a recomponer a nuestra familia.

Lo primero que tenía que hacer era dejar de ser un capullo con papá. Cuando lo fuese o Jeremy sintiese que lo iba a ser, tendría vía libre para pegarme.

Jeremy me sonrió y se preparó para el siguiente golpe.

Yo permanecí quieto ahí. En la puerta del apartamento de papá. Cuando no debía estar allí. No eran vacaciones ni ninguna ocasión especial. Era un miércoles. No pasaba nada. Por lo cual Jeremy sugirió que lo visitásemos. *Ambos.*

A mamá pareciera que le hubiésemos pedido que la metiésemos en una cajita oscura y llena de arañas en lo alto de un rascacielos. Todos sus miedos se concentraron en uno: sus hijos querían marcharse. Logró sonreír y reírse a la vez. Quería que nos fuésemos, pero se aferró demasiado a nuestras camisetas como para que la creyésemos del todo.

Y, sin embargo, nos habíamos marchado. Estábamos allí; Jeremy abrió con su llave mientras yo intentaba desencajar la mandíbula. Me resultó más difícil de lo que creía. Lo único que tenía que hacer era hablar primero, saludarlo o cualquier cosa antes de que lo hiciese papá. Eso era lo que habíamos acordado Jeremy y yo en el coche.

Pero no me salía ni la más fácil de las palabras. No es que estuviera muy cabreado ese día. Sí, mamá se había echado a llorar cuando nos fuimos, y aquello me hizo querer darle a mi padre una patada en las pelotas, pero entonces Jeremy detuvo el coche y se bajó para darle un abrazo en las escaleras. Me pareció bonito. Lo típico que habría pensado yo si no hubiese estado distraído con tener que ser cordial con mi padre de forma improvisada.

Greg lo habría hecho.

Volví a mirar a Jeremy. La sonrisa se le había esfumado. Lo vi rogarme con la mirada cuando nos vimos frente a papá. *Necesitamos esto*. Ellos lo necesitan. Una palabra.

—Hola.

No pensaba que una palabra fuese capaz de hacer daño, pero aquella lo hizo. Me desgarró por dentro y me resultó doloroso respirar. Pero lo conseguí. Jeremy relajó el cuerpo y se sumó a la conversación para cargar con todo el peso, tanto por mí como por papá, el cual parecía estar asombrado tanto por el saludo como por la visita espontánea.

Al ver a papá me creí lo que Jeremy me había contado acerca de él, lo cual, me percaté, antes no había sido así. Papá no estaba bien; su careta simplemente era más efectiva que la de mamá. Pero aquel día no había tenido tiempo de ocultar los ojos enrojecidos ni las fotos que había estado contemplando.

Tras eso, me resultó ligeramente más fácil.

Abrazó a Jeremy y nos miró a ambos de forma intermitente.

—No, claro que me alegro de que hayáis venido. No lo sabía.

A juzgar por el abrigo que se estaba colocando y las llaves en su mano, era obvio.

—Si vas a pillar comida, a mí me apetece. —Jeremy me miró para que dijese algo parecido, y aunque me dolió casi tanto como el saludo, asentí.

—Me parece bien.

Papá parecía incómodo. No dejaba de mirar hacia la puerta y después a nosotros.

—Sí, iba a comer... después.

Sentí algo desagradable en el estómago y me tensé.

—Tiene una cita. —Escupí las palabras hacia él y Jeremy pareció casi tan asqueado como yo antes de que papá se precipitara a negarlo.

—¿Qué? No. Jamás.

Pero no lo creí, y Jeremy tampoco se apresuró a defenderlo.

—He estado yendo a un sitio y... —Arrugó la cara levemente—. Mirad, acompañadme, ¿vale? Os lo enseñaré.

Jeremy y yo vacilamos, pero cuando papá salió al pasillo, mi hermano me miró y lo seguimos.

—¿La iglesia? —exclamó Jeremy frunciendo el ceño y subiendo las escaleras para entrar en un edificio grande, antiguo y de ladrillo rojo, inspirado en el arte bizantino y con un cartel que rezaba «Décima Iglesia Presbiteriana».

Imité el gesto de mi hermano. Acudir a la iglesia no era nada nuevo en mi familia. Nosotros —Jeremy y yo— íbamos los domingos que nos quedábamos con mamá a la misma iglesia donde nos habían bautizado de pequeños. Aún no habíamos ido con papá durante los fines de semana que estábamos con él, porque nos dijo que estaba buscando la adecuada, aunque no es que lo hubiese visto buscar mucho. Si la había encontrado, ¿por qué no nos había comentado anda? ¿Por qué nos hacía salir al frío glacial del anochecer?

Papá se acercó hasta abrir una de las puertas y nos instó a que entrásemos.

Había unas enormes columnas de mármol, ventanales acristalados enormes del suelo al techo, y filas y filas de bancos de madera tallada en el interior, tanto en la planta baja como en los balcones a ambos lados del sagrario. El lugar parecía estar vacío.

Papá nos condujo por una escalera estrecha y cruzamos un pasillo que conducía a distintos lugares antes de detenernos frente a la última sala a la izquierda. En su interior se hallaba un grupo de personas que habían dispuesto unas sillas en forma de círculo en el centro.

Sabía qué era esto, a pesar de no haber asistido nunca a ninguno. Era un grupo de apoyo. Papá saludó a varias personas y nos presentó a Jeremy y a mí como a sus hijos antes de instarnos a coger más sillas plegables. Jeremy obedeció al instante, y la gente que ya estaba sentada se movió para hacernos sitio, pero yo permanecí quieto en el umbral. Me estremecí cuando mi padre colocó una de sus manos en mi hombro.

—Bueno. —Quitó la mano enseguida—. Vale. Pues aquí he estado viniendo. —Papá bajó tanto la voz como la cabeza—. Toda esta gente ha perdido a alguien.

Sentía que me ardía la cara y parecía que no me llegara suficiente aire a los pulmones. Cerré los ojos para evitar verles la cara.

—¿Desde cuándo? —le pregunté. No sabía qué me molestaba exactamente: que formase parte de un grupo de apoyo o que no nos lo hubiera contado.

—Desde hace tiempo —respondió—. Al principio uno en casa y después, cuando me mudé, encontré este.

Retrocedí un paso en el pasillo.

—¿Y mamá lo sabe?

Papá tenía las manos metidas en los bolsillos y pareciera que se estuviese reprimiendo con todas sus fuerzas para mantenerse alejado de mí.

—Quería que viniera, pero... —Sacudió la cabeza—. Necesitaba hablar de ello, ser capaz de hablar de lo que pasó... de cómo fue perder a mi hijo. —Se rio a pesar de tener lágrimas en los ojos—. A veces quiero recordar las cosas estúpidas que hacía y que... —Su risa se tornó ronca— desearía que continuase haciendo. Necesito confesar que estoy enfadado con Dios por arrebatármelo y agradecerle que me lo hubiese dado todos los años que lo tuve. Sé que tu madre también lo necesita, y ojalá... —Se le quebró la voz y ambos supimos que no podía continuar.

Me tembló la barbilla antes de poder contenerme, pero cuando papá dio un paso hacia mí, yo me interné más en el pasillo.

Le había pedido a mamá que viniese con él en la tumba de Greg. Lo supe sin que me lo tuviera que confirmar. Ella se había negado. Y ahora se encontraba frente a mí preguntándome lo mismo en silencio.

No sabía qué hacer, y al final papá no me hizo elegir. Regresó dentro y tomó asiento en una de las dos sillas junto a Jeremy mientras yo permanecía de pie y solo en el pasillo.

Los escuché hablar, relatar anécdotas entre lágrimas, y las risas llorosas me afectaron.

Jeremy se quedó callado, pero papá contó una historia sobre Greg que yo no conocía, sobre una vez que tuvo que mear en el arenero del gato durante una tormenta porque mamá se estaba duchando en el único baño que funcionaba. Greg había estado tan orgulloso de sí mismo por habérsele ocurrido aquella solución que había fardado con papá sin darse cuenta de que los gatos mearían entonces —y lo hicieron— en todas partes menos en el arenero.

Papá, Jeremy y yo nos reímos, pero supe que mamá no lo hubiera hecho. Se habría echado a llorar, porque se aferraba tanto al dolor que ninguno de sus recuerdos —ni los nuestros— la hacían feliz.

De vuelta en el apartamento, Jeremy no me pegó en el brazo cuando anuncié que ya era hora de volver. En lugar de eso, me dedicó una pequeña sonrisa y asintió.

No abracé a papá, pero sí que le dediqué una palabra. Sin que me obligasen o mi hermano me amenazase con hacerme daño.

—Adiós.

JOLENE

Le envié a Adam una foto de mi carné junto con un mensaje que decía que aguantara, y él me respondió con otra foto de su dedo corazón. A saber qué me habría mandado si le hubiese enseñado una foto de mi Lexus nuevo. Tampoco es que tuviera ya mucha opción. Pude conducirlo únicamente ese día. Para cuando me levanté el martes por la mañana y me enteré de que los abogados de mamá habían obligado a mi padre a que se lo llevase, ya no estaba.

Si mi padre se preguntaba por qué no le había enviado ninguna nota dándole las gracias, ni lo supe.

Adam me envió la foto de una bicicleta con una única palabra debajo:

Adam:
¿Celosa?

Una sonrisa que no sabía que pudiese esbozar se abrió paso en mi rostro. No había sabido nada de Adam en casi una semana; una semana larga y vacía. Había probado a mandarle un mensaje cuando se suponía que volvía de visitar a sus abuelos, pero su madre respondió en su lugar y me explicó que Adam estaba castigado hasta el jueves. ¿El perfecto de Adam se había metido en líos? Sentía tanta curiosidad por lo que había hecho que casi le pregunté a ella. Pero me gustaba pensar que le caía bien a su madre, o al menos la versión fotográfica de mí. No quería estropearlo siendo demasiado cotilla o maleducada, aunque realmente lo fuera.

301

Y por fin Adam me respondió.

Adam:
No me puedo creer que haya tenido que esperar tanto tiempo para ver tu carné.

Jolene:
Y yo me estoy muriendo por saber lo que hiciste para que te castigaran durante tres días. ¿Hablaste con la boca llena? ¿Te olvidaste de dar las gracias? ¿Has sacado menos de un 12 en un trabajo voluntario del instituto?

Jolene:
Oye, ¿ha sido un autocastigo? Apuesto a que sí.

Adam:
Me di de puñetazos con mi hermano cuando él iba conduciendo de camino a casa de mis abuelos y terminamos estrellando el coche de mi madre.

Jolene:
Le arrancaste la etiqueta a un colchón, ¿verdad?

Adam:
¿Crees que es coña?

Jolene:
Sé que lo es.

Adam me envió una foto del coche con la parte trasera toda aplastada.

Jolene:
¡¡¡¡¡!!!!!!

Adam:
....

Jolene:
¿Quién eres? No te has hecho daño, ¿no? ¿Y tu madre y tu hermano?

Adam:
Estamos bien.

Adam:
Todavía no tenemos dinero para arreglarlo, así que ahora todos tenemos que compartir el de Jeremy, pero te lo contaré todo cuando te vea mañana. Es muy largo para escribirlo por aquí.

Corrí al cuarto de baño y me disparé el secador en la cara mientras abría la boca al máximo. En la foto que me saqué con el móvil no se veía el secador, solo se me veía a mí con cara de estar tan patidifusa que el pelo literalmente se me había volado hacia atrás. Le mandé la foto.

Adam:
Te he echado de menos esta semana.

Yo también lo había echado de menos. Demasiado.

Jolene:
Escucha: me regalaron un coche por mi cumpleaños.

Adam:
Ni de coña.

Jolene:
Sí, y mi madre dejó que me lo quedase solo durante doce horas antes de que sus abogados movieran los papeles para que un auditor forense revisase las finanzas de mi padre hasta encontrar el dinero que se gastó en él.

Adam:
Espero que sea mentira.

Jolene:
Pero sabes que no lo es.

Adam:
Al menos dime que llegaste a conducirlo.

Dejé los pulgares planeando sobre la pantalla del móvil. De solo pensar en las horas que había perdido sentada fuera del apartamento de mi padre, me salía urticaria en la cara. Sabía lo que Adam me diría —o me escribiría— si le contase la verdad. Me mandaría mi nombre seguido un punto. Lo último que quería era que me tuvieran lástima, sobre todo después de que aquella noche al final resultara terminar bien con Teo, o más específicamente, con la colección de películas de Teo. Pero no le podía contar a Adam una cosa sin revelarle también la otra.

Jolene:
Protagonicé una escena sacada de *Buscando mi destino*, pero con un Lexus en vez de una moto.

Adam:
¿Esa es una peli donde salen motos?

Jolene:
Vaya.

Adam:
¿Debería dejar de admitir que no me suenan ni la mitad de las películas de las que hablas?

Jolene:
Probablemente. ¿Quieres quedar?

Adam:
¿No lo hacemos siempre?

Jolene:
Me refiero a hoy.

Ya era jueves, así que solo quedaba un día para que volviéramos a estar juntos en el apartamento, pero aquel tiempo entre medias se me antojaba últimamente más largo.

Adam:
¿No has pillado la foto de la bicicleta? Podría salir ya y aun así no llegaría antes del fin de semana.

Jolene:
Podría coger el coche de mi madre.

Adam:
¿Te refieres a robárselo o a pedírselo prestado?

Jolene:
Bueno, mi intención es hacerle un puente, así que...

Adam:
Quiero creer que sabes hacerlo para que me enseñes.

Jolene:
¿No te has metido ya en suficientes líos estos días?

Adam:
Pero ahora le he cogido el gustillo. En serio, ¿sabes hacerlo?

Jolene:
Antes de conocerte, vivía como una delincuente. Nunca he podido abandonar esa parte de mí del todo.

Adam:
¿Entonces tu padre es un capo?

Jolene:
Sí, y yo soy su heredera. Me llaman Jolene la revienta-bazos.

Adam:
Eso suena horrible.

Jolene:
La única otra opción que se me había ocurrido es Jolene la Borde.

Adam:
Ambos son horribles.

Jolene:
Ahora ya sabes por qué dejé aquella vida. Entonces, ¿le hago el puente al coche de mi madre o no?

Adam:
Esta noche no puedo. Tengo planes con mi madre.

> **Jolene:**
> ¿Qué planes?

Adam:
Pues uno.

> **Jolene:**
> ¿Es vergonzoso?

> **Jolene:**
> ¿Sigues ahí?

Adam:
Es un puzle.

> **Jolene:**
> ¿?

Adam:
Vamos a hacer un puzle.

> **Jolene:**
> ¿¿??

Adam:
Le gustan los puzles.

> **Jolene:**
> Eres un friki. Aunque me parece muy dulce por tu parte. Mi madre y yo vamos a hacer que su estómago vomite esta noche, así que ambos tenemos planes.

Adam:
No me gusta nada cuando bromeas con esas cosas.

Escribí «¿Crees que estoy bromeando?», pero lo borré antes de enviarlo. Mi madre y yo ya lo habíamos hecho antes, pero no desde hacía tiempo. En realidad había estado bebiendo menos desde que ella y Tom rompieron. No sabía si Tom por fin se había dado cuenta de que sus grandes planes para convertirse en un hombre mantenido nunca iban a hacerse realidad, o si ella había decidido aprender la lección y encontrar a alguien más capaz de conseguirle lo que ella quería. Fuera lo que fuese aquello.

> **Jolene:**
> Lo siento. Ha sido una broma de mal gusto.

> **Adam:**
> ¿Qué vas a hacer?

> **Jolene:**
> Algo muy loco. Puede que haga DOS puzles. ¡Mua ja, ja, ja!

> **Adam:**
> ¿Cuál sería mi nombre de mafioso?

> **Jolene:**
> ...

> **Adam:**
> ¿No se te ocurre ninguno?

> **Jolene:**
> Estoy intentando pensar en uno que tenga que ver con puzles.

Adam reenvió la foto de su dedo corazón.

DÉCIMO FIN DE SEMANA
29-31 DE ENERO

JOLENE

Adam no aparecía.

Siempre llegaba al apartamento antes que él gracias a la insistencia belicosa del abogado de mi padre, y ya llevaba allí media hora. Sin contar con la vez que a Jeremy y a él se les pinchó una rueda —y entonces me había escrito diciéndome que llegaría tarde—, nunca había tardado tanto.

Me mordí las uñas y eché un vistazo a través de la puerta de cristal de la entrada. Era nueva, igual que el marco, y ya no temblaba como si fuese a hacerse añicos durante una tormenta de nieve. Agaché la mirada y vi que habían sustituido la asquerosa y vieja moqueta por unos azulejos largos y rectangulares que formaban un patrón de espiguillas que conducía a las escaleras. El padre de Adam había estado trabajando mucho. Los zócalos y las molduras también eran nuevas. Mirase adonde mirase, todo parecía reluciente y nuevo. Excepto el cartel de «fuera de servicio» del ascensor. Me gustaba que el padre de Adam no fuera capaz de arreglarlo todo.

Mientras mis ojos vagaban por el recibidor y pensaba en las mejoras del edificio, sentí un ramalazo de pánico asfixiante envolverse en torno a mí.

Abrí las puertas de cristal y, tras salir, me volví para observar el edificio mientras el pánico me constreñía desde el vientre hasta el pecho. Las manchas habían desaparecido, habían cambiado las ventanas rotas y habían echado argamasa a las piedras sueltas para afianzarlas. Las escaleras de hormigón que conducían a la entrada no habían cambiado. No todo era perfecto; al igual que el ascensor

309

del interior, seguía habiendo vestigios de las décadas de descuido que había sufrido el bloque, pero apenas los notaba.

Desde que se había mudado, el padre de Adam había mejorado muchísimas cosas. Estaba segura de que el propietario estaría encantado con el progreso, pero ¿cuán encantado estaría de dejar alojarse al padre de Adam en un edificio que ya no necesitaba restaurar sin pagar alquiler? ¿Qué pasaría entonces? Adam me había contado que su familia no era adinerada, no lo suficiente como para permitirse un apartamento en la ciudad además de la hipoteca de la casa en el campo. No se quedarían.

Adam se marcharía.

Me giré para darle la espalda al bloque e intenté insuflar aire a los pulmones que se me habían cerrado.

¿Por qué no podía ir el padre de Adam más despacio? ¿Por qué no tomarse tu tiempo? ¿Por qué no podía darse a la bebida como mi madre después del divorcio?

Sentí la presión embotándome la cabeza y concentrándoseme en las sienes. No lo había hecho, porque los padres de Adam no eran los míos. No había Shellys, Toms, ni equipos de abogados peleándose por banalidades. Ni notas escritas con prisa dándoles la bienvenida a Adam y a Jeremy cuando aparecieran. Sí que había, no obstante, una persona que bajaba las escaleras rápidamente para abrazarlos y recibirlos cuando regresaban a casa.

Lo que separó a su familia fue la pena, no el odio; y si el padre de Adam descubría la manera de arreglar la ruptura de su familia… Me percaté tras estremecerme —que, mejor dicho, había sido más una convulsión— de que bien podría haberlo hecho ya.

Adam me había contado por mensaje lo del grupo de apoyo al que los había llevado su padre cuando Jeremy y él vinieron a visitarlo el miércoles. Que era un día que no les tocaba. Estaban empezando a hablar; primero Adam y Jeremy, ahora Adam y su padre… ¿Cuánto faltaba para que su madre también entrase en escena? ¿Cuánto faltaba para que aquello que los separaba los volviese a unir?

Quería ser buena persona, una que se alegrase por Adam y esperara feliz el momento en que los fragmentos rotos de su vida se reparasen, pero no lo era. Era yo, y me asustaba perder a la única persona que me quedaba.

Ya no estaba cuando tocaba, y no había ninguna tormenta fuera a la que pudiera culpar.

Comprobé la hora en el móvil y cuando vi un mensaje suyo sin leer desde hacía casi una hora sentí la esperanza recorrerme de pies a cabeza.

> **Adam:**
> Mi madre nos ha traído antes porque solo tenemos el coche de Jeremy. Cuando llegues ven al apartamento.

El padre de Adam fue el que abrió cuando llamé. Mostraba la misma expresión amistosa que Adam.

—Hola, Jolene.

No lo había visto desde el día que nos encontró a Adam y a mí jugando a las cartas, y me descolocó que se acordara de mi nombre.

Me removí en el sitio y tuve ganas de agachar la cabeza.

—Eh, sí, hola. —Quise reírme de lo avergonzada que sonaba y que me sentía—. ¿Está Adam?

Adam asomó la cabeza por la puerta de su habitación por detrás de su padre y, en cuanto me vio, sonrió. Se me llenó el estómago de mariposas y retrocedí un paso. Era el único que me perturbaba de esa manera.

—Hola. Iba a buscarte justo ahora. —Después se le cambió la cara y miró primero a su hermano, que abrió mucho los ojos como respuesta, y después a su padre—. Es decir, iba a ver si habías llegado bien, pero, eh, voy a comer algo con... —Volvió a mirar a su hermano y a su padre.

Ah.

Vale.

Las mariposas escaparon y en su lugar sentí náuseas.

Demasiado deprisa. Demasiado pronto.

Tenía que volverme e irme antes de que hiciese algo peor que vomitar.

—Ah, claro. Vale. No pasa nada. Nos vemos luego.

Y, entonces, me giré y regresé al pasillo sin saber a dónde ir. La opción de esconderme en mi cuarto todo el fin de semana me hizo sentirme tan sola que me escocieron los ojos. ¿Qué solía hacer antes de Adam?

—¿Por qué no vienes con nosotros?

Me detuve.

No me sorprendió la invitación en sí, sino quién lo sugirió.

El padre de Adam.

Aquello consiguió que me picaran más los ojos. Parpadeé para desterrar aquella sensación antes de volverme hacia ellos.

—¿Qué?

La reacción de Jeremy había sido la esperada. Se quedó observando a su padre como si se sintiese indignado. También me había esperado la expresión boquiabierta de Adam. Pero su padre... sabía que la razón por la que me había invitado era para que Adam se abriese más con él, pero me costaba entender por qué me estaba mirando a *mí*. Lo peor era que la sonrisa en su cara, esa igual que la de Adam hacía un momento, era solo para mí, ya que no echado ni un vistazo al público para el que se suponía que debía de estar actuando.

—Claro. Tienes que comer, ¿no? Conozco un buen sitio de sándwiches de carne casi al doblar la esquina. Y me gustaría conocer a las personas que sois importantes para mis hijos.

Pestañeé.

—Yo...

—¿Ves, papá? —interrumpió Jeremy—. No tiene hambre.

A pesar de que el hermano de Adam no me cayera bien, agradecía que estuviese ahí y se comportase como un imbécil aquel día. Me aferré a aquella normalidad y familiaridad.

—Si te refieres a Sonny's, me apunto.

Jeremy lanzó un quejido y su padre se rio. Adam seguía con la boca abierta.

Jeremy pasó por nuestro lado y le dio un golpe a su hermano en el hombro. Intercambiaron una mirada que pareció ser esclarecedora.

—Da igual. Venga quien venga, vámonos.

Y fuimos todos.

—¿Qué grado de incomodidad debería esperar? —le pregunté a Adam mientras caminábamos por el pasillo—. Jeremy siempre ha sido sutil, pero me he dado cuenta de que quizá no le guste que esté con vosotros.

En lugar de reírse como yo hubiera querido, Adam apretó la mandíbula.

—Si vuelve a decir algo así esta noche, se va a tragar el sándwich de un solo bocado.

Entrelacé las manos debajo de la barbilla.

—Mi héroe.

Puse una mueca y le di un empujón a Adam para que se alejase de mí.

Nos encontramos con Teo al bajar las escaleras. Yo sonreí, lista para presentárselo a Adam, aunque eso significase tener que contarle una versión resumida de los sucesos que provocaron que lo conociese. Pero entonces Teo hico algo raro, o, quizá, inesperado más que raro. Me ignoró completamente.

Mi sonrisa se esfumó y me sentí avergonzada por haberla esbozado siquiera.

—Hola, Paul. ¿Qué tal? —saludó Teo al padre de Adam.

—Bien. Vamos a cenar. No conoces a mis hijos. Jeremy y Adam. Y ella es la amiga de Adam, Jolene. Chicos, este es Teo, de enfrente. Adam, Teo es el crítico de cine del que te hablé.

La expresión de Adam se animó.

—Qué guay. A Jolene también le gustan mucho las películas. —Me miró como si esperase que tomase las riendas de la conversación, pero antes de poder comentar nada, Teo asintió de forma despectiva y fingió que no nos conocíamos antes de regresar a la conversación con papá.

—Oye, ¿es cierto que has conseguido que arreglen el ascensor este mes?

Charlaron varios minutos de forma normal sobre cosas triviales. No hubo nada malo en lo que dijeron, pero cada palabra removía las náuseas que sentía.

Ver cómo hablaba Teo con el padre de Adam como si fueran amigos —colegas— fue superraro. No debería ser amigo del padre de mi amigo, pero viéndolos aquí en las escaleras, era obvio que lo eran. Lo cual me dejó claro que *nosotros* no lo éramos, a pesar de lo sucedido la otra noche.

Pasamos mi decimosexto cumpleaños juntos; comimos una tarrina de helado, compartimos una pizza hawaiana y hablamos de películas. Teo había escrito reseñas para un montón de revistas y páginas web. Yo no le había mencionado el curso de cine ni le había pedido una carta de recomendación para mi solicitud, pero en general se había portado guay y no me había interrogado sobre por qué me había encontrado llorando. Pensaba que nos lo habíamos pasado bien, y teniendo en cuenta lo mal que había empezado mi cumpleaños, eso ya era decir mucho.

No había sido igual que cuando había estado esperando a Adam, pero ¿una sonrisa? ¿Un gesto de reconocimiento para dejar ver que no éramos desconocidos? Eso sí que lo había esperado.

Que me ignorase me resultó raro.

Jeremy se apoyó contra la pared y se cruzó de brazos, evidentemente impaciente.

—Uno de los tuyos tiene hambre —exclamó Teo señalando a Jeremy—. Parece que estás ocupado con los niños, así que te dejo.

Teo ni me miró, y cuando Adam me preguntó por qué no le había dicho nada a Teo teniendo en cuenta que era el crítico que había querido conocer durante meses, me limité a encogerme de hombros.

314

ADAM

El sitio de los sándwiches era pequeño, pero afortunadamente no estaba lleno. Pedimos y luego nos agenciamos una de las mesas redondas en un rincón. El sitio olía deliciosamente a carne asada, y la boca se me hizo agua antes de que pudiera quitarle siquiera el envoltorio a mi sándwich.

Observé a mi padre mientras le hacía a Jolene unas cuantas preguntas educadas. Sabía que quería demostrarme que le importaba lo que a mí me importase y que estaba intentándolo. Todo iba sobre ruedas, más o menos. Desde que me enteré de que él sí que lo había estado intentando con mamá, al menos un poco, me resultaba más difícil descargar mi enfado solo con él.

Además, me gustaba verlo con Jolene. Me gustaba verlo hablándole, demostrándole que otra persona se interesaba en lo que ella tuviera que decir, aunque sus respuestas fueran... terminantes.

—¿Sabes? Creo que todavía no he conocido a tu padre. ¿En qué trabaja?

—Es agente inmobiliario de locales comerciales.

—Ah. —Mi padre dejó que su voz transmitiera como que se había impresionado—. Supongo que por eso no lo veo.

Jolene abrió la boca, pero yo la pisé por debajo de la mesa para atraer su atención y sacudí la cabeza muy sutilmente. Jolene no entendía que mi padre no era esa clase de padre que sería incapaz de oír que no había visto al suyo en meses sin hacer algo por remediarlo. Si se involucraba, ninguno de los dos le agradeceríamos el resultado.

—¿Y a qué se dedica tu madre?

—A recibir la manutención —respondió Jolene, luego se percató de mi expresión incómoda y me dedicó una mirada de «¿qué he dicho?» antes de añadir—: Es decir, supongo que es... ¿ama de casa?

—Esos son todos los trabajos en uno.

315

—Ah —replicó Jolene, con un toque de sarcasmo de más del que yo creía necesario.

—Debe de echarte mucho de menos cuando estás aquí.

Jolene casi se atragantó con el refresco.

—Sí. Por eso probablemente pase tanto tiempo en el gimnasio. A veces pienso que viviría allí si pudiera. Su objetivo este año es bajar la grasa corporal al 21 por ciento.

Mi padre frunció el ceño, pero trató de ocultarlo.

—¿Es para alguna competición de levantamiento de pesas o algo?

—No, es más para restregarle a mi padre que todavía sigue estando buena, ya que él la dejó por su entrenadora personal de veintiséis años. —Jolene me mostró el pulgar por debajo de la mesa para indicarme lo bien que creía estar manejando las preguntas de papá.

Quise besarla allí mismo.

Bueno, siempre quería besarla, pero en este momento me apetecía más de lo habitual.

Cuando mi padre se disculpó para ir al baño, pensé en ello muy seriamente.

—¿Shelly? —Jeremy por fin decidió dejar de arrugar la cara lo suficiente como para unirse a la conversación—. ¿Solo tiene veintiséis?

Le arrojé una patata frita rizada a la cabeza.

—Idiota. ¿No estás ahora con Erica?

La mano de Jolene se detuvo a medio camino de meterse una patata en la boca.

—Ostras. ¿Estás saliendo con Erica? En plan, ¿de verdad? ¿No solo para joder a Adam?

La piel de mi hermano se tornó roja como el kétchup y yo sentí mi propio rostro ruborizarse también. ¿Así me veía yo cuando me sonrojaba? ¿Y Jolene decía que a ella le parecía *mono*?

Jeremy me dedicó una mirada suplicante, pero yo sonreí y negué con la cabeza. Se lo tenía merecido desde hace mucho.

De observarnos, a Jolene se le escapó la risa y se inclinó hacia Jeremy.

—Tienes que contarme cómo pasó. —Me dio un empujoncito con su hombro—. No me digas que no te mueres de curiosidad ahora mismo.

La verdad es que no me importaba tanto como a ella, pero apoyé los antebrazos en la mesa.

—Sí, Jer, y que sea rápido si quieres terminar para antes de que vuelva papá.

—¡No hay nada que contar! —Jeremy alargó el brazo hacia el cubo de patatas, pero Jolene enganchó un dedo en él y lo apartó de su alcance.

—Pero, venga ya, a ella le tuviste que caer mal por asociación. Y, sí, ofensa incluida, tú eres capaz de comportarte como un auténtico imbécil sin proponértelo siquiera. —Se metió varias patatas en la boca.

Sus orejas eran la única parte de él que seguía coloreada y me estaba empezando a preguntar si no era más de rabia que de vergüenza. Supuse que ahora diría algo desagradable y le daría la razón a Jolene, pero me sorprendió.

—No seas tan antipática. Se suponía que él —Jeremy desvió la mirada hacia mí— iba a pasar más tiempo con nuestro padre, y sin embargo se fue contigo desde el primer día. ¿Fui un imbécil contigo? —Ladeó la cabeza de lado a lado—. Podría haber sido más amable, es verdad, y lo estuve considerando antes de que empezara a salir con Erica y luego se fuese contigo todo el tiempo que estábamos aquí. Así es como ella empezó a hablar conmigo, por cierto. Ambos estábamos enfadados con él, y contigo por extensión.

—Para que lo sepas, el rey de los imbéciles fuiste tú. —Jolene volvió a acercarle el cubo de patatas—. Pero entiendo que no te lo puse fácil precisamente. Y lo de Erica no fue muy bueno que digamos.

Jeremy se la quedó mirando. Y ella a él. Jeremy cogió una patata frita.

—Así que literalmente te sentaste junto a ella en los ensayos de teatro y le dijiste: «¿Qué? ¿Los dos pensamos que Adam es estúpido?»

—Oye —tercié yo—. Que estoy aquí. —Ninguno de los dos me miró.

Jeremy cogió otra patata frita.

—Básicamente.

—¿Y de quién fue la idea de ir al baile juntos? —preguntó Jolene.

Jeremy sonrió.

—Mía. Me llevó un poco convencerla, pero al final accedió.

—Eso fue toda una putada, señor rey de los imbéciles —replicó Jolene, pero también estaba sonriendo.

—Pero funcionó. Resulta que tenemos otras cosas en común además de querer darle de tortas constantemente.

—Sigo aquí —les recordé, aunque una vez más, ambos pasaron de mí.

—Bien por ti —le dijo Jolene a mi hermano, y parecía decirlo de verdad—. Aunque lo siento por ella, porque está claro que ha salido perdiendo en el intercambio.

Se me hinchó el corazón al oír aquel comentario, y Jeremy lanzó la cabeza hacia atrás y se rio.

—¿Sabes qué? Dale a mi hermano un poco más de espacio, y dejaré de ser tan imbécil contigo.

Jolene se recostó en la silla y arqueó una de las comisuras de su boca.

—Trato hecho.

Todavía seguían sonriendo cuando nuestro padre regresó.

—¿Qué me he perdido?

—Eh... está todo muy bueno —comentó Jolene cogiendo el sándwich—. Muchas gracias por invitarme.

Pude intuir la respuesta automática en los labios de papá antes de que se lo pensara dos veces, y también vi como Jolene se empezó a sentir incómoda. Dejó el sándwich de carne en la mesa y se pasó todo un minuto limpiándose las manos con una servilleta.

Mi padre había estado a punto de decir «cuando quieras», pero no era verdad. Si hubiésemos estado de vuelta con mamá, él le habría ofrecido encantado un sitio a nuestra mesa siempre que Jolene quisiera. Pero no estábamos sentados alrededor de la mesa que él y mi madre habían restaurado en su luna de miel. Estábamos en un local grasiento de comida rápida a kilómetros de distancia.

Esa era la versión de papa de intentarlo. Le había pedido a mamá hacer algo para lo que no estaba preparada, pero en vez de quedarse y ayudarla a ir a ese sitio con él, se había largado.

En algún momento entre hablar con Jeremy y ver a mi padre en aquel grupo de apoyo me había olvidado de ese hecho. Mi padre me acababa de dar un enorme recordatorio.

Conforme la conversación moría a nuestro alrededor, mi emoción por la tregua recién instaurada entre Jeremy y Jolene se fue con ella. Me encontré atravesando a mi padre con la mirada. Sentí los ojos de Jeremy perforarme también, y prácticamente podía oírlo decir: «Ese no es el plan, tío». Me giré hacia Jolene y me puse de pie.

—Vámonos.

Jolene me miró a mí y luego a mi padre a la vez que decía:

—¿A dónde?

—No sé. Fuera.

Papá se dirigió a Jolene.

—Nos encantaría que volvieses a cenar con nosotros, pero creo que esta noche necesitamos pasar tiempo juntos, en familia.

—¿¡Qué familia!? —dije, haciendo hincapié en cada palabra—. Mamá no se bajó del coche cuando nos dejó en el edificio, y tampoco te vi a ti esperándonos en la acera.

No, no era eso lo que tenías que decir. Jeremy dejó de mala manera lo que le quedaba de sándwich en el plato y puso los ojos en blanco.

Mi padre me miró.

—Siéntate. Ya. —Su voz sonó baja para no molestar a las mesas de alrededor, pero igualmente varias personas ya nos estaban observando.

Sentí cómo se me sonrojaba la cara. Jeremy no dejaba de mirarnos de forma intermitente a papá y a mí como si no estuviese seguro de lo yo fuese a hacer, si de verdad iba a intentar desafiar a nuestro padre. Siendo la palabra clave «intentar», porque ambos sabíamos lo bien que se desarrollaría todo.

Jolene mejoraba y empeoraba las cosas al mismo tiempo. Su presencia me daba el coraje necesario para mantenerme en mis trece, pero también era la razón por la que me volví a sentar. Ver a mi padre sacarme del cuello del restaurante no era algo que quisiera que viera. Y la expresión de mi padre dejaba entrever que lo haría. Me senté mientras todavía seguía siendo mi decisión hacerlo o no. Al menos mi padre me lo permitió.

Terminamos de cenar en un incómodo silencio. Cuando regresamos al apartamento, subimos las escaleras en fila. Jolene me dio un leve apretón en la mano cuando pasó junto a mi puerta.

—Te llamo luego —me despedí.

—Este fin de semana no —respondió mi padre—. Si no me habla con respeto, no va a hablar con nadie más —añadió en dirección a Jolene.

Aquel punto muerto en el pasillo duró mucho más que el del restaurante, pero el resultado fue el mismo. Cedí; él ganó, así que dejé a Jolene en el pasillo.

—Esto se acaba ahora. —Mi padre no perdió el tiempo en cuanto cerró la puerta a su espalda—. ¿Me estás escuchando?

—Sí, te escucho. —Estábamos cara a cara, y yo decía las palabras que él quería oír sin engañarnos ambos con mi supuesta rendición.

Había cruzado un nuevo límite al enfrentarme a él en público. Me había sentido de lo más inteligente por haberle hecho frente en vez de simplemente hacerle el vacío, como siempre, pero aquella sensación se apagó enseguida. Mi desafío no lo había impresionado ni intimidado. Se había cabreado. Y mucho.

Jeremy, que normalmente consideraba que regañarme era el mejor deporte del que ser espectador, desapareció en el interior del dormitorio de papá y cerró la puerta. También tendría que lidiar

320

con él y explicarle por qué no podía pasarme ni dos horas sin recaer en mi antigua hostilidad incluso después de haber acordado que no era una buena estrategia de acción. Para mí sí había sido así; defender a Jolene cuando nadie más lo hacía. Pero mi padre no podía saberlo, y no era ninguna excusa.

—Tú no eres el que manda aquí. Si vuelves a intentar hacer algo así... —perdió las palabras—. Que no vuelva a pasar. Puedes odiarme o pensar lo que quieras, pero se terminó ese comportamiento aislacionista tuyo. Ya no voy a aguantarte más esa actitud ni tampoco el trato de silencio. Esa habitación —señaló mi dormitorio— es solo para dormir. No te vas a esconder allí en cuanto pises esta casa ni tampoco te vas a quedar allí metido todo el fin de semana. Ni vas a darnos plantón ni a mí ni a tu hermano para salir con otra persona.

Su ira se calmó un instante.

—Entiendo que esa chica no tenga mucha gente en su vida que se preocupe por ella, y me alegro de que tú sí lo hagas, pero... —el enfado regresó— ...me he cansado de dejarte dictar el desarrollo de los acontecimientos. Echo de menos a mi hijo. —Por alguna razón, esa última afirmación fue la que pronunció con más rabia—. Es que no lo entiendo, ¿qué pasa? Sé que estás enfadado porque tu madre y yo ya no vivamos juntos, y más vale que no te pongas en este plan con ella...

—No pensaba hacerlo.

—...pero tienes que superarlo y hacerte a la idea de la realidad que estamos viviendo. *Esta* es tu realidad. Justo aquí. Y también es la mía y la de Jeremy y la de tu madre. Esto es lo que tenemos. No para siempre, eso te lo prometo, pero estás poniéndonos las cosas más difíciles a todos, incluido a ti. Si pudieras intentar...

—¿Como tú lo has intentado? No es suficiente, papá. Cada fin de semana que ella está allí y nosotros aquí... —y me aseguré de que supiera que me estaba refiriendo a Jeremy y a mí— ...no es suficiente. —Quería que escuchara sus palabras y se diera cuenta de que sus palabras eran tan ciertas para él como lo eran para mí.

Estaba cansado de todo esto. De la situación en la que nos encontrábamos. Por eso había accedido a intentarlo con papá. Pero resultaba más difícil de lo que había creído. Tenía meses de resentimiento acumulado que no podía hacer desaparecer sin más en una noche—. Inténtalo más.

De todas las cosas que le había dicho aquella noche, esas dos palabras fueron las que más daño le hicieron.

Me fui a mi cuarto sin pronunciar otra palabra.

JOLENE

El padre de Adam había encontrado su fuerza de voluntad en el restaurante y no pensaba perderla tan pronto. La «noche en familia» a la que había aludido no sería nada bonita para ninguno de ellos. De todas formas, nos habíamos despedido, y ahora me encontraba en el pasillo, posponiendo entrar por la puerta del apartamento de papá y observándola cual caja de Pandora, como si al abrirla todo mal se fuera a escapar por ella.

O, bueno, Shelly.

—¿Qué tienes con los pasillos?

Volví la cabeza y encontré a Teo apoyado contra el umbral de su puerta como si tal cosa.

—¿Yo? —pregunté—. ¿Me lo dices a mí? Pensaba que ahora solo nos limitábamos a saludarnos con la cabeza en las escaleras.

—Oh, venga. No te enfades. Os estabais yendo. Suponía que no querrías que contase que pasaste tu cumpleaños conmigo después de que te encontrara aquí sola y llorando.

Recordar esa noche me dolió.

—¿Entonces me has ignorado por mi bien? Muchas gracias. Deja que te lo compense. —Me giré y anduve por el pasillo, alejándome del apartamento de papá. Después de varios pasos, me detuve. Aquella dirección no me proporcionaba tantas opciones como la otra.

—No te ignoré. No quería avergonzarte delante de tu novio.

—Adam no es mi novio.

—Lo que tú digas, Jolene. —Después se hizo a un lado y dejó la puerta de su apartamento abierta—. ¿Quieres entrar o...? —Sus ojos pasaron de mí a la puerta del apartamento de mi padre.

Lo que yo quería era estar con Adam, pero me habían cerrado esa puerta en las narices, literalmente. La otra opción no era una opción siquiera. Y Teo lo sabía.

Explicar cómo nos habíamos conocido Teo y yo sí que sería vergonzoso. Además, el padre de Adam podría formarse una idea equivocada y no quería darle más razones para no caerle bien. Puede que Adam también lo malentendiese, y eso sí que no era lo que yo quería.

A veces, cuando pensaba en ello, incluso yo misma lo malentendía. No obstante, Teo no había hecho nada más aparte de invitarme a comer y escucharme. No había intentado tocarme ni nada. Era inofensivo. Y necesitaba su ayuda para enviar la solicitud para el curso de cine. Sin embargo, me molestaba tener que repetirme que no pasaba nada porque pasásemos tiempo juntos.

—Sí, ya voy.

Acabamos viendo una película. Era una película antigua en blanco y negro a la que no le vi mucho el sentido. A Teo le encantó. No dejó de comentar lo geniales que habían sido los ángulos de la cámara, así como alguna frase del diálogo, que tuve que admitir que fue increíble. Quería que viésemos otra después y, cuando accedí, se levantó del sofá impulsándose con una mano en el reposabrazos y otra, en mi rodilla. El roce duró dos segundos como máximo. Ni me miró ni dejó la mano más tiempo del necesario. Pero, de todas formas, me sobresalté un poco. Me sacudí mentalmente, agradeciendo que no se hubiese percatado de mi reacción mientras cambiaba de película.

Teo volvió al sofá con el mando en la mano y yo, a pesar de querer relajarme, no pude dejar de estar tensa.

—¿Tienes frío?

Negué con la cabeza.

—Pareces estar helada. —Inclinó su torso por encima del mío y el aire se me quedó atorado en la garganta. Teo no se apartó. Volvió la cabeza y frunció el ceño—. Estoy cogiendo la manta. —Desvié la mirada hacia la manta gris y de aspecto calentito que había pasado por alto. Ya la estaba sujetando con la mano cuando giré la cabeza. De hecho, era lo que había estado haciendo desde que se había inclinado... no sobre mí, sino por encima de mí. Intenté hundirme en el sofá, preocupada porque sugiriera que me fuese a rayar por nada. Pero no lo hizo.

Soltó la manta y colocó la mano en el cojín al lado de mi muslo. Seguía inclinado sobre mí, así que cuando levanté la vista nos encontramos cara a cara.

—Jolene, no tienes que tenerme miedo. Me hago a la idea de cómo vives. Lo pillo, ¿vale? —Se movió y mi pierna rozó su muñeca—. Sé lo que se siente cuando nadie te quiere, como si no formaras parte de ningún sitio. No tienes que sentirte así. No me importa lo que pase allí. —Señaló el pasillo con un gesto de la cabeza—. Que no entre por esa puerta. Siempre puedes venir aquí. ¿Me crees?

No. Era una tontería. Intentaba forzar un acercamiento. Lo decía muy en serio, como yo fuese frágil o algo. Apenas me conocía. Yo pertenecía a todos lados. A donde quisiera.

Permaneció muy cerca de mí, pero dejé de preocuparme. Se comportaba como si yo le preocupara, lo cual podía ser cierto. Quizá le había dado razones para ello, teniendo en cuenta que me vine abajo en mi cumpleaños. No se daba cuenta de que aquello había sido algo puntual. Una convergencia de situaciones extraña que había desembocado en una forma que jamás volvería a repetirse. Pero la expresión preocupada de Teo, la forma en que había posado una mano en mi hombro y había dibujado circulitos en él con el pulgar, me hicieron ver que no se lo creería. Se había mostrado simpático, o lo que a mí me parecía simpático, y, a pesar de estar empezando a sentirme incómoda, sabía que también él se sentiría igual si le decía algo, y eso era lo que menos quería.

—Me ofreces tu apartamento como zona neutral. Lo pillo. —Después señalé la tele—. Aunque deberías poner la película antes de que se haga tarde.

—Ya —respondió Teo—. No vayas a faltar a la inspección nocturna de rigor.

Intentó suavizar el golpe de sus palabras con una sonrisa, pero me arrepentí de haberle contado algunas cosas la otra noche, cuando había dejado el filtro a un lado. Le había revelado demasiado. Sabía que nadie iría a comprobar si estaba allí.

Le aparté la mano del hombro con una sacudida.

—Oye, oye. —Suspiró y su aliento me despeinó—. No iba por ti, ¿vale? Debería preocuparles donde estás. Me refería a eso.

—Sí, claro, pero ¿podemos ver la película ya?

Él accedió al final, después de colocarme la manta olvidada por encima, y entonces apoyó un brazo sobre el respaldo del sofá.

Caí en algo superextraño mientras aparecían los créditos: que estaba con un cuasi desconocido que cuidaba mejor de mí que mis propios padres. Mi padre ni siquiera sabía dónde estaba. No le importaba siempre y cuando me mantuviese alejada de mi madre el mismo tiempo todos los meses. Y ella era igual.

Teo tuvo que despertarme cuando acabó la película. Tenía el brazo en torno a mi espalda, porque me había recostado contra él. Me dijo que no le había importado y tuve la sensación de que decía la verdad. No le había molestado nada de lo que había hecho. Quizá sí que era un buen tipo.

No me tensé cuando me abrazó en la puerta. Empezaba a acostumbrarme a que fuera un chico afectivo.

—Entonces —me dijo mientras me abrazaba—, la próxima vez que te encuentre con gente, ¿qué quieres que diga?

—Un hola suele valer.

—¿Y ya está?

Me separé del abrazo con facilidad. Se refería a algo distinto, etiquetas aparte. Me incomodaba que tuviese que ser algo que decidiésemos de antemano.

—¿A ti qué te parece?

Teo me miró a los ojos antes de contestar.

—Creo que hay personas diferentes con ideas diferentes. No siempre tenemos en cuenta todas las versiones antes de formarnos una opinión.

—Crees que no deberíamos decirle a nadie que somos amigos.

—Yo no he dicho eso. No quiero poner en riesgo una amistad nueva por lo que la gente crea que es lo correcto o no. ¿Y tú?

A lo que se refería, pero que no expresaba con claridad, era que nadie entendería que un hombre de treinta años pasase tiempo con una chica de dieciséis a solas en su apartamento. Me sonaba sospechoso incluso a mí, pero las cosas no eran así. La gente no iba a reservarse la opinión cuando les hablara de mi familia desestructurada y mi habitación vacía. No entenderían que Teo me ofrecía un refugio, un lugar donde no tenía que estar sola. Y que eso era lo que estaba haciendo. Estaba siendo mi amigo cuando no tenía a nadie más.

—Supongo que no.

—No pienso decirte lo que tienes que contar. Eres mayorcita como para tomar tus propias decisiones.

—No, no, creo que tienes razón. La gente es idiota. —No me podía creer que le estuviese admitiendo eso.

—Cierto. Te saludaré con la cabeza si te veo. A nadie le parecerá mal eso. Pero aquí —aclaró— podemos mostrarnos tan cercanos como queramos.

Me gustó que hubiera alguien que se preocupase lo suficiente por cómo me afectarían las cosas. Sabía que a Adam le importaba, pero él tenía a una familia que se preocupaba por él y no siempre podía estar a mi lado. Por lo rápido que el bloque estaba mejorando, pronto dejaría incluso hasta de venir.

Aparté ese pensamiento de mi mente y sonreí a Teo.

—Eso me gusta.

Y por la sonrisa de Teo, vi que a él también.

326

ADAM

La intención de Jeremy fue obvia cuando vino a mi dormitorio más tarde aquella noche. Saltó sobre mí y me pegó por lo menos unas seis veces en el brazo antes de poder quitármelo de encima. Todo eso fue sin hacer casi ruido, porque ambos éramos conscientes de que papá se encontraba tan solo a una pared de papel de distancia.

Por fin Jeremy dejó de intentar encontrar otras partes de mí que pudiese golpear y yo le solté el cuello. Nos sentamos en lados opuestos de la cama respirando pesadamente —en silencio— y mirándonos con odio. Yo fui el primero que dejó de arrugar el ceño y Jeremy aprovechó la oportunidad para darme otro golpe.

Y yo lo dejé.

Porque sí.

—Dos horas. Y no pudiste hacerlo —me recriminó en voz baja.

—Lo intento.

Jeremy echó el brazo hacia atrás para volverme a pegar, pero yo retrocedí.

—Vale, vale. —Suspiré, porque tenía razón. Dedicarle solo dos palabras a papá la última vez que lo vi no era intentarlo. Buscar deliberadamente un enfrentamiento con él no era intentarlo. Nada de lo que estaba haciendo era intentarlo.

Y sí que quería hacerlo. De verdad. Tenía que intentarlo, porque lo que hacía papá no era suficiente.

—No volveré a ser un bocazas. Me esforzaré, ¿vale?

Jeremy no quería mirarme.

—Más te vale. Y no puede ser solo este fin de semana. Tiene que ser siempre. —No mencionó a Jolene específicamente, pero quedaba bastante claro que se refería a ella. Si iba a hacer las cosas mejor con papá, hacerlo de verdad, no podría pasar con ella todo el rato que estuviese aquí. Tendría que alejarme. Mucho. Solo de pensar en ello hacía que apretase la mandíbula y quisiese gritarle a mi padre otra vez por arrebatarme a la única otra persona a la que quería.

—¿Tú cómo lo haces? —le pregunté, consciente de que iba a necesitar ayuda.

Jeremy levantó la mirada con el ceño fruncido.

—¿Cómo es posible que no estés enfadado con él?

Arrugó el ceño todavía más.

—¿Crees que no lo estoy?

—No lo parece.

—Porque no es solo con papá. También estoy enfadado con mamá, y contigo. —Resopló—. Incluso estoy enfadado con Greg.

Aquella última confesión me sorprendió.

—Eso es un poco retorcido.

Jeremy se encogió de hombros.

—Pero es la verdad. Y no es todo el tiempo. La mayor parte de las veces te comportas tan mal que no me queda cabreo para nadie más.

Esbocé una sonrisita.

—Pero si me enfado con todos, entonces todos estaríamos igual y no tendría que importar tanto. ¿Papá es un cobarde por marcharse? Puede. Pero mamá también lo es. Y tú. Tú vienes aquí y no dejas de reprocharle cosas a papá y de intentar hacerle la vida imposible mientras mimas a mamá constantemente. Y Greg, con su estúpido... —Jeremy cerró la boca y parpadeó varias veces—. Todos tenemos nuestras cosas, ¿vale? Volvamos a estar juntos y luego ya podrás comportarte como te dé la gana.

Jeremy giró la cabeza hacia mí al ver que no respondía de inmediato.

—Sí —dije—. Vale. Mañana. Lo intentaré, esta vez de verdad.

Jeremy me dio un empujón antes de salir de la habitación, pero no se le veía ni la mitad de enfadado que había estado antes, al entrar. Aun así, tenía que decirle una última frase, aunque no supusiera ninguna diferencia en su actitud hacia mí.

—Jer, lo siento.

Él vaciló en el umbral.

—Lo sé. Pero no lo sientas mañana.

ENTRETANTO...

Adam:
Hola.

Jolene:
Hola. Ya vuelves a tener móvil.

Adam:
Te habría escrito anoche en cuanto hubiese llegado a casa y cargado el móvil, pero no quería pasar de mi madre.

Jolene:
Lo entiendo.

Adam:
Estábamos viendo una peli y me dormí.

Jolene:
No pasa nada. O, de hecho, me reservo la opinión hasta que me digas cuál viste.

Adam:
Ana de las tejas verdes. O por lo menos la primera parte. Es su película favorita.

Jolene:
No la he visto.

Adam:
No se lo digas a mi madre o te atará a nuestro sofá y te obligará a verla con ella.

Jolene:
Pues suena bien.

Adam:
No digo que sea una película mala o miniserie o lo que sea, pero es larga. Dura un día entero.

Jolene:
Y, sin embargo, tú la has visto varias veces con ella, ¿verdad?

Adam:
Bueno, sí. No es culpa suya que solo haya tenido hijos varones.

Jolene:
Estoy segura de que no te cambiaría por nada.

Adam:
No, no lo haría. Entonces ¿tengo que esperar dos semanas para volver a verte?

Jolene:
No será tan malo. A ver, ¿cuántas veces podrás ver Ana en dos semanas?

Adam:
¿Una y media? Dura mucho, de verdad.

Jolene:
Se te pasará rápido.

Adam:
Nunca lo hace.

> **Jolene:**
> Esta vez sí. Confía en mí.

JOLENE

—No me puedo creer que me quedara dormida. Quería llamarte a las doce, y son y veinte, pero cuenta igual, ¿no?

—¿Qué cuenta? —La voz de Adam sonaba un tanto ronca y, cuando hablaba, me estimulaba los sentidos.

—Ya sabes qué. Feliz cumpleaños. ¿Estás despierto?

—Sí. Alguien ha programado mi móvil para que, cada vez que me llames, suene un bocinazo. —La voz de Adam bajó hasta convertirse en un susurro—. Creo que has despertado a mi madre… Sí. *Ahoratellamo.* —Colgó antes de poder decirle nada más.

Por ahora, mis planes no estaban saliendo como había esperado. Si la madre de Adam estaba realmente despierta, iba a complicarlo todo todavía más.

Los minutos pasaron y entonces mi móvil vibró al recibir un mensaje.

> **Adam:**
> Creo que se ha ido a la cama. Pero en serio, ¿y el bocinazo?

> **Jolene:**
> Creo que estás exagerando. No sonaba tan alto.

> **Adam:**
> Créeme que sí. Si hubieses estado a un kilómetro de distancia de mi casa, lo habrías oído.

Jolene:
Lo único que oigo es el viento. No me puedo creer que vivas aquí. No hay nada de tráfico.

Adam:
¿Jolene?

Jolene:
¿Sí?

Adam:
¿Estás en el jardín de atrás?

Jolene:
Estoy en UN jardín, pero como no he oído ningún bocinazo, no estoy segura del todo de que sea el tuyo.

Alcé la mirada hacia la enorme casa blanca y vi las cortinas moverse en una de las ventanas de la planta de arriba. Me atreví a apostar a que se trataba de la habitación de Adam, y no la de su madre, y lo saludé con la mano. No vi si me devolvía el saludo o no, pero la cortina se cerró.

Adam:
Dame un minuto. ¿Tienes mucho frío?

Jolene:
Sí.

Ya casi ni sentía frío. Me sorprendía a mí misma por poder seguir escribiendo en el móvil de forma legible y no en plan *Abyss*. Estaba empezando a nevar, y los copos blancos y suaves ya no se me derretían en la piel cuando caían sobre mí. El montículo sobre el que me encontraba me tapaba los tobillos, pero merecía la pena. Menos de un minuto después, la puerta de atrás de la casa se abrió y Adam salió. Llevaba un pijama de cuadros rojo y negro y el cuello, que era grueso y estaba hecho de lana, abierto mientras corría hacia mí. No se detuvo hasta que su cálido aliento se confundió con el mío.

—Estás loca.

—Lo que estoy es helándome. —Y feliz. No podía dejar de sonreírle.

Adam giró la cabeza de un lado al otro, observando en derredor.

—¿Cómo has llegado hasta aquí?

—¿Recuerdas aquella conversación que tuvimos sobre hacerle un puente al coche de mi madre? Pues resulta que es complicadísimo, así que le robé las llaves mejor.

Había estado más que preparada para pagar un Uber o hacer autostop si hubiese sido necesario, pero desde que mi madre había roto con Tom, se había estado yendo a la cama antes. O al menos a encerrarse en su habitación.

—No me puedo creer que estés aquí. —Me recorrió con la mirada y, donde fuera que se posaran sus ojos, el frío desaparecía de repente.

—Pues lo estoy, y vas a terminar con una versión de hielo de mí si no me llevas a alguna parte donde haga más calor. —Ya llevaba fuera más tiempo del que había pretendido, porque había tenido la brillante idea de aparcar un poco más atrás, por si la madre de Adam oía el motor del coche. Pero resultó que Adam no vivía en una urbanización normal. La carretera por la que había tenido que caminar se convirtió en un camino de tierra, que a su vez se volvió barro mucho antes de que pudiera atisbar su casa. La nieve estaba amainando, pero la temperatura había descendido casi un par de grados, y el viento arreciaba. *Demasiado frío*. Me castañeaban los dientes.

Adam me agarró de la mano y se estremeció. Estaba supercalentito, así que añadí la otra mano y lo dejé guiarme hasta un granero grande y rojo que había a unos cien metros de su casa.

—¿Tenéis vacas y cerdos y demás? —pregunté, con la voz dejando el frío que sentía en evidencia.

—No, está vacío. Vamos.

—¿Te das cuenta de que tu casa parece un cuadro de Norman Rockwell, mientras que la mía bien podría ser el plató de la serie *Real Housewives?*

El granero estaba moderadamente más cálido que el exterior. Ya no se nos formaba vaho al respirar, pero no tuve tiempo de pensar en ello antes de que Adam se quitase el abrigo, todavía caliente de su cuerpo, y me lo echase sobre los hombros.

—¿Mejor?

—Mmm —musité, acurrucándome contra la calidez de la prenda.

Solo había un par de ventanas sobre un altillo al fondo, así que pude ver su perfil únicamente cuando se alejó de mí y se arrodilló en un rincón. Un segundo después, unas tiras de luces entrecruzadas se encendieron en el techo.

—Es precioso —exhalé.

—La versión de Greg de luces nocturnas para los animales —me explicó. Lo oí castañear los dientes y yo me reí.

—Vas a congelarte con ese pijama, que, por cierto, te queda genial.

Había suficiente luz para poder atisbar su rubor.

—Ahora vuelvo. —Luego regresó corriendo al frío y volvió unos pocos minutos después ataviado con otro abrigo. Había unas cuantas cajas y un contenedor en un rincón junto a toda una pared de jaulas de varios tamaños, y allí es donde nos sentamos. Adam negó con la cabeza y sonrió al ver que ya había empezado a descongelarme—. Eres increíble, ¿lo sabías?

—Me pusiste el listón muy alto llamándome a medianoche y prometiéndome lo que harías en el siguiente. Lo mínimo que podía hacer yo era desearte feliz cumpleaños en persona.

Me miraba como si fuese lo mejor que hubiese visto nunca, y el corazón se me aceleró. Era tan intenso que tuve que hacer acopio de toda mi fuerza para no desviar la mirada.

—Así que... feliz cumpleaños. —No creí que hubiese nada especial en cómo lo había pronunciado, pero Adam tragó saliva y agachó la mirada hacia sus manos.

—¿Cómo sigues haciéndome esto?

—Hm... —dije—. Este es el primer cumpleaños en el que me he presentado en tu casa en mitad de la noche, así que o bien sigues medio dormido, o me estás confundiendo con otra. En cualquier caso... auch.

Adam ni siquiera sonrió.

—Este año se suponía que no iba a ser bueno para mí. Mis padres se separaron y mi hermano y yo apenas podemos mantener una conversación sin pegarnos el uno al otro. Greg no está desde hace dos años, y cuando pienso en él, a veces no puedo ni respirar. Llevo tantísimo tiempo enfadado con... todos, porque si no lo estoy... —Su voz se tornó un susurro—. Si no estoy enfadado todo el tiempo, entonces tengo que sentir algo distinto, algo que no quiero sentir, porque si empiezo, no creo que alguna vez sea capaz de parar.

Debería haberme sentido incómoda al verlo desnudar así las capas más profundas de su corazón, y aunque deseaba poder ayudarlo a dejar de sentir dolor, no quería que eso lo hiciera callarse.

—Me estoy dando cuenta de que hasta estoy enfadado con mi madre. Intento no estarlo, porque está tan rota que, si me permito estar enfadado con ella, terminaré odiándome más, pero es la verdad. Estoy enfadado por dejar marchar a mi padre. Por no permitir que echemos de menos a Greg todos juntos. Me cabrea que, por su culpa, no podamos echarlo de menos por igual. No podemos recordarlo sin retroceder a la noche en la que murió. Creía que podía estar enfadado con mi padre sin más; de esa forma no tendría que estar cabreado con ella, pero he estado tan estancado en el pasado como ella y yo...

Por fin levantó la cabeza y me miró con la misma expresión demasiado intensa de antes.

—No quiero seguir así. No quiero quedarme estancado. No quiero estar enfadado, ni siquiera con mi padre.

No entendía todo lo que me estaba intentando decir, pero si lo que me estaba diciendo era que quería dejar de aferrarse al enfado, entonces me alegraba, y así se lo dije a la vez que estiraba el brazo para agarrarlo de la mano.

—Jo. —Me sonrió y observó como nuestros dedos se entrelazaban—. ¿Cómo puedes no saberlo todavía?

Adam podría hacer que alguien se sintiese estúpido arqueando simplemente una ceja, pero eso no era lo que estaba haciendo en aquel momento. No estaba siendo condescendiente; estaba siendo paciente conmigo, tratando de enseñarme algo que llevaba escondiendo durante mucho tiempo. Me dolía el pecho de lo fuerte que me latía el corazón, tanto que pensé que estaba intentando de salírseme del cuerpo.

—Aquel día en el que nos hicimos la primera foto para mi madre, me dijiste que no me lo tomara como algo personal si no conseguía hacer feliz a mi madre.

—No me acuerdo —confesé, y no me gustó que mi voz saliese temblorosa.

—Pero eso es lo que he estado haciendo. No solo tomármelo de como algo personal, sino culpando a todos los demás también. Así que me cabreaba cada vez más, y mi familia no ha mejorado nada. No digo que mi ira sea la razón por la que mi familia no está unida, pero forma parte del motivo por el que sigue así. Si desde el principio lo hubiese intentado... entonces quizá... No sé. —Inspiró profundamente—. Sé que no es culpa de mi padre. No es culpa de mi madre, ni de Jeremy. Sé que tampoco es mía. Es todo y nada, y lo sé gracias a ti.

Mi corazón dio una sacudida tan violenta que casi me caí de frente. Intenté soltarle la mano, pero Adam se aferraba a mí.

—Tú has hecho que quiera ser feliz otra vez.

Las lágrimas empañaron tanto mis ojos que tuve que cerrarlos con fuerza, y aun así él siguió hablando.

—Tú has hecho que quiera intentarlo cuando lo único que he estado haciendo es culpar a los demás. Tú no lo haces, y no creo que lo hayas hecho nunca. Eres muchísimo más valiente que yo, y creo que… no, *sé* que te qu…

—¡Adam! —Ya no creía que el corazón estuviese intentando salírseme del pecho, sino más bien hacerse papilla. Sentía las costillas doloridas y no confiaba aún en mí misma como para abrir los ojos. No podía permitir que dijera lo que creía que había estado a punto de decir. Aquel órgano aterrorizado y desesperado en mi caja torácica ahora latía frenético.

—Te lo diré antes o después, pero si no estás preparada esta noche…

Abrí los ojos y mi corazón por fin desistió, aliviado.

Adam se encogió de hombros.

—Esto… que estés aquí conmigo, ahora mismo, es suficiente.

Me sentía magullada y maltrecha por dentro; el corazón trabajaba débil y a medio latir, agotado pero preparado para volver a desbocarse si se lo provocaba.

—Que estés aquí en mi cumpleaños… —me sonrió—, es el mejor regalo que me han hecho nunca.

—Oh, casi se me olvida —dije, agradecida por el alivio temporal y por el recordatorio de tener algo más para él. Aún sentía los dedos entumecidos del frío y de la adrenalina que mi corazón había estado enviando a mi riego sanguíneo, pero me funcionaban lo bastante como para hundirlos en mi bolso y sacar de él una cajita de cartón. Se la entregué a Adam—. Ábrela.

Lo hizo y su sonrisa me dio más calor que cuando me hubo cedido su abrigo. Ver su rostro merecía la pena de soportar el frío. Muchísimo.

—Es de manzana y canela —le expliqué señalando el *cupcake* con la cabeza. Como si no se hubiese dado cuenta. Olía de maravilla, a especias y a vainilla mantecosa. Ojalá supiera tan bien como el pastel de manzana de su madre, que una vez me dijo que era como comerse el verano. Volví a hundir la mano en el bolso y saqué una vela y una cajetilla de cerillas. Una llama diminuta apareció y nos iluminó el rostro a la vez que encendía la mecha—. No voy a cantarte el cumpleaños feliz, pero sí que puedes pedir un deseo.

Adam miró el *cupcake* y la llama añadió un tono dorado a sus ojos avellana.

—Eso es fácil. Ya sé lo que quiero.

El corazón me dio un vuelco, y luego otros dos más; no me dolieron, pero sí los sentí rápidos. Adam había dicho que lo que teníamos ahora mismo era suficiente: estar aquí sentados, hablando, salvaguardando los últimos centímetros cruciales entre ambos. Sabía por dentro que, si lo dejaba acercarse más, no sobreviviría, pero también sabía con una veracidad ardiente, que me había despojado de cualquier sensación de frío que hubiera podido sentir, que nunca llegaría a vivir de verdad si intentaba mantenerlo alejado de mí. Estaba preparada para que mi corazón luchase en un último asalto por protegerse, pero nunca llegó.

Porque cuando Adam sopló la vela y nuestras miradas se encontraron, supe que me había pedido a mí.

Lo sentí en el modo en que sus labios encajaron contra los míos, cálidos y tan suaves, con un rastro de sabor a pasta de dientes de menta que debió de haber usado aquella noche. Aspiré cuando su boca tocó la mía, y no fue solo aire lo que me llenó los pulmones, sino Adam. Aquella sensación y olor y sabor tan embriagadores. Mi corazón volvió a desbocarse, solo que esta vez no tenía miedo de cómo me sentía. Adam me abrumaba de la forma más perfecta y aterradora. Una cámara jamás podría percibirlo, y por una vez no me perdí intentando imaginar el momento de ninguna manera mejor de lo que ya lo era. El beso me hizo sentir mareada, y cuando levantó la mano todavía caliente para alzarme la barbilla y así poderme besar más profundamente, aquel calor mareante y estremecedor me consumió.

No era solamente la sensación de tener la boca de Adam contra la mía; era a lo que sabía que se refería cuando me dijo que yo lo hacía feliz. Yo. Comparar las demás caricias, abrazos o besos que había tenido antes de Adam era como comparar el agua de mar con los dulces. Uno te quitaba y los otros te daban. Todos tenían sus problemas y sus motivaciones, pero lo que Adam me daba era gratis. Me besó porque era exactamente lo que él quería. Me hizo sentir todas aquellas cosas que me había dicho en mi cumpleaños: que era increíble y preciosa y aquello que nunca había esperado sentir jamás.

Aquello que no le había dejado pronunciar.

En aquel granero rojo y vacío, a millones de kilómetros de cualquier lugar que hubiese imaginado nunca, Adam Moynihan me hizo sentir querida.

ADAM

Me desperté con el olor a beicon y lo que me parecieron voces en la planta baja. Normalmente Jeremy se levantaba con el tiempo suficiente como para ponerse unos pantalones y llevarse a la boca lo que sea que hubiese preparado mamá para desayunar; era famoso por comerse los huevos revueltos sobre una servilleta con una mano y conducir al instituto con la otra. Pero el reloj decía que todavía tenía unos tres cuartos de hora de margen.

Me sentía atontado por haberme quedado hasta las tantas anoche con Jolene, y todos mis sentidos de repente se acordaron de ella. Sonreí, con la esperanza de que permanecieran así hasta que volviera a verla, a besarla.

Su sabor había sido mejor que el verano. Me había dejado besarla, estrecharla entre mis brazos. No había soltado ni una broma sobre mis manos temblorosas o cuando había conseguido que chocasen nuestros dientes. Fue como si no se hubiera percatado de nada de aquello.

Solo se había fijado en mí.

Y yo en lo único que pensaba era en lo perfecto que era tenerla entre mis brazos y en que quizá había encontrado una forma de llegar a ese corazón que ella fingía no tener. Aunque no se hubiese dado cuenta, a partir de anoche no le cabría duda de que ella se había colado en el mío.

En cuanto noté el sabor salado de sus lágrimas, sentí pánico. Pensaba que había hecho algo mal o que ella no había querido que la besase, pero entonces me lanzó la sonrisa más bonita que había visto nunca. No lloraba porque hubiese hecho algo mal, sino por todo lo contrario.

La había besado.

Mi estúpida sonrisa de felicidad me acompañó durante la ducha y mientras me vestía, y aún seguía en mi cara cuando bajé a la planta baja rememorando la noche anterior.

Al entrar en la cocina sentí como si hubiera retrocedido en el tiempo. Mamá llevaba su bata de flores mientras cocinaba tortitas y las añadía a la pila ya alta que se encontraba al lado del fogón y, a su vez, papá se encargaba de la tostadora. Ella solo tuvo que mirarlo para que él se acercase a ella en silencio y levantase la mano para acercarle el azucarero de la balda superior.

No pude evitar mirar hacia la mesa, al espacio donde normalmente se sentaba Greg. Claro que no estaba ahí, y el ramalazo de pena que sentí como un puñetazo en el estómago me dejó claro que no debía volver a cometer el mismo error.

Sin embargo, el resto estaba igual. Exactamente igual.

Aunque, cuanto más tiempo permanecía en el umbral observando a mis padres mirarse cuando pensaban que el otro no les prestaba atención, más resaltaban las diferencias.

Mamá llevaba la bata, pero papá estaba vestido, y en sus botas había rastro de barro y gravilla. Y también había un leve rastro en el suelo proveniente de la puerta trasera a través de la cual había entrado. Eso sin contar con la nieve que se le había derretido en el pelo y los hombros, humedeciéndolos. Las manos de mamá no lo acariciaban cuando él pasaba por su lado y él no silbaba desafinadamente alguna canción que él insistía en que reproducía en armonía incluso cuando mamá la tocaba en el piano para él en la sala contigua.

Papá tampoco le estaba gritando a Jeremy que bajase, ni Greg ni yo estábamos debatiendo sobre béisbol en la mesa mientras bebíamos zumo de naranja.

No nos estábamos riendo. No éramos felices. Ya no estábamos todos juntos.

El suelo antiguo rechinó cuando cambié el peso de un pie a otro y ambos pegaron un bote antes de volverse hacia mí.

—Pero si es el cumpleañero. —Mamá, espátula en mano, se acercó deprisa para abrazarme—. Dieciséis. No me lo puedo creer.

Mi mirada pasó de ella a papá.

—Yo tampoco.

Se ató la bata con más fuerza.

—Llamó anoche —explicó ella, y le temblaban tanto la voz como las manos—. Dijo que no quería perderse tu cumpleaños. Pensé que tú tampoco. —Después volvió a ponerse con las tortitas, seguramente con la necesidad de mantenerse ocupada para no sentir más de lo que quería—. Te voy a hacer dieciséis, así que espero que tengas hambre.

Le dije que sí, pero estaba distraído pensando que, por lo visto, toda la familia íbamos a comer juntos por primera vez en seis meses. ¿Él la había llamado? ¿Se había autoinvitado? ¿Dónde demonios estaba mi hermano? Aunque él no supiera manejar la situación mucho mejor que yo, hablaría, diría algo, que era por lo visto más de lo que yo era capaz.

Entré a la cocina y aparté una silla para sentarme.

—¿Quieres zumo? ¿Café? —Mamá estaba entre la nevera y la cafetera esperando mi respuesta.

—Puedo echármelo yo. —Hice ademán de levantarme, pero ella llegó hasta mí en un segundo y sus manos me mantuvieron sentado.

—Es tu cumpleaños y vas a dejar que tu madre te haga el desayuno.

—Ya lo estás haciendo. —Tomé un trozo de beicon calentito y crujiente del plato sobre la mesa.

—¿Zumo o café? —volvió a preguntarme sin moverse de detrás de mi silla.

—Me encantaría un café. Gracias.

Sonrió y segundos después colocó una taza delante de mí.

—Dame un segundo para acabar con la última tanda de tortitas, cogeré sirope y te lo calentaré.

Papá dejó el pan tostado al lado de los huevos y el beicon y se sentó en la silla contigua con su propia taza en lugar de donde normalmente lo hacía.

Movió el café con una cucharilla para distraerse como si creyese que se me había olvidado de que lo bebía sin leche, pero suspiró y dejó de fingir. Se me hundieron los hombros, porque sabía que había esperado a que mamá se hubiese alejado para decirme algo, y en cuanto bajó —como nuestra casa era antigua, la alacena no estaba en el piso de arriba—, sentí su mirada sobre mí.

—Debería haberte avisado de que vendría.

Yo no tomaba el café sin leche, así que tenía la excusa de poder removerlo. Me agaché hacia la taza y respondí:

—Sí.

—Me preocupaba que me dijeras que no viniese.

Detuve el movimiento de la cucharilla y le di vueltas a su respuesta. Que tuviera que pensarlo me daba pena, pero habíamos cambiado mucho desde la última vez que él había estado en esta cocina.

—No —contesté—. No me habría opuesto a que vinieses.

Noté que asentía. A continuación, acercó su silla más a la mía y apoyó el codo en la mesa para que lo pudiera ver por el rabillo del ojo.

—Quería venir para tu cumpleaños y también decirte que te he entendido, ¿vale? He hecho lo que consideraba que sería lo mejor, pero si dices que no... hijo, mírame.

Su voz no había sonado autoritaria. Me pedía que lo mirase a sabiendas de que quizá no fuese capaz.

Puede que nos sorprendiese a ambos cuando sí lo hice.

—Si crees que no es suficiente, entonces lo intentaré más aún. —Fijó los ojos en la puerta del sótano, la que había hecho con sus propias manos antes de que yo aprendiese a andar—. Voy a intentarlo tanto como ella me deje.

Bajé la mirada; no porque no fuese capaz de seguir mirándolo, sino porque no quería que él me viese a mí. Parpadeé deprisa, y sentí todos los músculos del cuerpo en tensión.

Mi padre apoyó una mano en mi hombro y me dio un apretón.

—Feliz cumpleaños, Adam.

Asentí y dejé que pusiese un par de tostadas en mi plato.

—Yo, eh... —Tuve que vaciar de aire los pulmones y volver a respirar antes de continuar—... me alegro de que hayas venido. Papá.

UNDÉCIMO FIN DE SEMANA
12-14 DE FEBRERO

JOLENE

Estaba esperando a Adam en el pasillo, fuera del apartamento de su padre, cuando tanto él como Jeremy llegaron.

—Hola —me saludó con una sonrisa por la que sabía que Jeremy le tomaría el pelo luego, pero cuando sus ojos se posaron en mi pelo, que colgaba suelto y libre por mi espalda, su sonrisa se ensanchó, y supe que no le importaba. Me lo había dejado así por él, y mientras él salvaba la distancia entre ambos mirándome como si estuviese recordando exactamente cómo sabía yo, me pregunté con un vuelco en el corazón si iba a besarme frente a su hermano.

Y me pregunté entonces que haría él si lo besaba yo primero.

ADAM

No estaba acostumbrado a que Jolene se comportase de forma tímida conmigo, pero por una vez fue ella la que tenía las mejillas arreboladas —aunque me gustó—, y la que se mordía el labio; eso último seguramente me gustó más aún. Si mi hermano no hubiese estado detrás de mí, le habría dicho algo como «qué bajo hemos caído» antes de acariciarle la mejilla. Pero quería que se sonrojase por mí, no de vergüenza. Eso suponiendo que fuera posible. Al fijarme más de cerca, vi que el rojo de sus mejillas seguramente no fuera por eso, sino por el frío y el viento. *Aunque morderse el labio sí es por mí*, pensé.

Y el pelo, también.

345

Jeremy saludó a Jolene —fue la primera vez desde que veníamos, y ver que mantenían la paz me alegró más de lo que debería— y después me miró a la vez que pasaba por nuestro lado. Sabía qué me quería decir, a lo que había accedido.

—Cinco minutos, ¿vale?

—Sí —le respondí antes de que él entrase y me dejase a solas con una Jolene confusa.

JOLENE

—¿Solo tienes cinco minutos? —Me gustaba fingir que era inmune al dolor, pero o no lo estaba intentando demasiado con Adam, o me conocía lo suficientemente bien como para detectar el asomo de dolor de mi voz.

Se acercó más.

—Quiero mucho más que cinco minutos. —Tragó saliva y bajó la mirada hacia las manos—. No quería decírtelo por mensaje, pero mi padre vino a casa para mi cumpleaños. Va a esforzarse más para que la familia vuelva a estar unida. —Intentó que su voz no sonase alborozada, pero era evidente que estaba exultante de felicidad.

ADAM

Sin contar con la vez que Jolene vino a cenar conmigo, mi hermano y mi padre, no pude pasar nada de tiempo con ella el último fin de semana que estuvimos aquí, y después de la noche en el granero, cuando por fin me devolvió la misma mirada que le dedicaba yo desde hacía meses, lo único que me apetecía era pasar tiempo con ella.

Bueno, eso no era lo único que me apetecía.

Pero mi familia había desayunado junta. Los cuatro. Durante meses le había gritado en silencio —y también en voz alta— a mi padre para que hiciese algo así, y que lo hubiese hecho significaba que yo también tenía que intentarlo más. No usar las respuestas monosilábicas que utilizaba.

Pero me costaba pensar en eso cuando parecía como si acabase de golpear a Jolene.

JOLENE

Retrocedí tan sutilmente como me fue posible. Ya sabía que llegaría, que su familia no estaba tan rota como la mía. Ya sabía que terminarían encontrando el modo de recuperarse. Pero lo que no sabía era que ocurriría tan rápido... ni que dolería tanto.

Después de la noche que pasamos en el granero de su casa, cuando sentí que nuestros corazones latían al unísono, era una broma cruel sentir que el mío se rompía cuando el suyo estaba tan lleno de felicidad.

ADAM

Ella se apartó y asintió demasiadas veces.

—Oh, vaya. Es genial. Me alegro muchísimo por ti —exclamó Jolene, pero sin convicción. Sabía que no mentía, pero mi cumpleaños había sido muy diferente al suyo. No había querido fardar ni restregarle mi alegría en la cara, pero quizá lo pareciese.

—Las cosas no van a mejorar de la noche a la mañana —le expliqué—. Mi padre... no va a volver a casa, y cuando mi madre nos ha dejado a Jeremy y a mí no ha subido a verle.

Y habría querido que lo hubiese hecho; no traté de ocultarlo como antes.

Lo cual quería decir que tendríamos que volver a intentarlo; Jeremy, papá y yo.

JOLENE

¿Cómo podía no ver que lo estaba empeorando? Allí estaba, intentando convencerme de que nada había cambiado cuando era tan evidente que su cuerpo le estaba gritando que sí. No importaba que su padre hubiese vuelto a nuestro edificio, o que Adam y su hermano siguieran viniendo cada dos fines de semana para estar con él. Todo eso era técnicamente cierto, pero no iba a durar. Era como si alguien hubiese colocado un reloj gigante sobre nuestras cabezas con una cuenta atrás y los números estuviesen cambiando a marchas forzadas.

Mi corazón también latía a marchas forzadas; me golpeaba el pecho tan rápido y con tanta fuerza que estaba segura de que él podía verlo.

ADAM

No sabía a quién trataba de convencer, si a mí mismo o a ella, pero supe que no lo había logrado con ninguno. Lo cierto era que las cosas sí que habían cambiado, y no solo porque papá hubiese venido en mi cumpleaños. *Yo* había cambiado. Era capaz de ver lo mucho que mi ira había contribuido a agrandar la brecha que dividía a mi familia, y empezaba a entender que la culpa de que existiera no era de nadie.

Había decidido acompañar a mi padre a su próxima reunión del grupo de terapia y esta vez no me iba a quedar en la puerta. Cuando nos dejara en casa el domingo, Jeremy no sería el único que lo invitase a entrar. Empezaba a sentir que había una oportunidad, y desde que Greg murió no lo había visto así. Pero Jolene...

JOLENE

Vi el momento exacto en el que se percató de lo que significaría para nosotros si se sucedían más días como aquel de su cumpleaños. Si su padre empezaba a pasarse más y más por casa y su madre veía que sus dos hijos querían que él estuviese allí. Si sus padres empezaban a darse cuenta de lo que él y Jeremy habían sabido desde el principio: que estaban mejor juntos, como una familia.

Dejó la frase a medias y las manos inmóviles. Se puso del color contrario al rojo, y si hubiese podido mirar su corazón a través del pecho, habría visto como se le abría una grieta justo en el centro.

Mi corazón ya había previsto aquella grieta, y como el mío nunca había estado entero para empezar, la fisura no se dejaba ver demasiado desde fuera. Yo nunca había albergado la esperanza de un final feliz. No tenía que dejar la ira a un lado para ayudar a curar a mi familia, porque la ira nunca había sido el problema, y mis padres nunca iban a reconciliarse. Mi problema tenía más que ver con algo que me hacía sentir mucho más vulnerable de lo que nunca había querido sentir.

Mi problema era que, justo cuando me daba cuenta de que sí podía recibir amor, ese amor se iba a marchar.

ADAM

No había querido correr hacia ella, pero no tuve tiempo de controlar mis impulsos antes de estrecharla entre mis brazos.

—No pienso dejarte escapar —dije, mostrando un atisbo del enfado que había pensado dejar atrás—. Acabo de encontrarte y no permitiré que te alejes de mí. No me importan las consecuencias. —No la solté incluso cuando tardó demasiado en alzar las manos y en corresponderme el abrazo. Me había sentido tan feliz desde mi cumpleaños, tanto por la noche con Jolene como por la mañana con mi familia, que no me había parado a pensar lo que me costaría esa felicidad, lo que le costaría a Jolene. Si las cosas con mi familia seguían el camino que yo quería, estos fines de semana llegarían a su fin, y Jolene y yo... ¿qué? ¿Iríamos a vernos dos veces al mes en los coches que no teníamos?

Pensar en no verla, en no tocarla... Dolía. Increíblemente.

—Buscaremos una manera —le dije, separándome para que me mirase—. Tú llorarás en el aeropuerto cuando yo me marche a la universidad y yo estaré presente cuando ganes tu primer Oscar, ¿vale?

JOLENE

No podía responderle como él quería porque... ¿cómo podríamos hacerlo? Adam estaba tan decidido que realmente creía que encontraría alguna manera de vernos, aunque tuviera que sobornar a Jeremy para traerle. Dejaría su familia recién unida para pasar tiempo conmigo... y seguiría alejando al único hermano que le quedaba en el proceso. Renunciaría a cosas para que los dos pudiéramos degustar el futuro que él quería para ambos.

También había logrado que yo ansiara ese futuro, en el que ambos formábamos parte en la vida del otro y al que ninguno de los dos le había puesto voz; aquel en el que para él no había ninguna Erica 2.0 y el único protagonista para mí era él.

El futuro donde solo había un nosotros, juntos.

El problema era que me había hecho desear su felicidad por encima de la mía. Y en un futuro, Adam podría ser más feliz sin mí.

ADAM

Su risa no sonaba nada bien.

—Qué dramático eres siempre. No me importa que empieces a pasar más tiempo con tu padre. De verdad que no pasa nada. —Se echó toda la melena sobre un hombro y empezó a trenzársela—. Yo voy muy atrasada con la solicitud del curso de cine.

Habría apostado a que me encogí.

—Ya, pero...

—De todas formas, en cuanto me acepten pasaré unos meses fuera, así que más te vale empezar a pensar cómo sobrevivir sin mí. Oye, ¡anímate! —Me dio una palmada en el pecho, y me sentía tan alterado que aquella leve presión me hizo retroceder un paso—. Ambos tenemos móvil y prometo mirar el mío antes de irme a dormir a menos que esté enfrascada en algo, ¿vale?

No le respondí porque Jeremy abrió la puerta y se apoyó contra el marco.

—Los cinco minutos ya han pasado, tortolitos.

Cuando Jeremy empezó a tirar de mí hacia dentro, creí ver algo pasar por la cara de Jolene, como si quisiese detenerlo. Pero mantuvo las manos a los costados y después de despedirse se marchó con la trenza rebotando tras ella.

Me odié por haber disfrutado los dos días siguientes. Jolene y yo hablamos un poco por mensaje el sábado, pero pasé el día sobre todo con Jeremy y papá. Comimos fuera, fuimos a una tienda de bricolaje, enmarcamos ventanas, jugamos a videojuegos y volvimos a la tienda de bricolaje. También visitamos a Greg, y cuando papá se ofreció una vez más a que Jeremy y yo volviésemos a casa con mamá y ella se negó, no le rebatimos. En resumen, nos acostumbramos a pasar tiempo los unos con los otros. Todavía había momentos largos de silencio y otros en los que tenía que apretar los dientes para controlar mi carácter, pero lo conseguí.

Lo hice tan bien que Jeremy no se opuso cuando el sábado por la tarde-noche dije que el día siguiente necesitaría un par de horas libres. En cuanto papá se fue a arreglar el grifo de un baño que goteaba en la segunda planta, saqué la receta de masa danesa que mamá me había mandado por mensaje junto con los ingredientes que me había ayudado a traer de casa. Ya la había preparado con ella en otras ocasiones, pero esperaba que Jolene valorase más la intención que el sabor.

Jeremy frunció el ceño cuando le conté lo que estaba haciendo, y lo frunció aún más cuando le expliqué la razón.

Mañana era San Valentín e iba a ver a Jolene, tuviese una mejor relación ahora con papá o no.

No había querido limitarme a flores y golosinas porque a) Jolene me habría llamado soso y b) las flores y las golosinas costaban un dinero del que apenas disponía. Lo que sí tenía era una madre servicial y la idea de prepararle algo con lo que Jolene me había estado chinchando desde que le llevé aquel trozo de tarta de batata de Acción de Gracias.

Cuando fui a meter la masa en el frigorífico para que se enfriase durante toda la noche, Jeremy me preguntó:

—¿Crees que debería haber pensado algo para Erica?

Me giré para que no me viese contener la risa.

—Qué dices. Las tías odian que los chicos seamos atentos con ellas.

—Pero ya sabes que no llevamos mucho. Puede que no espere nada, ¿no?

Saqué un bol en el que puse queso para untar, azúcar, sal y un huevo por encima para el relleno. Lo miré mientras encendía la batidora.

—Seguro que *algo* espera. —Se llevó las manos a la nuca y empujó la cabeza hacia abajo, luego las dejó caer de nuevo a los costados—. La he cagado, ¿verdad?

—No la has cagado. Piensa en algo.

—¿En qué? Apenas me da para el seguro del coche. No puedo comprarle nada.

Eso era cierto, y no había preparado nada por adelantado, al contrario que yo. Aquello significaba que Erica iba a quedarse con las ganas. Otra vez. Gruñí.

—Toma. —Le hice un gesto para que se ocupase de la batidora.

—No tengo tiempo para ayudarte. Tengo que pensar qué hacer para Erica.

—Estoy a punto de meterte esa cabeza tan idiota que tienes en el bol. *Esto* es lo que vas a hacer por ella. Mamá me ha dado ingredientes suficientes como para hacer otra por si no me salía bien la primera. —Cosa que no había pasado—. Te ayudaré y, así, se lo puedes llevar a casa mañana. Eso sí, después de dejarme a mí en casa.

Jeremy fijó la vista en el queso de untar medio mezclado con el azúcar y no se mostró tan entusiasta como debería, ya que enarcó una ceja.

—Quizá pueda pedirle a papá que me preste veinte pavos para pillarle un oso de peluche o algo.

—Claro —ironicé, recuperando el bol y mezclando los ingredientes con ahínco con la batidora—. Los venden en todas las gasolineras. Sabrá exactamente cuánto la aprecias.

Un minuto después, Jeremy cogió otro bol y, una vez leyó la receta en mi móvil, me preguntó:

—¿Qué es un barniz de huevo batido?

—Hola —me saludó Jolene cuando abrió la puerta de su apartamento el domingo por la tarde—. Pensaba que estarías ocupado todo el fin de semana. —Su voz se fue apagando—. Oye, ¿y por qué hueles tan bien? —Se inclinó hacia delante y me olió—. Se me vienen pensamientos de *Zombies party* a la cabeza y no estoy completamente segura de poder contenerme para no morderte.

Sonreí y le mostré el hojaldre recién salido del horno de detrás de la espalda.

—Me ofende que pensases que dejaría pasar San Valentín sin, ya sabes... —Y señalé el hojaldre.

Jolene apoyó la cadera contra el marco de la puerta y esbozó una sonrisa pícara.

—Adam Moynihan, ¿te has metido en la cocina por mí? —Estiró la mano hacia el plato, pero yo lo dejé fuera de su alcance. Ensanchó la sonrisa.

—Bueno, no sé. Me he pasado horas entre fogones preparándote esto y... —Me acerqué a ella con el plato todavía fuera de su alcance—, para que lo sepas, son tan suaves y esponjosas que literalmente se te derriten en la boca. —Mis ojos viajaron a sus labios cuando lo dije, y ni me sonrojé cuando vi que sus mejillas se teñían de rojo—. Quizá debería esperar y ver qué tienes tú para mí antes de dártelas.

Ella ojeó la bollería.

—Adam, un poco de confianza, por favor.

Entonces se llevó el plato y me dejó allí en el pasillo antes de volver un minuto después con un libro en la mano.

Un libro de J.R.R. Tolkien con un marcapáginas que marcaba más de la mitad leído.

—Aunque no me encante, me lo estoy leyendo, bueno, menos las canciones, pero el resto sí. Por ti. Para que podamos hablar de él el fin de se...

La besé antes de que pudiera terminar de hablar.

DUODÉCIMO FIN DE SEMANA
27 DE FEBRERO - 1 DE MARZO

JOLENE

No me quedé esperando a Adam el siguiente fin de semana. Los observé desde el tejado mientras aparcaban. Entonces él y Jeremy se bajaron del coche seguidos de una mujer que al instante supe que se trataba de la madre de Adam. Tenía el pelo rojizo y la tez pálida, y hubo algo en la forma en que se movió para abrazar a sus dos hijos que reconocí: una elegancia y fortaleza innatas que solo antes había asociado con Adam.

Se aferró a ellos demasiado tiempo, y aunque me encontraba a demasiada distancia como para ver las lágrimas correr por su rostro al separarse, sí que la vi secárselas con la mano. Adam levantó su bolsa y señaló al edificio. Le estaba pidiendo que subiera con ellos. Jeremy también añadió su propia petición, agarrándola de la mano y asintiendo con la cabeza, pero ella sacudió la suya casi con violencia y retrocedió hasta prácticamente pegarse al lateral del coche.

Los hombros de Adam y de Jeremy se hundieron de forma idéntica. Esperaba que Adam la volviese a abrazar y se disculpara por habérselo pedido, asegurándole que no pasaba nada si no quería subir.

Pero no lo hizo. Tensó los puños y, cuando Jeremy dio un paso hacia el edificio, Adam vaciló y se quedó observando a su madre un momento antes de bajar la cabeza y de seguir a su hermano.

No sé si agachó aún más la cabeza cuando no me vio esperándolo en el interior. Solo sé que, cuando llegó arriba, no pegó a mi puerta ni me llamó desde el balcón.

El sábado no supe qué hacer. Normalmente, en cuanto me despertaba, iba a casa de Adam y pasaba el día con él. Durante meses aquella había sido nuestra rutina, pero no podía ir a por él esa mañana. Y él tampoco vino a por mí. El fin de semana pasado me había explicado qué esperar de aquí en adelante, y sin San Valentín como excusa para escaquearse, así sería por ahora. Sabía que no podía pasarme el día entero en mi cuarto trabajando en la película que le había hecho a Adam para Navidad como ya había hecho la noche anterior, y estaba tan obsesionada con alejarme de todo lo que ver aquella película me había hecho sentir que no me fijé en quién estaba en el salón antes de abrir la puerta de par en par.

Mi padre no estaba allí, por supuesto; pero Shelly sí.

Iba vestida con un cortísimo camisón de seda y una bata con los que se tenía que estar helando. Caminó hacia la cafetera con el teléfono en la oreja, ajena a mi puerta abierta.

—...pero te esperé anoche —dijo, con voz esperanzada y herida a partes iguales—. Me dijiste que me despertarías cuando llegaras a casa. —Se estremeció y se abrazó con más ahínco con la delgada bata de seda a la vez que llenaba la garrafa de agua—. No, lo sé, lo sé, pero... —Dejó de hablar porque me imaginé que la había cortado. Tuvo tiempo de medir los granos de café antes de que volviera a dejarla hablar—. Creí que como era nuestro aniversario ibas...

Tendría que haber cerrado la puerta en silencio, haber vuelto de puntillas a la cama y fingir que no había oído como mi padre le soltabas excusas a Shelly sobre por qué aparentemente no había vuelto a casa para celebrar su aniversario. Ya era bastante malo que hubiese tenido que verla encogerse porque probablemente la hubiese reprendido por «¡tratar de hacerlo sentir mal por hacer su maldito trabajo!».

Mientras crecía, ya los había oído a él y a mamá tener esa misma pelea más veces de las que podía contar.

«¡Tú eras la que querías una casa grande!»

«¡Porque nunca estás aquí! Necesitaba algo con lo que sentirme menos sola».

«Claro, no solo soy el responsable de que tengas un estúpido techo bajo el que vivir, ¡sino que también soy responsable de cómo te sientes viviendo aquí! Bueno, pues enhorabuena, Helen. Espero que por fin te haga feliz».

«Baja la voz o despertarás a Jolene».

«Tiene gracia. Ella es otra cosa que me dijiste que necesitabas hasta que por fin la tuviste. Los remordimientos no funcionan igual con un crío, ¿verdad?».

Uno o los dos se marcharían después de eso. Cuando era muy pequeña, había otra discusión sobre quién tenía que quedarse en casa conmigo. Mi madre normalmente perdía, y yo tenía que fingir que dormía mientras murmuraba en la puerta de mi cuarto cosas que ningún niño debería oír a su madre decir jamás.

Al observar a Shelly, no pude recordar si las peleas entre mis padres habían empezado tan tímidamente como la que estaba presenciando en aquella cocina. Aunque no es que Shelly y mi padre estuvieran peleándose técnicamente. Ella no levantaba la voz y parecía estar cediendo en todo lo que él decía. Era un poco patético, o eso es lo que intenté decirme para no sentir cada estremecimiento de su barbilla.

Las manos de Shelly temblaban cuando bajó el teléfono. Se quedó allí de pie, mirando la cafetera durante un buen rato, antes de servirse una taza, todavía temblando.

—Seguro que te lo has pasado bomba —dijo sin girarse—. Justicia poética, ¿verdad? Probablemente se perdiera aniversarios con tu madre porque estaba conmigo, y aquí estoy yo ahora helándome en esta ridícula... —se tiró del dobladillo que apenas cubría su trasero— ...cosa que no ha visto siquiera.

Luego se rio y se me pusieron los pelos como escarpias.

—Todos me decían que era una idiota. Literalmente, ni una de mis amigas se alegró por mí por mucho que les jurase que estábamos enamorados.

El rostro de Cherry cruzó mi mente por primera vez desde mi cumpleaños, y junto a él vinieron todas las peleas que habíamos tenido porque estuviese saliendo con Meneik. Shelly y ella no eran iguales, pero sus situaciones sí que podrían haber tenido un comienzo más similar de lo que había considerado nunca. Por muy dolida y enfadada que siguiera, me sentía vacía cuando imaginaba un futuro para Cherry que se pareciera lo más mínimo al presente de Shelly.

Deseché aquel pensamiento de mi mente cuando Shelly se dio la vuelta, olvidándose del café, y me mostró su rostro húmedo por las lágrimas.

—Mi madre se negó a conocerlo, ¿lo sabías? No me dejaba traerlo a casa. Decía que mi padre se estaría revolviendo en su tumba si hubiese podido ver lo que había hecho.

—¿Por qué no lo dejas?

Hizo el ademán de sonreír, pero luego se quedó en nada.

—Lo dejé todo por él. Perdí mi trabajo, a mi familia y a mis amigos. Te destrocé la vida, y aunque sigo pensando que tu madre es la mayor reina de las zorras, yo ayudé a que fuese así.

—No —rebatí—. No fue así. —No sé por qué lo dije... o, mejor dicho, sí que lo sabía, pero no quería pensar en el porqué—. Quizá le dieras otra excusa para no ocultarlo, pero mi madre lleva siendo así toda su vida.

Shelly se me quedó mirando con la boca abierta.

—¿Acabas...? No has...

—No eres la razón de que mi madre sea una arpía infeliz. Mi padre tampoco es la razón. —Pensé en lo que me había dicho Adam y bajé la mirada cuando sentí que me escocían los ojos—. Y yo tampoco.

Por algún motivo, empecé a hablar de todo lo que me había guardado adentro, desde las peleas que oía cuando era pequeña hasta cuando mi madre despidió a la señora Cho porque había cometido el error de decirle que nuestra empleada me quería lo suficiente como para prepararme una tarta de cumpleaños. Lo saqué todo, hasta que levanté la cabeza y vi que Shelly estaba llorando tanto que ni podía levantar las manos para cubrirse el rostro.

Tuve que salir del apartamento después de eso. Corrí hacia el pasillo, cerré la puerta a mi espalda y entonces... me detuve.

Normalmente habría ido derecha a Adam; o, mejor dicho, no habría tenido que ir a ninguna parte, porque ya habríamos estado juntos. Pero él estaba en su apartamento, con su padre y su hermano, y yo quería que pasase tiempo con ellos, de verdad. Podrían salir en cualquier momento, quizá para ir a desayunar o para jugar a hockey sobre hielo juntos; para cualquier cosa, y lo último que quería —aparte de tener que volver a casa de mi padre y enfrentarme a Shelly— era arriesgarme a estar parada delante de la puerta del apartamento de Adam, como la persona más patética del universo cuando ellos salieran.

Y por eso llamé a la puerta de Teo.

Él abrió la puerta mientras bostezaba, pero luego esbozó una sonrisa y me contempló con la mirada.

—Pero bueno, si es mi pajarillo madrugador. ¿Dónde está tu Adam esta mañana?

—Está pasando tiempo con su padre y su hermano. —Me tiré de la trenza e intenté no mirar a la puerta que tenía a mi espalda, la que se podría abrir prácticamente en cualquier momento—. Pensé que a lo mejor podíamos ver alguna peli.

Teo se apoyó contra el marco de la puerta.

—¿Estás segura de que no quieres esperar aquí fuera, por si cambia de opinión y prefiere estar contigo?

Me morí de la vergüenza y estuve bastante segura de que él se dio cuenta.

—Porque, ya sabes, ser el segundo plato de una chiquilla de dieciséis años no es como había pensado que viviría mi vida.

—No lo eres —rebatí, tirándome tanto de la trenza que me empezó a doler el cuero cabelludo—. Soy yo la que le ha dicho que pase tiempo con ellos.

Él se cruzó de brazos despacio.

—¿Para poder pasar tiempo conmigo?

En cualquier segundo, *cualquier* segundo, Adam podría salir. No tenía tiempo para que Teo se burlara de mí por diversión.

—¿Sabes qué? Olvídalo. —Empecé a alejarme de allí, pero Teo se movió como un rayo y me sujetó del brazo. La presión repentina sobre mi piel me hizo aullar.

—Eh, lo único que te pido es un sí o un no, y puedes entrar.

—Suéltame el brazo, Teo. —Imbuí a mi voz de tanta fuerza que él parpadeó y me soltó. Y de repente era todo sonrisas.

—Estaba de broma, Jolene. Ya te dije que podías venir siempre que quisieras. —Retrocedió y me indicó con un gesto que entrase al apartamento—. Hasta te prepararé el desayuno, cosa que no suelo hacer para las chicas a menos que también las haya invitado a cenar.

Puse una mueca que hizo reír a Teo.

—Estoy de guasa otra vez.

—Entonces quizá deberías ver más comedias, porque... —Negué con la cabeza—. No tiene gracia.

Teo sonrió y ladeó la cabeza.

—No sé si la catalogaría comedia, pero he recibido una copia de la última película de Wes Anderson para reseñar. ¿No dijiste que te gustaba su enfoque hiperestilizado para contar historias?

Fruncí el ceño, pero no ligeramente ofendida como había estado hacía un segundo. Eso era justo lo que había dicho de Wes Anderson.

—¿Te acuerdas de eso?

—Claro. —Teo me miró a los ojos—. Eres muy perspicaz en lo referente a las películas. Me impresionaste cuando nos conocimos, y supongo que vas a seguir impresionándome; bueno, si... —Se colocó de lado y me dejó espacio de sobra para poder entrar en su apartamento.

Me mordí el interior de la mejilla.

Teo levantó las manos.

—Mira, sin presión. Me encantaría saber lo que opinas de ella, pero si prefieres esperar, quizás ir a verla al cine con... —Sus ojos se desviaron hacia el apartamento de Adam a la vez que su voz se apagaba.

Se me cerró la garganta. Ver películas con Adam puede que ya no fuese una opción.

Y Teo estaba ofreciéndome exactamente lo que le había pedido.

Lo seguí al interior del apartamento.

Adam:
Hola

Jolene:
Hola

Adam:
Es muy raro estar aquí y no verte.

Jolene:
He estado trabajando, así que supongo que no he pensado en ello.

Adam:
Cuando lo hagas, te resultará raro. Créeme.

Jolene:
Vale.

Adam:
¿Cómo vas con la solicitud?

Jolene:
Necesito seguir retocando la película que te hice.

Adam:
Es perfecta.

Jolene:
La versión que te di era solo un primer montaje. Créeme.

Adam:
¿Y la redacción? ¿Quieres que le eche un ojo a algún cambio?

Jolene:
Ya me has ayudado mucho. Creo que puedo terminarla sola.

Adam:
¿Y la carta? El crítico de cine parecía ser un poco borde.

Jolene:
Ese es un atributo básico para definir a los críticos de cine.

Adam:
¿Entonces vas a intentar hablar con él?

Jolene:
Ya lo he hecho.

Adam:
Ah, ¿sí? ¿Cuándo?

Jolene:
Esta mañana.

Adam:
¿Y le pediste que te escribiese una carta de recomendación?

Jolene:
Sí, y le pareció bien. Tiene que asegurarse de que voy en serio, así que quiere ponerme a prueba primero para ver lo mucho que sé de cine. Ya sabes, esas cosas.

Adam:
¿Te ha mandado deberes? ¿En serio?

Jolene:
No son deberes. Quiere que vea películas.

Adam:
Vale, pero si intenta que veas *Ciudadano Kane*, miéntele y dile que ya la has visto.

Jolene:
Ciudadano Kane es la película más famosa del mundo.

Adam:
Y también la más aburrida. Tuve que verla una vez en el instituto.

Jolene:
Veré lo que me diga que vea. Necesito la carta.

Adam:
Vale, pero no voy a dejar que sufras sola viendo Ciudadano Kane. Yo la veré contigo.

Jolene:
¿Te estás ofreciendo a ver conmigo la película más aburrida del mundo?

Adam:
¡Entonces la has visto!

Jolene:
¿Y cuándo exactamente piensas verla conmigo?

Adam:
Quizá pueda saltar hasta tu balcón una noche, cuando mi padre ya se haya ido a dormir.

Jolene:
Adam. El balcón está cubierto de ocho centímetros de hielo por lo menos. Te vas a matar. Y me sentiré mal. Y seguiré teniendo que ver *Ciudadano Kane*.

Adam:
No son ocho centímetros de hielo.

Jolene:
Ah, ¿no? Ve y mira.

Adam:
Son cinco como mucho.

Jolene:
Y puedes seguir insistiendo en ese hecho todo el tiempo mientras gritas y te caes hasta morir.

Adam:
Por ti, correré el riesgo.

Jolene:
Tomo nota, pero por ahora no ha mencionado nada sobre Ciudadano Kane.

Adam:
Creo que puedo escaquearme un ratito mañana. Quizá una hora.

> **Jolene:**
> De verdad que tengo que seguir con la solicitud, pero ya te digo algo.

> **Adam:**
> Vale.

> **Jolene:**
> Adiós.

> **Adam:**
> Adiós.

JOLENE

Me salí como una exhalación del apartamento el domingo por la mañana temprano para evitar tener que hablar con Shelly y casi me di de bruces con Adam.

—Uf —exclamó mientras me envolvía entre sus brazos para que ninguno de los dos nos cayéramos de bruces—. ¿Siempre sales así por la puerta?

—Supongo que no lo sabes, porque siempre soy yo la que va a por ti.

Adam dejó caer los brazos y se apartó. Se le ruborizó el cuello.

Hice un ruidito con la parte trasera de la garganta y se me formó un nudo en el estómago.

—No iba en serio. He tenido que lidiar con Shelly y... lo siento, ¿vale?

Mencionar a Shelly consiguió ablandarlo. Sabía que había pocas cosas que me hicieran explotar tanto como enfrentarme a ella. No obstante, me había pasado con él.

—¿Podemos...? —Señalé la puerta para dejarle claro que quería poner distancia entre el apartamento y yo. Adam se detuvo al llegar al suyo.

Lo miré antes de posar los ojos sobre él y vi la forma avergonzada en que se metió las manos en los bolsillos.

—No puedes quedar, ¿verdad?

Internó las manos aún más.

—¿Cinco minutos o esta vez tenemos diez? —No estaba siendo justa con él. Ni siquiera estaba siendo lista, porque casi me había muerto convenciéndolo el fin de semana pasado, cuando nos vimos, de que no me importaba que pasásemos menos tiempo juntos.

—Me voy a misa con mi padre y mi hermano en unos minutos. Unos minutos, ni siquiera cinco.

—Vale, eso explica la corbata.

—Odio esto —dijo él.

—No sé qué decirte. —Ladeé la cabeza y me quedé mirándole el pecho—. Yo creo que las rayas verdes te sientan bien.

Adam no se molestó cuando me hice la tonta adrede.

—Ya sabes a qué me refiero.

Sí que lo sabía, y a mí tampoco me hacía mucha gracia.

—No pasa nada —respondí—. ¿Qué has estado haciendo?

—Estoy tratando de hablar más con mi madre, pero no sé si surte efecto. Todavía no ha subido a ver a mi padre.

—Lo sé —comenté, suavizando la voz por primera vez.

—¿Lo sabes? —Adam frunció el ceño antes de que una leve sonrisa reemplazara su desconcierto—. ¿Me viste? ¿Por qué no bajaste? Podrías haberla conocido y yo no tendría que haber esperado un día más para verte. —Sacó las manos de los bolsillos y estiró los dedos para acariciar el dorso de la mía. La piel se me tornó cálida—. No habría tenido que esperar para... —Se acercó, y me agarró la mano del todo. Mis ojos volaron a sus labios a la vez que los suyos se fijaban en los míos. Me puse de puntillas sin pensarlo siquiera.

Y la puerta de enfrente se abrió.

Teo. Con una bolsa de basura en la mano. Nos vio y se fijó en que Adam me estaba agarrando de la mano antes de que yo pudiera soltarme. Teo no dijo nada, se giró y caminó en dirección a las escaleras, pero sabía a ciencia cierta qué sería lo primero que diría en cuanto nos quedásemos a solas.

La siguiente puerta que se abrió fue la de Adam.

Y vi a su padre, vestido igual de elegante que Adam, y Jeremy, que estaba en proceso de destruir su propia corbata.

—Buenos días, Jolene —saludo el padre de Adam. Jeremy estaba demasiado ocupado enfrentándose a su corbata como para dedicarme algo más que una mirada y una inclinación de la cabeza a modo de saludo.

—Buenos días.

—Oye, ¿por qué no vienes con nosotros? —sugirió Adam; a continuación, apretó la mandíbula y se obligó a volverse hacia su padre como si hubiese perdido el hábito y los músculos se le resistieran—. Si no te importa.

—Nos encantaría que vinieses —respondió su padre, y supe que lo decía en serio. Al ver que Adam me miraba expectante, supe que sería demasiado. Se suponía que tenía que darle a su familia el espacio que necesitaban, no meterme más en su vida.

—Gracias, pero no llevo la ropa adecuada. —Señalé las mallas y la sudadera extragrande de Chewbacca con gafas de sol que llevaba puestas.

Los ojos de Adam no se apartaron de mi cara.

—No importa lo que lleves.

Y ni quisiera me lo ponía fácil. Ya podría comportarse como un capullo.

—Quizá en otra ocasión, ¿vale?

El padre de Adam asintió e indicó con el brazo a sus hijos que caminaran delante de él. Jeremy cejó en el empeño con la corbata y se la metió en el bolsillo antes de encaminarse hacia las escaleras.

Esperaba que Adam se marchase igual de sigilosamente, pero no fue así. En lugar de eso, volvió a acariciarme la mano. Delante de su padre. Aquello me hizo sonreír mientras se marchaban, a pesar de no tener que habérmelo permitido.

Y allí seguía sonriendo cuando Teo regresó.

—Supongo que te ha ido bien.

Me sonrojé tanto como le pasaba a Adam normalmente.

—Simplemente estábamos hablando.

—Claro —respondió Teo—. Entonces, ¿quieres venir a casa y simplemente hablar conmigo?

El calor que me provocaba Adam se tornó hielo.

Teo se echó a reír.

—Era una broma, Jolene. A veces se me olvida lo joven que eres.

—Pues a mí no me ha parecido divertido.

—Claro, porque necesitas ver más comedias. —Abrió la puerta de su apartamento y la dejó entreabierta—. Esta vez te dejaré elegir a ti.

Eso me animó. No sonaba como si estuviera de mal humor, y prefería cualquier cosa antes que volver al apartamento con Shelly. Además, aún no había elegido ninguna película de todas las que habíamos visto hasta ahora, y los gustos de Teo iban más por el cine independiente y el clásico. Tenía de casi todo, así que me decanté por *Lo que hacemos en las sombras*, un falso documental de vampiros que la primera vez que lo vi, de tanto que reírme (o puede que no), me oriné encima.

Poco después ambos nos estábamos riendo en su sofá. Justo cuando Taika Waititi ponía papel de periódico en torno a su cita/ su futura fuente de alimento para que la sangre no manchase la alfombra, Teo pausó la película.

—Me apetece pizza, ¿quieres?

Respondí sin dejar de mirar la tele:

—Claro, si invitas.

—¿Y si te digo que tienes que pagar?

—Entonces tendré que conformarme con rebuscar en tu nevera. —Hice ademán de levantarme, pero Teo me obligó a volverme a sentar.

—Yo me encargo de la pizza.

Sonreí.

—Gracias.

Y después Teo me besó.

Me aparté al instante.

—¿Qué haces?

Él soltó una carcajada, se levantó y se dirigió a la cocina, donde había dejado el móvil.

—¿No te parece que invitarte a pizza vale un beso a cambio? —Dio un golpecito en la pantalla—. ¿Qué te apetece? ¿Pimiento y salchichas? ¿Pollo con salsa pesto...?

Me llevé los dedos a los labios sin prestarle atención. Alcé la vista y me encontré los ojos de Teo fijos en mí.

—Venga, Jo. Solo ha sido un beso pequeñito. ¿No besas a tus amigos? Parecía que antes estabas a punto de besar a tu otro vecino.

—Sí, pero él es...

—¿Qué? ¿Tu novio?

—No del todo.

—¿Entonces cuál es el problema? —Dejó el teléfono en la mesa—. ¿Besas a unos amigos y a otros no? ¿O es que estoy equivocado y no somos amigos? Porque vienes mucho para ser alguien que solo quiere que le escriba una carta de recomendación. Y si te vas a sobresaltar cada vez que me siento a tu lado...

—Yo no...

—O a la que le doy un pico normal, entonces ya sabes dónde está la puerta. Tengo mejores cosas que hacer. Quizá deberías volver a tu apartamento y...

—Champiñones —lo interrumpí—. ¿Podemos poner champiñones en la pizza? —Me pitaban los oídos y me encontré aferrando el cojín contra mi regazo con fuerza.

Teo sacudió la cabeza levemente y se miró las manos, apoyadas en la encimera.

Cerré los ojos y los volví a abrir al instante.

—Y lo siento. Es que me has pillado por sorpresa. Tienes razón, no ha sido nada, y sí que somos amigos. Sí que necesito que me escribas la carta, pero también me gusta venir. Por favor, no me obligues a marcharme. No... no tengo adónde ir. Por favor.

Mantuvimos contacto visual durante varios segundos y después Teo agarró el móvil y marcó. Se lo llevó al oído mientras me contemplaba. Aguanté la respiración hasta que respondió:

—Sí, a domicilio. De champiñones.

ADAM

En casa, el domingo por la noche, estaba medio dormido cuando oí unos golpecitos en la puerta de atrás, junto a la cocina. Me di la vuelta en la cama y comprobé la hora que era. Era casi medianoche. Me erguí y presté más atención.

Sabía que mi madre seguía despierta. Algunas noches parecía como si hiciera guardia para asegurarse de que nadie entraba ni salía mientras dormía. Nunca volvería a descansar si con ello evitaba que nada malo les ocurriera a los dos hijos que le quedaban.

Desde el piso de arriba oí la silla donde se sentaba deslizarse por el suelo de madera de la cocina, como si la hubiese arrastrado hacia atrás frente a la mesa.

La oí acercarse a la puerta de atrás y luego detenerse antes de llegar hasta ella. Quienquiera que viera a través de la ventana no la hizo llamar a Jeremy ni a mí, pero tampoco se había movido. Salí de la cama en un santiamén, recorrí el pasillo rápido y veloz y casi me resbalé por culpa de los calcetines bajando las escaleras de caracol, tan estrechas y empinadas que eran las originales de cuando se construyó la casa en la década de 1850.

Llegué a la cocina a la vez que mi madre abría la puerta y dejaba a la vista a Daniel, de pie en el porche de atrás.

De repente me asaltó un *déjà vu*. Mientras crecía, había habido tantísimas noches en las que me había despertado y encontrado a Daniel en la cocina con mi madre. A veces Greg también los acompañaba. Otras Daniel ni siquiera entraba. Mi madre siempre actuaba como si fuese completamente normal que llamase a nuestra puerta a altas horas de la noche, aunque se lo viera magullado. Era como si supiera que una reacción de sorpresa o de demasiada compasión lo ahuyentaría. Creo que de ahí sacó Greg su enorme tacto con los animales. Mi madre solía dejar la puerta abierta y darse la vuelta. Entonces diría que se iba a preparar un té y le ofrecía otro a él. A veces se bebían toda la tetera antes de que él le permitiera curarle las heridas que pudiera tener.

No obstante, la mayoría de las veces las heridas de Daniel no eran físicas, y hablar con él, a veces hasta el amanecer, era el único consuelo que podía ofrecerle.

Observé a Daniel, que parecía mucho mayor de lo que era la última vez que acudió a nuestra casa, y supe que la visita no tenía nada que ver con que estuviese buscando su consuelo.

Por un lado, fue mi madre la que se quedó inmóvil e inquieta. Yo había estado tan feliz de toparme con Daniel hacía unas semanas, aunque no pudiera mirarlo ni pensar en él sin recordar a Greg; o a lo mejor, por esa misma razón. Pero mi madre no quería pensar en Greg, o más bien, sí que lo hacía, pero de forma controlada y racional.

Ver a Daniel después de más de dos años, obligándola a recordar contra su voluntad, debió de ser toda una conmoción. La mirada de Daniel se desvió por encima del hombro de mi madre hacia mí, y yo retrocedí hasta las sombras de las escaleras, con cuidado de no pisar las tablas del suelo que crujían. Sentía que mi presencia allí cambiaría las cosas; quizá para mi madre resultara más sencillo, pero a la larga no serviría para mejorar nuestra situación actual.

—¿Daniel? —Mi madre se encontraba de espaldas de mí, pero me la pude imaginar escrutando su rostro, percatándose de la nueva cicatriz que tenía sobre la ceja y fijándose en lo mucho que había cambiado desde que la última vez que lo vio. Supe que, para ella, eso también significaba ver los años de más que Greg no pudo vivir.

—Hola, señora Moynihan.

El instinto la puso en movimiento después de eso. Le indicó que pasara dentro y puso una tetera a hervir en el fuego. Aunque su mente se negara a saber qué hacer, el cuerpo la guiaba como un autómata.

Daniel se fijó en lo agarrotados que tenía mi madre los hombros y en lo rápido que parpadeaba.

—Me crucé con Adam en la ciudad hace unas semanas. ¿Se lo dijo?

El brazo de mi madre se detuvo a medio camino de sacar el bote de miel del mueble junto a la nevera.

—No, no me lo mencionó.

—Y también conocí a una amiga suya.

Creí ver a mi madre sonreír cuando se giró.

—Jolene.

Daniel asintió.

—Parecía feliz.

Mi madre inclinó la cabeza ligeramente y se sentó frente a él a la vez que colocaba dos tazas humeantes sobre la mesa.

—Pero me dijo que las cosas no están… bien.

Sin inmutarse, mi madre negó con la cabeza y vertió miel en su taza.

—No, estamos bien. Todos estamos bien. Es duro cuando se van con su padre, pero estamos bien.

Fue Daniel el que sí pareció encogerse, y lo hizo cada vez que mi madre pronunció la palabra «bien». No le había contado lo del distanciamiento de mis padres, pero pareció tomarse la noticia con filosofía. Mi padre le caía bien, pero que se marchase de casa no tendría por qué afectarlo a él del mismo modo que al resto de nosotros. Supongo que solo significaría algo para él porque le dolía a mi madre.

—Tenía intención de venir antes. Debo de haber pasado por aquí una docena de veces.

Mi madre se concentró en el líquido arremolinado de su taza.

—Estoy segura de que has estado ocupado.

—No —respondió, y su franqueza la pilló por sorpresa, por lo que la cucharilla se le escapó de los dedos y tintineó contra la taza—. Creía que no querría verme.

—No. —Mi madre cerró los ojos con fuerza antes de volver a abrirlos justo después—. Eso no es verdad.

—No quería que tuviera que verme.

Ella no reaccionó a aquel comentario, como si hubiese estado esperando que dijera algo en esa línea de pensamiento.

Daniel escondió los brazos por debajo de la mesa.

—No quería que tuviera que fingir sonreírme y decirme que todo está bien cuando ambos sabemos que yo soy la razón por la que ya no está.

Mi madre aspiró lo que en su mayor parte era un sollozo.

—Pero, bueno, pronto voy a marcharme. Mi madre saldrá del hospital el mes que viene y ya he empaquetado la mayoría de sus cosas.

Los ojos empañados de mi madre se fijaron en él.

—Lo siento mucho, Daniel.

—Nos irá mejor, un nuevo comienzo... sin él.

Mi madre alargó el brazo y tamborileó los dedos ligeramente sobre la mesa, como pidiéndole que la correspondiera. Daniel mantuvo las manos sobre el regazo.

—No, no es esa la razón por la que... —Daniel bajó la cabeza—. Nunca le conté por qué no vine esa noche. —Mi madre retiró los dedos y yo sentí que los míos hacían lo mismo—. Nunca se lo dije, porque no tengo una buena razón. Él no estaba bebiendo ni enfadado, ni mi madre estaba asustada. Es solo que no quería dejarla cuando estaba contenta.

Los hombros de mi madre temblaron y la voz de Daniel se quebró.

—Esa noche sí que *pude* haberme ido. Tendría que haber estado aquí. Greg debería haber estado en casa, y usted ni estaría aquí ahora, llorando. Mi madre ahora está muy mal y yo...

Mamá retiró la silla hacia atrás y se encaminó hacia él. Al principio solo le colocó una mano en el hombro, y luego la otra le sujetó el brazo. Pude ver que era una situación muy dura para ella.

—Lo siento —murmuró Daniel, tan bajito que tuve que inclinarme hacia adelante para oírlo—. Siento que ya no esté, y siento aún más que esté sufriendo tanto cuando yo pude haberlo evitado.

Pareció matarla por dentro derrumbarse en la silla junto a la de él y envolverlo entre sus brazos. Todo su cuerpo temblaba.

Al principio él se resistió, y era lo bastante grande como para poder haberla separado de haber querido, pero no lo hizo. Dejó que lo abrazara y le apoyara la frente contra el hombro, haciendo caso omiso de sus propias lágrimas.

—No pasa nada —le dijo—. Te quiero y todo va a ir bien. No es culpa tuya. —Levantó la mirada hacia el techo—. Todo va a ir bien.

Sentía los dedos entumecidos cuando los separé del balaustre a mi espalda, y no fue hasta que dijo «Yo también voy a intentar estar bien» que la tensión de su cuerpo y el mío comenzaron a aliviarse.

> **Adam:**
> ¿Cómo es que solo es lunes?

> **Jolene:**
> ¿Porque ayer fue domingo?

> **Adam:**
> Estaba pensando que podríamos hacer pellas otra vez esta semana. ¿Tu amiga sigue saliendo con ese chico?

> **Jolene:**
> La verdad es que no lo sé. No nos hablamos.

> **Adam:**
> Sé que has intentado abrirle los ojos. Debe de ser un asco.

Jolene:
Intento no pensar en ello.

Adam:
Supongo que no tendrás otros amigos a los que podríamos sobornar para que nos lleven a alguna parte, ¿no?

Jolene:
Pues no.

Adam:
Igual que yo pueda hablar con uno de los míos. Gideon, lo conociste en el baile, acaba de conseguir el antiguo coche de su abuelo. Podría preguntarle.

Jolene:
Mi madre está últimamente mucho en casa, así que no sé si podría interceptar la llamada del instituto si me salto las clases.

Adam:
Se te ocurrirá algo.

Jolene:
No se me viene nada.

Adam:
¿Nada?

Jolene:
Lo siento.

Adam:
¿Y después del insti? A Gideon puede que le parezca bien.

Jolene:
Tengo que ir a casa de Gabe a terminar el videoclip.

Adam:
Pero no todos los días, ¿verdad?

Jolene:
Si no, estaré en mi casa trabajando en nuestro vídeo.

Adam:
Ya.

Jolene:
¿Estás bien?

Adam:
Siento que algo no va bien entre nosotros.

Jolene:
¿Como qué?

Adam:
No te has burlado de mí en toda la conversación.

Jolene:
¿Si no te tomo el pelo presupones que pasa algo?

Adam:
¿Es cierto?

Jolene:
Tú estás centrado en tu familia. Lo entiendo.

Adam:
Odio no poder verte.

Jolene:
Qué rápido se te olvida San Valentín.

Adam:
Créeme, nunca olvidaré San Valentín.

Jolene:
Me encantó aquel pastelito de hojaldre.

Adam:
Lo sé. Pude saborearlo cada vez que te besé ese día. Me encantó que te estés leyendo *El Señor de los Anillos*.

Jolene:
¿Ves? Estamos bien.

Adam:
No siempre va a ser así. Necesito que las cosas vayan un poco mejor con mi padre y entonces podremos pasar más tiempo juntos.

Jolene:
¿Antes o después de que me vaya al curso de cine?

Adam:
Lo estoy intentando, ¿vale?

Jolene:
Lo sé. No estoy enfadada.

Adam:
Puedes enfadarte.

Jolene:
Eso va más contigo, no conmigo.

Adam:
Entonces haz algo. ¿No odias esta situación?

Jolene:
No es que me encante.

Adam:
Odio no poder verte.

Jolene:
El apartamento de mi padre sigue estando en el mismo sitio.

Adam:
Lo sé. También odio eso. Estás justo ahí y yo no.

Jolene:
Ya.

Adam:
Supongo que te veré dentro de 11 días.

Jolene:
Supongo.

DECIMOTERCER FIN DE SEMANA
12-14 DE MARZO

ADAM

—Oye. ¡Oye!

Jeremy tuvo que propinarme un codazo para llamar mi atención.

—¿Te has enterado de lo que he dicho?

No había oído casi nada desde que habíamos salido de casa hacía veinte minutos. El sol estaba ocultándose y Jeremy y yo nos encontrábamos en el coche de camino a casa de papá, ya que mamá por fin había recuperado el suyo arreglado y ya no tenía que traernos.

—Lo que te he dicho es que, si vas a estar así de deprimido con papá y conmigo este fin de semana, puedes ver a tu chica unas cuantas horas.

—Ya te dije que contarais conmigo. Te lo prometí. —Y Jolene se estaba comportando como si no le importase que apenas nos viésemos. Incluso sus mensajes se me antojaban distantes últimamente.

—Pero no tiene por qué ser las veinticuatro horas del día y todo el fin de semana. Ven cuando comamos y no desaparezcas desde cuando te despiertas hasta la hora de irse a la cama. Se llama equilibrio, idiota.

No me apetecía reírme —y jamás me había reído a causa de un insulto de Jeremy—, pero la comisura de la boca se me curvó hacia arriba. Seguía acostumbrándome a hablar más con él. A veces me llevaba días obligarme a contarle cosas importantes, pero lo hacía de todas maneras. Se había sentido tanto animado como cabreado cuando se enteró de que Daniel había venido a casa y había hablado con mamá. Le daba rabia no haberlo podido ver, pero más allá, vio la posibilidad de un buen futuro en las últimas palabras de mamá.

Esa tarde, cuando estábamos a punto de ponernos de camino al apartamento de papá, nos había preguntado si lo volveríamos a acompañar ese fin de semana al grupo de terapia —se reunían tanto los viernes por la noche como los miércoles—, y cuando asentimos, pareció abrir los ojos, sorprendida y nerviosa, pero nos comentó que, si queríamos, le podríamos hablar de eso cuando volviésemos a casa. Era un comienzo.

Tal comienzo era que decidí seguir el consejo de Jeremy y le di mi mochila al llegar a nuestra planta antes de dirigirme a la puerta del apartamento de Jolene sin prestar atención a los ruidos de latigazos que hizo al entrar en el de papá.

La pillé desprevenida. Estaba hablando cuando abrió la puerta.

—Si no te acuerdas de algo tan sencillo como llevarte las llaves cuando vas al supermercado, entonces... oh. Hola. Pensaba que eras Shelly.

Parecía haberse trenzado el pelo muy apretado y estaba colocándose el abrigo sobre los hombros, pero verme le iluminó la cara.

—Hola —la saludé, queriendo abrazarla, así que eso hice. Olía a cigarrillos y aquello me hizo reír—. ¿Has vuelto a fumar?

Ella se encogió de hombros y pasó por mi lado para salir al pasillo.

—Mantiene alejada a Shelly, y estos días es más fácil decirlo que hacerlo.

—¿Sigue abriéndote la correspondencia?

Jolene negó con la cabeza.

—No, ella... ya no sé. Intenta hablar conmigo. Todo el tiempo.

—¿Hablar contigo de qué manera?

—Como si fuese un ser humano de verdad. Me da repelús.

Parecía que se trataba de algo más. Se la veía inquieta e insegura, dos cosas que casi nunca mostraba a los demás.

—Quizá esté intentando volver a ser decente. Es decir, tú me contaste que solía ser amiga tuya.

Jolene se tensó.

—No, *fingía* ser mi amiga para acercarse a mi padre, así que, sea lo que sea que quiera ahora, no va a conseguirlo. —Y a continuación me miró—. Da igual, ¿tú qué haces aquí? —No me lo preguntó de forma borde o molesta, solo con curiosidad, y un poco como preparándose para una visita exprés.

—Puede que las cosas vayan a mejor en mi familia.

—Ah, ¿sí? —exclamó, y se llevó la mano a la trenza. Fue incapaz de ocultar que no quería que aquello pasase por mucho que lo intentara—. Bien. Es decir, me alegro.

Nos apoyamos contra la pared entre nuestros apartamentos y le conté cómo iban las cosas con mamá. Cuando le empezaron a brillar los ojos, no supe discernir si era por ella o por mí. Pensaba que por ambos.

Se había enrollado la trenza en la muñeca.

—Eso era lo que querías, ¿no? ¿Que lo intentara?

—Sí. —Era algo importante, quizá más de lo que había dejado entrever, porque no quería que Jolene pensase que igual nos quedábamos sin nuestros fines de semana antes de lo previsto. Además, porque el hecho de que mi madre admitiese en voz alta que quería intentarlo era algo que Jolene no pensaba que su madre fuese a hacer nunca.

»En fin, no tengo por qué pasar todo este fin de semana con papá. Iremos al grupo de terapia esta noche, pero es a las ocho. Y te echo mucho de menos, es muy patético cuánto. Pregúntaselo a Jeremy.

Ella reprimió una sonrisa.

—Más de cinco minutos con Adam. Vas a consentirme.

Di un paso hacia ella.

—Sí, señorita.

Ella se echó a reír, y de no ser porque los tipos que estaban arreglando el ascensor iban y venían por los pasillos y el hueco de la escalera, la habría besado allí mismo. Me la habría llevado fuera, pero el invierno se aferraba a nosotros con garras y dientes y mantendría la primavera lejos de nuestro alcance una semana más, por lo menos. Ver como se nos amorataban los labios nos habría cortado el rollo.

Tampoco pensaba llevarla al apartamento, ya que seguramente Jeremy ensayase con Erica por videollamada y mi padre intentaría mantener una conversación banal con nosotros.

—¿Y si volvemos a tu apartamento? —sugerí.

—Shelly se ha ido a hacer la compra, pero volverá en cualquier momento.

—Ya. —Nos habíamos acercado al hueco de la escalera, y tuve que pegarme a la pared para dejar pasar a un operario de mantenimiento.

Jolene se mordió el labio.

—Se me ocurre una idea. —Aunque no parecía muy entusiasmada.

—Oye, cualquier sitio es mejor que estar aquí fuera.

—Puede que él no esté en casa, así que no te hagas ilusiones.

—¿Él? —Me acerqué a la escalera, pero Jolene no me siguió.

—Sí. Ya le conoces, el crítico de cine. Vive en el 6.º-2. —Señaló la puerta contigua del apartamento frente al mío.

—Cierto, el de los deberes. —Me detuve, casi haciendo ademán de bajar, ya que no entendía a dónde quería llegar—. ¿Tienes que recoger la carta de recomendación o algo?

Seguía mordiéndose el labio y observando la puerta del 6.º-2.

—Todavía no la ha escrito, ha estado liado.

Fruncí el ceño.

—¿Entonces se lo quieres recordar?

Ella negó con la cabeza.

—Si está en casa, puede que nos deje quedarnos allí.

—¿Y eso es mejor que el plan de que mi padre nos observe por encima del portátil?

—Porque no es tu padre. —Puso los ojos en blanco—. O el padre de nadie. Y, de todas formas, no veo que se te haya ocurrido algo mejor.

Me acerqué a ella en silencio. Era cierto que no se me había ocurrido algo mejor, pero eso no significaba que accediera a llamar a los vecinos que apenas conocíamos así porque sí.

Jolene vaciló cuando nos colocamos frente a la puerta.

—Puede que no esté en casa.

—Eso ya lo has dicho.

—Ah, y se llama Teo.

—Vale. —No debió gustarle cómo lo dije, porque me miró y frunció el ceño—. Vale —repetí, y antes de que pudiera detenerme, llamé a la puerta.

—¿Qué haces?

—¿Llamar? ¿No era eso lo que íbamos a hacer?

Jolene desvió su expresión ceñuda hacia la puerta y tragó saliva.

—Oye, no tenemos...

No acabé la frase, ya que la puerta se abrió. El tío —Teo— vio primero a Jolene, y la forma en que sonrió hacia ella me recordó a la expresión embobada de Jeremy al ver a Shelly por primera vez. Quizá lo hubiera imaginado, porque un segundo después se percató de que Jolene no se encontraba sola y su sonrisa me pareció normal. Exhibió una expresión amistosa y curiosa cuando devolvió la mirada a Jolene.

—Hola —lo saludó ella—. No sabíamos si estarías en casa.

Él levantó las manos en gesto de que lo habíamos pillado.

—Esto... te acuerdas de Adam, ¿verdad?

—Claro. El hijo de Paul. —Asintió a modo de saludo y me estrechó la mano mientras lanzaba miradas a Jolene, lo que a su vez hizo que yo también la mirase. Tenía la sensación de que se me escapaba algo.

—Vale, bien. Le estaba contando a Adam que nos hemos visto varias veces...

Teo enarcó una ceja.

—...y que me acordaba de que me comentaste que querías conocer más a tus vecinos, así que he pensado...

383

Ahora fui yo el que arqueé las cejas, mirándolos del uno a otro. Era obvio que Jolene se sentía incómoda. Estaba claro que no conocía a este tipo en absoluto. Deberíamos haber pasado una tarde incómoda con Jeremy y con papá. En lugar de eso, nos tocaría pasarla con este tío. Una idea que ni a él mismo parecía entusiasmarle.

—Ah, sí, claro —exclamó Teo después de unos momentos en silencio—. ¿Queréis entrar?

No, pero seguí a Jolene y nos internamos en el apartamento.

—Vaya, tienes un apartamento muy chulo. —Me miró con los ojos bien abiertos, como si tuviese que mostrarme de acuerdo con ella. No estaba mal, supuse. Una tele enorme. Una gran colección de películas.

—Sí, no está mal. Oye, mola que le vayas a escribir a Jolene la carta de recomendación para la solicitud del curso de cine. Significa mucho para ella.

Jolene me miró como si hubiese dicho algo malo, pero Teo se limitó a soltar una carcajada.

—Necesitamos más mentes como la suya dirigiendo películas. ¿Queréis una Coca-Cola o algo?

Asentimos, y cuando se dirigió a la cocina tiré de Jolene para que se colocase a mi lado.

—¿Qué estamos haciendo aquí?

No respondió.

Teo regresó con las Coca-Colas y la tensión se rompió levemente con el sonido de las latas abriéndose al unísono.

—¿Tú también vas a segundo, como Jolene? —Teo la señaló con la lata.

—Sí.

—Qué tiempos aquellos —respondió—. ¿Practicas algún deporte?

—Béisbol y algo de hockey sobre hielo. Solía jugar a fútbol… no como Jolene, pero se me da bien.

Los ojos de Teo se iluminaron y fijó la mirada en ella.

—No sabía que jugabas. Seguro que acababas con un montón de moratones en las piernas.

Creo que fue la respuesta más extraña que podría haber pronunciado. Intenté atraer la atención de Jolene con la mirada, pero la suya estaba fija en la Coca-Cola.

—Sí, quiero ser como Beckham. —Se acercó a la estantería llena de películas que llegaba hasta el techo, y más rápido de lo que debería haber sido posible, agarró una. —Oye, la tienes.

—Por supuesto. —Teo me miró—. Sale Keira Knightley, ¿eh?

Debería haber sonreído, asentido o algo, pero no lo hice. No me salía coincidir con nada de lo que dijese.

—¿Podemos verla?

Levanté el brazo hacia Jolene, como si tuviese la capacidad de desdecir la sugerencia. Yo ya había estado intentando beberme la Coca-Cola lo más rápido posible para que pudiéramos marcharnos. ¿Cómo es que no se daba cuenta del ambiente raro que había? ¿En qué estaba pensando al preguntar si podíamos quedarnos un par de horas más?

—Estáis en vuestra casa.

Jolene me vio mover los labios en un «no» silencioso y sacudir la cabeza.

—Estaría bien en otro momento. —Me acerqué a Jolene y dejé la lata vacía de Coca-Cola sobre la mesita—. Pero tenemos que irnos.

Jolene devolvió la película a su sitio más despacio de lo necesario.

—Es una pena —respondió Teo—. Venid cuando queráis. Adam, me alegro de verte.

—Sí —exclamé a la vez que colocaba una mano en la espalda de Jolene y la conducía hasta la puerta —. Gracias por el refresco.

—Y a ti también, Jolene.

Una vez regresamos al pasillo y se cerró la puerta detrás de nosotros, me volví hacia ella.

—Prométeme que no volveremos a estar tan aburridos.

Me increpó casi antes de que terminase de hablar.

—¿Qué ha sido eso?

—¿A qué te refieres?

—Has sido superborde. — Y me imitó de forma bastante poco favorecedora—: «Pero tenemos que irnos». Casi me empujas para que saliera.

Esbocé una sonrisa.

—Vale. Lo primero, ¿así sueno?

Su respuesta fue empujarme.

—Y segundo, «empujar» es una palabra fuerte. Yo diría que te insté a marcharnos deprisa.

Volvió a empujarme.

—Oye, ¿por qué te preocupa? Ese tipo es raro.

—No es raro. Ni siquiera lo conoces.

—Sí que lo es. Quizá tú no te hayas dado cuenta porque estabas ensimismada con la pared llena de películas. —Se me esfumó la sonrisa al percibir que no estaba fingiendo estar cabreada—. Espera, ¿que no lo conozco? ¿Se ha convertido en tu mejor amigo después de saludarlo con la mano en el recibidor un par de veces y por escribirte la carta? Mira, olvidémoslo. Podemos quedarnos en mi apartamento. No puedo prometer que Jeremy sea mejor, pero al menos no tendremos que hablar con él. —Me volví hacia el apartamento suponiendo que Jolene me seguiría, pero no fue así.

—¿Por qué no te has comportado bien? —preguntó con voz extrañamente suave—. Podríamos haber visto una película. Te lo digo en serio, si le dieses una oportunidad, te caería bien. Y podríamos quedar los tres. Molaría.

Volví a acercarme a ella y no pude evitar poner una cara que sabía que detestaba.

—Sí, porque me encanta pasar tiempo con los amigos de mis padres.

—Apenas lo conoce.

—¿Y qué? —Me quedé callado porque estaba claro que a ella sí le importaba. Intenté suavizar la expresión. Quizá le pasaba algo con su padre. Llevaba actuando de un modo extraño todo el día, más tiempo incluso.

—Vale —respondí—. Sí, puede que hubiera podido comportarme mejor. Con lo de la película me pillaste desprevenido. ¿No crees que dos horas sería demasiado para conocer a ese tipo? Ya te va a escribir a carta. No necesitas pasar tiempo con él ni nada, ¿eh?

Me miró con aquellos ojos grandes y brillantes suyos, suplicante. Jamás me había sentido tan idiota. Ella sacudió la cabeza.

—Pensaba que… Bueno, ya no importa. Creo… Creo que voy a volver a casa. Me está viniendo un dolor de cabeza.

Había intentado convencerla para que se me acompañara a mi apartamento, pero había fracasado. Ya no estaba cabreada, pero seguía negando con la cabeza.

Antes de separarnos, la tomé de la mano y me acerqué para abrazarla.

Y después ella se marchó.

JOLENE

Me encontraba de pie en el interior del apartamento, con los talones pegados a la puerta principal y una mano en torno al pomo a mi espalda. Oí a Shelly moverse por el dormitorio que compartían mi padre y ella. Podría cruzar el salón de puntillas hasta deslizarme dentro de mi habitación y a ella no se le ocurriría venir a buscarme al cuarto. No le había mentido a Adam al decirle que Shelly estaba actuando de un modo extraño desde aquella mañana en la que escuché a escondidas su conversación con mi padre y luego le vomité información personal de más hasta que ella se había echado a llorar como si se hubiese roto por dentro. Ahora no actuaba como si estuviese rota, sino decidida, y evitarnos la una a la otra se había convertido en un juego al que jugaba yo sola y que se había vuelto más difícil desde que ella había empezado a buscarme.

También había recibido últimamente más notas y mensajes de mi padre, casi todos los días, y normalmente contenían algo de información del día anterior, detalles que sabía que Shelly le ofrecía. El que me había estado esperando aquel día me felicitaba por no tener ninguna caries en la cita con el dentista de la semana anterior, y no quería saber cómo Shelly se había enterado de aquello. El resto siempre era lo mismo: «lo siento... te prometo...». Excusas y mentiras. Y aún seguía sin verlo.

A veces encontraba una de sus camisas o chaquetas sobre una silla, o un botellín de cerveza vacío en la encimera que sabía que era de él, porque Shelly no bebía. Pero hoy Shelly debió haber limpiado antes de que yo llegase. El apartamento estaba impoluto.

Pasaron diez minutos; veinte. Vi las manecillas del reloj moverse. Estaba segura de que, si me iba a mi habitación y prestaba atención, oiría el suave murmullo de Adam, Jeremy y su padre, hablando y riéndose. Por como iban las cosas, la voz de su madre bien podría unirse a la mezcla en un futuro no muy lejano, solo que ya no estarían en aquel apartamento, sino en su casa. Juntos.

Cerré los ojos con fuerza y sentí humedad en las pestañas.

Y entonces volví a salir al pasillo a la vez que me secaba los ojos con las yemas de los dedos. No pensé en a dónde iba a ir hasta que me encontré llamando suavemente a su puerta.

Teo abrió después del segundo golpe.

—¿Qué le ha pasado a tu amigo?

—Él es el que se tenía que ir, no yo.

—¿Estás segura?

Asentí.

—¿Puedo entrar? —Y luego añadí—: Por favor. —Últimamente había estado repitiéndole esas palabras mucho a Teo.

Despacio, muy despacio, se hizo a un lado para dejarme pasar. Pegué un bote cuando la puerta se cerró.

—No creo que le haya gustado mucho a tu novio.

—Ya te dije que no era... y no ha podido conocerte bien.

—¿Entonces crees que podría caerle bien? —Teo se movió a mi espalda y pude sentir el calor de su cuerpo al pegarse demasiado a mí—. ¿Le caería tan bien como yo te caigo a ti?

Me giré para quedar de frente a él y puse un poco de distancia entre nosotros.

—¿Y por qué no iba a hacerlo?

Teo respondió con una sacudida de cejas antes de darle un trago a su cerveza. Era de una marca distinta de la de mi padre. Teo se percató de mi mirada.

—¿Quieres una?

—Tengo dieciséis años.

—Sé la edad que tienes, Jolene.

Me adentré más en el apartamento de Teo, encaminándome, como siempre, de manera inevitable hacia su colección de películas. Pasé los dedos sobre los estuches brillantes.

—¿Quieres ver algo?

—¿Eso es lo que quieres?

Fruncí el ceño.

—Parece que siempre hacemos lo que quieres tú. —Se desplomó sobre el sofá y cruzó los pies sobre la mesita. La Coca-Cola vacía de Adam seguía en una de las esquinas.

—Eso no es verdad.

—¿No? ¿Entonces podemos hacer lo que yo quiera? ¿Es eso lo que dices?

Sentí un escalofrío recorrerme la piel. Estaba de espaldas a él, ya que seguía mirando su estantería.

—Puedes elegir la película. —No me respondió en un buen rato. Me sentía frágil y desnuda delante de él. Sabía muchas cosas sobre mí y de mi situación. Y le contaba más de lo que quería cada vez que volvía y pronunciaba la misma palabra—. Por favor.

Él recitó sin pensar el título de una película y yo la saqué, agradecida. Nunca había oído hablar de ella, pero por una vez no me importó. Puse la película y me coloqué en el lado más alejado del sofá.

—¿Por qué te has sentado tan lejos?

—¿Hm? —Traté de fingir que estaba inmersa en los créditos iniciales, pero me vi obligada a mirarlo cuando agarro el mando y la puso en pausa.

—He dicho: ¿por qué te has sentado tan lejos?

—Me gusta la esquina.

—¿De verdad? ¿Entonces por qué no subes los pies?

—Claro. —Doblé las piernas de lado, pero Teo me asió los tobillos y los colocó sobre su regazo.

—Hala, ¿no es mejor así? Ahora puedes estirarte.

—Sí, así está mejor. Gracias. —Alargué el brazo para coger el mando de su mano, y él me permitió que me lo quedara. Cuando la película volvió a ponerse en movimiento, me relajé. Era un drama, pero con un personaje que no dejaba de hacerme reír en todas sus escenas. Teo también se reía de él, y enseguida el ambiente entre ambos volvió a suavizarse, tal y como necesitaba. Habría sido mejor si Adam también hubiese estado aquí, pero al menos no estaba sola.

Ni siquiera me importó cuando Teo comenzó a masajearme los pies. Lo miré y él no pareció ser consciente de estar haciéndolo. Me sacudí cuando rozó un lugar donde tenía cosquillas. Se disculpó y luego lo volvió a hacer.

—Para. —Me reí—. No puedo prestar atención a la película.

Teo levantó las manos y yo devolví la atención a la película. En cuanto bajé la guardia, él me agarró el pie y empezó a hacerme cosquillas. Yo chillé e intenté revolverme para desasirme de su agarre, pero tiró de mí por el sofá y movió las manos hasta mi cintura. Se me levantó la camiseta cuando me atacó el abdomen. Para entonces me estaba riendo hasta el punto de sentir dolor, pero la risa nublaba mi mente y mitigaba las alarmas que estaban sonando dentro de mi cabeza, diciéndome que esto no estaba bien; las alarmas eran las mismas que me habían estado asolando desde que había entrado al apartamento de Teo. Mucho antes que eso, si era sincera conmigo misma.

La niebla comenzó a disiparse cuando me di cuenta de que Teo me tenía atrapada bocarriba con él encima. Su peso me aprisionaba contra los cojines. Era muchísimo más grande que yo, y pesaba mucho más. Varios ramalazos de miedo empezaron a recorrerme de arriba abajo, y la risa que él no dejaba de exprimirme estaba mezclada con palabras a medio formar que no sonaban como las protestas que necesitaba que fuesen. De repente Teo dejó de hacerme cosquillas. Sus manos todavía seguían tocándome, pero no se estaba riendo y tampoco quería que yo lo hiciera, si es que esa había sido alguna vez su intención. Estampó su boca sobre la mía e introdujo la lengua entre mis labios. Sus manos me agarraban y apretaban por todas partes. No podía respirar.

Si gritaba, él se lo tragaba.

Si empezaba a patear, sus muslos me clavaban la pierna contra el sofá.

Sí me sacudía, me aprisionaba con más fuerza.

El miedo me heló más que la ventisca que arreciaba fuera.

Y entonces movió una mano hasta el botón de mis vaqueros. Sacudí la cabeza hasta liberarme de él y jadeé la palabra que se me había quedado atrapada dentro.

—¡Para! —Y me retorcí, revolví y pateé. Nada. Se movía solo porque él quería, y esta vez arrastró su boca hasta mi cuello. Me lamió.

—No. Para. Teo, gritaré. —La amenaza sonó patética a mis oídos. Era débil, y sentía la garganta áspera de tanto reír. Quería gritar, hasta que me di cuenta de que ya lo estaba haciendo. Las paredes eran casi de papel y Teo lo sabía. Volví a repetirlo. Alguien tendría que oírme. Gritaría hasta que lo hicieran.

Se puso de pie de súbito.

—¿Vas a gritar? Después de haberme estado calentando hasta ahora, ¿vas a hacer como si no quisieses? —Dijo otras cosas, cosas que me laceraron a la vez que luchaba por levantarme del sofá.

—Sí, vete a casa, niña. ¿Dónde vas a ir? ¿A quién le va a importar? ¿Eh? —Me bloqueó el paso cuando llegué a la puerta y me sujetó por la muñeca cuando fui a agarrar el pomo—. ¿Vas a contárselo a papá? ¿Le vas a decir como venías a mí una y otra vez, suplicándome que te dejara entrar? ¿Cuántas noches, Jolene? ¿Cuántas?

Demasiadas. Las recordaba todas, y me sentí tan estúpida porque, incluso entonces, lo había sabido. Lo había *sabido*, y aun así seguí viniendo.

—¿Vas a contarle a tu novio como me has besado? Entonces no te importó, ¿eh? —Me soltó las manos—. No, no se lo vas a contar a nadie, ¿verdad? ¿A quién se lo ibas a contar? Nadie se preocupa por ti, ¿no es así? —Se apartó para que pudiese abrir la puerta de un tirón—. Adelante. Vuelve cuando quieras tu carta y estés preparada para madurar, Jolene.

Su risa me persiguió por el pasillo.

ADAM

Sentía como si unas abejas estuviesen zumbando en el interior de mi cabeza. O eso pensaba, hasta que la realidad sobrepasó el sueño que ya no recordaba. Mi móvil estaba vibrando en la mesilla.

> **Jolene:**
> ¿Estás despierto?

> **Adam:**
> No.

> **Jolene:**
> Estoy en el balcón.

Miré hacia la puerta corredera de cristal y la nieve golpeando contra ella. La pantalla marcaba la 1:47 de la madrugada.

> **Adam:**
> No estás en el balcón. La muerte por congelación está en el balcón.

No respondió al mensaje.

Me senté y me entró frío tan solo de mirar afuera. No tenía sentido que estuviese ahí. Eso fue lo que me dije al retirar las mantas y mirar por el cristal vestido tan solo con unos pantalones de franela y una camiseta. Apenas vislumbraba nada. Un equipo entero de hockey sobre hielo podría estar ahí fuera y yo sería incapaz de verlo.

Al abrir la puerta, sentí que se me congelaban los dientes.

—¡Jolene! —grité su nombre, pero el viento se llevó el sonido. No importaba que siguiera estando en mi habitación. La nieve se arremolinaba a mi alrededor y me rozaba como si de pinchazos se tratase. Salí y busqué la pared a tientas para inclinarme sobre ella, pensando que no podría ver nada, ni siquiera a una chica temblando contra la pared.

Y así fue.

Jolene ya no estaba temblando. Tenía demasiado frío.

—¿Qué estás haciendo aquí?

—¿P-puedes v-venir? ¿O-o p-puedo y-yo?

—¿Qué? —Apenas la oía, pero si había dicho lo que creía haber escuchado...

—No. Jolene, no. Entra. Yo te llamo. ¡Entra!

Apoyó las manos y los pies en la barandilla como respuesta.

—¿Es que pretendes matarte? —La agarré de los hombros y la intenté empujar hacia atrás. En lugar de soltarse, ella se aferró con más fuerza.

—Jolene. *Pero qué haces.*

A estas alturas ya ni le preguntaba. Bien se le había helado el cerebro o pasaba algo lo suficientemente gordo como para que se le hubiera olvidado que la ocasión anterior casi se cayó trepando hacia mi balcón, y entonces no había estado nevando. Eso o que no le importaba matarse.

Ambas opciones me tenían acojonado.

—Vale, vale.

Pasé la pierna por la barandilla y gruñí al agarrar la dichosa barra helada con las manos. Me moví para aferrarme a la pared, pero algo suave e increíblemente frío pegó mi mano al ladrillo. Jolene me agarró de la camiseta y tiró de mí. Cuando caí a trompicones en su balcón, me percaté de que había sido su mano.

Respirar me dolía, y su mano se me antojaba casi demasiado fría como para sujetarla. Dirigí a Jolene a la puerta, la cual había dejado abierta, y al entrar no sentí calidez alguna que nos diese la bienvenida. Lo que ayudó fue cerrar la puerta corredera para mantener el viento helado fuera, pero no fue suficiente. Seguía congelándome. Jolene permaneció tan quieta que pareció que de verdad se hubiese congelado. Tiré de la colcha gruesa que cubría su cama, la envolví en ella y la atraje contra mi cuerpo antes de envolverme yo también.

Se me había empezado a formar escarcha en el vello de los brazos, y mientras miraba a Jolene, ese hielo se me antojó punzante. Se le habían helado las pestañas y vi un rastro brillante de lágrimas congeladas en sus mejillas.

Ambos empezamos a entrar en calor cuando nos dejamos caer en el suelo frente a su cama. A mí me castañeaban los dientes; sus labios estaban grises. No fui consciente de lo que le decía mientras le frotaba las manos, los brazos y la espalda para que entrara en calor. No me detuve hasta que a ella también le castañearon los dientes, a tanta velocidad que el sonido se pareció mucho al de la vibración de mi móvil.

—¿Me vas a contar por qué estabas ahí fuera a punto de morir de frío?

Estábamos sentados hombro con hombro, así que ella no tuvo que moverse demasiado para apoyar la cabeza sobre el mío.

—No.

Mis ojos se posaron en su rostro y noté que el color regresaba a sus labios, pero no parecía haber entrado en calor del todo. Seguía temblando, así que envolví su cadera con el brazo y le compartí mi calor corporal. Levanté la lengua hacia el paladar para reprimir la respuesta a ese monosílabo. Estaba aterrorizado. Entonces me acordé de su mirada al aferrarse a la barandilla del balcón. Lo habría hecho. Así de desesperada se había sentido. No me había sentido tan asustado desde la noche que recibimos la llamada del accidente en el que mi hermano había fallecido, así que me quedé callado. Utilicé también el otro brazo y la apreté contra mí.

Quería obligarla a que me lo contase; sacudirla, gritarle y abrazarla a la vez. Quería que fuera ella la que me abrazase. Seguí sintiendo tanto pánico que parecía que lo sentía físicamente bajo la piel. Ya era consciente de que estaba enamorado de ella. Pero hasta ese momento en que había empezado a escalar hacia mí, no supe que sería capaz de morir por ella.

—Para que lo sepas —manifesté, consciente del temblor en mi voz—, eres mi persona favorita. En todos los sentidos; eres la favorita.

Un minuto después, me incliné para abrir su portátil, que estaba en el suelo. Puse la primera película que encontré y después me acomodé contra ella envuelto en la colcha mientras aparecían los créditos de *Napoleon Dynamite*. Las lágrimas se le habían derretido, pero le empezaron a caer nuevas mientras veíamos la película.

JOLENE

Me desperté en el suelo. Con una persona como almohada.

Nos habíamos plegado de alguna forma el uno hacia el otro. La cabeza de Adam descansaba sobre el hueco de su brazo, que estaba acomodado sobre mi cadera; la mía estaba amortiguada sobre su muslo. La colcha con la que nos había cubierto me constreñía los brazos gracias al peso de Adam. Cuando intenté levantarme, tuve que tirar fuerte. Con ello logré liberarme, pero también despertarlo a él.

Adam se removió para que pudiera terminar de desenredarme y sentarme. Parpadeó varias veces y arqueó la espalda, y luego él también se irguió. La débil luz del sol penetraba en mi habitación a través de las puertas de cristal. Alumbraba un caminito que se extendía hacia nosotros, pero sin alcanzarnos aún. El sol del amanecer no portaba verdadero calor con él.

—Te has quedado toda la noche. —Se me quebró la voz al hablar. No porque tuviese problemas para controlar las emociones (me sentía más entumecida que otra cosa), sino porque había abusado de ella la noche anterior con las risas que habían desembocado en otra cosa—. ¿Era eso lo que querías?

—No me iba a marchar, así que sí, era lo que quería.

Había dejado entrar a mi habitación tanto frío la noche anterior que aún sentía el aire helado cuando ya no estábamos el uno pegado al otro. Me estremecí.

—Te vas a meter en líos. —No quería que Adam pagara por ayudarme, pero aun habiendo pensado con claridad la noche anterior, habría acudido a él igualmente. Lo había necesitado más que la preocupación por lo que su padre pudiera hacer luego.

Adam se estiró hacia atrás, no para alejarse de mí, sino para encender la pantalla del portátil y poder ver la hora. Seguía siendo temprano. Quizá lo bastante como para que pudiera volver a casa; por la puerta principal, esta vez. Si se marchaba entonces, si no hacía ruido… pero no se levantó.

—¿Es muy tarde? —pregunté.

Adam negó con la cabeza.

—Probablemente no.

—Entonces deberías marcharte. —Pero no quería presionarlo ni instarlo a que se moviera, además de las palabras que acaba de decirle.

Volvíamos a estar en la misma posición en la que habíamos empezado la noche anterior. Sentados en el suelo contra los pies de mi cama, hombro con hombro, excepto que no nos estábamos tocando. Me había resultado tan fácil inclinarme hacia él en la oscuridad, pero esta mañana no podía ni moverme un centímetro hacia la izquierda siquiera.

—No importa. —Cuando lo miré, Adam se tiró de los pantalones—. No me acordé de coger las llaves.

En cuanto se movió, pude verlo de un modo que no había podido por la noche. Adam llevaba puesta una camiseta de manga corta y los mismos pantalones de pijama a cuadros que tenía en su cumpleaños. Y estaba descalzo. Había salido a la ventisca por mí con nada más que una delgada tela de algodón. Había escalado una pared cubierta de hielo para llegar hasta mí. Porque yo lo había necesitado. Porque era estúpida, muy estúpida. Me encorvé al sentir que el estómago se me encogía.

—Eh, eh. No pasa nada. —Adam extendió la mano para agarrar la mía y entrelazó los dedos con los míos—. No me quejo.

Lo que me rompió, lo que me desentumeció, fue que lo dijo en serio. Se metería en problemas por mí y lo haría feliz, y ambos sabíamos que eso era lo que iba a pasar. Estaba totalmente relajado, sosteniéndome la mano como si no tuviese que preocuparse por nada más en el mundo que estar allí, conmigo.

—Lo que me dijiste anoche sobre ser tu persona favorita, ¿fue en serio?

—Sabes que sí. —La respuesta le vino tan fácil. Ni siquiera se la pensó. No estaba intentando consolarme, ni intentando evitar que perdiese los papeles y saliera huyendo al frío otra vez. No tenía por qué decirlo otra vez, pero lo hizo. Cerré los ojos porque emitía una luz tan brillante que me cegaba.

—A veces solo tengo que pensar en ti y ya me siento mejor. Ni siquiera tengo que verte ni tocarte… —Adam me apretó la mano— para sentirme cálido. ¿Cómo lo haces?

—Soy la personificación del Prozac.

Adam no se rio.

—Eres mejor que yo. —Me obligué a mirarlo y dejé que él me contemplase también—. Lo saben tu madre, tu padre, Jeremy e incluso Erica. Todos los que te conocen te quieren. Te quieren a su alrededor. Luchan por ti. Por *ti*, no lo que representas, sino tú. No llegué a conocer a Greg, pero sé que también te quería. Porque ¿cómo no? Nadie podría no quererte. —Liberé mi mano e inmediatamente eché de menos su calidez. Yo no era para nadie lo que él era para todos. El aliento que inhalé entonces me resultó doloroso, superficial, vacío y frío.

De repente me percaté de que seguía saboreando a Teo en mi boca. Me levanté con dificultad de debajo de la colcha, tropecé y corrí al cuarto de baño. Me cepillé los dientes hasta que me sangraron las encías. Y entonces me los volví a cepillar. Adam se quedó allí, observándome.

—Necesito un minuto —le informé. Y él no me presionó. Cerró la puerta a su espalda y me dijo, sin palabras, que me esperaría fuera.

Me lavé. Me limpié la cara, me cepillé los dientes una tercera vez y me peiné. Sentí la tentación de volverme a trenzar el pelo, pero entonces pensé en Adam y las ganas desaparecieron.

Adam estaba sentado en mi cama con las piernas cruzadas. Era la misma posición en la que yo había estado aquella primera noche en la que él había decidido ser mi amigo. La noche en la que decidió quedarse conmigo y no arrojarme a la basura. Se había convertido en mi persona favorita aquella noche, y lo hacía una y otra vez conforme lo miraba fijamente.

—Se han cambiado las tornas. —Me subí a la cama y me senté de frente a él, para que estuviésemos rodilla con rodilla—. Ahora eres tú el que se ha colado en mi cuarto.

Adam me miró a los ojos.

—Me necesitabas. Así que vine. —Y entonces, aunque fue extraño, y pude notar que él se dio cuenta de lo raro que era a medio camino, Adam se inclinó hacia adelante, sobre nuestras rodillas dobladas, y me abrazó. Ambos tuvimos que estirarnos para alcanzarnos, pero lo hicimos. Necesitaba que me abrazaran y saber que, aunque no era justo, era su persona favorita.

No era la de nadie más, pero sí la de Adam, y eso lo significaba todo para mí.

Tendría que haber intentado con más ahínco que se marchara, que se moviera y al menos regresara a casa antes de que su padre se percatase de que no estaba allí. Pero cuando fui a levantarme de la cama, Adam volvió a tirar de mí hacia sí.

Y yo cedí.

ADAM

No me había tumbado en la cama con una chica nunca. No dejaba de mirar la puerta cerrada como si su padre la fuese a echar abajo en cualquier momento y me fuera a propinar una paliza digna de recordar. Es lo que debería hacer. Debería preocuparse por su hija, por saber que hay un chico en su cuarto. Debería conocerme y, en cierta medida, asustarme. Es lo que tendrían que hacer los padres con los chicos interesados en sus hijas.

Pero el padre de Jolene ni siquiera sabía de mi existencia. Apenas sabía de la existencia de *su hija*. No le importaba que hubiera estado llorando o que algo le hubiese hecho daño. Me juré en ese momento, con Jolene tumbada a mi lado y su largo cabello suelto haciéndome cosquillas en el dorso de la mano, que, si algún día le conocía, le daría un puñetazo.

—Luego tendrás que volver a casa conmigo. Mi padre estará tan cabreado que nos sermoneará a los dos. Y si tienes suerte, puede que también te castigue, e incluso te confisque el móvil.

Jolene se rio levemente, lo que provocó que el pelo se le deslizase por delante del hombro. Era tan preciosa que me quedé sin aliento.

Y entonces las sonrisas se esfumaron. La realidad no pintaba tan divertida. Si... o más bien cuando me castigasen, sabíamos que yo no sería el único que lo sufriera.

—¿Cuánto tiempo crees que durará?

Rodé hasta quedar boca arriba.

—La última vez que me escapé de noche para ver a una chica, ya tenía barba cuando me dejaron salir, así que...

Jolene se apoyó en un codo.

—No me creo ni una sola palabra de lo que acabas de decir.

—Se llamaba Stephanie, y valió la pena.

Aquello provocó que se riera.

—Quizá podrías convencer a tu padre de que te has escapado esta mañana temprano.

—Eso puede que funcione.

Tendría que convencer a Jeremy para que me siguiese el juego, pero últimamente las cosas entre nosotros no habían ido mal, así que barajarlo no sonaba tan absurdo como hacía un mes. Tumbado junto a ella en ese momento, me hizo sentir que no me importaba en los problemas que me pudiese meter.

—¿Y yo? —preguntó ella—. ¿Yo valgo la pena?

Abrí la boca para decirle que sí. Para decirle algo ridículo como que estar con ella bien valdría no volver a ver el sol, todo para que no dejase de reír. Pero no lo hice. Jolene no era de las que buscaba cumplidos porque sí. Era más de dedicárselos a sí misma. Al principio, aquello me había hecho verla como una engreída, pero una vez la conocí, me di cuenta de que era todo lo contrario. Los convertía en bromas. Pero no era así. Era preciosa, divertida y todos los calificativos que trataba de hacerle creer y que necesitaba oír. Pero al final me quedé callado. Levanté la cabeza, coloqué la mano bajo su mandíbula y la besé.

En cuanto mis labios rozaron los suyos, sentí que cogía aire; de hecho, tomó algo del aire de mis pulmones. La sensación me hizo sobresaltarme, aunque no di por acabado el beso. Y lo que me hizo reprimir una sonrisa fue que ella tampoco se apartó.

Volver a besar a Jolene me hizo sentirme mejor de lo que había imaginado, y lo había imaginado muchas veces. Consiguió que se me acelerara el torrente sanguíneo y que el corazón me latiera desbocado. Me moví para acercarme a ella y me abandoné al instinto que me urgió a profundizar el beso.

Pero entonces ella sí se separó.

—Lo siento —me disculpé antes de que lograse apartarse siquiera un centímetro—. No quería…

Pero no me dejó acabar la frase. Agachó la cabeza hasta apoyarla en mi hombro y me envolvió la cintura con los brazos. Y yo no necesité instinto alguno para abrazarla. Me puse cómodo y ella hizo lo mismo. Sentía el ritmo de mi pulso y yo me imaginé el suyo.

Jolene cogió una bocanada de aire y levantó el rostro para mirarme.

—Tú también eres mi persona favorita. —Me miró hasta que pensé que se echaría a llorar.

—Tengo la sensación de que he hecho algo mal.

—Tú no —respondió, y no me gustó que enfatizase el *tú*—. Yo...

Oímos como alguien llamaba a la puerta de la entrada con fuerza, y sin pensármelo aferré a Jolene más aún. Volvieron a llamar. La tercera se interrumpió y oí algo que me hizo sentir miedo a lo largo de la espina dorsal.

—Siento venir tan temprano, pero necesito hablar con Jolene. No encontramos a Adam.

—Creo que sigue durmiendo, pero podemos despertarla si hace falta.

Intenté moverme en cuanto oí las pisadas de Shelly y de papá cruzando el salón, juró que lo intenté, pero Jolene y yo estábamos demasiado abrazados con una manta enrollada en torno a nuestras piernas. Ella se movió hacia un lado y yo hacia el otro, por lo que acabé medio encima de ella cuando se abrió la puerta.

JOLENE

El padre de Adam no lo sacó a rastras de mi cama ni de mi cuarto, no; fue mucho peor que eso. Se quedó allí plantado, en silencio, mientras observaba cómo Adam se quitaba de encima de mí.

Yo apenas había atisbado el rostro del padre de Adam cuando la puerta se abrió, y su expresión había denotado desesperación y miedo. Pensé inmediatamente en Greg, y aunque hubiese pasado un minuto o diez desde que el padre de Adam descubriese que no se encontraba en la cama, sabía que para un hombre que ya hubiese perdido a un hijo había sido toda una eternidad.

Fue casi cómico cómo sus facciones cambiaron. Sintió tal alivio que hasta tuvo que apoyarse en el marco de la puerta, pero a aquel sentimiento le siguió una decepción fría y firme, y reírse fue el último pensamiento en cruzar su mente.

Adam intentó explicarle que no era lo que parecía *mientras se quitaba de encima de mí*.

Sí, aquello había ido bien. Su padre no pronunció palabra.

Shelly, por una vez en su vida, también se quedó muda.

Adam me lanzó una mirada antes de marcharse. Era lo bastante inteligente como para no decirme nada. Su padre estaba al borde del colapso a esas alturas, si no, habría intentado decir algo yo también.

Cuando se marcharon, le conté la verdad a Shelly.

—No me importa si me crees o no. No ha pasado nada. Vino anoche y nos quedamos dormidos viendo una película.

—Te creo —me dijo—. Sois idiotas y él se va a meter en un buen lío por culpa de eso, pero te creo.

Combé los hombros. Tenía razón. No quería pensar en ello, así que evadí el tema.

—¿Crees que mi padre se enfadará?

Shelly vaciló.

—Debería contárselo.

Me la quedé mirando a la vez que bajaba de la cama.

—Era una pregunta retórica, Shelly. Ambas sabemos que le da igual.

—No. —Da un paso vacilante hacia el interior de mi habitación—. No debería. He estado hablando con él para que se involucre más contigo y lo va a intentar, Jolene. Es solo que está muy ocupado.

Aquello era una sarta de mentiras y ambas lo sabíamos.

—¿Sabes cuántos días han pasado desde la última vez que lo vi? Pero verlo de verdad, más allá de entreverlo muy de vez en cuando saliendo por la puerta por la mañana.

Shelly bajó la mirada y adivinó el número exacto de mi mente.

—Ciento noventa y cuatro.

Me la quedé mirando boquiabierta. Nadie lo sabía excepto yo. Mi padre puede, suponía, pero algo me decía que estaba «demasiado ocupado» como para contarlos siquiera. Era algo que ni Adam sabía. Pero Shelly sí, lo cual significaba que había mantenido la cuenta, y no era capaz de entender por qué.

—¿Cómo lo sabes? —Me moví hacia ella.

Se abrazó a sí misma con fuerza.

—No sabía que iba a ser así. Creí…

—¿Qué? ¿Qué creíste?

—¿Podemos parar de una vez? —me preguntó—. ¿Podemos dejar de ser enemigas? Yo nunca quise esto.

—Solo querías ligarte a un hombre casado y me usaste para llegar hasta él. Así que no —le dije, y extendí el brazo para agarrar el pomo mientras me obligaba a no derramar ni una lágrima, a diferencia de ella—. No podemos parar. ¿Cómo puedes pretender ni por un instante que puedo dejar todo eso a un lado?

Le cerré la puerta en las narices y después de mirar mi cuarto vacío en derredor, donde Adam me había estado abrazando, abrí la puerta que daba al balcón y dejé que el viento vigorizante arremetiera contra mí hasta dejar de sentir las mejillas. Y entonces obligué a aquella sensación a extenderse por el resto de mi cuerpo.

Shelly se marchó poco después. Ni sabía ni me importaba a dónde. El padre de Adam le había estado gritando antes, pero debieron de haberse movido a otro dormitorio, porque llevaba un tiempo sin oír nada. Paseé por mi habitación y me mordisqueé las uñas hasta que empezaron a sangrar. Encontraría la manera de contarme lo que había pasado, ¿no? En cuanto se calmara y dejase explicarse a Adam, su padre no nos mantendría separados para

403

siempre, ¿verdad? Intenté razonar conmigo misma, pero no ayudó mucho.

Lo que por fin consiguió sacarme de mi cuarto fue otro estruendoso golpe en la puerta del apartamento.

Sinceramente esperaba que se tratase del padre de Adam. Estaba preparada para contárselo todo si aquello implicaba poder seguir viendo a Adam.

Pero no lo era.

Jeremy estiró el cuello para echar un vistazo al apartamento.

—¿Está Shelly en casa?

Apenas había articulado la palabra «no» cuando Jeremy abrió la puerta del tirón y entró.

—¿Qué ha pasado con tu padre?

Jeremy se cruzó de brazos y me inspeccionó.

—Bueno, no parece que seas cortita...

Cerré la puerta principal y rechiné los dientes.

—Sé que Adam está metido en líos. Lo que no sé es si es muy grave.

—Sí, pero te lo podías imaginar, ¿no? —Al ver que mi única respuesta fue atravesarlo con la mirada, Jeremy prosiguió—. Está castigado hasta el final de los tiempos, pero eso era lógico. Sin móvil, ni internet, ni vida. Gracias a ti, mi hermano pequeño va a estar encerrado hasta que se gradúe.

Me desplomé sobre una de las sillas de comedor que había junto a mí; ya se me había olvidado lo indignada que había estado hacía un rato. Eché la vista hacia los futuros fines de semana en casa de mi padre y me visualicé a mí misma observando pasar las horas en el reloj de mi habitación, viendo película tras película sin nada en lo que centrarme excepto en el número de uñas que no me había comido hasta lo más hondo. En casa con mi madre tampoco me iría mucho mejor ahora que la señora Cho se había ido. Tendría el instituto, pero la temporada de fútbol había acabado, Cherry y yo no nos hablábamos y ya tenía todas las tomas que necesitaba para montar el videoclip de

Calamar Venenoso, por lo que ya no vería tanto a los chicos. Ya no podría mandarle mensajes a Adam. Ni tampoco pasar tiempo con él. Sería como si me hubiesen quitado la capacidad para respirar.

—No. No puede hacerle eso.

—Eh... sí, sí que puede. ¿Te importa siquiera por lo que hiciste pasar a mi padre anoche? No, no, dime. ¿Te importa? —Acabó con una nota de asco en la voz que logró que me encogiera—. Adam y nuestro padre estaban empezando a hacer progresos y en una estúpida noche te lo has cargado todo. Te mereces esto. Y Adam también. Pero nuestro padre, no.

El impacto de sus palabras fue directo a mi corazón, y el dolor me atravesó.

—Lo siento —me disculpé—. Por favor, no te enfades con Adam por culpa de esto. Me pasó algo anoche y no sabía a quién más recurrir. Tienes que decirle a tu padre que no fue culpa de Adam.

Jeremy suspiró.

—Sí, sí que lo fue. A menos que lo ataras para evitar que volviera a casa, fue culpa suya. No intentes inventarte ninguna excusa, porque eso solo deja a Adam como un cobarde y un estúpido. Y créeme, con estúpido ya tiene suficiente. —Entonces volvió a encaminarse a la puerta y la abrió—. Vosotros sois los únicos culpables.

Las lágrimas comenzaron a deslizarse por mis mejillas.

«No», pensé. «No puede pasar. No puedo perderlo y mandar al traste lo que él anhela». Ya estaba de pie, caminando decidida hacia la puerta como si Jeremy la hubiese abierto para mí.

—¿Qué te crees que estás haciendo? Te he dicho que está castigado. No puede verte.

—Tengo que hablar con tu padre.

—Eh, es una mala idea. —Jeremy estiró el brazo frente a la puerta para evitar que pasase.

Al ver que yo no cedía, volvió a suspirar y bajó el brazo.

—También venía a decirte que Adam te está esperando en el balcón.

405

No me paré a gritarle a Jeremy por guardarse tal crucial información. Era otra cosa más que no importaba. En cambio, le di un empujón que lo mandó hasta el pasillo y cerré la puerta de un portazo antes de salir corriendo hacia el balcón.

—¿Adam? —No podía inclinarme lo suficiente como para ver todo el espacio de su balcón, pero lo oí a la perfección.

—Estoy aquí.

Solté todo el aire que había acumulado en los pulmones, y la baja temperatura que aún hacía lo transformó en una nube de vaho.

—Tu hermano acaba de decírmelo.

—Me imaginé que no iría directo al grano. Tenía mis dudas de que fuera a decírtelo siquiera.

—Está muy enfadado.

—Lo superará. —La mano de Adam cruzó la barandilla frente a mí y yo la cubrí con la mía.

—Lo siento.

—Yo no.

—Ni siquiera sabes por qué te has metido en problemas —le dije.

—Ha sido por ti. Eso es lo único que necesito saber.

El corazón se me hinchó e inmediatamente después se marchitó. Levanté la mano libre y me pegué los codos contra el cuerpo.

—Anoche hice algo estúpido.

—Yo estaba ahí —comentó Adam—. Tengo la escarcha que lo demuestra.

—No. —Negué con la cabeza. Estaba intentando ayudarme incluso ahora. Le debía más que la graciosa excusa que estaba tratando de venderme. Hice algo antes de eso.

Él ya lo sabía, o al menos sabía algo.

—Fui a un sitio al que no tendría que haber ido y pasó algo. —Me dieron arcadas al recordar las manos de Teo sobre mí, su boca... Se me revolvió el estómago y lo habría vaciado allí mismo de haber habido algo dentro—. Yo no soy esta chica. No soy tan estúpida. No sé por qué seguí volviendo. Fui tan estúpida… porque lo *sabía*. Seguí mintiéndome porque… n-no sé —proseguí, confesando cada vez palabras más difusas y duras—. Y siento haberte mandado el mensaje como lo hice. No podía pensar en nadie más.

Adam se quedó en silencio durante un rato. Un buen rato. Demasiado.

—¿Te duele algo? —me preguntó al final.

—No. —Mi voz sonó tan queda que él no la habría oído de haber estado un poco más alejado.

—¿Estás a salvo?

Le dije que sí.

Y entonces Adam me preguntó algo que me hizo encogerme de dolor.

—Jolene, ¿a dónde fuiste?

No respondí, porque ambos sabíamos que mis opciones habían sido limitadas. Había sido tarde y con una ventisca fuera. Adam era listo. No tardó ni un segundo en imaginárselo.

—¿Qué te hizo?

Ni siquiera intenté mentirle.

ADAM

Me sentía de piedra cuando regresé a la habitación. No podía mover las piernas correctamente y me dolía el pecho. La sensación perduró incluso cuando el calor del calefactor hizo efecto en mi cuerpo.

Papá estaba al teléfono con mamá. Debía estar paseándose frente a mi habitación, porque lo escuchaba perfectamente.

—Sí, toda la noche, yo mismo los he visto… Estoy de acuerdo… Sarah, ya he hablado con él, pero apenas responde… Sí… Está en su cuarto…. Él dice que nada, ¿pero me lo contaría a mí?… Aún no, pero lo haré. Nunca he visto a su padre, pero encontraré la forma de ponerme en contacto con él…

Casi me eché a reír. Al padre de Jolene no le importaría, eso suponiendo que mi padre pudiera dar con él. Jolene no lo había visto en meses. De repente, sentí que mis músculos se llenaban de fuego y cerré las manos en puños.

—Ahora me viene bien, Jeremy está aquí... Podemos quedar en algún sitio si prefieres que no vaya a casa... Vale, llegaré en media hora. —Llamaron a mi puerta con el puño—. ¿Adam?

Abrí.

—Voy a casa a hablar con tu madre. No sé cuándo volveré, pero te está prohibido salir de este apartamento, ¿me has oído?

—Sí, señor.

Él asintió y se acercó a Jeremy, que se encontraba dormitando en el sofá, para repetírselo. Dejó a Jeremy custodiando mi móvil y le recordó que no tenía permitido usarlo. No pude ver si Jeremy abría los ojos, pero se quedó con el teléfono.

Y a continuación papá se marchó.

Creo que esperé un minuto para acercarme a Jeremy, pero quizá mi sentido del tiempo estuviese desajustado dado que seguía escuchando el latir de la sangre en los oídos.

—Oye. —Di una patada al bulto que formaba mi hermano durmiendo.

—¿¡Qué!? —Jeremy rodó para fulminarme con la mirada.

—Necesito el móvil.

Jeremy lo escondió bajo la almohada y volvió a tumbarse.

—Pues buena suerte.

—No son tonterías. Dámelo o te lo quitaré por la fuerza.

Abrió un ojo. Después el otro. Se sentó, sacó el móvil y lo dejó en el regazo.

—Puede que no lo hayas captado todavía. Anoche la cagaste, y mucho. —Me propinó un empujón que me hizo retroceder un paso sin levantarse siquiera—. Siempre hablas de lo que Greg haría cuando nos desafías a papá o a mí. Qué crees que te diría él ahora mismo, ¿eh? —Negó con la cabeza y miró el móvil; luego pasó un dedo por la pantalla para desbloquearlo—. Olvídalo. Estoy harto de que actúes como si el problema fuésemos todos los demás. Madura, Adam. Y toma. —Pulsó algo en el móvil un par de veces y lo lanzó a la mesita—. Ahí tienes tu estúpido mensaje de voz de la estúpida de tu no...

—Adam, Adam, Adam. —La voz medio bromista de Greg empezó a sonar y tanto Jeremy como yo nos quedamos quietos—. ¿Para qué tienes el móvil? Bueno, escucha, voy a traer otro perro a casa. La cosa es que no he encontrado hogar aún para Baloo, así que obviamente mamá y papá no se pueden enterar.

Jeremy alzó la mirada hasta mí y abrió la boca como si quisiese preguntarme algo, pero no se atreviese a hablar por encima de nuestro hermano.

—Necesito que muevas a Baloo a la otra jaula en el granero, la que tiene la camita azul. Pero ten cuidado con la pata, que te morderá como le tires de los puntos. A lo mejor puedes hacer que Jeremy te ayude...

Una vez Greg pronunció su nombre, Jeremy arrugó la cara y se inclinó hacia delante, con el brazo estirado hacia el móvil, pero sin tocarlo.

Permanecí quieto, anclado en el recuerdo, como siempre, y observando a Jeremy escuchar la voz de Greg en el mensaje. Ni siquiera lo detuve cuando lo volvió a poner.

—¿Por qué tienes esto? —preguntó cuando acabó una segunda vez, pero lo que verdaderamente quería decir era «¿por qué tienes esto y nunca me lo has puesto?».

Di un paso hacia él despacio, queriendo coger el móvil y asegurarme de que seguía a salvo y aún guardado, pero en cuanto me moví Jeremy levantó la mirada. Tenía los ojos húmedos y parecía a la vez como si le hubiera dado el mejor regalo de su vida y lo hubiera intentado mantener alejado de él.

Se me retorció el estómago. No había intentado ocultárselo a propósito. Cuando Greg falleció y me di cuenta de que había sido el último mensaje que me había mandado, lo escuché una y otra vez hasta que se convirtió en un ritual. Siempre que me acordaba de Jeremy y de que quizá lo querría oír, me repetía que seguramente él también tuviese uno guardado.

Sin embargo, al ver a Jeremy repetir el mensaje de Greg una tercera vez, me percaté al instante de lo equivocado que había estado.

Me senté junto a mi hermano, viendo que los ojos se le anegaban en lágrimas al poder volver a escuchar a nuestro hermano.

—Lo siento, Jer.

Jeremy asintió sin apartar la vista del móvil. La bocanada de aire que inspiré se volvió pesada, como si me costase respirar, como si este no quisiera permanecer dentro de mí más que yo respirarlo. No sabía qué hacer para mejorar la situación.

—Debería habértelo puesto de primera hora.

Él se sorbió la nariz y se frotó los ojos con la parte posterior del brazo antes de asentir. O hizo ademán de asentir, pero el gesto se convirtió en algo más ambiguo.

—Los tres éramos mejores juntos, ¿sabes?

Me metí el labio entre los dientes, haciendo lo propio cuando sentí que me picaban los ojos y no me salían las palabras.

—Él siempre sabía qué decir. —Jeremy se volvió hacia mí con los ojos húmedos todavía. Chocó las palmas de las manos para darle énfasis a sus palabras—. Sabía qué decirte en todo momento. Yo no soy así. No sé cómo hablar contigo. Si yo me hubiera ido en lugar de él... —Se atragantó con sus propias palabras y se obligó a abrir los ojos antes de desviar la mirada—. Esto no hubiera sucedido. —Hizo un gesto que incluyó no solo el apartamento de papá y el hecho de que la familia estuviese viviendo separada, sino también a mí y cómo había empeorado nuestra relación estos dos años—. Él no hubiera permitido que las cosas llegasen hasta ese punto, y lo he intentado, pero no soy él. No sé cómo ser él con mamá y papá. O contigo. —Sacudió la cabeza—. Crees que no me doy cuenta, que eres el único que piensa que era mejor en todo, pero sí que lo sé.

Estaba tan equivocado que me dieron ganas de reír, y el ruido que proferí fue peor todavía; sonó más roto que el de una risa.

—¿Y tú crees que sé qué decirte yo a ti? ¿O a cualquiera de vosotros?

Jeremy no era el único que se quedaba corto. Y no me refería a que yo me creyese más inteligente que él por darme cuenta de lo pésimos que éramos en comparación con Greg. Me refería a que esperaba que él tampoco se sintiera igual.

Porque para mí era como un vacío que me retorcía por dentro. La pena ya era mala de por sí, pero saber que Greg había dejado un papel que Jeremy y yo esperábamos cumplir el uno con el otro —y que no podíamos interpretar— a veces era peor.

—Nunca seré tan bueno como él. Lo intento una y otra vez, incluso cuando me pido a mí mismo parar —me hinqué los dedos en el esternón con fuerza— lo sigo intentando. Te cabreo, porque no sé hacer nada más. —Respiré todo cuanto pude hasta que sentí que se me hinchaba el pecho hasta el borde del dolor. Porque todo dolía. Siempre—. Cómo lo hacía, ¿eh? —susurré las palabras con voz grave—. Dímelo, porque no lo entiendo, igual que tú.

Estaba a punto de perder el último ápice de control que me quedaba. Se me estaban humedeciendo los ojos, y sabía que en cuanto parpadease, mis lágrimas caerían. Y seguía sin poder respirar bien. No me llegaba el aire, o llegaba demasiado deprisa y en demasiada cantidad.

—No eres solo tú. Yo tampoco soy él.

Jeremy me observó durante un momento, escrutando cada centímetro de mí, mucho más de lo que hubiera pensado. Y resopló.

—Yo soy el mayor... el mayor ahora. Se supone que debo mantenerte a raya y apoyarte. Yo soy yo al que se supone que has de acudir cuando las cosas se van a la mierda.

—Y soy *yo* el que debe hacerte cambiar de opinión y apoyarte. Se supone que yo también debería ser alguien con el que puedas hablar.

—Ya. —Jeremy se mofó y el intento de risa se le dio mejor que a mí—. Pero resulta que eres un gamberro arrogante la mayor parte del día.

Emití un sonido que más bien fue un suspiro de sorpresa, pero el que solté después me hizo curvar la comisura de la boca. Lo miré mal.

—Y tú eres un idiota irascible.

Él se echó a reír. Y yo también. Nos reímos de verdad. Y sentí que una parte del nudo del pecho se me deshacía.

—Lo siento —me disculpé—. Jamás podré ser como él, pero intentaré ser mejor de lo que soy.

—¿Sí? —Arqueó una ceja—. Porque este año has sido una mierda de tío.

Me aseguré de que Jeremy me viese como si me estuviese recolocando la mandíbula, molesto, y aquello lo hizo sonreír.

—Supongo que tendré que hacerlo. Últimamente te has portado mejor. No quiero que pienses que no me he dado cuenta, pero lo de anoche... —Sacudió la cabeza—. Greg también te lo hubiese hecho pasar mal.

Recordar la razón de lo sucedido anoche hizo que tensase la mandíbula.

—No, Greg me hubiera acompañado a partirle la cara a alguien.

Jeremy frunció el ceño.

—¿A quién, a papá?

—¿Crees que he arriesgado todo lo bueno que ha pasado últimamente para liarme a puñetazos con papá? ¿Y que Jolene me hubiese dejado hacerlo?

Empezó a suavizar la expresión, pero volvió a arrugarla al volver la cabeza hacia el muro que separaba nuestro apartamento del de Jolene.

—Me ha dicho que le pasó algo... —Su expresión se tornó vacía, casi hasta el punto de darme miedo, y se giró hacia mí—. ¿A ella? Alguien... ¿Sabes quién?

Cerré las manos en puños.

—Sí que lo sé.

Asintió. Menos de un segundo después, se había puesto de pie, y estaba torciéndose el cuello de un lado a otro.

—Bueno, vale.

Lo observé.

—¿Y ya está? ¿No vas a preguntar...?

Me ofreció una mano.

—¿Es necesario?

Sentí que la presión que se aferraba a mi pecho desaparecía al darme cuenta de que no. Solo necesitaba que me apoyase y lo estaba haciendo, sin preguntas. Porque era mi hermano. No el que había perdido, el que jamás podría reemplazar para mí, ni yo para él, sino el que me quedaba. No necesitaba ser Greg. Ni yo tampoco tenía que serlo. Nos llevó dos años entender que, a veces, o más bien, a menudo, las cosas eran así de sencillas.

Respiré profundamente y agarré la mano de mi hermano.

Él se limitó a enarcar una ceja cuando salí al pasillo y me detuve frente a la puerta de Teo.

—¿Estás seguro?

—Sí.

Mi respuesta monosilábica fue suficiente para Jeremy. Llamamos a la puerta juntos hasta que se abrió.

La mirada confusa de Teo desapareció cuando sus ojos pasaron de Jeremy a mí. Debió de percibir mis intenciones, porque alzó las manos.

—Ah, hola, Adam, ¿no? Escucha, no sé qué te ha contado Jolene, pero está un poco desquiciada y...

Lo interrumpí con un puñetazo. No tenía la envergadura de mi hermano, pero Teo no había esperado que lo golpease, y retrocedió. No avancé, pero Jeremy sí que lo hizo. Le propinó un puñetazo en la tripa y Teo hincó una rodilla en el suelo. No vacilé y le pegué una patada en las pelotas con tanta fuerza que casi lo hice vomitar.

Pensaba que le partiríamos la cara, pero ahora que lo miraba desde arriba mientras él gemía en el suelo, se me esfumaron las ganas. En lugar de eso, me agaché y le solté en voz baja, para que mi hermano no nos pudiera escuchar:

—Aléjate de Jolene. Ni se te ocurra tocar a otra chica, pedazo de cabrón asqueroso. Y búscate otro sitio donde vivir. —Me levanté y me dirigí a la gran estantería de películas que tenía. En cuanto Jeremy comprendió lo que quería hacer, se colocó al otro lado. La tiramos juntos al suelo con un gran estruendo.

Teo seguía jadeando e intentando recuperar el aliento cuando nos marchamos.

—¿Estás bien? —me preguntó Jeremy en el pasillo.

—Sí —respondí—. Y gracias.

Jeremy volvió a mirar hacia el apartamento de Teo.

—¿Seguro que le hemos dado lo bastante fuerte?

Sacudí la mano tratando de volver a recuperar la sensibilidad en ella.

—Creo que eso es imposible.

DECIMOCUARTO FIN DE SEMANA
26-28 DE MARZO

JOLENE

Adam llevaba un saco de dormir la próxima vez que lo vi. Y me refiero a que lo llevaba puesto literalmente. El invierno por fin había empezado a admitir su derrota, pero aún hacía algo más que frío fuera.

—Me gusta tu sentido de la moda —le dije estando ambos en nuestros respectivos balcones. Habían sido las dos semanas más largas que recordara nunca.

—¿Cómo estás? —me preguntó.

Ojalá no lo hubiese hecho. No quería hablar de ello. Desde que se lo conté, no había dejado de arrepentirme. Aceptar que Adam lo sabía hacía que todo lo sucedido con Teo fuese más real.

—Estoy bien. ¿Te haces una idea de lo aburrida que he estado estas dos semanas?

—Yo también te he echado de menos —respondió Adam. A veces sus comentarios tan francos me incomodaban. Yo nunca sería capaz de decirle que lo había echado de menos con tanta naturalidad.

—¿Sigues siendo *persona non grata* en tu familia?

—Ah, no, no exactamente. Jeremy y yo estamos bien, de hecho. Mejor que nunca desde que nuestros padres se distanciaron. Creo que también le ha dicho algo a mi padre, porque tanto él como mi madre han decidido que solo voy a estar castigado un mes. La próxima vez que venga, ya no tendremos que morirnos de frío para hablar.

—¿De verdad? ¿Tu hermano ha hablado por ti?

—Y me ha dicho que puedo usar su móvil solo una vez, así que, si pasa algo importante, podemos hablar. Te enviará un mensaje desde su teléfono para que tengas su número.

—Es asqueroso lo bien que le caes a la gente. La última vez que vi a Jeremy, prácticamente me estaba haciendo la señal de la cruz. ¿Cómo lo haces? ¿Puedes enseñarme? —Tuve que inclinarme más sobre la barandilla para poder atisbar la sonrisa de Adam. Su expresión cambió a otra cosa, como cuando ves el amanecer.

—Ha pasado algo más. O está pasando, más bien. Mi madre ha venido al grupo de apoyo con nosotros. Dos veces. Ella y mi padre también están planteándose ir a alguna clase de terapia juntos. Estoy muy orgulloso de ella. No está mejor así de repente ni nada, y no ha hablado aún en ninguna de las reuniones, pero se portó mejor que yo la primera vez que fui. Se sentó en una de las sillas y todo. Es decir, eso es bueno, ¿verdad?

Se me cayó el estómago a los pies y tuve que bajar la mirada para que él no viese como mi expresión se derrumbaba.

—Sí.

—Y mi padre ha estado viniendo a cenar casi todas las noches. No sé si están en proceso de reconciliarse o si simplemente están viendo cómo se sienten el uno con el otro de nuevo. Pero hoy, cuando mi madre nos ha visto marchar a Jeremy y a mí, ha sido la primera vez que no ha llorado. Eso es lo que quería para ella, para ambos... que lo intentaran. —Se encogió de hombros y me miró.

Traté de devolverle la sonrisa, pero titubeé.

—Eso no era de lo que quería hablar contigo. O, al menos, no lo único.

Las luces de alarma comenzaron a destellar en mi cabeza y dejé que Adam viese como me estremecía.

—No pienso ponerme el saco de dormir. Voy a entrar a descongelarme. Además, pronto tienes que irte a cenar con tu familia. ¿Nos vemos luego?

Adam era reacio a dejarme marchar, pero no pude decir nada más. Mantuve la sonrisa hasta que deslicé la puerta y la cortina a mi espalda, y luego me permití derrumbarme en el suelo.

Los sollozos me sacudieron el cuerpo entero. Sonaban tan fuerte que hasta rebotaban por toda la habitación. El anterior alimentaba al siguiente, y así cada vez eran más estridentes y casi violentos hasta que me obligué a taparme la boca con la mano. Intenté amortiguar el sonido, contener las lágrimas y los jadeos en busca de aire, pero no pude.

¿Tan horrible era para que se me cerrara el estómago cuando Adam me hablaba de sus padres? Debería estar feliz por él, por ellos, y especialmente por su madre. Si había una oportunidad para que su familia volviese a estar unida, debería alegrarme.

Pero no lo hacía.

El momento en que había pronunciado la palabra «reconciliarse», un millón de cuchillos se me habían clavado en el pecho, rasgando la carne hasta llegar al hueso. Yo nunca había tenido nada de eso. La familia rota de Adam era mejor que la mía, incluso desde antes de que mis padres se divorciaran siquiera. La suya se estaba arreglando. Pronto su padre volvería a mudarse a casa y yo me quedaría más sola que antes de que Adam apareciese en mi vida. Aquel pensamiento me resultaba tan insoportable que hasta sentí arcadas.

No oí nada más allá del sonido audible de mi propia miseria. No escuché la puerta abrirse ni las suaves pisadas que se acercaban. Cuando sentí una mano en el hombro, no levanté la mirada, simplemente me acurruqué contra el brazo que me ofrecían y enterré el rostro en un hombro.

Su suave perfume de lilas penetró en mis sentidos antes de que mis ojos y oídos reconocieran a Shelly. Hasta incluso cuando me percaté de quién me abrazaba y me acariciaba el pelo, no pude soltarla. Me sentía demasiado desdichada como para rechazar el consuelo de nadie, cuando tan de higos a brevas me lo ofrecían.

Un pensamiento atravesó mi mente. Shelly estaba tan hambrienta de consuelo casi como yo. No tenía familia, ni trabajo fijo, nada excepto a mi padre y los retazos de afecto que le daba de vez en cuando.

Despacio, de un modo casi agónico, mis sollozos decayeron. El agotamiento empezó a suplir la desesperación. Los pequeños detalles empezaron a registrarse en mi cabeza, como el colgante de jade de Shelly que se me clavaba en la mejilla; el incómodo ángulo de mi pierna doblada debajo de mí; los músculos de mis manos, todavía aferradas a su camiseta, y que me estaban empezando a doler. Otras cosas sin relación alguna. Cualquier de ellas por sí sola podría no haber sido suficiente, pero la culminación de todas me hizo retroceder y revelar el daño que mis lágrimas habían infligido. Había esperado la tela húmeda y manchada de máscara de pestañas; las lágrimas que caían por el rostro de Shelly, no.

—¿Por qué lloras?

Se llevó una mano a la mejilla, como si necesitase comprobar la veracidad de mis palabras. Cuando sus dedos resultaron húmedos, se puso de pie y se precipitó hacia el cuarto de baño. La vi inclinarse sobre el lavabo, salpicarse agua en la cara y luego secarse con una toalla de manos. Cuando regresó y me tendió la toalla, la acepté.

—Creía que al final terminaríamos siendo amigas —me confesó—. De verdad que sí.

Le dediqué una mirada que ella no tuvo problema en interpretar.

—Lo sé. Por aquel entonces no lo veía. No quería verlo.

La toalla estaba mojada de cuando ella se había secado el rostro, pero me gustó el contraste de mi piel acalorada contra la toalla fresquita. Cuando por fin recuperé pleno control de las emociones, se la tendí de nuevo.

—Siento haberte arruinado la camiseta. Te pagaré una nueva.

Ella arrugó el ceño y negó ligeramente con la cabeza.

—Jo, n-no me importa la estúpida camiseta. Me importas... —Se tragó la palabra, a sabiendas de que daría por finalizado cualquier

418

alto al fuego temporal que se hubiese fraguado entre nosotras, por más endeble que fuera—. ¿Estás bien?

Me la quedé mirando con los ojos enrojecidos e hinchados.

—No, Shelly. No estoy bien. Llevo sin estar bien mucho tiempo, pero eso no es un problema, ¿verdad?

Bajó la mirada al suelo.

—No soy una mala persona —susurró—. No lo soy. Yo nunca quise hacerle daño a nadie.

Al igual que yo. Como mi madre.

No podía gritarle del mismo modo que siempre lo hacía, no cuando me había prestado su hombro para llorar. Pero tampoco podía consolarla, no cuando por su culpa nuestra vida había terminado siendo así.

—Te quería, y tú me usaste para llegar a mi padre. —Se me quebró la voz, pero continué—. Cometiste adulterio con él, lo ayudaste a mentirle a mi madre y ahora juegas a ser mi guardiana dos veces al mes para que él pueda seguir jodiéndola, se lo merezca o no. Dices que no querías hacerle daño a nadie, pero así fue. Y sigues haciéndolo.

—Lo sé —admitió con voz tan baja que apenas la oí—. ¿Me creerías si te dijera que lo siento?

Quería que fuese así de fácil, pero todas las piezas en mi interior estaban rotas y una palabra no iba a volverlas a enmendar.

—Decir que lo sientes no cambia nada.

—Lo siento, Jolene. —Y luego volvió a echarse a llorar otra vez.

—¿Merece la pena de verdad?

Le llevó casi un minuto recuperar la compostura, pero lo hizo.

—No, no la merece. He perdido todo lo que una vez fue importante para mí por su culpa. Unas personas y un tiempo que ya nunca recuperaré. —Bajó la vista a la toalla que todavía tenía entre manos, la que estaba manchada con mi máscara de pestañas y también la de ella—. ¿Por qué llorabas tú?

—No. —Mi brusquedad la hizo encogerse de dolor—. No puedo hacer esto contigo. No vas a trenzarme el pelo mientras te cuento que el padre de Adam probablemente vuelva a su casa pronto, o que he perdido mi amistad con Cherry, o que ese aspirante a ser el próximo Roman Polanski al otro lado del pasillo no me va a escribir la carta de recomendación que necesito para entrar en el curso de cine. Nunca va a ser como antes. Así que deja de intentarlo, por favor.

Como siempre, Shelly siempre daba en el clavo.

—¿Quién es Roman Polanski?

Cerré los ojos despacio y luego los volví a abrir de inmediato en cuanto el rostro de Teo cruzó mi mente. El estómago se me subió a la garganta.

—Es un director de cine al que le gustan las adolescentes. Olvídalo. —Hice ademán de ponerme de pie, pero Shelly me agarró la mano.

—Te refieres a Teo, ¿verdad?

Me quedé helada, y los ojos comenzaron a escocerme. Más que eso, en realidad.

—Por favor, déjame sola.

Sus ojos no dejaron de mirar de forma intermitente a los míos, lo cual solo consiguió que se me anegaran de lágrimas mucho más rápido.

—Jo. Si te ha pasado algo, necesito que me lo cuentes para que pueda ayudarte. Ódiame después en una hora, si eso es lo que quieres, pero ahora...

El repentino cambio en su voz, ahora tan suave, logró que se me escapara una lágrima. En cuanto comenzó a resbalarme por la mejilla, decidí recordar —solo por un ratito— que Shelly fue en una época mi amiga.

ENTRETANTO...

Jolene:
¿Puedo hablar con Adam?

Jeremy:
Espera.

Jeremy:
Soy yo, Adam.

Jolene:
¿Has sido tú?

Jeremy:
¿Si he sido yo qué?

Jolene:
Shelly me ha contado que alguien le ha dado una paliza a Teo. ¿Has sido tú?

Jeremy:
Sí, iba a decírtelo.

Jeremy:
Lo hice sin pensar. Debería haber esperado y hablar contigo antes. Sucedió justo después de que me lo contases. Fue sin pensar.

Jeremy:
Pero se va a mudar. No tendrás que verlo por los pasillos.

Jeremy:
Di algo.

Jeremy:
¿Te has enfadado conmigo?

Jeremy:
¿Jolene?

Jeremy:
No podía soportar que te hubiera hecho daño. Quería hacérselo yo a él. Y tenía que hacerle ver que no estabas sola. Que no lo estás.

Jeremy:
He buscado información y he encontrado cómo denunciar a la gente.

Jolene:
No quiero hablar de eso.

Jeremy:
No debería quedar impune después de lo que te ha hecho.

Jolene:
Lo único que hizo fue besarme.

Jeremy:
Hizo algo que tú no querías. Eso es abuso.

Jeremy:
Y, además, eres menor.

Jeremy:
No tendrías que hacerlo sola. Yo estoy contigo. Siempre lo voy a estar. Podemos hablar con mis padres o la señora Cho o quien quieras.

Jolene:
Para. Primero Shelly y ahora tú, ¿no?

Jeremy:
¿Se lo has contado a Shelly?

Jolene:
No tenía pensado hacerlo, pero sí. Quiere que lo denuncie.

Jeremy:
No puedo creer que esté escribiendo estas palabras, pero Shelly tiene razón.

Jolene:
Yo solo quiero olvidarlo.

Jeremy:
Vale. Pero si cambias de opinión, estoy aquí. Por extraño que parezca, creo que Shelly también.

Jolene:
Ahora mismo no lo sé.

Jeremy:
Vale.

Jolene:
Y borra estos mensajes del móvil de Jeremy.

Jeremy:
Lo haré.

Jeremy:
Solo quiero que sepas que estoy a tu lado.

Jeremy:
Haría cualquier cosa por ti.

JOLENE

Dejé el teléfono y luego me abracé las piernas y apoyé la mejilla en una de las rodillas. Por una vez, me alegraba que el dormitorio que usaba en casa de mamá pareciese pertenecer a otra persona. Mientras barría la estancia con la mirada, caí en que había muy pocos recuerdos asociados con este espacio tan impersonal. Aparte de la señora Cho cuando venía a limpiar, yo era la única que pasaba tiempo aquí. Nunca había querido que mis amigos viniesen a casa, ni siquiera Cherry.

Al pensar en ella, bajé una pierna y luego la otra, y tras un momento de vacilación, me acerqué a abrir la puerta del armario. Apartado en un rincón de uno de los estantes se encontraba la bolsa de regalo morada y holográfica que había guardado allí hacía más de dos meses atrás.

Me mordí el labio y lo bajé de allí. Algo de papel blanco y arrugado cayó flotando al suelo cuando saqué la cajita con bisagras del fondo de la bolsa; no era más grande que la palma de mi mano.

Crujió un poco cuando la abrí y dentro vi un collar con una cuenta con forma de cámara de cine. Levanté la cuenta con los dedos a la vez que una lágrima se deslizaba por mi mejilla.

La madre de Gabe y Cherry abrió la puerta cuando llamé veinte minutos después.

424

—Hola, cielo. No te hemos visto mucho últimamente. —Me agarró la mano y me dio un pequeño apretón al tiempo que yo le ofrecía una excusa poco precisa sobre los deberes—. Gabe se acaba de ir. ¿Quieres mandarle un mensaje y ver si puede volver a por ti? Grady, Dexter y él van a ir a por algo de comer.

Negué con la cabeza.

—¿Puede darle esto por mí? —Le tendí una memoria USB—. Es el videoclip terminado para Calamar Venenoso.

Sonrió de oreja a oreja.

—Eres muy buena amiga por ayudarlos con eso. Gabe dice que eres un genio.

Le devolví una sonrisa tensa y levanté la mano para agarrar la cuenta que descansaba sobre mi pecho.

—También esperaba que me dejara ver a Cherry. Sé que está castigada, pero...

Su madre frunció el ceño y me interrumpió.

—Cherry ya no está castigada. ¿No te lo ha dicho?

Me clavé la cuenta en la palma de la mano de lo fuerte que la estaba sujetando.

—No hemos hablado, así que...

Ella suavizó el ceño y también la mirada.

—Está en su cuarto. —Retrocedió para abrirme la puerta de par en par—. Pasa.

Arriba, mis pisadas se detuvieron a unos cuantos pasos de la puerta abierta de Cherry. Casi me había dado la vuelta para marcharme cuando su madre me dijo que Cherry ya no estaba castigada. Eso significaba que podría haber intentado llamarme o al menos mandarme un mensaje para decirme que lo sentía. Pero no lo había hecho. Lo cual quería decir que quizá no lo sintiera. Retrocedí ligeramente de su puerta. Quizá todas aquellas semanas me había estado evitando tanto como yo a ella.

Pero entonces pensé en Shelly y en lo que había accedido a hacer al día siguiente y me di cuenta de que no sería capaz de llevarlo a cabo si me echaba atrás ahora.

Los ojos de Cherry se abrieron como platos cuando me vio. Apagó la tele y se sentó en el lateral de la cama.

—Hola —la saludé—. Tu madre me ha dejado subir.

Asintió.

—Gabe no está.

—Lo sé. He venido a verte a ti. Es decir, también he traído el videoclip terminado, pero...

—¿Lo has terminado?

Asentí.

—Hace un tiempo. Es solo que...

—...no querías venir. —La vi tragar saliva y cerrar las manos en puños sobre la colcha, a ambos lados de ella—. Jo, yo...

—Espera, ¿vale? —Di un paso hacia el interior de su habitación todavía aferrando el collar. No había aliento suficiente en el mundo para lo que tenía que decir, pero cogí aire igualmente. Y cuando vi que no fue suficiente, volví a hacerlo. Estaba enfadada con ella. Más que enfadada, estaba rota por su culpa. Pero estando aquí de pie, en su habitación, con los muebles usados y la colección de peluches que casi la tiraban de la cama, parte de eso desapareció; no todo, pero sí una buena parte.

Di unos cuantos pasos más y luego me senté en la otra punta de la cama, donde pude coger el flamenco de peluche —su animal favorito— que le había regalado en su anterior cumpleaños. Le había cosido una pelota de fútbol en la mano y también usé rotuladores para dibujarle la mascota de nuestro instituto en el vientre. Terminó quedando horrible, y yo quise tirarlo, pero Cherry insistió en que ocupara un lugar de honor en la cama.

Y ahí seguía.

Me dolía el corazón al mirar al flamenco, y más me dolió cuando desvié la atención a Cherry.

—Sé que ya no estás castigada. Podrías haber intentado hablar conmigo.

Ella bajó aún más la cabeza.

—No lo entiendo. Creía que al final vendrías y nos pelearíamos y volveríamos a estar de buenas. Pero no lo hiciste. —Se me quebró la voz—. Y sé que no quieres que hable de Meneik... *yo* no quiero hablar de Meneik, pero voy a hacerlo, porque no me importa si me odias por decírtelo. No me gusta. No me gusta cómo te trata ni cómo te obliga a actuar para hacerlo feliz. Me quieras a mí en tu vida o no, y esté yo enfadada contigo o no, me importas. No quiero que eches la vista atrás dentro de cinco años y te arrepientas de tu vida. —Se me atascó el corazón en la garganta al recordar a Shelly diciéndome que lo había perdido todo por culpa de mi padre—. Lo he visto y no quiero eso para ti.

Cherry agachó la mirada hasta las rodillas y encorvó los hombros como si se estuviese mentalizando.

—¿Has terminado?

—No. —Arrojé el flamenco a la cama—. No he terminado. Cherry, yo... me han pasado algunas cosas. —Se me cerró la garganta, así que las palabras salieron medio estranguladas—. Me habría venido bien tener una amiga que me dijera la verdad cuando yo me mentía a mí misma. —Pensé en todas las señales de alarma que debí notar con Teo y en como, a lo mejor, si se lo hubiese contado a alguien, me habrían ayudado a verlo por lo que era muchísimo antes de aquella última noche en su apartamento—. Porque resulta tremendamente más fácil notar los errores de los demás que reconocer los propios. —Mis ojos amenazaban con bañarse de lágrimas, así que desvié la mirada en derredor; al armario, la ventana, la cómoda.

Y entonces me detuve.

Me puse de pie, caminé hasta la cómoda y observé el espejo que colgaba por encima del mueble, el que tan abarrotado había estado de fotos, entradas de conciertos y notas que ella y Gabe siempre se dejaban el uno al otro. Había estado en su cuarto bastantes veces para haber memorizado todos los detalles, pero, aunque no lo hubiese hecho, me habría dado cuenta de los espacios vacíos.

Todas las fotos de Meneik ya no estaban. Siempre que habían roto otras veces, nunca le daba tiempo a quitarlas cuando ya habían vuelto otra vez.

Me giré para mirarla y no me hizo falta preguntarle; la respuesta había estado justo delante de mis narices.

—Resulta que tampoco hizo falta que vieras a Meneik —comentó Cherry con voz menos monocorde y más vacía—. ¿Sabes lo que me dijo cuando me presenté en su casa?

El estómago me dio un vuelco.

—Que era culpa mía que me hubiesen castigado; que, si de verdad lo quería, me las habría arreglado para estar antes con él, aunque eso hubiese significado abandonar a mi familia. Y no sé si fue todo el tiempo que pasé lejos de él o pensando en las cosas horribles que te había dicho a ti y a todos los demás... las cosas que él me había gritado... —Oí como se le trababa la voz—. Pero por fin me di cuenta de que teníais razón todos.

Apreté los labios para evitar que me temblaran.

—¿Se ha acabado?

Asintió.

—Y lo siento. No iba en serio lo que dije. Fue horrible y cruel. —Cuando levantó la cabeza, sus ojos estaban anegados en lágrimas—. Y no era verdad.

Sentí una opresión en el pecho mientras la contemplaba. No necesitaba una disculpa. Me lo había repetido durante todo el camino hasta aquí, pero sabía que una parte de mi corazón se habría roto si me hubiera dejado marcharme sin pronunciar esas palabras de corazón.

—Después de Meneik, me dije a mí misma que había esperado demasiado, que era demasiado tarde para disculparme y... —Se calló cuando vio el collar, y entonces su expresión se desmoronó y ambas nos lanzamos la una hacia los brazos de la otra. Nos abrazamos como si no hubiésemos pasado ni un día peleadas.

—Nunca —le aseguré.

—Te he echado de menos.

—Yo también.

—¿Me prometes que siempre me dirás cuándo la estoy cagando?

—Si tú también lo haces conmigo.

Asintió.

—Pero tú calaste a Meneik desde el principio. Tú nunca dejarías que un tío te manipulara como me ha pasado a mí. —Me sintió tensarme y se separó—. ¿Qué? —exclamó, sin perder detalle de que de repente me había quedado paralizada.

Insuflé tanto aire como pude a los pulmones con la esperanza de hacer que la siguiente parte resultase más sencilla. Incluso intenté sonreír, pero la sonrisa desapareció antes de que pudiese curvar los labios siquiera.

Shelly dejó entrar a los dos policías en el apartamento de papá y, tras presentar a todos los que nos encontrábamos allí, se sentó junto a mí en el sofá y no se movió durante las dos horas posteriores mientras me interrogaban.

Si hubiese tenido las manos entrelazadas en el regazo, creo que habría intentado sostenerme una mientras revivía no solo la última vez que estuve en el apartamento de Teo, sino todas las interacciones que habíamos tenido desde la primera vez que nos vimos.

Tenía que concederle mérito, porque Shelly no reaccionó ni una vez. No ahogó ningún grito, ni suspiró, ni siquiera se encogió mientras yo hablaba, cada vez con la voz más baja, pues volvía a caer en la cuenta de la increíble estupidez de mis acciones.

Los policías también fueron amables. No actuaron como si pensaran que estuviese mintiendo o adornando los acontecimientos. Escribieron todas mis respuestas, me formularon preguntas que no me parecieron tan invasivas como había estado esperando y fueron claros conmigo cuando les pregunté lo que iba a pasar ahora.

Teo sería a quien interrogarían después, pero ya sabía que su versión de los hechos iba a contradecir todo lo que yo había dicho. Y resultó que Teo era muy listo. Toda esa insistencia para que nuestra «amistad» permaneciera en secreto era para que no existieran testigos que nos hubiesen visto juntos. Tampoco había ningún historial telefónico, ni mensajes de texto o de voz inapropiados. Sus besos y manoseo no me habían dejado ninguna marca en el cuerpo, y había esperado semanas para denunciarlo. No había nada que demostrara mi historia.

—Bueno, ¿y si él lo niega todo? —inquirió Shelly, inclinándose para quedar sentada apenas en el borde del sofá y desviando la mirada de un policía al otro de forma intermitente—. Pueden arrestarlo basándose en lo que Jolene les ha contado, ¿verdad? Es decir... ¿no?

—A menos que admita haber besado o tocado a Jolene, lo sentimos, pero no —explicó uno de los agentes, una mujer joven y rubia con los ojos azules. Se giró hacia mí—. Eres la primera en denunciarlo, así que a menos que él diga que ha pasado algo o encontremos un testigo o pruebas...

—Es mi palabra contra la suya —adiviné, sintiéndome vacía y pequeña.

—Jolene, creo que estás diciendo la verdad, y pase lo que pase, ahora ya hay un registro de tu historia. Esta denuncia va a perseguirlo por el resto de su vida.

Me dijo que era valiente e importante y que, por haber dado la cara, cualquier otra chica que lo denunciara tendría mi historia para respaldar la suya.

Asentí, sintiéndome más entumecida que otra cosa cuando se marcharon, y Shelly cerró la puerta a su espalda. Ella se quedó allí, de espaldas a la puerta hasta que me di cuenta de lo que estaba haciendo y me ruboricé.

—Cierto —dije, poniéndome de pie y recogiendo mi bolso—. No es el fin de semana de mi padre y probablemente tengas cosas que hacer.

Shelly se mordió el labio.

—Quiero decirte que estoy orgullosa de ti, pero apuesto a que soy la última persona de la que querrías oírlo. —Dio un paso hacia mí—. También quiero decirte que no está bien que tu padre no haya estado aquí.

No pude evitar mirar a la encimera de la cocina, donde mi padre me había dejado una nota:

No puedo estar hoy. Te lo compensaré la próxima vez. Dale duro, campeona.

No estaba segura de si estaba confundiendo los acontecimientos del día con un partido de fútbol o si de verdad decía que intentaría estar en mi próximo interrogatorio policial por acoso sexual. Sinceramente, ninguna de las dos opciones cambiaba mis sentimientos por él.

Shelly había leído la nota por encima de mi hombro y por un segundo pensé que iba a vomitar.

Pero entonces los polis vinieron y tuvimos que olvidarnos de la nota. Yo al menos lo había intentado. Pero existía una parte oscura y fea de mi cerebro que la había memorizado.

—Y aunque estoy segura de conocer la respuesta, voy a ofrecértelo igualmente. —Shelly cogió aliento y lo aguantó durante un instante antes de decir—: Iré contigo si quieres contárselo a tu madre. Se les notificará a sus abogados, pero si quieres contárselo tú misma…

Los abogados de mi madre iban a lanzarse a la yugular; por fin iban a tener causa justificada porque esto hubiese sucedido bajo la «supervisión de mi padre». No quería pensar en ello, así que me permití imaginarme el ofrecimiento de Shelly, lo que podría pasar

431

en esa reunión y las heridas y humillaciones que mi madre podría infligirle si venía conmigo. Por alguna razón, no me resultó tan divertido como antes lo habría hecho.

—Probablemente intente atropellarte con el coche —la avisé.

Shelly no reaccionó.

—Lo sé.

—¿Y aun así me lo sigues proponiendo?

—Sí.

Los ojos me empezaron a escocer al oír eso.

—Creo que dejaré que los abogados hagan los honores.

Shelly hizo ademán de dar otro paso hacia mí y supe que, si no la detenía, daría otro, y otro, y no pararía hasta estar delante de mí. Y entonces me lanzaría de cabeza hacia una decisión que nunca podría tomar. Una cosa era dejarla abrazarme cuando me había derrumbado y estaba llorando en el suelo, y otra muy distinta hacerlo mientras estaba de pie y sintiéndome... no valiente precisamente, pero tampoco tan débil como entonces.

—Shelly, no. —Se paró a media zancada—. Por favor, no.

Se clavó los dientes en el labio antes de asentir.

—Lo sé.

Lo sabía, ambas lo sabíamos. Hiciera lo que hiciese ahora por mí no deshacía lo que había logrado en el pasado. Darme dinero para un vestido, abrazarme mientras lloraba y dejarla estar a mi lado mientras revivía uno de los peores momentos que había vivido nunca eran cosas buenas. Pero estábamos marcadas por un pasado y un presente que era incapaz de olvidar. Al menos no mientras siguiera viviéndolo cada dos fines de semana. No mientras leyese en silencio las notas de mi padre y siguiera informando a sus abogados.

No podía.

—¿Puedo...? —Señaló a mi espalda, a su dormitorio—. Necesito enseñarte algo y te prometo que ya está, ¿vale? —Apenas esperó a que asintiese con recelo para cruzar la estancia. Oí abrirse su armario y un momento después volvió con una maleta casi tan grande como ella.

Una maleta llena.

Fruncí el ceño.

—Me voy. —Shelly resopló por el peso de la maleta y yo sentí el suelo rebotar cuando la soltó—. No quiero vivir así nunca más. No quiero ser esa persona, ni para mí misma ni para ti tampoco.

Seguí frunciendo el ceño, pero solo porque tenía miedo de la expresión que podría poner si dejaba de hacerlo.

—¿Cuándo? —Miré la maleta.

—Compré la maleta el día después de que me contaras lo de Teo. Llevo haciendo la maleta poco a poco desde entonces para que tu padre no se dé cuenta.

Mi corazón empezó a acelerarse cuando procesé lo que estaba diciendo.

—¿Y por qué no te has ido?

—Por lo de hoy —respondió con una voz de lo más cariñosa—. No iba a dejarte pasar por esto sola. Sé que crees que eres dura y que no necesitas a nadie, pero yo creo que eso es porque nunca has tenido a nadie realmente. Y deberías, Jo. Te mereces tener a muchas personas. Personas mejores que yo.

El escozor de los ojos se intensificó y mi ceño comenzó a temblar. No sé si habría sido capaz de detenerla de haberme intentado abrazar entonces, pero no lo hizo. En cambio, se metió la mano en el bolsillo y sacó un trozo de papel plegado.

—Ya sé cómo va a ir esto, razón por la cual voy a mandarles un correo electrónico a los abogados de tu padre en cuanto ponga un pie fuera de esa puerta. No puedo hacer mucho, pero a menos que quieran que vaya a los abogados de tu madre a primera hora de la mañana, harán lo que yo quiera.

Me tensé cuando se acercó a mí, pero se detuvo a un brazo de distancia y me ofreció el trocito de papel.

—Ese es el nuevo número de teléfono de la señora Cho. Me llevó bastante localizarla, ya que su antiguo número pertenecía a un viejo teléfono que pagaba tu madre, pero tampoco hay tantas iglesias coreanas en la ciudad, y cuando le dije a mi madre que iba a dejar a tu padre, me ayudó a buscar.

Cogí el papel con una mano temblorosa y Shelly retrocedió y se metió ambas manos en los bolsillos traseros del pantalón.

—En fin, aún no ha encontrado otro trabajo, y en cuanto me vaya, tu padre va a necesitar que alguien esté aquí contigo. Sé que no es perfecto, pero...

Desdoblé el papelito y vi el número de la señora Cho. Y el de Shelly debajo de ese.

Shelly se precipitó a añadir:

—Mi número es solo para que puedas llamarme si los abogados intentan evadirse. No creo que lo hagan, pero, bueno, son abogados, así que... Ah, y acabo de llamar a la señora Cho y ya viene de camino, así que no tienes por qué estar sola ni volver a casa de tu madre a menos que quieras. Está muy contenta por volverte a ver.

Las palabras y los números empezaron a emborronarse cuanto más los miraba.

—Y... eh... sí. Eso es todo, creo. No sé si la maleta va a caber por la puerta, pero gracias a Dios que el ascensor está arreglado, ¿verdad? —Intentó reírse, pero fue forzado.

Aún contemplando el papel, percibí que Shelly se movía, gimiendo mientras levantaba la pesada maleta y la movía con dificultad hacia la puerta. Oí las bisagras crujir al abrir la puerta y el roce de la tela mientras trataba de sacar la maleta al pasillo.

—Te deseo muchas cosas buenas, Jolene. Mejores de las que puedas imaginarte.

Y entonces, con suavidad, cerró la puerta a su espalda.

La pillé cuando las puertas del ascensor se estaban abriendo. Se giró y vi que las lágrimas que caían por sus mejillas coincidían con las mías.

—Se suponía que iba a poder odiarte para siempre.

Curvó una de las comisuras de la boca.

—Aún puedes.

Negué con la cabeza. Y la abracé.

DECIMOQUINTO FIN DE SEMANA
7-9 DE ABRIL

ADAM

Estaba andando por el pasillo hacia el apartamento de Jolene arrastrando los pies cuando me vibró el móvil.

Jolene:
Hola.

Adam:
Hola. Estoy llamando a tu puerta.

Jolene:
Buena suerte, entonces.

Adam:
¿Me dejas entrar? Tengo que hablar contigo de algo.

Jolene:
No estoy allí.

Adam:
¿Dónde estás?

Jolene:
Detrás de ti.

Me volví y la vi subir por las escaleras con el pelo medio recogido. Caminé más rápido que ella y nos encontramos en mitad del pasillo. Sé que la abracé con demasiada fuerza, pero no se quejó.

—Estoy bien —me aseguró después de que la soltara—. Ya me he enterado de que tu padre va a volver a casa.

Esperaba sentir más nervios que los que realmente tenía, quizá porque suponía que la noticia le dolería tanto como a mí me había dolido y emocionado a partes iguales. Que mi padre volviera a casa era genial, pero perder los fines de semana con Jolene... Aun así, ella no parecía estar desolada.

—Te habría llamado, pero...

—Te acaban de devolver el móvil.

—Sí.

—Es genial, Adam. —Me volvió a abrazar y sentí que lo decía completamente en serio—. Me alegro por ti.

—¿De verdad? —exclamé—. Porque yo me alegro por mi familia, pero odio que esto... se acabe.

Ella desvió la mirada y puso una mueca cuando se percató de que estábamos delante del apartamento de Teo. Hizo que nos moviéramos hasta quedar delante del mío.

No pude evitarlo. Miré hacia el apartamento de Teo. Aunque sabía que se había ido, lo hice igualmente.

—¿Se lo has dicho a tus padres?

—Lo sabe todo el mundo y se están echando la culpa unos a otros. —Jolene me tiró de la manga para que la imitase y me sentase en el suelo.

—Imagino que no ha debido de ser una conversación agradable.

Jolene se encogió de hombros.

—No lo sé. Fueron los abogados los que se lo comunicaron a mis padres. —Suspiró y prosiguió—: Yo, eh, al final lo he denunciado a la policía. Shelly estuvo conmigo cuando un par de agentes me interrogaron, y no... no se portó mal. —Encorvó los hombros levemente—. Los agentes volvieron a hablar conmigo después de interrogarlo a él; lo negó todo. Dijo que apenas me conocía y que yo había intentado ligar con él, pero que él había mantenido las distancias para no incentivarme a nada.

—Ese hijo de... —No me había dado cuenta de que había estado impulsándome con los pies para levantarme hasta que Jolene me detuvo apoyando una mano sobre mi antebrazo.

—Adam. —Pronunció mi nombre con tanta suavidad que ayudó a que la adrenalina provocada por la rabia se diluyese un poco—. Se ha ido, ¿no te acuerdas?

—Tendría que estar entre rejas —respondí entre dientes, dejándome caer otra vez en el suelo.

—Ya, bueno, no tiene antecedentes y no hay pruebas...

—¡Estás tú! —rebatí, y enrojecí por una razón muy distinta a la habitual cuando estaba con ella.

La expresión de Jolene se endureció.

—La verdad es que me alegro de que se haya ido. Bueno, no. Me alegro de que se haya ido y de que, si alguien más lo denuncia, sí que tenga antecedentes. —Movió la mano de su regazo hasta rozar la mía—. Shelly dice que tenía la cara tan amoratada que quizá nadie tenga que volver a hacerlo.

Agaché la mirada y observé sus dedos buscar los míos, por lo que los relajé. Había tenido los nudillos magullados durante unos días después de haber golpeado a Teo, pero la piel ya había vuelto a la normalidad.

—No le pegué lo suficientemente fuerte.

Entrelazó los dedos con los míos y sentí su mirada fija en mí. A continuación, se inclinó y me besó en la mejilla. El roce leve y dulce atenuó la furia que aún se arremolinaba en mí, clamando que buscase a Teo y le hiciera daño. Sus dedos eran tan pequeños comparados con los míos, y él... fue la vergüenza, tan pesada y suave a la vez, lo que evitó que levantase la cabeza para mirarla.

—Siento no haber estado contigo, no entenderte cuando me llevaste a su apartamento. No te habría dejado sola.

—Lo sé —respondió ella mientras apoyaba la cabeza sobre mi hombro—. No es culpa tuya.

—Ni tampoco tuya —aseveré, dando un respingo para mirarla; la necesidad de asegurarme de que lo supiera desbancaba cualquier otra cosa.

Asintió de forma tensa y muda. Aun así, albergaba la esperanza de que algún día pudiera créeselo de verdad. Una sonrisa curvó despacio su boca.

—¿Soy mala por pensar que me alegro de que le pegaras?

—No, e hice más que pegarle. Le di una patada en las pelotas con tanta fuerza que casi vomitó.

La sonrisa de Jolene se ensanchó.

—¿En serio?

—Sí. Jeremy también le pegó.

—¿Jeremy fue contigo? Si le caigo mal.

—No le caes mal. De hecho, quería que te diese esto. —Me revolví para buscar en el bolsillo trasero una entrada y entregársela—. Es para la obra de teatro. El estreno es la semana que viene.

Jolene la aceptó y enarcó una ceja.

—¿La obra en la que tu ex, Erica, también participa?

—Confía en mí, es más que agua pasada para ella. Anoche, mientras cenábamos, Jeremy y ella...

—¿Y ahora cena en tu casa?

—Por ahora ha venido pocas veces, pero hemos hablado y todo bien. Ella te dirá lo mismo si vienes a la obra. ¿Vendrás?

Jolene se quedó mirando la entrada sin responder.

—Sé que no es lo mismo que un fin de semana entero, pero deberías venir a cenar e ir a ver la obra con mi familia.

Se mordió el labio.

—Aunque no tienes que venir a cenar si no quieres. Mi madre se sentirá decepcionada, pero lo entenderá.

Los ojos de Jolene resplandecieron levemente al preguntar:

—¿Y tú, te sentirás decepcionado?

—Totalmente. —Aquello la hizo reír, a pesar de no decirlo de broma.

—Me alegro de que Jeremy fuera contigo —musitó refiriéndose a Teo—. Darle una paliza a un agresor sexual tuvo que ser un bonito momento de vínculo fraternal, ¿eh?

Lo dijo a la ligera, pero no se equivocaba. Las cosas entre Jeremy y yo habían mejorado desde aquel día. Veía un futuro en el que éramos tanto amigos como hermanos. Sentí un dolor extraño, aunque no desagradable, al pensar que a Greg le habría alegrado ver que nuestra relación cambiaba.

—Eso creo. —La miré—. Supongo que para ti también han cambiado las cosas, ¿no?

—Se podría decir que sí.

—Estás mejor con Shelly, ¿verdad?

—Lo cierto es que Shelly se ha ido. Creo que ni siquiera le ha dejado una nota a mi padre. —Noté un rastro de amargura en su voz cuando terminó de hablar que desapareció al momento, y en su lugar sonó casi triste, lo cual no tenía sentido, porque estaba hablando de Shelly—. En fin, se ha ido y, tal y como predijo, los abogados de mis padres fueron a degüello unos con otros.

—¿Y quién ha ganado?

La mirada de Jolene, ceño fruncido incluido, se dirigió hacia el apartamento de su padre.

—Supongo que yo. —Sacudió la cabeza—. O, al menos, ninguno de ellos. Al principio, los abogados de mi madre acusaron a mi padre de negligencia, pero después los de él consiguieron que Tom confesase un montón de cosas de mi madre, así que quedó en tablas. Todo hubiera recaído en Shelly, excepto por el hecho de que, cuando dejó a mi padre, prometió no ayudar a mi madre siempre y cuando él hiciera tres cosas por mí.

Imité a Jolene y fruncí el ceño yo también.

—Sí, así estuve yo una semana entera —exclamó Jolene al verme—. La odié durante mucho tiempo, ¿sabes? No sé qué pensar de ella ahora, porque me ha ayudado cuando bien podría haberse beneficiado. Sigo dándole vueltas. —Y a continuación suspiró y me sonrió—. Bueno, ¿no me vas a preguntar?

Mi cerebro seguía procesado los cambios, pero algo que vi en los ojos de Jolene, fijos en los míos, consiguió que formulase la pregunta correcta.

—¿Qué pediste?

—Para que lo sepas, Shelly no me consiguió ningún cheque en blanco. Tuve que conformarme con cosas razonables. Lo primero fue mucho más fácil de lo que había pensado, porque la madre de Shelly la encontró antes de que se fuese...

—¿A quién?

Jolene esbozó una sonrisa enorme.

—Alguien tendrá que quedarse conmigo en casa de mi padre, y como no tiene con quien reemplazar a Shelly tan pronto, he conseguido que contrate a la señora Cho. Y no podrá despedirla por muchas novias que desfilen por el apartamento en un futuro.

Aquello logró que sonriese tanto como ella. La abracé con tanta fuerza que casi la senté en mi regazo.

—Qué bien —exclamé, sin soltarla—. Se alegró de volver a estar contigo, ¿no?

—Sí. Supongo que tenías razón cuando me dijiste que mi madre me mintió. —Jolene me apretó con más fuerza, lo suficiente como para casi no tener que fingir un gruñido. Me soltó de repente y se recostó hacia atrás; ahora se la veía igual de indiferente que siempre, con una sonrisa dibujada en el rostro.

—¿Listo para escuchar el segundo deseo?

—Sigo muy feliz por el primero.

Ensanchó la sonrisa.

—El dinero y dejarme estar fuera todo el tiempo que durase el curso de cine.

—Jo. —Hice ademán de sonreír, pero la sonrisa se me empañó—. ¿Y la carta de recomendación?

Su sonrisa decayó, aunque no del todo.

—Calamar Venenoso me ha escrito una. No es la más cohesiva del mundo porque se cambiaban entre párrafo y párrafo, pero han mencionado los vídeos que he grabado para ellos y básicamente atribuyen su éxito a mi genialidad artística, y han escrito eso mismo en la carta.

Sonreí.

—Sigue sin gustarme su música, pero pienso comprarme su primer disco.

—De hecho, fue idea de Cherry. Cuando les llevé el videoclip la semana pasada pudimos hablar. Empezamos un poco mal y no hemos vuelto a como estábamos antes, pero empiezo a creer que podremos. —Jolene se acercó las rodillas y se las abrazó—. Rompió con Meneik. Gabe y ella han estado hablando mucho desde mi cumpleaños. Y con su madre. Y su padre. Y su abuela también, así que consiguieron abrirle los ojos.

—Y tú —añadí, dándole un empujoncito con el hombro.

—Y yo —convino ella—. Se lo dije; no todo, o aún no, pero al momento se le ocurrió que el grupo me escribiese una carta completamente inusual. Tendrá que valer. Valdrá. Y, si no, encontraré otro curso de cine, u otro si es necesario. No pienso rendirme. Puede que no gane el Oscar a los veinticinco, pero voy a dirigir películas.

—Lo sé —respondí rápidamente.

—Lo crees, ¿eh? —Tomó aire y lo expulsó antes de volver a sonreír ampliamente—. ¿Preparado para oír el tercer deseo? ¡He recuperado el Lexus! Obviamente, no es el mismo, pero... —Levantó las llaves en alto delante de nosotros—. Y mi madre no podrá hacer que se lleven este. Mi padre tuvo que subirle la pensión conyugal para cerciorarse, pero no me importa. En fin, si tengo que conducir durante media hora para verte todos los días, podemos dividirnos la gasolina.

—Quince minutos —exclamé, descolocándola por una vez. Me revolví para sacar la cartera y enseñarle mi nuevo carné de conducir.

—¡Te lo has sacado!

—Tu sorpresa es una maravilla para mi autoestima.

Jolene sacó el suyo e hizo que colocase el mío bajo la barbilla, como ella. Después apoyó la cabeza en mi hombro y yo apoyé la mía contra la suya mientras ella levantaba la cámara frente a nosotros.

—Vale, así está mejor. —Le pasé un brazo por la parte baja de la espalda e inhalé el leve aroma a madreselva que desprendía su pelo.

—¡Di «las bicis son para los tontos»!

El *flash* de la cámara se activó, pero aún después de bajarla, mantuvo la cabeza sobre mi hombro.

—Ya no tenemos que mandarle fotos a mi madre.

—Puede que ahora sean solamente para nosotros.

Había tenido tanto miedo de verla hoy y de mirarla cuando le dijera que no iba a volver. No sabía si le restaría importancia o me dejaría entrever algo del dolor que esperaba haberle causado. No creía poder ser capaz de abrazarla mientras ella delineaba los bordes de mi carné y se burlaba de que seguramente hubieran enmarcado mi foto en la oficina de tráfico por ser el mejor examinado.

Jamás pensé que pudiera reírme y sentir el corazón tan pleno.

Cuando por fin levantó la cabeza, me pasó los brazos por el cuello con un leve rastro rosado en las mejillas.

—Habría conducido media hora.

—Y yo pedaleado cinco.

Jolene me sonrió, y el hueco entre sus dientes enloqueció a mi corazón. No pretendía mirarle a los labios, pero tras llevar dos semanas sin verla, no pude evitarlo.

—Tienes muchas ganas de besarme, ¿verdad?

Sentí el calor subirme por el cuello, y me alegró que lo viese, porque consiguió que sonriera más.

—Sí. Todo el rato. Siempre.

Se tensó levemente y se separó un poco hasta quedar apoyada en los talones. Cuando fue a tocarse el pelo con ese tic característico suyo, la agarré de las muñecas antes de que pudiese comenzar a trenzárselo.

—Oye, ¿en qué piensas?

Bajó las manos al regazo y me miró fijamente.

—No puedes asegurar que me querrás siempre. Es decir, las cosas cambiarán, lo sabes ¿no? Hemos estado bien viéndonos dos fines de semana al mes; vale, mejor que bien —aceptó cuando hice además de corregirla—, pero ahora quieres que conozca a tu madre, y ¿qué va a pasar cuando te des cuenta de que me quieres en una justa medida y...?

La besé. Y lo digo en serio, la besé *de verdad*. Acuné su mandíbula y pegué mi boca a la suya. No me preocupé de haber hecho lo correcto, porque su mano se cerró en torno a mi muñeca para apoyarse en mí. El pulso se me descontroló y el corazón se me aceleró. Al separarnos, ambos jadeamos en busca de aire.

—Eso tampoco ha sido una respuesta —respondió con un tono tembloroso que me provocó querer besarla de nuevo. Pero necesitaba que se lo confirmase con palabras.

—Sí que lo es. —Me llevé su palma al pecho para que sintiese el latir desbocado de mi corazón, por ella—. Todo aquello que te dije acerca de nuestros futuros... quiero las videollamadas cuando estemos en la universidad. Las vacaciones en las que vamos a vernos en coche, aunque sea solo durante un par de horas antes de que tengamos que volver a coger un vuelo. Quiero que pasemos los veranos juntos haciendo lo que sea. —Ella intentó agachar la cabeza, pero yo también lo hice para que me mirara a los ojos—. Quiero ser testigo de tu primera película y que tú no permitas que tire a la basura mi primer libro. Y que luego estés a mi lado cuando lo publiquen y haya reseñas regulares.

Eso consiguió que se riera un poco.

—Y sé que, en algún momento, me vas a romper el corazón, o puede que te lo rompa yo a ti. —Le apreté la mano contra mi pecho—. Pero es tuyo y puedes romperlo si quieres, y luego volver a recomponerlo, y ojalá no lo vuelvas a romper, porque, como has dicho en muchas ocasiones, mis emociones son como las de un niño pequeño. —Con los dedos bajo su barbilla, la obligué a mirarme. Al embeberme de sus facciones, que ya conocía mejor que las mías propias, el pulso se me descontroló más aún.

»De ti lo quiero *todo*. Que seas quisquillosa, divertida, sarcástica, inteligente y a veces un poco borde. Y no pienso hacer la broma, aunque siento cómo te avergüenzas. Lo que me haces sentir no es ninguna broma. Te quiero, Jolene. Te quiero como a una película con la iluminación perfecta y cuando la cámara se mueve en círculos, cuando la música se intensifica, y... ¿Jo?

445

Mi voz se apagó y el corazón me dio un vuelco porque ella sacudió la cabeza y le empezaron a resbalar lágrimas por las mejillas.

—No —aclaró—. No es por eso. —Me miró; sus ojos se movían deprisa, fijos en los míos—. Siempre he querido cambiar las cosas, que fueran perfectas, seguras y estupendas, porque la realidad era un desastre. Pero contigo nunca lo he hecho. Nunca he necesitado hacerlo. Quiero seguir viendo este pasillo algo oscuro y oír las risas lejanas de otra gente viendo la tele a través de las paredes. La moqueta delgada y el olor raro como si a alguien se le hubiesen quemado las palomitas. Y los ángulos de cámara no me importan mientras pueda verte. —Me apretó la camiseta con los dedos antes de rozarme la mandíbula.

»Adam, nunca he necesitado una película contigo, porque cuando quieres a alguien — y ahora te lo puedo repetir un millón de veces, si quieres—, todo ya es perfecto.

Saboreé sus lágrimas cuando sus temblorosos labios se encontraron con los míos, y me supieron más dulces que cualquier tarta de manzana. Se me cortó la respiración cuando sus brazos me apretaron las costillas. El corazón se me iba a salir del pecho, y no me importó lo roja que estuviera mi cara en ese momento.

A continuación, ella se rio contra mi boca mientras me besaba y después se apartó lo suficiente como para mirarme antes de besarme otra vez.

Le limpié la mejilla con el pulgar cuando se apartó finalmente, y no pude evitar sonreír como un idiota.

Ella copió el gesto y dejó caer su frente contra la mía.

—¿Vas a poner esa cara siempre que nos besemos?

—Ah, esto no es por el beso. Creo que acabo de demostrar quién es la que va a llorar en el aeropuerto cuando vayamos a la universidad.

A Jolene le tembló el cuerpo entero al echarse a reír.

—Sigo apostando por ti, pero supongo que ya veremos.

Esa fue la última vez que besé a Jolene en el bloque de apartamentos Oak Village. Pero sí que la bese en su apartamento nuevo después de ver la primera de las muchas películas con la famosa señora Cho, y en mi casa la semana siguiente cuando me ayudó con los platos después de cenar con toda mi familia. Y en la terrible obra de teatro de Jeremy, en la que Erica y ella se comportaron no solo con cordialidad, sino que hicieron planes para que tuviésemos una cita doble. Y en el concierto de Calamar Venenoso el mes posterior. Y un millón de veces después.

Si tengo suerte, besaré a Jolene durante el resto de mi vida.

Jolene diría que ya veremos.

Yo digo que la suerte me sonreirá.

LA REDACCIÓN DE JOLENE

Me llamo Jolene Timber, y soy directora de cine.

No soy ninguna aspirante a directora de cine. Ya lo soy, ahora, en el presente. Y ya lo era mucho antes de coger una cámara.

Cuando era pequeña y mis padres peleaban, cambiaba la historia en mi cabeza. Cuando veía a mi madre gritarle a mi padre por las marcas de pintalabios que había encontrado en el cuello de su camisa mientras este se servía una copa y le decía que ya sabía donde estaba la puerta, yo reescribía la historia, regrababa la escena e incluso le añadía una banda sonora en la cabeza. A veces no era pintalabios lo que encontraba en el cuello de la camisa; a veces era sangre, y antes de que ella pudiera interrogarlo, un disparo resquebrajaba la ventana a su espalda y yo ralentizaba los fotogramas por segundo y me enfocaba en cómo se le movía el pelo conforme la bala pasaba zumbando junto a ella, y luego volvía a la velocidad real cuando mi padre la placaba antes de que sonase un segundo disparo. Ambos acababan sin aliento, mirándose el uno al otro desde el suelo mientras una canción incongruentemente feliz sonaba de fondo, alguna propia de una serie de dibujitos en la tele que había dejado encendida. Mi padre luego se daba la vuelta, sacaba una pistola de la chaqueta y derrotaba al asesino a sueldo que habían contratado para matar a toda mi familia, mientras mi madre corría para cubrir mi cuerpo con el suyo.

Quizá no sea la idea más original, pero creo que tenía unos ocho años cuando rodé mentalmente esa película. He desarrollado algunas desde entonces, como podrán ver en las películas cortas que he incluido. A lo que quiero llegar es que llevo haciendo películas desde que entendí que, si no me gustaba una historia, podía cambiarla. Podía transformar a mi padre en héroe en vez de dejarlo como el infiel; a mi madre en mi protectora en vez de ser la mujer que, si me veía en lo alto de las escaleras, lo provocaba hasta que este me culpaba a mí de sus muchas aventuras. Podía eliminar las escenas que no me gustaban y regrabar las que sí. Podía iluminarlas, editarlas, controlarlas hasta que quedaran exactamente como yo quería que fuesen. Y cuando descubrí que podía hacer todo eso para un público y no solo para escapar de una realidad que quería negar, empecé a hacer películas que solo había conseguido imaginar antes.

Creía que todas reflejarían la incesante necesidad que sentía de escapar, que las historias y los sentimientos que quería crear serían antídotos para mi propia vida, pero ya no me siento así, y esas no son las películas que quiero rodar.

Mentiría si dijera que he cejado en el empeño de reinterpretar mi propia historia. Siempre que viva con cualquiera de mis dos padres, es lo que he de hacer. Puede que incluso después, también. No lo sé. Lo que sí sé es que quiero más. Me merezco más.

Quiero contar historias de amor que quizá terminen tan rotas e imposibles como empezaron. Y otras que terminen con un final feliz y esperanzador, donde la chica se da cuenta de que los finales felices no son exclusivos de las películas. Y quiero adaptar libros; uno en particular, pero tengo que esperar a que él lo escriba primero.

Me acepten en el curso o no —aunque deberían—, he de hacer películas, así que eso es lo que haré. Otra gente ha de comer y respirar, pero yo necesito hacer películas. Tengo que contar historias, porque no puedo vivir de otro modo.

Me llamo Jolene Timber, y soy directora de cine.

NOTA DE AUTORA

La historia de Jolene es, aunque una obra de ficción, un caso real para mucha gente. De media, hay 321 500 casos de víctimas (a partir de los doce años) de abuso sexual o violación en los Estados Unidos. O, para decirlo de otra forma, cada noventa y ocho segundos hay una persona que sufre de abuso sexual. La expresión «abuso sexual» hace referencia al contacto o comportamiento sexual que sucede sin el consentimiento de la víctima. De mil casos de abuso sexual, 310 se denuncian a la policía, y de esos, el 93 por ciento de las víctimas jóvenes conocen a su agresor.

Si necesitas ayuda o hablar con alguien, RAINN (Rape, Abuse & Incest National Network), la Red Nacional contra la Violación, el Abuso y el Incesto, es un servicio gratuito y confidencial que opera las veinticuatro horas todos los días del año por teléfono (800-656-HOPE) y por internet (rainn.org and rainn.org/es).

AGRADECIMIENTOS

La gente me pregunta a menudo de dónde obtengo las ideas para mis libros y mi respuesta siempre es distinta: una sencilla escena que se me cruza por la cabeza sobre una chica sentada sobre un tejado por la noche y hablando con el vecino de al lado, mayor que ella (*If I Fix You*); o un artículo sobre una prueba de ADN en el que se revela accidentalmente un hermano desconocido (*The First to Know*); o un apunte para escribir una historia de amor veraniego que, para mí, necesitaba incluir a una chica que se enamorara del hermano de la víctima de asesinato de su propio hermano (*Even If I Fall*).

Cada dos semanas ha estado inspirado en un viejo episodio de *Aquellos maravillosos años* donde Kevin se enamora de una chica que conoce de vacaciones y luego ha de abandonar cuando regresa a casa. Empecé a indagar en cómo habría sido si hubiesen podido seguir viéndose con regularidad, pero muy brevemente, y forjar una relación que estuviese separada de su vida «real», en sus respectivos hogares. La historia de Adam y Jolene evolucionó radicalmente de esa inspiración —siempre lo hacen— y hay muchísimas personas que me ayudaron durante todo el proceso.

Mi agente, Kim Lionetti. Gracias por tu fe inquebrantable en mí y por tu disposición a dejarme trabajar en esta idea en particular.

Mi editora, Natashya Wilson. Creo que este ha sido nuestro libro más complicado hasta la fecha, porque es, en esencia, dos libros: la historia de Adam y la de Jolene, combinadas y unificadas en uno solo. Me encanta cómo te gustó Jolene desde el principio y cómo te enamoraste de Adam por completo, pero más que eso, me encanta lo mucho que me presionaste para que este libro les hiciera justicia.

Gracias al equipo tan trabajador de Inkyard Press y HarperCollins, incluyendo a Gigi Lai por su espectacular portada (¡las palomas son lo MÁS!), Justine Sha, Chris Wolfgang, Ingrid Dolan, Shara Alexander, Linette Kim, Bress Braswell, Andrea

Pappenheimer, Heather Foy, y todo el equipo al completo del departamento de ventas de Harper Children.

Para mis primeras lectoras beta, Sarah Guillory y Kate Goodwin, y a mi pupila en Pitch Wars, Rebecca Rode, que se ha terminado convirtiendo en otra. Sarah y Kate, que habéis leído este libro de tantas formas distintas y me habéis dicho qué partes eran las peores a la vez que me animabais a arreglarlas, sois las MEJORES. Y Rebecca, me muero por empezar a infligirte, digo, a compartir futuros primeros borradores contigo.

A mi hermana Mary Groen, que me ha preguntado todas las semanas durante los últimos seis años cuándo iba a tener listo este libro porque era su favorito. La respuesta es ya, hoy. Por ti.

A mi hermana Rachel y a mi hermano Sam. Gracias por darme tantas buenas historias de hermanos en las que basarme.

A mis padres, Gary y Suzanne Johnson. Mi mayor privilegio en la vida es enorgulleceros.

A mi familia, Jill, Ross, Ken, Rick y Jery, la familia Depew, y mi hermano honorario, Nate. Os quiero mucho.

A todas mis sobrinas y sobrinos, Grady (gracias por darme el mejor nombre de banda de la historia), Rory, Sadie, Gideon, Ainsley, Ivy, Dexter, y Os. ¡Por fin os he incluido a todos en uno de mis libros! Ahora ya estáis contractualmente obligados a considerarme vuestra tía favorita para toda la eternidad.

Gracias a mi vieja amiga y agente de policía Laura Cervantes, por toda tu ayuda con ciertos aspectos de esta historia. Cualquier error que haya podido cometer es solo culpa mía.

A todos los que han pedido saber más de Daniel, gracias por dejarme volver de nuevo a su vida, aunque haya sido brevemente. Si no lo habéis hecho ya y queréis leer más sobre él, su historia continúa en *If I Fix You*.

Y gracias a Dios por todas las personas que han leído mis libros y les han hablado a sus amigos de ellos, han publicado reseñas, los han compartido en las redes sociales, o me han escrito cartas. No sería capaz de hacer este increíble trabajo sin vosotros. Gracias.